PRÊTS À TOUT

Katie McGarry

PRÊTS À TOUT

DARKISS

Collection : DARKISS

Titre original :
DARE YOU TO

Traduction de l'américain par MARYLINE BEURY

ÉDITIONS HARLEQUIN
83-85, boulevard Vincent Auriol, 75646 PARIS CEDEX 13.
Service Lectrices — Tél. : 01 45 82 47 47
www.harlequin.fr

ISBN 978-2-2803-1469-5 — ISSN 2109-7631
Loi n° 49-956 du 16 juillet 1949 sur les publications destinées à la jeunesse.

Ryan

Arriver deuxième, ce n'est pas mon truc. Ça ne l'a jamais été, et ça ne le sera jamais. Aucun intérêt quand on a un minimum d'ambition. Et à cause de cette philosophie personnelle, je dois dire que je suis un peu sur les nerfs en ce moment. Parce que mon meilleur ami est à deux doigts de décrocher le numéro de téléphone de la serveuse du Taco Bell, ce qui lui vaudra bientôt la première place.

Au début, c'était un simple défi, mais le petit jeu a finalement duré toute la soirée. Tout d'abord, Chris m'a mis au défi de demander son numéro à une fille qui faisait la queue avec nous au cinéma. Après ça, je l'ai défié d'obtenir celui d'une blonde qui frappait quelques balles sur le terrain de base-ball. Plus on arrivait à nos fins, plus le jeu devenait excitant. Le problème, c'est que Chris possède un sourire à faire fondre n'importe quelle fille, même celles qui sont déjà casées.

Je déteste perdre.

La fille du Taco Bell rougit en voyant Chris lui cligner de l'œil. Oh, non, je rêve… Moi qui l'avais choisie parce qu'elle nous avait traités de ploucs quand on a passé notre commande ! Accoudé au comptoir, devant la caisse, Chris se penche pour se rapprocher d'elle pendant que, depuis ma table, je regarde la tragédie se dérouler sous mes yeux. Elle devrait quand même se rendre compte de l'arnaque, non ? Ou montrer un semblant de dignité et dire à Chris de la lâcher, maintenant !

Je me crispe un peu plus en voyant la petite serveuse rire doucement, écrire quelque chose sur un bout de papier et le faire glisser à Chris. J'hallucine ! Le reste de notre bande se met alors à pousser des cris hilares et je sens quelqu'un me lancer une bourrade dans le dos.

En vérité, le but de la soirée n'est pas spécialement de ramasser des numéros de téléphone ou de se faire des nanas. C'est juste de profiter de notre dernier vendredi soir avant la reprise de l'école. Je viens de goûter à plein de choses : la liberté du vent chaud de l'été qui pénètre par les vitres baissées de la Jeep, le calme absolu des petites routes de campagne quand on roule de nuit, les lueurs accrocheuses de la ville lors d'une demi-heure de balade à Louisville… et, enfin, le goût alléchant d'un bon fast-food mexicain à minuit.

Chris brandit le numéro de téléphone comme un arbitre lèverait le bras du vainqueur.

— C'est bon, Ryan.

— Apporte ça.

Il n'est pas question que je sois allé aussi loin pour le laisser me damer le pion.

Il se vautre sur sa chaise, envoie le papier rejoindre la pile de ceux qu'on a collectés ce soir et ajuste sa casquette de base-ball sur ses cheveux bruns.

— Voyons voir. Il faut réfléchir un minimum. Bien choisir la fille : assez mignonne pour qu'elle ne craque pas automatiquement pour toi. Qu'elle ne se jette pas sur le premier os qu'on lui jette, comme un chien affamé.

Comme lui, je m'adosse à ma chaise, étends mes jambes devant moi et croise les mains sur mon ventre.

— Prends ton temps, dis-je. J'ai toute la vie devant moi.

Ce n'est pas tout à fait exact. Après ce week-end, ma vie va changer, tout comme celle de Chris. Dès lundi, nous entamerons en effet notre dernière saison dans la ligue de base-ball senior. Je ne dispose plus que de quelques mois pour me faire remarquer des entraîneurs professionnels, sans quoi le rêve que j'ai poursuivi toute ma vie s'écroulera.

Une pression sur mon pied me ramène à l'instant présent.

— Eh, détends-toi un peu, murmure Logan.

L'unique junior de la tablée, qui est aussi le meilleur receveur de tout l'Etat, hoche la tête en direction du reste de la bande. Celui-là sait lire sur mon visage mieux que quiconque. Et pour cause : on joue ensemble depuis qu'on est gamins. Moi au lancer. Lui à la réception.

Par égard pour Logan, je ris à une vanne lancée par Chris, même si je n'en ai pas entendu le début.

— On ne va pas tarder à fermer.

La fille du Taco Bell essuie une table près de la nôtre et lance un petit sourire à Chris. Elle serait presque jolie sous l'éclairage au néon rouge de l'enseigne du drive-in.

— J'appellerai peut-être celle-là, dit Chris.

Je hausse un sourcil. Il adore sa copine.

— Non, je suis sûr que tu ne le feras pas.

— Je le ferais, s'il n'y avait pas Tracy.

Sauf qu'il a déjà Tracy et qu'il l'aime, alors ni lui ni moi ne poursuivons cette conversation.

— J'ai encore un coup à jouer, dis-je.

Je fais exprès de regarder autour de moi et scrute la salle décorée façon tex-mex.

— Alors, quelle meuf tu me choisis ?

Côté drive-in, un coup de Klaxon annonce l'arrivée d'une voiture remplie de filles excitées. Du rap à fond sort de l'habitacle, et je vois qu'une fille nous repère. J'adore cette ville. Sur la banquette arrière, une jolie brune me fait un signe de la main.

— Tiens, une de celles-là, par exemple.

— C'est ça, répond Chris avec sarcasme. Et pourquoi je ne te déclarerais pas gagnant maintenant, tant qu'on y est ?

Deux des gars de notre tablée se lèvent et sortent, nous laissant seuls, Logan, Chris et moi.

— Dernière occase de pécho de la citadine avant de retourner à Groveton, Logan.

Comme souvent, Logan ne pipe pas un mot et ne bronche pas. Voilà le Logan que la plupart des gens voient

— difficile à émouvoir. Sauf quand il s'agit de faire un coup d'éclat aussi dangereux que possible.

— Tiens, voilà.

Chris regarde vers l'entrée, et ses yeux s'illuminent.

— Ça, c'est une fille pour toi.

Je retiens mon souffle. Chris a l'air trop content pour que ça puisse être une bonne nouvelle.

— Où ça ?

— Celle qui vient d'entrer, qui attend au comptoir.

Je risque un regard. Cheveux noirs. Fringues déchirées. Style skateuse, à fond. Pas de bol ; ces filles sont plutôt dures à avoir. Je frappe la table du plat de la main, faisant tressauter les plateaux. Pourquoi ? Pourquoi faut-il que cette skateuse débarque au Taco Bell maintenant ?

Les ricanements de Chris ne m'aident pas à calmer mon stress.

— Avoue-toi vaincu et tu t'éviteras de souffrir.

— Dans tes rêves.

Je me lève, refusant de partir sans me battre.

Toutes les filles sont pareilles. C'est ce que je me dis en avançant vers le comptoir. Celle-ci a beau avoir l'air différente de celles de mon patelin, elles cherchent toutes la même chose — un mec qui s'intéresse à elles. Le problème du mec, c'est juste d'avoir le cran de le faire. Sauf que moi, justement, j'en ai.

— Salut. Je m'appelle Ryan.

Ses longs cheveux noirs dissimulent son visage, mais je remarque sa silhouette mince aux formes harmonieuses. A la différence des filles de chez moi, elle ne porte pas de fringues de marque. Non, elle a son style perso. Son débardeur noir dévoile plus de peau qu'il n'en cache, et son jean slim la moule pile comme il faut. Mes yeux s'attardent sur une déchirure dans la toile, juste sous ses fesses.

Elle se penche au-dessus du comptoir et la déchirure s'élargit. La skateuse tourne alors la tête vers moi et vers le box du drive-in, avant de lancer, agacée :

— Quelqu'un peut prendre ma commande, oui ou merde ?

Derrière moi, le rire de Chris me ramène soudain à la réalité. J'enlève ma casquette de base-ball, me passe la main dans les cheveux et remets la casquette en place. Pourquoi elle ? Pourquoi ce soir ? Mais on s'est lancé un défi, et je compte bien gagner.

— C'est un peu mou, le service, ce soir.

Elle me fixe comme si c'était *moi*, le mou de service.

— C'est à moi que tu parles ?

Son regard noir me dit clairement d'aller me faire voir ailleurs, ce que ferait tout type normalement constitué. *Vas-y, petite skateuse, fixe-moi. Tu ne me fais pas peur.* Ses yeux me captivent malgré tout. Ils sont bleus. Bleu marine. Je n'aurais jamais cru qu'une personne avec des cheveux si noirs puisse avoir des yeux pareils.

— Je t'ai posé une question.

Elle colle une hanche contre le comptoir et croise les bras sur sa poitrine.

— T'es aussi bête que t'en as l'air, ou quoi ?

Ouais, un bon style punk : attitude, anneau dans le nez, et le regard qui tue. Pas mon genre, mais ce n'est pas le souci. Il me faut juste son numéro.

— Ça marcherait peut-être mieux si tu étais un peu plus polie.

Une touche d'amusement se lit dans ses yeux et sur ses lèvres. Pas du style qui donne envie de se marrer ensemble, cela dit. Plutôt à vous prendre pour un abruti total.

— Mon langage te dérange ? réplique-t-elle.

Oui.

— Non.

Les filles ne doivent pas dire « merde ». Enfin, elles ne devraient pas. Je me fiche du mot, mais je sais quand je passe un test, et là, je suis en plein dedans.

— Donc mon langage ne te dérange pas, reprend-elle, mais tu dis…

Elle hausse la voix et se penche de nouveau par-dessus le comptoir.

— Tu dis que je pourrais passer ma *putain* de commande si j'étais plus polie ?

C'est ça, fais ton show. C'est le moment de changer de tactique.

— Dis-moi, qu'est-ce que tu veux ?

Sa tête se tourne vers moi comme si elle avait oublié que j'étais là.

— Quoi ?

— A manger. Qu'est-ce que tu veux manger ?

— Du poisson en sauce. Qu'est-ce que tu crois que je veux ? On est dans un restau de tacos.

Chris éclate de rire une nouvelle fois, et Logan se joint à lui. Si je ne me sors pas de ce coup-là, je vais me faire charrier non-stop pendant tout le chemin jusqu'à la maison. Je me penche alors par-dessus le comptoir et fais un signe à la fille qui s'occupe du drive-in. Je lui souris, et elle me rend mon sourire. Prends-en de la graine, petite skateuse. C'est comme ça qu'il faut s'y prendre.

— S'il vous plaît ?

Le visage de la serveuse s'illumine et elle lève un doigt tout en continuant de prendre sa commande à l'extérieur.

— J'arrive dans un instant. Promis, me dit-elle.

Je me retourne vers la skateuse, mais au lieu de me remercier comme il se doit, je la vois secouer la tête, l'air clairement agacé.

— Sportif, hein ?

Mon sourire se désagrège. Le sien s'élargit.

— Comment sais-tu que je suis sportif ?

Ses yeux se posent sur ma poitrine tandis que je réprime une grimace. Sur mon T-shirt gris, en grosses lettres noires, est écrit *Bullitt County High School, Baseball State Champions.*

— Donc tu es un crétin, déclare-t-elle.

C'est cuit. Je m'apprête à repartir vers la table, mais me ressaisis. La partie n'est pas encore perdue.

— Comment tu t'appelles ?

— Je dois faire quoi pour que tu me fiches la paix ?

La voilà, mon ouverture.

— Me donner ton numéro de téléphone.

Le côté droit de sa bouche se relève.

— Tu déconnes, là ?

— Je suis hypersérieux. Donne-moi ton nom, ton numéro, et je m'en vais.

— T'as vraiment un pet au casque, toi.

— Bienvenue chez Taco Bell. Puis-je prendre votre commande ?

Nos regards se braquent sur la serveuse du drive-in. Elle me considère en souriant, puis se rembrunit en regardant la skateuse. Les paupières baissées, elle demande de nouveau :

— Que désirez-vous ?

Je sors mon portefeuille et pose dix dollars sur le comptoir.

— Des tacos.

— Et un Coca, ajoute la skateuse. Maxi. Puisque c'est lui qui paye.

— D'ac-coord.

L'employée note la commande, prend l'argent sur le comptoir et retourne vers le guichet extérieur.

Nous nous fixons. Apparemment, cette fille ne cille jamais.

— Je crois qu'un merci pourrait être cool, dis-je.

— Je ne t'ai jamais demandé de payer.

— Donne-moi ton nom et ton numéro, et on sera quittes.

Elle se passe la langue sur les lèvres.

— Laisse tomber. Tu peux faire tout ce que tu veux, jamais tu n'auras mon nom ou mon numéro.

Et voilà. Fin de partie. Me rapprochant délibérément d'elle, j'avance d'un pas et pose une main sur le comptoir, tout près de sa hanche. Cela la dérange. Je le vois. Son regard devient d'un coup moins amusé, et ses bras se resserrent sur son corps. Elle est petite. Plus petite que je ne croyais. Sa présence est tellement forte que je n'avais pas vraiment remarqué sa taille.

— Je te parie que si, dis-je.

Elle se gratte le menton.

— Mission Impossible.

— Huit tacos et un maxi-Coca, annonce la fille derrière le comptoir.

La skateuse s'empare de la commande et tourne les talons sans me laisser le temps de comprendre que je suis sur le point de perdre.

— Attends !

Elle s'arrête devant la porte.

— Quoi ?

Ce « quoi » est moins irrité que le précédent. Tout n'est peut-être pas perdu.

— Allez, donne-moi ton numéro. Je voudrais t'appeler.

C'est faux — je veux seulement gagner. Elle baisse sa garde. Je le vois bien. Je dissimule mon excitation pour ne pas l'effrayer. Rien ne me fait plus triper que de gagner.

— Tu sais quoi ?

Elle me décoche alors un sourire où perce un mélange de charme et de méchanceté.

— Si tu m'accompagnes jusqu'à ma voiture et que tu m'ouvres la porte, je te filerai mon numéro.

Banco.

Elle sort dans la nuit moite et sautille sur le trottoir pour rejoindre le parking. On peut dire que cette fille sait mener la danse. Elle mène, et moi je la suis, trop heureux de ma victoire.

Mon triomphe ne dure pas bien longtemps ; je m'arrête soudain dans mon élan. Avant qu'elle n'ait franchi les lignes jaunes qui entourent une vieille voiture rouillée, deux types sortent du véhicule, l'air pas commode du tout.

— Je peux t'aider, mec ? demande le plus grand.

Il a des tatouages plein les bras.

— Non, c'est bon.

Je mets les mains dans mes poches et prends une posture nonchalante. Je n'ai aucune intention de me battre, surtout seul contre deux.

Le tatoué avance sur le parking, et il ne se serait probablement pas arrêté sans l'intervention de l'autre type, qui a une mèche devant les yeux. Celui-ci se poste devant le tatoué, le stoppant dans sa progression, mais son attitude m'indique qu'il est tout aussi prêt à se battre.

— Y a un problème, Beth ?

Beth. J'ai du mal à croire qu'une fille de son genre puisse avoir un prénom aussi délicat. Comme si elle lisait dans mes pensées, un sourire satisfait se dessine alors sur ses lèvres.

— Plus maintenant, répond-elle en sautant sur le siège passager.

Les deux types retournent vers la voiture tout en gardant un œil sur moi, comme si j'étais assez idiot pour leur sauter dessus par-derrière. Le moteur se met à rugir et la carrosserie s'ébranle, retenue çà et là par du ruban adhésif.

Je reste sur le trottoir, pas vraiment pressé de rentrer et d'expliquer à mes potes que j'ai perdu la partie. La voiture démarre doucement et passe devant moi tandis que Beth plaque la paume de sa main contre la vitre. Ecrites au marqueur noir, j'y lis les lettres signant ma défaite : M. I.

Comme Mission Impossible.

Beth

Rien n'est comparable à la sensation de flotter. De se sentir léger, aérien, dans une douce chaleur. Comme celle d'un édredon qui sortirait du sèche-linge. La chaleur d'une main contre mon visage, caressant mes cheveux. Si seulement la vie pouvait être comme ça… tout le temps.

Je passerais bien ma vie entière de cette façon, dans le sous-sol de chez ma tante. Rien que des murs autour. Pas de fenêtres. Avec le monde extérieur enfermé dehors. Et les gens que j'aime à l'intérieur.

Noah — les cheveux dans les yeux, empêchant les autres de voir son âme.

Isaiah — les bras couverts de magnifiques tatouages qui effraient les gens normaux et attirent les esprits libres.

Moi — et le poète qui m'habite quand je plane.

Je suis venue dans cette maison par sécurité. Ils sont venus parce que le système de familles d'accueil n'avait plus rien à proposer. Nous sommes restés parce que nous étions les pièces perdues de différents puzzles, fatigués de ne pas trouver notre place.

Il y a un an, Isaiah et Noah ont acheté le canapé, le matelas king-size et la télé pour une bouchée de pain. Dans un magasin pour pauvres, où les gens déposent les vieux trucs dont ils ne veulent plus. Ils ont balancé tout ça en bas des marches, dans les profondeurs de la terre, et ça nous a fait un chez-nous. Nous sommes devenus une famille.

— J'avais des rubans, dis-je.

Ma voix sonne bizarrement. Elle résonne. Lointaine. Je parle de nouveau pour entendre son étrangeté :

— Des tas de rubans.

— J'adore quand elle part comme ça, dit Isaiah à Noah.

Nous sommes tous les trois sur le lit. Noah est assis tout au bout, adossé au mur, en train de finir une bière. Isaiah et moi sommes l'un contre l'autre. Nous ne nous touchons que quand nous sommes bourrés ou défoncés, ou les deux. On peut se le permettre, parce qu'alors ça ne compte pas. Rien ne compte quand on se sent aussi léger.

Isaiah passe de nouveau la main dans mes cheveux. Sa douceur m'incite à fermer les yeux et à m'endormir pour toujours. Le bonheur. C'est ça, le bonheur.

— De quelles couleurs ?

Les contours râpeux de la voix d'Isaiah disparaissent, cédant le champ à un abîme moelleux.

— Rose.

— Et ?

— Les robes. J'adorais les robes.

J'ai l'impression de tourner ma tête dans le sable pour pouvoir le regarder. Elle est posée sur son ventre, et je souris en sentant la chaleur de sa peau contre ma joue, à travers son T-shirt. Ou peut-être que je souris juste parce que c'est Isaiah, et qu'il est le seul à me faire cet effet.

J'adore ses cheveux noirs, rasés très court. J'adore ses yeux gris et gentils. J'adore les boucles d'oreilles qu'il porte des deux côtés. J'adore… qu'il soit si sexy. Surtout quand il plane. Je ris. Il est déjà monstrueusement sexy quand il est sobre. Je devrais écrire ça.

— Tu voudrais une robe, Beth ? demande Isaiah.

Il ne plaisante jamais quand j'évoque mon enfance. A vrai dire, c'est même un des rares moments où il me pose des tas de questions.

— Tu veux m'en acheter une ?

Je ne sais pas pourquoi, mais cette idée me réjouit. Le peu de lucidité qu'il me reste me rappelle que je ne porte pas de robes et que je méprise les rubans. Mais le reste de mon esprit, embrumé par les vapeurs de l'herbe, apprécie ce petit jeu — l'idée d'une vie avec robes, rubans, et quelqu'un qui se plierait en quatre pour donner vie à mes rêves les plus fous.

— Oui, répond-il sans hésiter.

Les muscles autour de ma bouche deviennent lourds, et le reste de mon corps, y compris mon cœur, en fait de même. Non. Je ne suis pas prête pour la descente. Je ferme les yeux et attends que ça passe.

— Elle est défoncée.

Noah, lui, n'est pas défoncé, et quelque part, je lui en veux un peu pour ça. Il a arrêté de fumer et d'être insouciant après son bac, et il entraîne Isaiah avec lui.

— On a trop attendu.

— Non, c'est nickel.

Isaiah bouge et pose ma tête sur quelque chose de doux et mou. Un oreiller. Isaiah prend toujours soin de moi.

— Beth ?

Son souffle chaud effleure mon oreille.

— Moui…

Murmure vaseux.

— Emménage avec nous.

Au printemps dernier, Noah a eu son bac et décroché des familles d'accueil. Maintenant, il déménage et Isaiah part avec lui, même si officiellement, Isaiah ne peut pas quitter le système avant son bac l'année prochaine, et ses dix-huit ans. Ma tante se fiche bien de l'endroit où il vit, du moment qu'elle continue de recevoir les chèques de l'Etat.

J'essaie de secouer la tête, mais ça n'est pas facile, dans le sable.

— On a discuté tous les deux. Tu pourrais avoir une chambre pour toi, et nous on se partagerait la deuxième.

Ça fait des mois qu'ils me tannent avec ça, pour essayer de me convaincre de vivre avec eux. Sauf que même défoncée, j'arrive quand même à voir clair dans leur plan, non mais ! J'ouvre brusquement les yeux.

— Pas possible. Vous aurez besoin d'intimité pour les filles.

Noah ricane.

— On a un canapé.

— Je vais encore au lycée, j'ajoute.

— Isaiah aussi. Au cas où tu ne l'aurais pas remarqué, vous êtes tous les deux en terminale cette année.

Petit malin. Je regarde Noah. Il se contente de siroter sa bière. Isaiah poursuit :

— Comment comptes-tu aller au lycée, autrement ? Tu vas prendre le bus, peut-être ?

Certainement pas.

— T'auras qu'à te bouger et venir me chercher le matin, voilà.

— Tu sais bien que je le ferai pour toi, murmure-t-il, me faisant retrouver une parcelle de bonheur.

— Pourquoi tu ne veux pas emménager avec nous ? demande Noah.

Sa question très directe me fait brusquement revenir sur terre. *Parce que !* crie une voix en moi. Je bascule sur le flanc et me roule en boule. La couverture calée sous mon menton.

— Ça y est, elle est cuite, commente Isaiah.

Ça vibre sous mes fesses. Je m'étire avant de chercher le téléphone calé dans la poche arrière de mon jean.

L'espace d'un instant, je me demande si le joli petit mec du Taco Bell n'aurait pas réussi à dégoter mon numéro. J'ai rêvé de lui. Il se tenait près de moi, aussi arrogant que craquant avec sa tignasse blonde et ses yeux noisette. Cette fois, il ne jouait pas à essayer d'obtenir mon numéro. Il me souriait comme si je comptais vraiment pour lui.

Bref, un rêve, quoi.

Son souvenir s'efface tandis que je consulte l'heure et l'identité de l'appelant sur mon portable : 3 heures du mat, le bar du Last Stop. Et merde. Je prends l'appel en regrettant d'avoir recouvré mes esprits.

— Un instant.

Isaiah est endormi à côté de moi, un bras posé sur mon ventre. Je le soulève doucement et m'extirpe du lit. Noah a atterri sur le canapé avec sa copine, Echo, pelotonnée contre lui. Tiens, depuis quand est-elle revenue, celle-là ?

Sans faire de bruit, je monte l'escalier, entre dans la cuisine et referme la porte du sous-sol.

— Oui ?

— Ta mère cause encore des problèmes, dit une voix d'homme exaspérée.

Malheureusement, je connais bien cette voix : c'est Denny, le patron du Last Stop.

— Tu ne la sers plus, au moins ?

— Je peux pas empêcher des types de lui offrir des verres. Ecoute, ma jolie, tu me payes pour te téléphoner avant d'appeler la police ou de la jeter dehors, et c'est fait. Alors maintenant, tu as un quart d'heure pour la faire dégager d'ici.

Il raccroche. Niveau conversation, Denny a encore pas mal de progrès à faire.

Je sors et parcours les deux pâtés de maisons jusqu'à la zone commerciale où l'on trouve toutes les commodités pour les fauchés du coin : laverie automatique, solderie, magasin d'alcool, supermarché discount qui accepte les tickets alimentaires et vend du pain rassis et de la viande avariée, bureau de tabac, mont-de-piété, et bar à bikers. Ainsi qu'un cabinet d'avocats tout pourri, au cas où vous vous feriez prendre en train de voler à l'étalage ou de braquer l'un des établissements ci-dessus.

Les autres magasins sont fermés depuis des heures et ont baissé leur rideau de fer. Des groupes d'hommes et de femmes s'agglutinent autour des rangées de motos qui remplissent le parking. L'odeur des cigarettes se mélange au doux parfum de l'herbe et du shit dans l'atmosphère chaude et humide de l'été.

Denny et moi savons bien qu'il n'appellera pas les flics, mais je ne peux pas prendre de risques. Maman s'est déjà fait arrêter deux fois, et elle est en sursis avec liberté surveillée. Mais même si Denny n'appelle pas la police, il n'hésitera pas à la mettre dehors. Des éclats de rire d'hommes viennent me rappeler que ce ne serait vraiment pas une bonne idée. Ces rires ne sont ni joyeux ni sains. Ils ont quelque chose de mauvais, de dangereux, comme avides de la souffrance d'autrui.

Ma mère a un succès fou auprès des dingues. Je ne pige pas. Et je n'ai pas à le faire. Je me contente de réparer un tant soit peu les dégâts.

La salle est faiblement éclairée par quelques ampoules nues au-dessus des tables de billard, le néon rouge qui court le long du bar, et les deux télévisions accrochées au mur. Sur la porte, un panneau annonce deux choses : interdit aux moins de vingt et un ans, et pas de signes d'appartenance à un gang. Même dans la pénombre, je vois qu'aucune de ces deux règles n'est respectée. La plupart des hommes portent des blousons affichant clairement l'emblème de leur gang, et la moitié des nanas qui traînent avec eux ne sont pas majeures.

Je me fraye un chemin entre deux hommes pour rejoindre l'endroit où Denny fait le service, derrière son bar.

— Où est-elle ?

Vêtu de sa sempiternelle chemise rouge, Denny me tourne le dos et verse de la vodka dans des verres. Il ne fera pas l'effort de parler et de servir en même temps — du moins pas pour moi.

Je m'efforce de conserver mon calme quand une main me presse soudain les fesses tandis qu'un type puant la sueur se penche vers moi.

— Tu prends un verre ?

— Dégage, pauvre type.

Il rit et me remet la main aux fesses. Je me concentre sur l'arc-en-ciel coloré des bouteilles d'alcool exposées devant moi en essayant de m'imaginer que je suis ailleurs. Et quelqu'un d'autre.

— Enlève tout de suite ta main de là.

Denny me bloque la vue sur les bouteilles et donne une bière au gars.

— Détournement de mineure, ça te parle ? lance-t-il à son client.

Le pauvre type s'éloigne du bar tandis que Denny hoche la tête vers le fond de la salle.

— Elle est au même endroit que d'habitude.

— Merci.

Des regards et des ricanements m'accompagnent — ceux des habitués, pour la plupart. Ils savent pourquoi je suis ici. Je vois bien le jugement dans leurs yeux. L'amusement. La pitié. Sales hypocrites.

Je marche la tête haute, le buste droit. Je vaux mieux que tous ces minables. Ils peuvent bien ricaner tant qu'ils veulent. Je les emmerde. Tous autant qu'ils sont.

Dans la salle du fond, les clients sont presque tous rassemblés autour d'un jeu de poker, laissant vide le reste de la pièce. La porte arrière est grande ouverte. Par là, je distingue l'immeuble de ma mère et sa porte d'entrée. Pratique.

Maman est assise à une petite table ronde dans un coin, devant un verre et deux bouteilles de whisky. Elle se frotte la joue, puis écarte sa main. Et là, la colère me prend.

Il l'a frappée. Une fois de plus. Sa joue est rouge, tuméfiée. Sous son œil, la chair gonfle déjà. Voilà la raison pour laquelle je ne veux pas emménager avec Noah et Isaiah. Pour laquelle je ne peux pas partir. Il faut que je reste à proximité de ma mère.

— Elisabeth.

Elle me fait un vague signe de la main. Puis attrape une

bouteille de whisky et la retourne approximativement au-dessus de la zone du verre, mais rien n'en sort. Tant mieux, parce qu'elle aurait tout versé à côté.

J'avance jusqu'à elle, m'empare de la bouteille et la pose sur la table voisine.

— Elle est vide.

— Ah…

Elle cligne ses yeux mornes et bleus.

— Sois mignonne, va m'en chercher une autre.

— Maman, j'ai dix-sept ans.

— Alors prends-toi un verre aussi.

— Allez, viens, on y va.

Ma mère passe une main tremblante dans ses cheveux blonds et regarde autour d'elle comme si elle venait soudain de se réveiller.

— Il m'a frappée.

— Je sais.

— Je lui ai rendu ses coups.

A mon avis, c'est même elle qui a frappé en premier.

— Ecoute, il faut qu'on y aille.

— Je ne t'en veux pas, tu sais ? dit-elle.

Je me prends cette dernière phrase comme un coup de poing dans le ventre. J'inspire profondément et cherche un moyen d'apaiser la claque qu'elle représente, mais je n'y parviens pas. Je saisis alors l'autre bouteille, heureuse d'y trouver un fond de whisky, et m'en verse une lampée que je gobe cul sec. Puis j'en verse une deuxième et pousse le verre devant elle.

— Si, je sais que tu m'en veux.

Ma mère fixe le verre avant de passer son doigt sur le bord. Ses ongles sont rongés jusqu'à l'os. Ses cuticules en pleine floraison. Tout autour, la peau autour est sèche et fripée. Je me demande si ma mère a un jour été jolie.

Elle rejette la tête en arrière pour descendre son verre.

— Tu as raison. Je t'en veux. C'est à cause de toi que ton père est parti.

— Je sais.

La brûlure du whisky efface la douleur du souvenir.

— Allons-y, maintenant.

— Il m'aimait.

— Je sais.

— Ce que tu as fait… ça l'a forcé à partir.

— Je sais.

— Tu as bousillé ma vie.

— Je sais.

Elle se met à pleurer. Des sanglots d'alcoolique. Du genre où tout sort en même temps — les larmes, la morve, la salive, l'horrible vérité qui ne devrait jamais être dite.

— Je te déteste.

Je tressaille. Déglutis. Et respire à fond.

— Je sais.

Ma mère attrape ma main. Je ne la retire pas. Je ne serre pas la sienne en retour. Je la laisse faire ce qu'elle a à faire. Je connais le scénario.

— Excuse-moi, ma chérie.

Elle s'essuie le nez sur la peau nue de son avant-bras.

— Je ne le pensais pas. Je t'aime. Tu sais que je t'aime. Ne me laisse pas seule, hein ?

— Mais non.

Que répondre d'autre ? C'est ma mère. Ma mère.

Ses doigts dessinent des cercles sur le dos de ma main tandis qu'elle refuse de me regarder dans les yeux.

— Tu restes avec moi cette nuit ?

C'est la limite qu'Isaiah ne veut pas que je franchisse. A vrai dire, il a même établi une limite un peu plus serrée : il m'a fait promettre que je resterais carrément à distance d'elle, depuis que son mec m'a tabassée. D'une certaine manière, j'ai tenu ma parole en emménageant chez ma tante. Mais il faut bien que quelqu'un s'occupe de ma mère — vérifie qu'elle mange, fasse ses courses, paye ses factures. Après tout, c'est ma faute si mon père est parti.

— Allez, en route, à la maison.

Maman sourit, ne remarquant même pas que je n'ai pas répondu à sa question. La nuit, parfois, je rêve de son sourire. Elle était heureuse quand papa vivait avec nous. Avant que je ne gâche son bonheur.

Ses genoux flageolent, mais elle peut marcher. Il y a eu largement pire, comme soirée.

— Tu vas où ? je lui demande en la voyant partir vers le bar.

— Payer ma note.

Impressionnant. Elle a de l'argent !

— Je m'en charge. Reste ici, puis je te raccompagne chez toi.

Au lieu de me tendre de l'argent, elle s'appuie contre la porte de secours. Génial. A moi de me débrouiller avec l'addition. Heureusement que le mec du Taco Bell a payé ma bouffe, ça me laisse de quoi régler Denny.

Je pousse quelques personnes pour rejoindre le bar et Denny fait la grimace en me voyant.

— Fais-la sortir d'ici, maintenant.

— Elle est sortie. Combien elle doit ?

— C'est déjà réglé.

Mon sang se glace.

— Depuis quand ?

— Quelques secondes.

Non.

— Par qui ?

Il ne veut pas croiser mon regard.

— A ton avis ?

Je me retourne brusquement et bouscule les clients pour les écarter de mon chemin. Il l'a déjà frappée une fois. Il le refera. Je cours à toute vitesse jusqu'à la porte arrière, sors dans l'allée et ne vois rien. Rien dans l'obscurité. Rien sous les réverbères. Seul le chant des criquets résonne autour de moi.

— Maman ?

Bris de verre. Nouveau bris de verre. Des cris horribles

s'élèvent soudain devant l'immeuble de ma mère. Bon Dieu, il est en train de la tuer ! J'en suis sûre.

Mon cœur s'emballe dans ma poitrine, me coupant presque le souffle. Je me mets à trembler de la tête aux pieds. L'image de ce que je vais découvrir en arrivant au parking me dévore : maman allongée dans une mare de sang, avec son connard de mec debout à côté d'elle. Les larmes me brûlent les yeux, je trébuche en tournant au coin du bâtiment, m'éraflant les mains sur le bitume. Je m'en fous. Il faut que je la trouve. Ma mère…

Ma mère manie une batte de base-ball et explose le pare-brise d'une vieille El Camino.

— Mais… qu'est-ce que tu fais ?

Et où a-t-elle dégoté une batte de base-ball ?

— Il m'a…

Elle balance la batte et fracasse d'autres vitres.

— … trompée !

J'hésite entre la tuer ou la serrer dans mes bras.

— Alors quitte-le.

— Espèce de salope ! gronde soudain une voix d'homme.

Le mec de ma mère surgit entre deux bâtiments et lui envoie une gifle monumentale, du plat de la main. Je sens ma propre peau brûler du coup porté sur sa joue. La batte de base-ball tombe des mains de ma mère et rebondit trois fois sur la route avec un son creux. Chaque choc du bois sur le bitume aiguise un peu plus mes sens. L'objet tombe enfin à terre et roule vers mes pieds.

Il lui hurle dessus. Des insultes, des mots qui se mêlent en un bourdonnement confus dans ma tête. Il m'a frappée l'année dernière. Il frappe maman. Il ne nous frappera plus ni l'une ni l'autre.

Il lève la main. Maman se protège le visage de ses bras tout en s'agenouillant devant lui. Je m'empare de la batte. Fais deux pas en avant. Là, je prends mon élan, et…

— Police ! Lâchez cette batte ! Mettez-vous à terre !

Trois officiers en uniforme nous entourent soudain.

Bon Dieu. Mon cœur bat à tout rompre dans ma poitrine. J'aurais dû y penser, mais je ne l'ai pas fait, et cette erreur va me coûter cher. Les flics patrouillent régulièrement dans le coin.

Le connard me montre du doigt.

— C'est elle qui a fait ça. Cette cinglée a bousillé ma bagnole. Sa mère et moi, on a essayé de l'en empêcher, mais elle a complètement pété les plombs !

— Lâchez cette batte ! Les mains sur la tête.

La batte… Sidérée par ce mensonge, j'avais oublié que je la tenais toujours. Je sens le contact du bois contre ma paume. Je la lâche et entends le même bruit creux que tout à l'heure comme elle rebondit sur le sol. Les mains sur la tête, je regarde alors ma mère. Et j'attends. J'attends qu'elle explique. Qu'elle nous défende.

Maman reste à genoux devant le connard. Elle secoue légèrement la tête et articule silencieusement « s'il te plaît » en me regardant.

S'il te plaît ? S'il te plaît, quoi ? J'écarquille les yeux, la suppliant de s'expliquer.

Elle articule alors un autre mot : « Sursis. »

Un flic écarte la batte du pied et hoche la tête vers moi.

— Eh bien, que s'est-il passé ?

— C'est moi, lui dis-je. J'ai démoli la voiture.

Ryan

Des gouttes de sueur perlent de mon crâne pour venir couler sur mon front, m'obligeant à m'essuyer avant de remettre ma casquette en place. Ce soleil me donne l'impression de cuire sur le gril de l'enfer. Les matchs du mois d'août en plein après-midi sont les pires.

Mes mains transpirent. Je me fiche de la gauche — celle qui porte le gant. C'est ma main droite, celle pour le lancer, que je frotte sans cesse contre mon pantalon. J'entends les battements de mon cœur sourdre dans mes oreilles et lutte contre un étourdissement. L'odeur du pop-corn grillé et des hot-dogs me parvient depuis les stands, et mon ventre se serre. Je suis sorti trop tard, hier soir.

Un coup d'œil vers le tableau d'affichage m'apprend que la température vient d'atteindre les trente-six degrés. En température ressentie, on est bien au-delà. En théorie, quand on dépasse les quarante degrés, les arbitres doivent interrompre le match. En théorie.

Mais ça ne changerait pas grand-chose s'il faisait moins de zéro. Mon ventre serait noué de la même manière. Mes mains transpireraient quand même. J'ai toujours la même pression à ces moments-là, qui me tord les entrailles et menace de me faire imploser.

— Allez, Ry ! lance Chris, notre bloqueur, entre la deuxième et la troisième base.

Son cri de bataille suscite de l'écho parmi le reste de l'équipe — ceux sur le terrain et ceux assis sur le banc. Enfin, je ne devrais pas dire « assis ». Sur le banc de touche, tout le monde est debout, avec les doigts cramponnés à la grille.

Fin de la septième manche. On mène d'un point, avec deux balles sorties, mais j'ai merdé et lancé un coureur en premier. Maudite balle courbe. J'ai déjà lancé une prise et deux balles avec le batteur actuel. Il n'y a plus le droit à l'erreur. Deux prises de plus et la partie est gagnée. Deux balles de plus et je leur accorde un but sur balle, donnant à l'équipe adverse un coureur en position de tête.

Le public s'échauffe. Tout le monde applaudit, siffle et crie des encouragements. Mon père encore plus fort que tous les autres.

Je serre la balle, prends une bonne respiration, lève mon bras droit jusque derrière mon dos et guette le signal de Logan. Le poids de ce prochain lancer repose sur moi. Tout le monde veut que cette partie se termine. Moi le premier.

Et je ne perdrai pas.

Logan se met en position derrière le frappeur et a soudain un geste inattendu. Il relève son casque sur sa tête, met sa main entre ses jambes et me fait un doigt d'honneur.

Quel enfoiré !

Il affiche un large sourire, et sa petite blague me détend les épaules. Après tout, ce n'est que le premier match de la saison. De l'échauffement, pour ainsi dire. Je hoche la tête ; il rabat alors son casque sur son visage et croise les doigts en V, deux fois consécutives.

Signal pour une balle rapide.

Je jette d'abord un œil vers la première base. Le coureur n'est pas loin de la deuxième, mais pas suffisamment près pour réussir un but volé. Je plie alors le bras en arrière et effectue mon lancer, dans une montée de force et d'adrénaline. Mon cœur bondit deux fois : d'abord quand j'entends le doux bruit de la balle heurter le gant de Logan, puis quand la voix de l'arbitre prononce les mots « Deuxième prise ».

Logan renvoie la balle, et je ne perds pas de temps à

me préparer pour le prochain lancer. Ça se présente bien. Mon équipe va bientôt rentrer au vestiaire — victorieuse.

Logan lève le petit doigt et l'enserre de son autre main. Je secoue la tête. Je veux conclure le match, et il nous faut une balle rapide, pas une courbe. Logan hésite avant de m'adresser deux signes en V. Il a pigé. Il sait que je peux mettre le feu.

Les mains entre ses jambes, il s'immobilise, puis me fait un geste m'indiquant que mes balles rapides sont sorties. Je hoche la tête, lui signalant que j'ai compris que je devais allier placement et vitesse. La balle vole de ma main, frappe le gant de Logan en plein centre, et l'arbitre s'écrie : « Balle ! »

Je reste abasourdi. C'était une prise !

Les clôtures s'agitent avec fracas sous les secousses de mes équipiers, hurlant à l'injustice. Entre l'abri des joueurs et le terrain, notre entraîneur crie sur l'arbitre, tandis que sur le gazon, mes camarades sifflent l'erreur d'annonce. Des murmures et huées de réprobation parcourent le public. Dans les gradins, la tête penchée et perdue dans une prière, ma mère cramponne le collier de perles à son cou.

Bon Dieu. Je tire d'un coup sec sur la visière de ma casquette pour tenter d'apaiser les pulsations de mon sang dans mes veines. Les erreurs d'annonce, ça craint, mais ça arrive. J'ai encore un coup pour rattraper celui-là. Un dernier…

— C'était une prise !

Mon père descend soudain des gradins et se dirige vers la clôture, juste derrière l'arbitre. Les joueurs et le public font le silence. Mon paternel demande justice. Enfin, sa version de la justice.

— Retournez dans les gradins, monsieur Stone, répond l'arbitre.

Tout le monde connaît mon père ici.

— Je retournerai à ma place quand nous aurons un

arbitre digne de ce nom. Vous avez fait des annonces erronées tout au long du jeu.

Il n'a pas haussé la voix, même s'il a parlé assez fort pour que tout le public puisse l'entendre. Mon père possède une autorité naturelle, et tout le monde l'admire dans cette ville.

De derrière sa grille, il toise le petit arbitre grassouillet et attend que quelqu'un répare ce qu'il considère comme une erreur. On est des copies conformes, lui et moi. Cheveux blond paille et yeux marron clair. Grandes jambes. Epaules carrées. Grand-mère disait que les gens comme papa ou moi sont taillés pour travailler dur. Mon père répondait que nous sommes taillés pour le base-ball.

Mon entraîneur s'engage sur le terrain avec l'entraîneur de l'équipe adverse. Ça me paraît juste. L'arbitre a commis des erreurs pour les deux camps, et je trouve ça drôle que personne n'ait eu le cran de dire quelque chose avant que mon père ne se mette en pétard.

— Ton père est l'homme de la situation.

Chris me rejoint sur le monticule du lanceur.

— Ouais.

L'homme de la situation. Je jette un nouveau regard vers ma mère et la place vide où mon grand frère, Mark, avait l'habitude de s'asseoir. Son absence se fait plus cruellement sentir que je ne l'aurais cru. Je tends mon gant en direction de Logan, qui s'est écarté des quatre hommes en train de discuter de l'arbitrage. Il ramasse systématiquement les balles.

Chris balaye la foule du regard.

— Tu as vu qui est là ?

Je ne prends pas la peine de regarder. Lacy assiste toujours aux matchs de Chris.

— Gwen, dit-il avec un sourire narquois. Lacy a entendu dire qu'elle s'intéresse de nouveau à toi.

Je réagis sans réfléchir et tourne la tête vers les gradins pour la voir. Pendant deux ans, Gwen et le base-ball ont représenté toute ma vie. En effet, elle est là. Le vent agite ses longs cheveux blonds, et, comme si elle avait senti mon regard, elle me fixe alors et me sourit. L'année dernière encore, j'adorais ce sourire. Un sourire qui n'était réservé qu'à moi. Plusieurs mois se sont écoulés depuis. Ma mère l'adore toujours. Moi, je ne sais plus trop ce que je ressens pour elle. Un mec monte alors les gradins et passe un bras autour d'elle. C'est ça, frime, connard. Je suis au courant que je ne suis plus avec elle.

— Balle en jeu !

La voix d'un nouvel arbitre s'élève soudain de la boîte des frappeurs. L'arbitre évincé serre la main de mon père de l'autre côté de la grille. Comme je le disais, mon père croit en la justice, et il est aussi convaincu qu'elle doit être rendue en préservant la fierté de chaque homme. Enfin, pour tout homme autre que mon frère.

Toutes les personnes qui ne sont pas sur le terrain applaudissent et regardent mon père revenir à sa place. Quelques-unes lui tendent la main. D'autres lui tapent amicalement dans le dos. Hors du terrain, papa est un peu le chef du quartier. Sur le terrain, c'est moi.

A côté de la boîte des frappeurs, le batteur s'exerce à décocher quelques coups. Deux prises. Trois balles. Maintenant, il sait que je peux mettre le feu. Je siffle et interpelle Logan d'un geste.

Chris rit à côté de moi. Il voit bien que je suis gonflé à bloc. Logan approche, son casque de receveur relevé sur la tête.

— Qu'est-ce qu'il y a, chef ?

— Vas-y, raconte.

Voilà ce que doit faire un bon receveur.

— Le frappeur était mou, dit Logan, mais il a eu le temps de se reposer, ce qui veut dire qu'il va tout donner maintenant. Ta balle rapide est sortie tout à l'heure, et il le sait.

Je fais rouler la balle entre mes doigts.

— Il va s'attendre à une rapide ?

— A sa place, je m'attendrais à ce que tu en fasses une, dit Chris.

Je hausse les épaules, et remarque que mes muscles sont un peu endoloris.

— Dans ce cas, faisons un changement de vitesse. Il la prendra pour une rapide et n'aura pas le temps de s'ajuster.

Un sourire se dessine sur le visage de Chris, et il place son gant devant sa bouche.

— Tu veux l'éjecter.

— *On* va l'éjecter, dis-je en cachant aussi mes lèvres derrière mon gant.

Je me tourne vers le terrain et siffle pour attirer l'attention de tout le monde. Chris retourne à son poste, frotte sa main ouverte sur sa poitrine et tape son bras gauche de sa main droite à deux reprises. Le joueur de champ centre accourt, et notre deuxième base relaie le message. Le temps que je me poste en face du batteur, Logan a déjà passé l'info en première et en troisième base.

Logan rabat le casque sur son visage, se met en position fléchie, et tient son gant, prêt à accueillir le lancer. Oui, ce coup-là, c'est le bon.

— A ce soir, mon pote.

Chris me lance une petite bourrade et s'en va. Il tient son sac de sport dans une main et celle de Lacy dans l'autre. Chris et moi avons fait la connaissance de Lacy en sixième. Je l'ai appréciée en la voyant s'écorcher les genoux en jouant au foot avec les garçons. Chris est tombé amoureux d'elle le jour où elle l'a mis hors jeu au base-ball. Ils sont ensemble depuis la seconde — l'année où il a enfin eu le courage de lui demander de sortir avec lui.

Lacy enlève un élastique de son poignet et attache ses cheveux en un chignon très approximatif. J'aime bien le fait qu'elle ne soit pas aussi maniérée que la plupart des filles. Pour s'entendre avec moi, Chris et Logan, une nana ne doit pas être trop chochotte. Ce qui ne veut pas dire qu'elle soit moche — bien au contraire, en l'occurrence —, mais Lacy se fiche complètement de ce que pensent les autres.

— On va à une fête ce soir. J'ai envie de discuter, de voir du monde et de danser. Dans la vie, il y a quand même autre chose que les boîtes de frappeur et les défis à deux balles.

Nos doigts se figent sur les lacets de nos chaussures, et Logan et moi relevons la tête. Chris blêmit.

— C'est un sacrilège, Lacy. Retire ça tout de suite.

Près de moi, Logan enfile ses Nike et range ses chaussures de base-ball dans son sac.

— Tu ne connais pas le frisson qu'on ressent quand on remporte un défi.

— Les défis ne sont pas marrants, réplique-t-elle d'un ton sévère. C'est un jeu idiot. Tu as foutu le feu à ma voiture.

Logan hausse une main.

— J'ai ouvert la fenêtre à temps. Pour ma défense, je te rappelle que le fauteuil est à peine roussi.

Chris et moi rions doucement en nous rappelant les cris que Lacy a poussés pendant qu'elle prenait un virage. Résumé : un emballage de hamburger, un briquet, un chronomètre et un défi. Sans le faire exprès, Logan a fait tomber le papier enflammé qui a roulé sous le siège de Lacy. Elle nous décoche un de ces regards noirs qui nous réduit au silence.

— Ce serait bien que tu aies une copine pour qu'elle puisse te promener un peu dans sa bagnole.

— Je ne peux pas.

Logan agite ses sourcils.

— Pour l'instant, j'aide Ryan à draguer.

— Draguer.

Elle crache ce mot avec mépris puis pointe le doigt vers Logan et moi, mais je le vois surtout s'attarder sur moi.

— L'un de vous deux va devoir se trouver une meuf pour de bon. J'en ai ras le bol de ce chien en rut.

Lacy déteste le tableau de chasse que je me suis fait pendant l'été. Elle est terrifiée à l'idée que j'incite Chris à la quitter, même si elle n'a rien à craindre de ce côté-là. Chris l'a quasiment élevée au rang de déesse.

— Tu n'as pas aimé celle que j'avais choisie, la dernière fois, dis-je. Pourquoi je devrais réessayer ?

— Parce que tu mérites mieux que ça.

Mon ton se fait plus grave.

— Gwen est quelqu'un de bien.

Gwen et moi avons peut-être rompu, mais ce n'est pas une raison pour parler d'elle de cette manière.

— Quand on parle du loup, murmure Logan.

— Salut, Ryan.

Je tourne la tête et découvre Gwen, plus canon que jamais. Une robe de coton bleue dévoile ses jambes bronzées, et elle porte une paire de santiags que je ne connaissais pas. Ses longs cheveux blonds sont bouclés aux pointes. Escortée de ses trois meilleures copines, elle passe avec légèreté devant moi, sans que ses yeux verts me quittent.

— Salut, Gwen.

Arrivée au stand de restauration, elle repousse ses cheveux dans son dos et fixe son regard ailleurs. Je continue de la regarder en essayant de me rappeler pourquoi on s'est séparés.

— De la comédie !

Lacy s'interpose délibérément devant moi pour m'empêcher de reluquer les fesses de Gwen.

— Cette fille, ce n'était rien que de la comédie. Tu t'en souviens ? Quand tu m'as dit : « Lacy, elle est trop dans les apparences », je t'ai répondu : « Je sais », avant de te rappeler que je te l'avais déjà dit. Là, tu m'as dit : « Ne me laisse pas revenir vers elle », et je t'ai demandé : « Je peux t'arracher les couilles si tu essaies ? », et tu m'as répondu…

— Non.

J'ai dit non parce que je sais que Lacy serait capable de le faire, et je préfère garder mes bijoux de famille intacts ; en revanche, je lui avais demandé de me rappeler cette conversation si je faiblissais un jour devant Gwen. Logan et moi devrions inviter des filles à aller au ciné, le week-end prochain. Bon sang, si la petite skateuse m'avait filé son numéro, j'aurais même pu l'appeler, elle. On peut dire qu'elle était sacrément sexy, et quand Gwen débarque, une distraction est toujours la bienvenue.

— Viens, Logan, lance Chris. Je te ramène chez toi.

Près de l'abri des joueurs, mon père passe un bras autour de la taille de ma mère pendant qu'ils discutent avec l'entraîneur et un type en polo et pantalon beige. Je me demande si quelqu'un remarque que ma mère s'écarte légèrement de mon père. Probablement pas. Maman est en mode représentation, tout sourires.

Par-dessus son épaule, mon père m'invite à les rejoindre en m'adressant l'un de ses rares sourires genre « je suis fier de toi ». Cela me laisse un peu dubitatif. D'accord, on a gagné, mais on gagne souvent. Comme tous les champions de la ligue. Pourquoi cet accès de fierté maintenant ?

Comme je l'ai dit, papa et moi sommes de véritables clones, à part l'âge et la peau. Des années de pluie, de soleil et de chaleur ont tanné son visage. Diriger une entreprise de construction implique de passer beaucoup de temps dehors.

— Ryan, je te présente M. Davis.

M. Davis et moi tendons la main l'un vers l'autre en même temps. Il est grand, mince, et doit être environ du même âge que mon père, même si son visage n'est pas aussi marqué.

— Appelle-moi Rob. Félicitations pour ce beau match. Tu as de sacrées balles rapides.

— Merci, m'sieur.

J'ai déjà entendu ça. Maman dit à tout le monde que

Dieu m'a accordé un don, et si je ne sais pas trop quoi en penser, je ne pourrais pas nier que j'apprécie le compliment.

Je suis habitué aux présentations. Comme papa est chef d'entreprise et qu'il siège au conseil municipal, il adore réseauter. Je ne veux pas dire par là qu'il court après le pouvoir. Il a refusé plusieurs fois de se présenter aux élections pour la mairie, bien que ma mère le tanne depuis des années pour qu'il le fasse. Il est seulement très impliqué dans la vie locale.

Rob hoche la tête vers le terrain.

— Ça t'ennuierait de lancer quelques balles pour moi ?

Mes parents et l'entraîneur échangent des regards entendus, me donnant l'impression d'avoir loupé la chute d'une bonne blague. A moins que ce ne soit moi, la chute.

— Pas de problème.

Rob sort de son sac un radar de vitesse ainsi qu'une carte de visite. Il garde le radar dans la main gauche et me tend la carte.

— Je suis venu à ce match pour observer un joueur de l'autre équipe. Je n'ai pas trouvé ce que je voulais chez lui, mais je crois avoir senti en toi des choses plus prometteuses.

Mon père me tape gentiment dans le dos ; je tourne les yeux vers lui, surpris par cette marque d'affection en public. Il n'est pas vraiment du genre tactile, d'habitude. Personne ne l'est, dans ma famille. Je serre le petit carton dans ma main et me retiens de toutes mes forces pour ne pas jurer de surprise devant ma mère. L'homme qui se dirige maintenant vers la zone derrière le marbre est Rob Davis, recruteur pour les Cincinnati Reds.

— Je t'avais bien dit que les épreuves de sélection du printemps n'étaient pas la fin du monde.

D'un geste, mon père m'invite à suivre Rob.

— Vas-y, épate-le, ajoute-t-il.

Beth

Le plus vieux des gardiens de cellule, le gentil, marche à côté de moi. Il n'a pas serré les menottes à fond, comme son abruti de collègue. Il n'essaie pas de me faire flipper à tout bout de champ. Il ne se croit pas dans un remake de je ne sais quel film policier. Il se contente de marcher près de moi, en ignorant mon existence.

Moi, je ne veux plus que du silence, après avoir entendu une nana descendre d'un mauvais trip à l'acide toute la nuit dernière.

Ou peut-être aujourd'hui.

Je n'ai aucune idée de l'heure qu'il est.

Ils m'ont donné un petit déj'.

Ils ont parlé de déjeuner.

On doit être le matin. Peut-être le midi.

Le gardien ouvre la porte de ce qui doit être une salle d'interrogatoire. A part la cellule que j'ai partagée avec la fille de quinze ans bien trop bavarde à mon goût, c'est l'endroit où j'ai passé la majeure partie de mon temps depuis qu'ils m'ont arrêtée pour « destruction de la propriété d'autrui ». Le gardien s'adosse au mur. Je m'assois devant la table.

J'ai besoin d'une clope.

Grave.

Carrément grave.

Je pourrais me couper un bras rien que pour une taffe.

— A quoi tu te shootes ?

Le mec regarde mes doigts.

J'arrête de pianoter sur la table.

— A la nicotine.

— C'est hard, dit-il. J'ai jamais réussi à décrocher.
— Ouais. Ça rend bien accro.
L'officier de police qui m'a arrêtée hier soir — enfin, ce matin — entre dans la pièce.
— Elle parle.
Si j'avais su. Du coup, je décide de la fermer. Hier soir, ou ce matin, j'ai réussi à garder le silence pendant qu'ils me cuisinaient sur ma mère, ma vie à la maison, le mec de ma mère. J'ai refusé de parler, de lâcher un seul mot, parce que, dans le cas contraire, j'aurais pu dire un truc qu'il ne fallait pas et envoyer direct ma mère en prison. Ce qui serait insupportable pour moi.
Je n'ai aucune idée de ce qui lui est arrivé, à elle ou à son mec, après que les flics m'ont passé les menottes et poussée à l'arrière de leur voiture. Si Dieu entend mes prières, maman doit être libre et le connard en train de partager un urinoir avec d'autres petites frappes de son espèce.
Le policier ressemble à un Johnny Depp de vingt ans, et sent le savon avec une touche de café. Ce n'est pas lui qui a essayé de me parler la nuit dernière. Seulement le type qui m'a arrêtée. Il s'installe sur la chaise en face de la mienne et le gardien part.
— Je suis l'officier Monroe.
Je fixe la table.
L'officier Monroe tend le bras, déverrouille mes menottes et les fait glisser au bord de la table.
— Pourquoi tu ne me dis pas ce qui s'est vraiment passé hier soir ?
Juste une taffe. Purée, ce serait encore meilleur que de me faire rouler une pelle par le mec le plus sexy de la Terre. Mais voilà, je n'embrasse aucun mec sexy et je n'ai pas de clopes sur moi, parce que je suis en plein interrogatoire, en plein purgatoire.
— L'ami de ta mère, Trent…, on sait qu'il n'est pas net, mais il est malin. On n'a jamais eu assez d'éléments pour

le coffrer. Tu pourrais peut-être nous aider, et t'aider par la même occasion. Nous aider à le mettre derrière les barreaux, comme ça, il ne vous embêtera plus, ta mère et toi.

Je suis d'accord — ce mec est le diable en personne. Mis à part le fait que c'est un ex-joueur de foot fini qui a arrêté de tacler les hommes sur le terrain pour cogner sur les femmes, je n'ai rien à dire de plus sur lui que les rumeurs qui circulent en ville. Les flics qui quadrillent le quartier sud sont bien au courant du cas de Trent le Salopard. Le potin croustillant comme quoi il nous frappe, ma mère et moi, pourrait nous donner droit à une petite lettre commençant par les mots « Avis de protection d'urgence », mais les auteurs de violences familiales ne restent jamais très longtemps en prison. En plus, ce cinglé carbure à l'EPO et s'amuse à brûler des chiots juste pour le fun.

La police l'avait déjà à l'œil avant que ma mère ne se mette avec lui, mais il est un peu la version humaine d'une flaque d'huile — impossible à attraper une fois qu'il s'est échappé. Aider la police ne ferait donc que mettre un peu plus d'huile sur le feu, si j'ose dire.

— Il vit dans le même immeuble que ta mère, c'est bien ça ? Ça ne te plairait pas de revenir vivre avec elle sans avoir à te soucier de lui ?

N'ayant aucune idée d'où il tient que je ne vis plus avec ma mère, je préfère ne pas le regarder dans les yeux. Pour ne pas lui indiquer qu'il a raison.

— On ne savait pas qu'il était avec ta mère. Parce que, hum… il voit aussi d'autres femmes.

Je me retiens de rouler des yeux. Sans blague.

— Elisabeth, dit-il devant mon silence.

— Beth.

Je déteste mon prénom.

— Je m'appelle Beth.

— Beth, ton coup de fil t'attend dans le hall depuis 5 heures du matin.

Isaiah ! Mes yeux se braquent soudain sur Monroe. Les

murs que j'ai érigés pour me protéger s'écroulent d'un coup et la fatigue prend soudain le dessus, faisant fondre le rempart de glace auquel je me raccrochais. La peur et la souffrance prennent alors toute la place. Je veux Isaiah. Je ne veux pas être ici. Je veux rentrer chez moi.

Je cligne les yeux et me rends compte que les larmes commencent à déborder. Je m'essuie le visage et tente de reprendre des forces, de la détermination ; mais je ne trouve que vide et lourdeur en moi.

— Quand est-ce que je vais pouvoir rentrer ?

On frappe à la porte. L'officier Monroe ouvre et échange quelques murmures tendus avec quelqu'un avant de hocher la tête. Quelques secondes plus tard, ma tante, portrait craché de ma mère en plus vieille et plus propre, entre dans la pièce.

— Beth ?

Monroe sort et referme la porte derrière lui.

Shirley vient directement vers moi. Je me lève et la laisse me serrer dans ses bras. Elle sent l'odeur de la maison : la cigarette et l'adoucissant à la lavande. J'enfouis le visage dans l'épaule de ma tante, ne désirant rien de plus que de rester scotchée au lit dans son sous-sol pendant une semaine.

Une clope viendrait en deuxième position.

— Où est Isaiah ?

J'ai beau être contente qu'elle soit là, j'espérais plutôt voir mon meilleur ami.

— Dehors. Il m'a appelée dès qu'il a eu de tes nouvelles.

Shirley me serre avant de rompre notre étreinte.

— Quelle histoire !

— Je sais. Tu as vu maman ?

Elle hoche la tête, puis se penche pour me murmurer à l'oreille :

— Elle m'a dit ce qui s'était réellement passé.

Je pince les lèvres et essaie de les empêcher de trembler.

— Qu'est-ce que je dois faire ? je demande.

Elle me frotte les bras affectueusement.

— Tiens-t'en à ton histoire. Ils ont emmené Trent et ta mère pour les interroger. Si tu ne parles pas, ils n'auront rien pour les arrêter. Ta mère est très nerveuse, malgré tout. Si tu parles, son sursis sautera et ils l'enverront en prison pour destruction de la propriété d'autrui. Elle a très peur d'être incarcérée.

Moi aussi, j'ai peur, mais maman ne survivra pas à la prison.

— Qu'est-ce qu'il va m'arriver ?

Ses bras retombent le long de son corps, et elle se poste de l'autre côté de la table. La distance entre nous est dérisoire, mais elle crée un vide aussi large qu'un canyon. J'ai eu dix-sept ans le mois dernier. Avant cette nuit, je me sentais adulte : mûre et grande. Je ne me sens plus si grande, maintenant. En ce moment, je me sens même toute petite, et très, très seule.

— Shirley ?

— Ton oncle et moi n'avons pas les moyens de payer un avocat. Isaiah et Noah, et même cette fille qui est avec lui, ont proposé ce qu'ils avaient comme argent, mais avec ton oncle, on a eu peur quand les policiers nous ont dit que tu avais menacé Trent avec une batte. Alors j'ai eu une idée.

J'ai l'impression que quelqu'un vient d'ouvrir une trappe sous mes pieds.

— Qu'est-ce que tu as fait ?

— Je sais que tu ne veux rien avoir à faire avec la famille de ton père, mais son frère, Scott, est un brave homme. Il a quitté son équipe de base-ball pour devenir un homme d'affaires. Et il a un avocat. Un bon.

— Scott ?

Ma mâchoire se décroche.

— Comment… mais que… ?

Mon souffle s'emballe tandis que je m'efforce de comprendre ce que ma tante vient de dire. Une pure folie.

— Impossible. *Il* est parti.

— C'est vrai, répond-elle calmement. Mais il est revenu dans sa ville natale le mois dernier et il m'a appelée pour que je te retrouve. Il voulait que tu viennes vivre avec lui et sa femme, mais on l'a envoyé paître. Comme il a insisté, ta mère a fini par lui parler, et elle lui a dit que tu t'étais enfuie.

La simple idée de sa présence me soulève le cœur.

— Parfait. Mais alors, pourquoi mêler Scott à tout ça ? On n'a pas besoin de lui. On va bien s'en sortir sans lui ou son avocat.

— Il paraît que tu t'apprêtais à frapper Trent avec une batte, répète Shirley en joignant les mains. C'est grave. Je me suis dit qu'on avait besoin d'aide.

— Non. Dis-moi que tu n'as pas fait ça.

Je suis en enfer. Ou pas loin.

— On aurait respecté ton souhait sans ça, mais voilà, c'est arrivé, et… je l'ai appelé. Ecoute, il a une bonne vie, maintenant. Il a beaucoup d'argent, et il veut te voir.

Je me mets à rire. Sauf que ça n'a rien de drôle. Vraiment rien. C'est même le truc le plus triste que j'aie jamais entendu. Je m'effondre sur ma chaise et colle ma tête entre mes mains.

— Non, ce n'est pas vrai.

— Il a fait abandonner toutes les charges contre toi.

Son intonation ne contient pas une once de joie.

Je garde la tête entre les mains, incapable de la regarder pour voir comment elle a pu échafauder ça.

— Qu'est-ce que tu as fait ? je lui demande de nouveau.

Shirley s'agenouille près de moi et baisse la voix.

— Quand je l'ai appelé, ton oncle Scott s'est rendu à l'appartement de ta mère. Il a vu des choses qu'il n'aurait pas dû voir. Des choses qui peuvent nuire à ta mère.

Je me déporte sur le côté comme si je venais de me faire percuter par une vague, et j'ai l'impression d'entendre le fracas d'un océan déchaîné en train de m'engloutir. Le monde s'écroule autour de moi. Il est entré dans mon ancienne chambre. Maman m'a dit de ne jamais y retourner après mon départ pour vivre chez Shirley. Je ne l'ai jamais fait. Il y a des choses que même moi, je ne veux pas savoir.

— Il n'a rien dit à la police, ajoute ma tante.

Choquée par sa révélation, je la regarde entre mes doigts.

— C'est vrai ?

Shirley fait la moue et se frotte le front.

— Ta mère n'a pas eu le choix. Il a débarqué avec son avocat et a posé ses conditions : soit elle lui confiait ta garde, soit il disait aux flics ce qu'il avait vu.

Ma tante me dévisage fixement, le regard lugubre.

— Elle a opté pour la garde. Tu es sous la responsabilité légale de Scott, maintenant.

Ryan

Grâce aux douches du centre communautaire, je n'ai pas besoin de rentrer à la maison. Propre et habillé comme tous les jours, je retourne donc au paradis.

Tout le monde a quitté le stade. Les gradins sont vides. Le stand de restauration fermé. Une chanson de Kenny Chesney s'élève du parking, me signifiant que Chris ne m'a pas cru lorsque je lui ai dit que je le rejoindrais plus tard. Chris excelle dans trois domaines : jouer des arrêts courts, aimer sa copine, et savoir ce qu'il me faut, même quand je l'ignore moi-même.

Enfin, la plupart du temps.

Depuis la piscine voisine montent les cris de joie et les bruits d'éclaboussure des mômes qui s'amusent. Mon frère et moi avons passé une grande partie de nos étés à nager dans cette piscine. Le reste du temps, on jouait avec une balle.

Je monte sur le monticule du lanceur, sauf que cette fois je porte un jean et mon T-shirt préféré des Reds. Le ciel de fin de journée passe du bleu au jaune orangé. Il ne fait plus dix mille degrés, et le vent tourne du sud au nord. C'est le moment que je préfère dans un match — celui où je suis seul, après.

Je suis encore baigné par l'excitation de la victoire et le fait de savoir qu'un recruteur s'intéresse à moi. Mes poumons se remplissent d'un oxygène frais et mes muscles évacuent la tension qui m'écrasait pendant le match. Je me sens bien, détendu et vivant.

Je fixe le marbre et visualise mentalement Logan

en position de réception et le frappeur faire un swing d'échauffement. Mes doigts se replient comme si je tenais la balle. Logan me demande une balle courbe ; j'acquiesce, sauf que cette fois, je…

— Je savais que tu serais là.

Toujours vêtue de sa robe bleue et de ses santiags, Gwen ouvre la grille de l'abri des joueurs.

— Comment ?

— Tu as foiré ta courbe.

Posément, Gwen s'assoit sur le banc de touche et tapote la place à côté d'elle. C'est à son tour de jouer. Et je risque bien de perdre, mais mes pieds ne peuvent s'empêcher d'avancer vers elle.

Elle est vraiment jolie. Plus que jolie : magnifique. Je prends place à côté d'elle pendant qu'elle repousse ses boucles blondes sur ses épaules.

— Je me souviens de la fois où tu m'as expliqué le système des bases et des positions sur ce banc. La meilleure conversation sur le base-ball qu'on ait jamais eue.

Je me penche en avant et joins les mains devant moi.

— Peut-être as-tu manqué un bout de la conversation, alors, parce qu'il ne s'agissait pas spécialement de base-ball.

Grand sourire.

— Je sais, mais j'ai quand même apprécié la démonstration.

Nos regards se croisent un moment, puis je baisse les yeux en sentant le rouge me monter aux joues. Gwen est la seule fille avec laquelle j'ai eu une véritable expérience. Avant, elle rougissait quand on parlait de sexe. Ce n'est plus le cas aujourd'hui. Un malaise me serre les tripes. Quelles nouvelles positions Mike lui a-t-il apprises ?

— Tu n'avais pas l'air très concentré pendant le match.

Le tissu de sa robe bruisse tandis qu'elle croise les jambes et se tourne vers moi. Nos cuisses se touchent maintenant, créant un point de chaleur. En est-elle consciente ?

— Tu as encore des problèmes avec ton père ? demande-t-elle.

Gwen et moi avons passé je ne sais combien d'après-midi dans cet abri. Elle savait toujours quand mon père me poussait trop loin avec les arbitres, ou que je venais ici pour reprendre mes esprits chaque fois que j'avais été mauvais.

— Non.

— Alors, qu'est-ce qui ne va pas ?

Tout. Mon père et ma mère qui s'engueulent. L'absence de Mark. Mon passage en ligue pro. Ma relation trouble avec Gwen. L'espace d'un instant, j'hésite à lui parler de Mark. Elle n'est au courant de rien, comme le reste de notre petite ville. Je la regarde dans les yeux et cherche à y retrouver la fille que j'avais rencontrée en débarquant au lycée. Elle n'aurait pas joué avec moi de cette façon, à l'époque. Malheureusement, depuis, je suis devenu l'un de ses passe-temps favoris.

— Je ne suis pas d'humeur à ça, Gwen.

Elle lève une main et enroule une mèche de cheveux autour de son doigt. Le scintillement d'une bague avec une grosse pierre rouge me frappe soudain comme un éclat de glace. Je bouge afin que nos cuisses ne se touchent plus.

— C'est Mike qui t'a offert cette belle bague ?

Elle baisse sa main et la couvre de l'autre, comme si le fait de cacher la bague allait me faire oublier son existence.

— Oui, avoue-t-elle doucement. Hier soir.

— Félicitations.

J'aurais aimé pouvoir laisser sortir davantage de colère.

— Qu'est-ce que je peux y faire ? dit-elle comme pour s'excuser.

— Je ne sais pas.

Mon ton hausse maintenant à chaque mot.

— Pour commencer, ne pas être là à jouer avec moi.

Elle ignore mon commentaire et sa voix se durcit.

— Mike est un mec gentil, et il est toujours là. Il n'est

pas parti à tout bout de champ, comme toi, avec dix mille trucs à faire.

Malgré tous nos breaks et nos ruptures, nous ne nous sommes jamais engueulés. Nous n'avons jamais haussé le ton l'un sur l'autre. Avant, je n'aurais pas pu envisager de crier sur Gwen ; maintenant, c'est la seule chose que j'ai envie de faire.

— Je t'ai dit que je t'aimais. Qu'est-ce que tu voulais de plus ?

— Passer en premier. Avec toi, c'était toujours le base-ball d'abord. Tu as besoin que je te fasse un dessin, ou quoi ? Je te signale que je t'ai quitté au début de ta saison.

Je me lève, incapable de rester assis près d'elle. Me faire un dessin ? Apparemment, j'en aurais bien besoin, et avec légendes détaillées, s'il vous plaît.

— Tu aurais pu me dire ce que tu ressentais.

— Parce que ça aurait changé quelque chose ? Tu aurais abandonné le base-ball, peut-être ?

J'enroule les doigts sur le métal de la grille et laisse mon regard se perdre sur le terrain. Comment ose-t-elle poser ce genre de question ? Pourquoi une fille demanderait-elle à un mec de renoncer à une chose qu'il aime ? Elle joue encore avec moi, et cette fois j'ai décidé de décocher le coup qui marquera la fin de la partie.

— Non.

Je l'entends inspirer brièvement et me sens immédiatement coupable de l'avoir blessée.

— Ce n'est que du base-ball, renchérit-elle.

Comment lui faire comprendre ? Derrière la grille se trouvent un léger monticule et une bande de terre menant aux quatre bases entourées d'un gazon soigné. C'est le seul endroit où je me sens vraiment à ma place.

— Le base-ball n'est pas qu'un jeu. C'est l'odeur du pop-corn qui flotte dans l'air, les insectes qui bourdonnent autour des éclairages du stade, la terre rugueuse sous vos pieds. C'est l'excitation qui enfle dans la poitrine pendant que l'hymne résonne, la montée d'adrénaline quand la batte percute la balle, et l'afflux de sang quand l'arbitre s'écrie « Prise! » après un lancer. C'est une équipe de gars qui scrutent le moindre de vos mouvements, des gradins remplis de gens qui vous encouragent. C'est… la vie.

Des applaudissements sur ma droite me font soudain sursauter. Cheveux roses et tunique assortie, ma prof d'anglais cesse ce bruit irritant et lève ses mains jointes vers son menton comme pour une prière.

— Quelle poésie, Ryan…

Gwen et moi échangeons un regard ahuri avant que nos yeux ne reviennent se poser sur Mme Rowe.

— Qu'est-ce que vous faites là ? je demande.

Elle ramasse son sac posé à terre et le balance légèrement.

— La piscine vient de fermer. Je t'ai vu avec Gwen et je me suis dit que j'allais te rappeler que vous deviez me rendre vos premiers textes lundi.

Gwen tape du pied par terre en croisant les jambes. Il y a un mois, Mme Rowe a tenté de gâcher les vacances de tout le monde en nous imposant des devoirs d'été.

— J'ai tellement hâte de les lire, poursuit-elle. Je suppose que tu as terminé la tienne ?

Je n'ai même pas commencé.

— Ouais.

Gwen se lève et ajuste la bague de Mike à son doigt.

— Bon, il faut que j'y aille.

Elle part sans un mot de plus. J'enfouis les mains dans mes poches et me balance sur mes pieds, attendant que Mme Rowe emboîte le pas à Gwen. J'ai un rituel à terminer.

N'ayant visiblement aucune intention de partir, Mme Rowe appuie son épaule contre l'entrée de l'abri des joueurs.

— Tu sais, je ne plaisantais pas tout à l'heure, Ryan. Tu as fait preuve de beaucoup de dispositions dans mon cours, l'année dernière. Entre ça et ce que je viens d'entendre, je me permets de penser que tu possèdes un réel talent littéraire.

Je rigole doucement. C'est sûr, son cours était plus intéressant que les maths, mais…

— Je suis un sportif.

— Oui, et un bon, à ce que j'ai entendu dire. Mais l'un n'empêche pas l'autre.

Mme Rowe cherche toujours à convertir des gens à sa passion. Elle a même monté un club de littérature, l'année dernière. Mon nom ne figure pas sur sa liste.

— Excusez-moi, j'ai un ami qui m'attend.

Elle jette un coup d'œil par-dessus son épaule, vers la voiture de Chris.

— Si tu peux rappeler à Chris qu'il doit lui aussi me rendre son travail lundi.

— Bien sûr.

Une fois encore, j'attends qu'elle s'en aille. Et une fois encore, elle reste plantée là, sans bouger. Gêné, je bredouille un au revoir et me dirige alors vers le parking.

J'essaie d'ignorer l'agacement qui me titille le corps, mais sans succès. Ce moment sur le monticule est sacré pour moi. C'est un besoin. Une nécessité. Ma mère appelle ça une superstition. Elle peut appeler ça comme ça lui chante, mais pour pouvoir gagner le prochain match, je dois revenir sur ce monticule — seul — et me rejouer l'erreur que j'ai commise avec cette balle courbe.

Sinon, ça veut dire mauvais karma. Pour l'équipe. Pour mon lancer. Pour ma vie.

La tête renversée en arrière, les yeux clos, Chris est assis dans sa vieille Ford noire. Sa portière est grande ouverte. Il a trimé comme un dingue pour se payer cette voiture. Il a labouré les champs de maïs de son grand-père pendant tout l'été en échange de cette vieille guimbarde qui ne se fait plus depuis qu'on a sept ans.

— Je t'avais dit de rentrer chez toi.

Il garde les yeux fermés.

— Et moi je t'avais dit d'oublier ce coup foireux.

— C'est ce que j'ai fait.

Nous savons tous deux que ce n'est pas vrai.

Chris se redresse, ferme sa portière et allume le contact.

— Allez hop, embarque. Une fête nous attend, ça te fera oublier tout ça.

— J'ai ma caisse.

Je fais un geste en direction de ma Jeep, garée près de sa voiture.

— Mon but, c'est de faire en sorte que tu ne sois pas en mesure de reprendre le volant pour rentrer.

Il fait rugir le moteur pour l'empêcher de caler.

— En route.

Beth

L'officier Monroe s'écarte du mur en me voyant sortir des toilettes.

— Beth.

Je n'ai pas envie de lui parler, mais je n'ai pas non plus super hâte de retrouver l'oncle que je n'ai pas vu depuis des lustres. Je m'arrête et croise les bras sur ma poitrine.

— Je croyais que j'étais libre.

— Tu l'es.

Monroe maîtrise à la perfection le regard de chiot façon Johnny Depp.

— Quand tu seras prête à me dire ce qui s'est passé la nuit dernière, je veux que tu m'appelles.

Il me tend une carte.

Tu peux toujours rêver. Plutôt crever que d'envoyer ma mère en prison. Je passe devant lui et me rends dans le hall. Le soleil qui traverse les fenêtres et les portes vitrées m'éblouit. Je cligne les yeux et repère Isaiah, Noah et Echo. Isaiah se dresse brusquement, mais Noah pose une main sur son épaule et lui chuchote quelque chose avec un signe de tête vers la gauche. Isaiah s'immobilise. Ses yeux gris métal m'implorent de venir vers lui. Ce que je veux. Plus que tout au monde.

Deux personnes passent alors devant lui, et la douleur m'étreint brusquement. C'est ma mère. Elle est accrochée au bras de son connard de mec, comme un genre de bébé singe dérangé. Ses yeux sont pleins de désespoir. Elle pince la bouche comme pour retenir ses larmes. Ce fumier l'a engloutie dans sa vie pourrie. Je jure devant Dieu que je la sortirai de là.

Trent l'entraîne vers la porte. *Ce n'est pas fini, connard. Loin de là.*

Je m'apprête à avancer vers Isaiah quand j'entends :

— Bonjour, Elisabeth.

Un frisson me parcourt l'échine. Cette voix me rappelle celle de mon père.

Je me tourne vers l'homme qui est sur le point de détruire ma vie. Il ressemble à mon père physiquement, aussi : grand, brun, avec des yeux bleus. La principale différence est que Scott est bâti comme un athlète, alors que mon père a plutôt la corpulence d'un junkie.

— Fous-moi la paix.

Il lance un regard peu engageant à Isaiah.

— Je crois que tu as été laissée seule un peu trop longtemps, dit-il.

— Ne fais pas semblant de t'en soucier. Je sais ce que valent tes promesses.

— Et si on sortait d'ici, maintenant que tu es libre. Allons plutôt discuter à la maison.

Scott pose une main sur mon bras et ne bronche pas en me voyant reculer.

— Je n'irai nulle part avec toi.

— Oh ! que si, dit-il sur un ton horriblement neutre.

Je sens les muscles de mon dos se tendre comme si j'étais un chat en train de faire le gros dos et de cracher.

— Je rêve ou tu m'as donné un ordre, là ?

Sa main se referme sur mon poignet et m'entraîne doucement vers la gauche. Isaiah avance vers moi d'un pas hésitant et me souffle :

— Je te rappelle que tu es dans un poste de police…

Je jette un regard furtif autour de moi ; l'officier Monroe et un autre flic observent attentivement notre petite réunion de famille. Mon oncle nous fixe avec intérêt, Isaiah et moi, mais conserve ses distances.

Mon corps n'est plus qu'une boule de colère. De rage. Qui m'oppresse les poumons, fait bouillir mon sang. Et Isaiah qui reste planté là, à me dire de me contrôler ? Il faut que je me détende, sans quoi je vais exploser.

— Qu'est-ce que tu veux que je fasse ?

Isaiah fait alors un geste qu'il n'a jamais eu en étant sobre. Il me caresse la joue. Sa main est chaude, forte et rassurante. Je m'y abandonne tandis que ma colère s'apaise à ce simple contact. Mais une partie de moi a besoin de cette colère. Peu m'importe le vide terrifiant qu'elle laissera derrière elle.

— Ecoute-moi, murmure-t-il. Pars avec lui.

— Mais…

— Je te jure que je m'occuperai de toi, mais je ne peux pas le faire ici. Va avec lui et attends-moi. Tu comprends ?

Je hoche la tête, comprenant enfin ce qu'il tente de me dire sans prononcer les mots. Il va venir me chercher. Une lueur d'espoir se rallume dans le vide, et je tombe dans les bras protecteurs d'Isaiah, nos corps serrés l'un contre l'autre.

Ryan

Une fête bat son plein dans un champ au bord de trois fermes. J'adore les fêtes. Il y a des filles, des filles qui boivent de la bière, qui dansent, des filles qui aiment danser et des mecs qui détestent ça mais le font quand même, dans l'espoir de sauter celles qui boivent de la bière.

Lacy est d'humeur à danser, Chris d'humeur à éviter ça, je suis encore assommé par mon échec de la veille avec la skateuse, et Logan est toujours d'attaque pour lancer des jeux complètement tarés. Au bout de dix minutes, Lacy dansait comme une folle et on avait déjà lancé un défi. En fait, c'est moi qui l'ai lancé. J'ai perdu hier soir, je ne perdrai pas aujourd'hui. Chris et Logan sont bien motivés.

— Tu n'y arriveras pas.

Chris marche à côté de moi en direction des voitures garées en une file bien nette. La pleine lune répand une lumière argentée sur les champs et l'odeur des feux de camp flotte dans l'air.

— Tu dis ça parce que tu n'as pas d'imagination, je rétorque.

Heureusement, moi, j'en ai à revendre ; j'en connais deux qui vont bientôt se régaler.

— Ça va être sympa, dit Logan alors que je change de route pour me diriger vers un groupe de défenseurs de première ligne qui profitent de leur propre petite fête privée.

Tim Richardson possède un véhicule tueur d'ozone de la taille d'un mammouth, ce qui est une bonne chose, car les quatre mecs assis sur des chaises de jardin doivent bien peser dans les cent vingt kilos chacun. Tim sort une canette de bière de la glacière et me la lance.

— Qu'est-ce qu'il y a, Ry ?

— Rien.

Je pose la canette sur le hayon arrière. Ce n'est pas le moment de boire. J'ai une affaire à mener.

— Pas partant pour faire la fête ?

Sa voiture est l'une des seules à pouvoir franchir la colline et revenir à travers champs.

— Y a une meuf là-bas qui me prend la tête, marmonne Tim. Dès que je suis là, elle ne peut pas s'empêcher de l'ouvrir.

Logan se gausse et Chris lui décoche une petite tape derrière le crâne. Qui lui prend la tête, c'est un euphémisme. Au lycée, le bruit court que l'ex-copine de Tim l'a surpris en train d'emballer sa sœur jumelle. Il lance un regard pas commode à Logan avant de revenir sur moi.

— Comment va ton frangin ? L'équipe est en rogne après lui. Il avait promis de nous aider à nous entraîner pendant ses vacances d'été.

Je déteste ce genre de questions, et me contente d'enfoncer les mains dans mes poches. Mon père a été très clair : on ne doit dire à personne ce qui s'est passé avec Mark.

— Il était occupé.

Sans laisser à Tim le temps de creuser, j'enchaîne sur ma problématique du moment.

— Dites, les mecs, ça vous dirait de m'aider… pour un truc ?

Tim se penche en avant pendant que ses potes ricanent.

— Dans quel défi tu t'es encore fourré, cette fois ?

Je secoue la tête pour signifier que ma demande n'est pas grand-chose.

— Rien de bien méchant. Rick m'a mis au défi de déplacer sa bagnole.

Tim hausse les épaules comme s'il ne voyait pas l'intérêt.

— Sans les clés, ajoute Chris.

Tim baisse la tête, et un gloussement sonore monte de sa poitrine.

— Vous êtes vraiment barges, tous les trois, vous savez ça ?

— Pas plus que ceux qui se battent juste pour se marrer, je réponds. Alors, ça marche ou pas ?

Tim se lève en poussant sa chaise, déroulant peu à peu toute sa hauteur.

— Ça marche.

Mes doigts agrippent désespérément le métal tandis que mes cuisses et mon dos brûlent sous l'effort. Sept mecs, une bagnole de plus d'une tonne, et plus que trois centimètres à parcourir.

— A trois, j'annonce entre mes dents serrées. Un…

— Trois ! hurle Logan.

J'ai à peine le temps de retirer mes doigts du pare-chocs de la Chevy Aveo quand les six autres gars lâchent la voiture sur le sol. La carrosserie bleue rebondit comme sur des ressorts avant de s'immobiliser.

— Sympa, commente Logan.

Ma chemise est trempée de sueur. Reprenant mon souffle, je me penche et pose les mains sur mes genoux. L'ivresse de la victoire parcourt alors mes veines et j'éclate de rire.

Logan admire notre boulot.

— Presque deux mètres, et garée impeccablement parallèle entre deux arbres.

Impeccablement, c'est-à-dire avec le pare-chocs avant et arrière touchant presque l'écorce.

La poitrine de Tim se soulève comme s'il avait une attaque.

— T'es vraiment un petit fils de pute, Ry.

Halètement.

— Comment il va faire pour sortir sa caisse de ce merdier ?

— Avec Chris et Logan, on va rester dans les parages. Quand Rick aura fini de flipper, on soulèvera l'arrière pour la bouger, comme ça il pourra sortir.

Tim rit en secouant la tête.

— Bon, on se voit lundi au lycée.

— Merci, mec.

— Pas de problème. Allez, on y va, les gars. J'ai besoin d'une bonne bière.

Je me laisse tomber par terre et m'appuie contre l'arbre, tout près du pare-chocs. Chris glisse le long de la porte côté passager jusqu'à ce que ses fesses touchent le sol. Nous regardons tous les deux Logan, attendant qu'il nous rejoigne, mais il semble occupé à examiner les deux chênes entre lesquels est coincée la voiture de notre joueur de troisième base.

Quand Chris, Lacy ou moi ne sommes pas là, Logan est réputé pour son mutisme et son air constant de s'ennuyer. En cet instant, le soi-disant garçon qui s'ennuie tout le temps est en plein trip. Cherchez l'erreur : à l'école, les gens me prennent pour un camé de l'adrénaline juste parce que j'admire un beau défi bien relevé. Sauf que je ne recherche pas l'ivresse — j'aime juste gagner. Logan, par contre, y va carrément à fond quand il s'y met. On ne peut qu'aimer un type comme ça.

Je ne suis pas le seul à avoir remarqué le coup de foudre de Logan pour l'arbre. Chris le reluque d'un œil inquiet.

— Qu'est-ce que tu fous, Junior ?

Logan m'adresse un clin d'œil.

— Je reviens dans deux secondes, chef.

Le voilà qui escalade le vieux chêne. De petites branches mortes craquent sous son poids et tombent sur le sol.

Chris n'est pas rassuré. Il ne veut pas le reconnaître, mais il a une trouille bleue de la hauteur, et l'absence totale de peur de Logan le fait encore plus flipper.

— Descends donc de là.

— O.K., répond Logan de quelque part dans l'arbre.

Je secoue la tête.

— Tu n'aurais pas dû dire ça.

Là-haut, des branches craquent soudain dans un bruit sec, et l'on entend un bruissement comme si un coup de vent agitait brusquement les feuilles. Sauf que ce n'est pas le vent. C'est Logan et, un de ces quatre, il va finir par se tuer. Un nuage de poussière accompagne le bruit mat au sol. Le corps de Logan atterrit sur mon pied. Allongé sur le dos, ses cheveux noirs pleins de feuilles, Logan se tord de rire. Apparemment, sa mort n'était pas prévue pour ce soir. Il tourne la tête pour regarder Chris.

— Et voilà.

Je le repousse sans ménagement en retirant mon pied de sous ses fesses.

— C'est toi le taré de fils de pute, pas moi !

— Moi, taré ?

Logan roule sur le côté et s'assoit.

— Ce n'est pas moi qui suis une meuf complètement jetée sur un parking pour un numéro de téléphone. Ces types auraient pu te casser la gueule.

Merde. J'espérais qu'ils avaient oublié.

— J'aurais pu me les prendre tous les deux.

Certes, ils auraient fini par me casser la gueule, mais je ne les aurais pas non plus laissés repartir indemnes. Deux contre un, c'est toujours mauvais.

— C'est pas la question, rétorque Logan.

— Puisqu'on en parle…

Chris enlève sa casquette de sa tête et la pose sur son cœur.

— Je profite de cet instant pour rappeler à chacun la chose suivante : j'ai gagné.

— J'ai gagné ce soir, je rectifie. Alors on est encore à égalité.

Chris remet sa casquette.

— Ça ne compte pas.

Il a raison. Ça ne compte pas. On valide uniquement les défis que nous nous lançons l'un l'autre.

— Profite bien du goût éphémère de la victoire. La prochaine fois, c'est moi qui gagne.

Le silence revient, ce qui me va très bien. Nos silences ne sont jamais embarrassés. A la différence des filles, les garçons n'ont pas besoin de parler en permanence. De temps en temps, un rire ou un cri nous parvient depuis la fête. Et de temps à autre, Chris échange des SMS avec Lacy. Il aime lui laisser de la liberté, mais n'apprécie pas que des mecs bourrés tournent autour de sa copine.

Logan s'amuse avec une longue branche tombée de l'arbre.

— Avec mon père, on est allés à Lexington ce matin, pour voir des trucs à l'université du Kentucky.

Je retiens mon souffle, espérant qu'il ne veut pas en venir à ce que je pense. Ce rendez-vous était fixé depuis des semaines. Logan est un petit génie, et toutes les facs viendront le solliciter l'année prochaine, y compris celle du Kentucky.

— Comment ça s'est passé ?

— J'ai vu Mark.

Je me frotte le bas de la tête et essaie d'ignorer la morsure intérieure qui me tenaille.

— Comment il va ?

— Bien. Il a demandé de tes nouvelles. Des nouvelles de ta mère.

Il s'interrompt.

— Et de ton père, ajoute-t-il.

— C'est tout ?

— Excuse-moi, mais c'était un peu bizarre. Je n'ai pas de problème avec le fait que ce soit ton frangin et qu'il ait fait ses choix, mais je n'ai pas envie de jouer au psy de la famille, surtout quand il y a du monde autour.

— Du monde ?

— Ouais, répond Logan. Son copain, je suppose.

Le nœud au ventre que je ne ressens normalement que pendant les matchs se resserre. Je rapproche mes genoux de ma poitrine et pose ma tête dessus.

— Comment tu sais que c'était son mec ?

Logan fait la moue.

— J'sais pas. Il était près d'un autre type.

— C'était peut-être un ami, dit Chris. Est-ce que ce type avait l'air gay ?

— Mark n'avait pas l'air gay, Ducon, rétorque Logan. Qui aurait pu croire que ce génial défenseur de première ligne était de ce bord-là ? Mais c'est sûr, l'autre gars était peut-être hétéro. Comment veux-tu que je sache ?

Les écouter parler du possible ami gay de mon frère gay est tout aussi confortable que de convaincre ma mère encore et encore que je préfère les filles et leurs parties féminines. Rien de tel que de devoir prononcer le mot « seins » devant votre mère pour vous faire croire qu'il va vous falloir des années de thérapie.

— Bon, on peut changer de conversation ?

Je songe à retourner à la voiture de Tim pour y prendre la bière que j'ai laissée. Je ne me suis pris que deux grosses cuites dans ma vie. Une fois quand Mark a annoncé à la famille qu'il était homosexuel. La deuxième quand papa l'a foutu à la porte après cette annonce. Trois jours s'étaient écoulés entre les deux événements. Ce que j'en ai retenu : ne pas dire à papa qu'on est gay ; et l'alcool n'efface pas les problèmes. On a juste mal au crâne le lendemain matin.

Logan brise la branche dans sa main avec un craquement sec. Il cherche à rassembler son courage, ce qui signifie que je ne vais pas aimer ce qu'il s'apprête à dire.

— Mark s'est montré un peu énigmatique, mais il a dit que tu comprendrais. Il a dit qu'il ne pouvait pas venir et qu'il espérait que tu comprennes ses raisons.

Les muscles de mon cou se tendent. Mon frère n'a

même pas eu le courage de me le dire lui-même. Je lui ai pourtant envoyé des messages, la semaine dernière. Je suis allé à l'encontre des ordres de mes parents, en faisant ça. Je lui ai demandé de venir dîner le lendemain soir, et il ne m'a même pas répondu. A la place, il a agi en lâche en utilisant Logan.

Un peu plus tôt, cet été, papa lui avait fixé un ultimatum : tant que Mark choisirait les hommes, il ne ferait plus partie de notre famille. Mark était sorti directement, conscient de ce que cela impliquait : quitter notre mère, me quitter, moi. Il n'a même pas envisagé l'idée de rester à la maison et de lutter pour préserver notre famille.

— Il a fait son choix.

Logan baisse la voix.

— Tu lui manques.

— Il est parti quand même, je réponds avec hargne.

Je lance un coup de pied dans le pneu de la voiture. La colère me prend. Contre mon père. Contre Mark. Contre moi. Pendant trois jours, Mark a parlé. Il a répété la même chose, encore et encore. Il est toujours Mark. Mon frère. Le fils de ma mère. Il m'a raconté ses années de doute et de désespoir, parce qu'il voulait être comme moi. Comme papa.

Et quand je lui ai demandé de rester, de s'affirmer... il est parti. Il a ramassé ses affaires et il s'est barré, me laissant dans une famille détruite.

— Y en a marre de causer sérieusement, lance Chris. On a gagné, aujourd'hui. On va remporter la saison d'automne et de printemps. On va sortir gagnants de l'année et, quand ce sera fait, Ryan passera pro.

— Amen, répond Logan.

Dieu les entende — mais je crois que Dieu préfère parfois se boucher les oreilles.

— Ne rêvez pas trop quand même. Le recruteur d'aujourd'hui s'est peut-être emballé. La semaine prochaine, il craquera peut-être pour quelqu'un d'autre.

Je suis bien placé pour le savoir. C'est ce qui est arrivé aux épreuves de sélection pro, le printemps dernier.
— N'importe quoi, dit Chris. C'est le destin qui frappe à ta porte, Ry, alors t'as intérêt à te bouger le cul pour aller ouvrir.

Beth

Je me suis endormie. A moins que mon cher oncle Scott ne m'ait droguée. Partons plutôt sur l'option numéro un. Scott est carrément hostile à l'usage de toute drogue pour les jeunes. Je le sais bien. Un jour, il s'est ramené à mon école maternelle en mascotte de police avec des rubans rouges.

Ce décalage avec la situation actuelle me fait marrer.

Le clair de lune filtre à travers des rideaux de dentelle blanche accrochés à une tringle en métal brun. Je m'assois, faisant tomber une couverture en crochet rose. Le lit où je me trouve est encore parfaitement fait et je porte la même tenue que vendredi soir. Quelqu'un a rangé mes chaussures bien comme il faut au pied du lit. Même sobre, je n'aurais jamais fait ça. Je ne range pas les affaires comme il faut.

Je me tourne et allume une lampe. Les cristaux qui décorent le bas de l'abat-jour tintent doucement. Dans la lumière tamisée, mes yeux tombent sur un tableau affreusement gai et violet, accroché au mur. Je ferme les yeux pour compter les jours. Voyons voir... Vendredi soir, je suis sortie avec Noah et Isaiah, et j'ai remis le petit mec du Taco Bell à sa place. Dans la nuit de vendredi à samedi, maman a voulu devenir une délinquante. Samedi matin, Scott a bousillé ma vie.

J'ai fait semblant de dormir dans la voiture pour ne pas avoir à lui parler, mais j'ai fini par roupiller pour de bon. Il me semble que Scott m'a ensuite réveillée et m'a à moitié portée jusqu'à la maison. C'est trop nul. Pourquoi je ne me mets pas un panneau sur la tête annonçant que je suis une pauvre fille qui a besoin d'aide, tant que j'y suis ?

J'ouvre les yeux et regarde le réveil posé sur la table de nuit. Minuit et quart. On est passés à dimanche.

Mon estomac gronde. Je n'ai pas mangé de toute la journée. Ce n'est pas la première fois, et ce ne sera pas la dernière. Je sors du lit et enfile mes pseudo-Converse. Il est temps de mettre les choses au clair avec l'oncle Scott. Enfin, s'il est debout. Il vaudrait peut-être mieux qu'il soit déjà au lit. Comme ça, je pourrai me barrer en évitant une engueulade.

Je pourrais manger un morceau avant d'appeler Isaiah. Vu le style de la chambre, Scott doit être du genre à acheter des céréales de marque.

La maison sent le neuf, la sciure fraîche. Derrière la porte se trouve un grand espace, et non un couloir. Un immense escalier, du genre qu'on ne voit que dans les films, monte au premier étage. Un énorme lustre est suspendu au plafond. Apparemment, le base-ball paye bien.

— Non…

Une voix féminine me parvient du fond de la maison. Je l'entends encore parler, mais elle a baissé le ton. S'est-il marié ou est-ce qu'il se garde toujours un plan cul sous la main, comme quand j'étais petite ? Un plan cul, sûrement. Une fois, j'ai entendu Scott dire à mon père qu'il ne se marierait jamais.

Je suis les voix étouffées jusqu'à l'angle d'une grande pièce ouverte et m'arrête. Tout l'arrière de la maison — de la demeure, pardon — est une immense baie vitrée. La cuisine donne directement sur la salle de séjour.

— Scott.

Le ton de la femme est clairement exaspéré.

— Ce n'est pas ce qui était convenu.

— Le mois dernier, tu étais complètement pour, dit Scott.

Je me sens un tantinet mieux disposée envers lui. Il a perdu ce ton horriblement neutre et calme de la veille.

— Oui, quand tu m'as parlé de renouer avec ta nièce. Seulement, il y a une différence entre renouer et se laisser envahir.

— Tu étais d'accord quand j'ai téléphoné de Louisville, le mois dernier, et quand je t'ai dit que je voulais qu'elle vive avec nous.

La fille s'énerve.

— C'était après que tu avais dit qu'elle s'était enfuie ! Je ne pensais pas que tu finirais par la retrouver. Quand tu m'as décrit le trou à rats où elle habitait, j'ai pensé qu'elle était partie depuis longtemps. C'est une criminelle. Comment veux-tu que je me sente en sécurité avec elle sous mon toit ?

Je reste sciée en entendant ses paroles. Je ne suis pas si terrible. D'accord, je ne suis pas un Bisounours, mais quand même, elle y va fort. Je baisse les yeux vers mes fringues. Jean. Débardeur. Cheveux noirs qui me tombent un peu devant les yeux. Peu importe. De toute façon, elle a pris sa décision avant de me voir. Je ravale ma blessure, avance dans la pièce et laisse libre cours à ma colère.

— Vous voudriez peut-être discuter avec cette terrible menace ?

L'expression déconfite de leurs visages vaut presque le coup d'être ici. Presque. Je pince les lèvres pour me retenir de rire en voyant Scott. Il porte un pantalon beige et une chemisette bien pépère ; rien à voir avec les tenues qu'il avait quand j'étais gamine — plutôt des jeans de gangsta qui lui tombaient à la moitié des fesses en laissant voir son caleçon.

La femme non plus n'a rien à voir avec les filles que Scott fréquentait quand il avait dix-huit ans. Ses cheveux sont d'un blond naturel, et non décolorés. Elle est mince, mais pas rachitique, et plutôt classe. Classe comme une nana qui aurait des diplômes.

Elle s'assoit devant le gros îlot central de la cuisine.

Scott s'appuie sur le comptoir en face d'elle. Il me regarde, puis s'adresse à moi.

— Il est tard, Elisabeth. Retourne donc au lit, on discutera demain matin.

Mon estomac couine, et un léger vertige me saisit.

— Tu aurais quelque chose à manger ?

Il se redresse.

— Oui. Qu'est-ce que tu veux ? Je peux te faire des œufs.

Je me souviens que Scott faisait des œufs brouillés tous les matins. Ce souvenir me blesse et me trouble agréablement à la fois.

— Je déteste les œufs.

— Ah.

Ah. Ce mec est un génie de la conversation.

— Tu aurais des céréales ?

— Bien sûr.

Il ouvre un placard et je me campe sur un tabouret de l'îlot, le plus éloigné possible de la nana de Scott. Elle fixe un point juste devant moi. Trop marrant. Je suis à portée de main d'un bloc de boucher rempli de couteaux ; j'imagine les pensées qui doivent traverser son cerveau de blonde.

Scott pose devant moi des boîtes de Cheerios, Bran Flakes et Shredded Wheat.

— Tu déconnes, ou quoi ?

Il n'a même pas de Lucky Charms !

— Joli langage, dit la femme.

— Merci, je réponds.

— Ce n'était pas un compliment.

— A votre avis, qu'est-ce que j'en ai à battre ?

Scott m'apporte un bol et une cuillère, puis se retourne pour prendre du lait dans le frigo.

— Baissons d'un ton, s'il vous plaît.

Je choisis les Cheerios et en remplis mon bol jusqu'à ce que quelques anneaux dorés débordent sur le comptoir. Scott s'assoit sur le tabouret près du mien et ils se mettent tous deux à me regarder en silence. Enfin, dans un silence relatif. Le bruit que je fais en mangeant est plus fort qu'une explosion nucléaire.

— Scott m'avait dit que tu étais blonde, lance la fille.

Je déglutis difficilement tandis que ma gorge se serre. La petite fille que j'étais, celle aux cheveux blonds, est morte il y a des années, et je déteste penser à elle. Elle était gentille. Heureuse. Elle était… quelqu'un dont je n'aime pas me souvenir.

— Pourquoi as-tu les cheveux noirs ?

La déco ringarde de l'îlot ne la captive plus, c'est officiel.

— Vous êtes qui, exactement ? je demande.

— C'est ma femme, Allison.

Les Cheerios se coincent dans ma gorge et je suffoque en toussant dans mes mains.

— Vous êtes mariés ?

— Depuis deux ans, dit Scott.

Il prend ce regard niais que Noah a souvent avec Echo.

J'enfourne une nouvelle cuillerée de Cheerios.

— Quand j'aurai terminé — croc, croc, croc —, je rentre chez moi.

— C'est ici, chez, toi, maintenant.

Scott a repris ce ton calme qui m'exaspère.

— Mon cul, oui !

Les yeux d'Allison oscillent entre moi et les couteaux. C'est ça, ma grande, quelques heures en prison et je vais passer de simple délinquante à sociopathe.

— Tu devrais peut-être écouter ta nièce, dit-elle.

— Ouais, dis-je entre deux bruits de mastication, tu devrais peut-être m'écouter. Ta femme a peur que je me transforme en criminelle et que je lui tranche la gorge dans son sommeil.

Je souris à Allison pour soigner mon effet.

Elle blêmit. Parfois, j'adore vraiment être moi.

Scott jette un coup d'œil éloquent sur mes cheveux, mes ongles vernis en noir, l'anneau de mon nez, puis mes fringues. Il se tourne ensuite vers sa *femme*.

— Tu veux bien nous laisser seuls un petit moment ?

Allison part sans dire un mot. J'engloutis une nouvelle fournée de céréales et fais exprès de parler la bouche pleine.

— Sa laisse était en supplément ou bien tu as eu le pack complet ?

— Ne lui manque pas de respect, Elisabeth.

— Je ferai bien comme ça me chante, oncle Scott.

J'imite son intonation faussement autoritaire.

— Et quand j'aurai fini de bouffer ces céréales de merde, j'appellerai Isaiah et je rentrerai chez moi.

Lui : silence. Moi : croc, croc, croc.

— Que t'est-il arrivé ? me demande-t-il doucement.

J'avale ce que j'ai dans la bouche, pose ma cuillère et repousse le bol de Cheerios à moitié mangé.

— D'après toi ?

Scott — le roi des longs silences.

— Quand est-il parti ? demande-t-il.

Pas besoin d'être voyante pour savoir que Scott parle de son bon à rien de frère. Le vernis noir de mes ongles s'écaille sur les coins. Je l'écaille un peu plus encore. Huit ans sont passés, et j'ai encore du mal à le dire.

— J'étais en CE2.

Scott remue sur son tabouret.

— Et ta mère ?

— Elle a pété les plombs le jour où il est parti.

Ce qui devrait lui parler, étant donné que ma mère n'était déjà pas un modèle de stabilité avant que mon père ne se barre.

— Que s'est-il passé entre eux ?

Ça ne le regarde pas. Je passe à l'offensive :

— Tu n'as pas tenu ta promesse, tu n'es pas venu me chercher.

Et il a arrêté de téléphoner quand j'ai eu huit ans. Le réfrigérateur se met à bourdonner. J'écaille un peu plus mon vernis. Voilà, il a le nez dans son caca.

— Elisabeth…

— Beth.

Je lui coupe la parole.

— Je suis Beth, maintenant. Où est ton téléphone ? Je rentre chez moi.

Les flics m'ont confisqué mon portable et l'ont donné à Scott. Dans la voiture, il m'a dit l'avoir jeté à la poubelle parce que je n'avais « plus besoin de contact avec mon ancienne vie ».

— Tu viens d'avoir dix-sept ans.

— Ah ouais ? Waouh. J'ai dû l'oublier, puisque personne ne m'a souhaité mon anniversaire.

Il m'ignore et poursuit :

— La semaine prochaine, mes avocats vont valider que c'est moi qui détiens ta garde. Jusqu'à tes dix-huit ans, tu vivras dans cette maison, et tu obéiras à mes ordres.

Bien. S'il ne veut pas me montrer où est le téléphone, je vais le trouver moi-même. Je saute de mon tabouret.

— Je n'ai plus six ans et tu n'es plus le centre de mon univers. A vrai dire, je te considère plutôt comme un trou noir.

— Je comprends que tu sois vexée que je t'aie laissée…

Vexée ?

— Non, je ne suis pas vexée. Pour moi, tu n'existes plus. Je n'éprouve strictement rien pour toi, alors dis-moi où est ce putain de téléphone, que je puisse rentrer chez moi.

— Elisabeth…

Il ne pige rien. Tant pis pour lui.

— Va te faire voir.

Pas de téléphone dans la cuisine.

— Il faut que tu comprennes…

Je fais le tour de son salon de merde avec ses canapés en cuir de merde pour chercher son téléphone de merde.

— Tes explications, tu sais ce que j'en fais ?

— Je veux juste discuter un peu…

Je lève une main en l'air et la fais bouger comme une bouche de marionnette.

— Blablabla, Elisabeth. Je m'absente juste quelques mois. Blablabla, Elisabeth. Je vais gagner assez d'argent pour nous permettre de quitter Groveton. Blablabla, Elisabeth. Tu ne grandiras pas comme j'ai grandi. Blablabla, Elisabeth. Je ferai tout pour que tu aies toujours à manger. Rien que du blabla, tout ça !

— J'avais dix-huit ans, se défend-il.

— J'en avais six !

— Je n'étais pas ton père !

Je lève les bras au ciel.

— Non, en effet. Tu étais censé valoir mieux que lui ! Félicitations, tu es officiellement devenu la réplique de ton nullard de frère. Bon, il est où, ce téléphone ?

Scott plaque brusquement les mains sur le comptoir et rugit :

— Maintenant tu vas poser ton cul sur cette chaise et tu vas la fermer, Elisabeth !

Je frémis intérieurement, mais j'ai suffisamment fréquenté les connards de mecs de ma mère pour ne pas le montrer.

— Waouh. On peut sortir un garçon de la zone et l'endimancher avec un bel uniforme de joueur de base-ball professionnel, mais je vois que la zone est toujours là.

Il prend une grande inspiration et ferme les yeux.

— Excuse-moi. Ça m'a échappé.

— On s'en fout. Où est le téléphone ?

Un jour, Noah m'a dit que j'avais un don qui frisait le génie diabolique — celui de pousser les gens aux limites de la folie. A en juger par la manière dont Scott inspire de nouveau en se frottant le front, je dirais que je le pousse déjà assez loin. Parfait.

Scott essaie de reprendre son ton calme et prétentieux, mais je sens l'irritation y percer.

— O.K., dit-il, je vais être cash : tu vas vivre dans cette maison, selon mes règles, ou bien je fais envoyer ta mère en prison.

— C'est moi qui ai pété les vitres de la voiture. Pas elle. Tu n'as rien contre elle.

Scott plisse les yeux.

— Tu veux qu'on discute de ce qu'il y a dans l'appartement de ta mère ?

Je me sens vaciller et blêmir à la fois tandis qu'une sensation de vertige me saisit. Shirley m'avait pourtant prévenue, mais le fait de l'entendre de sa bouche est un vrai choc. Scott sait ce que je ne veux pas savoir — le secret de ma mère.

— Pousse-moi à bout, Elisabeth, et j'aurai la même conversation avec la police.

Je lutte pour me maintenir debout. L'arrière de mes jambes heurte la table basse, et je finis par m'asseoir, vaincue. A côté de moi, je vois un téléphone ; j'ai beau en crever d'envie, je ne peux pas le toucher. Scott m'a bien eue. Ce fumier vient d'échanger ma vie contre la liberté de ma mère.

Ryan

Appuyé contre le coffre de la voiture de mon père, je l'écoute raconter notre rencontre de la veille avec un recruteur à un groupe d'hommes rassemblés devant un salon de coiffure, à deux places de parking de là. Certains d'entre eux en ont déjà entendu parler à l'église, ce matin. La plupart sont des agriculteurs de père en fils, et ce genre de nouvelle les intéresse suffisamment pour leur donner le courage de rester plantés sous un soleil assez cuisant pour faire fondre le goudron du bitume.

Du coin de l'œil, je remarque un homme qui s'arrête sur le trottoir et s'approche du cercle autour de mon père. Je ne prête aucune attention aux touristes — si c'était un gars du coin, il ferait déjà partie du groupe. Mieux vaut ne pas s'occuper des touristes. Dès qu'on les regarde, ils se mettent à discuter.

Groveton est une toute petite ville. Pour attirer les touristes, mon père a convaincu les autres conseillers municipaux de donner l'appellation « monuments historiques » aux vieux bâtiments de pierre datant du XIXe, et d'y ajouter les termes « quartier commerçant ». Il a suffi de quatre hôtels et d'une vieille distillerie de bourbon à visiter pour inciter les citadins à quitter l'autoroute et à faire un détour par nos petites routes de campagne. Du coup, le stationnement devient un peu galère pendant les week-ends, mais ça ramène du boulot à pas mal de gens qui ont du mal à boucler les fins de mois.

— Quel est le potin du jour ? demande l'homme.

Il me parle sans que j'aie croisé son regard. La question

est un peu indiscrète pour un touriste. Je croise les bras sur ma poitrine.

— Base-ball.

— Sans blague.

Quelque chose dans son intonation retient soudain mon attention.

Je tourne la tête et sens alors mes yeux s'écarquiller.

— Vous êtes Scott Risk ?

Tout le monde dans cette ville connaît Scott Risk. Sa photo est l'une des rares à dominer la cour des élèves sur le mur des célébrités du lycée. Ce bloqueur hors pair a mené l'équipe de son établissement en championnat national à deux reprises. Il est rentré chez les majors — le top de la ligue professionnelle — directement après son bac. Mais son vrai coup d'éclat, ce qui a fait de lui un roi dans cette petite ville, c'est son passage chez les New York Yankees. Il représente exactement ce que tous les garçons de Groveton rêvent de devenir, moi inclus.

Scott Risk arbore un pantalon beige, un polo bleu, et un sourire très sympathique.

— Et toi, tu es... ?

— Ryan Stone, répond mon père à ma place, surgissant soudain. C'est mon fils.

Le groupe d'hommes devant le salon de coiffure nous observe avec intérêt. Scott tend la main à mon père.

— Scott Risk.

Papa lui serre la main avec un sourire satisfait.

— Andrew Stone.

— Andrew Stone, le conseiller municipal ?

— Oui, répond mon père avec fierté. J'ai entendu dire que vous reveniez vivre par chez nous.

Sérieux ? Pourquoi n'en a-t-il pas parlé avant ?

— On aime toujours autant les cancans, ici.

Scott conserve son air aimable, mais son ton léger semble légèrement forcé.

Mon père sourit.

— Que voulez-vous, certaines choses ne changeront jamais. J'ai entendu dire que vous cherchiez à acheter une maison dans le coin ?

— C'est fait, répond Scott. J'ai acheté la vieille ferme des Walter au printemps dernier, mais j'ai demandé à l'agent immobilier de tenir la vente secrète jusqu'à ce que nous emménagions dans la maison qu'on a fait construire sur l'arrière de la propriété.

Mes sourcils se haussent en même temps que ceux de mon père. Cette propriété se trouve juste à côté de la nôtre. Papa avance d'un pas et tourne le dos au groupe pour que nous formions tous les trois un cercle fermé.

— Je suis propriétaire du terrain un peu plus bas. Ryan et moi vous admirons beaucoup, vous savez ?

C'est faux. Papa respecte Scott parce qu'il est originaire de Groveton, mais il déteste tous ceux qui font partie des Yankees.

— Sauf quand vous avez joué pour les Reds, ajoute-t-il. L'équipe locale passe en premier.

— Je comprends.

Scott remarque ma casquette de base-ball.

— Tu joues aussi ?

— Oui, m'sieur.

Que suis-je censé dire à l'homme que j'idolâtre depuis toujours ? Dois-je lui demander son autographe ? De m'expliquer comment il garde son calme pendant un match quand tout peut basculer sur une balle ? Est-ce que j'ai l'air d'un abruti total en le regardant sans rien trouver de cohérent à lui dire ?

— Ryan est lanceur, annonce mon père. Un recruteur de la ligue pro l'a regardé joué hier soir. Il pense que Ryan a le potentiel pour intégrer les minors après son bac.

Le sourire détendu de Scott devient plus sérieux tandis que ses yeux reviennent se poser sur moi.

— Impressionnant. Tu dois lancer dans les quatre-vingts, non ?

— Quatre-vingt-dix, précise mon père. Ryan en a lancé trois en plein dans les quatre-vingt-dix.

Une étincelle s'allume dans les yeux de Scott, et nous nous sourions. Je comprends cette flamme et la montée d'adrénaline qui l'accompagne. Nous partageons la même passion.

— Quatre-vingt-dix ? Et tu commences tout juste à attirer l'attention des recruteurs ?

Je réajuste ma casquette.

— Papa m'a emmené aux épreuves de sélection des Reds au printemps dernier, mais...

Mon père m'interrompt.

— Ils ont dit à Ryan qu'il devait prendre un peu d'épaisseur.

— Tu as dû les écouter, dit Scott.

— Oui. Je veux vraiment jouer.

Je pèse dix kilos de plus qu'au printemps dernier. Je cours tous les jours et je soulève de la fonte le soir. Parfois, mon père le fait avec moi. Ce rêve est aussi le sien.

— Tout est possible, dit Scott.

Il regarde par-dessus mon épaule, mais ses yeux sont perdus dans le vague comme s'il se remémorait des souvenirs.

— Ça dépend uniquement du niveau de ta volonté.

Je le veux. Grave. Mon père jette un coup d'œil à sa montre, puis tend la main à Scott. Il tient à passer récupérer des mèches pour sa perceuse avant le repas.

— C'était un plaisir de faire votre connaissance.

Scott accepte sa main tendue.

— Egalement. Dites, ça ne vous ennuierait pas de me prêter un peu votre fils ? Ma nièce vit avec moi depuis peu et elle doit entrer au lycée de Bullitt County demain. Je crois que la transition serait plus facile pour elle si quelqu'un pouvait l'accompagner. Si ça ne te dérange pas, Ryan.

— Ce serait un honneur, monsieur.

C'est clair. Je n'aurais même pas osé en rêver.

Mon père me décoche un sourire entendu.

— Tu sais où me trouver.

Le groupe devant la vitrine du coiffeur s'écarte au passage de mon père, tel Moïse devant la mer Rouge, tandis qu'il se dirige vers le magasin de bricolage.

Scott se tourne vers moi, s'approche et se passe une main sur le visage.

— Elisabeth…

Il s'interrompt, pose les mains sur ses hanches et reprend :

— Beth est un peu sauvage sur les bords, mais c'est une gentille fille. Avoir quelques amis ne lui ferait pas de mal.

Je hoche la tête comme si je comprenais, mais ce n'est pas le cas. Que veut-il dire par « un peu sauvage sur les bords » ? Je continue quand même d'opiner du chef, parce que je m'en fiche. Cette fille est la nièce de Scott, et je ferai en sorte qu'elle se sente bien.

Beth. Un léger malaise me contracte l'estomac. Pourquoi ce prénom me dit-il quelque chose ?

— Je me chargerai des présentations, dis-je, et je ferai ce qu'il faut pour qu'elle se sente aussi à l'aise que possible. Mon meilleur ami, Chris, fait également partie de l'équipe.

Parce que je compte bien amener Chris et Logan dans les prochaines conversations que j'aurai avec M. Risk.

— Il a une copine vraiment super, je suis sûre que votre nièce l'appréciera.

— Merci. Tu ne peux pas imaginer comme c'est important pour moi.

Scott se détend comme s'il venait de poser à terre un sac de cent kilos. La sonnette du magasin de fringues voisin tinte joyeusement. Scott met une main sur mon épaule et fait un geste en direction de la boutique.

— Ryan, je voudrais te présenter ma nièce, Elisabeth.

La fille sort du magasin et croise les bras. Cheveux noirs. Petit anneau dans le nez. Silhouette mince aux formes harmonieuses. Chemise blanche dont seuls quatre boutons sont fermés entre ses seins et son nombril, jean bleu fashion, et roulement d'yeux au moment où elle me voit. Mon ventre se crispe comme si je venais d'avaler du plomb. Si ça se trouve, ça va être le pire jour de ma vie.

Beth

— Enchanté, lance le petit arrogant du Taco Bell comme si on ne s'était jamais vus.

Peut-être qu'il ne s'en souvient pas. En général, les sportifs ne sont pas très malins. Les muscles doivent bouffer l'oxygène du cerveau.

— Tu te fous de ma gueule, là ?

Je suis en enfer. C'est clair et net. Il fait une chaleur atroce dans ce bled. Une chaleur suffocante qui m'oppresse les poumons.

Scott se racle la gorge. Histoire de me rappeler subtilement que je dois soigner mon langage en public.

— Je te présente Ryan Stone.

Autrefois, Scott avait le même vocabulaire de base que moi aujourd'hui, avec quelques variantes salées bien à lui. Maintenant, il parle comme un coincé de bourgeois en costard. D'ailleurs, c'est ce qu'il est devenu.

— Ryan se propose de te présenter au lycée, demain, et de te faire visiter les lieux.

— C'est le pompon, je bougonne. Comme si ma vie n'était déjà pas assez merdique depuis quarante-huit heures.

Dieu a dû décider qu'il n'avait pas encore fini de me faire chier. Ce n'était pas encore fini quand Scott m'a fait du chantage pour vivre ici. Ce n'était pas encore fini quand sa femme m'a acheté ces fringues de bourge. Ce n'était pas encore fini quand Scott m'a dit qu'il venait de m'inscrire à cette école de ploucs. Non, il n'avait pas encore fini de me faire chier. La cerise sur le gâteau, c'est ce petit prétentieux planté devant moi. Ha, ha. Trop forte, la blague.

— Je veux mes anciennes fringues.

— Quoi ? demande Scott.

Bien. J'ai réussi à lui parler sans dire de gros mots.

— Il n'est pas sapé comme un débile, lui, alors pourquoi je le serais, moi ?

Je désigne d'un geste le jean de marque et le chemisier de petite catho que je me trimballe. A la demande de Scott, qui voulait que je fasse bonne figure devant Allison, je suis sortie de la cabine d'essayage pour contempler ces atrocités devant le miroir en pied. Quand j'y suis retournée, mes fringues avaient disparu. Ce soir, je vais me dégoter une paire de ciseaux et de l'eau de Javel.

Scott m'adresse un signe de tête désapprobateur. Quand je pense que je vais devoir me coltiner ce naze pendant un an, alors que je ne peux même pas voir celle que j'essaie de protéger — ma mère ! La panique s'allume dans un coin de mon esprit. Comment va-t-elle ? Son mec l'a-t-il encore frappée ? S'inquiète-t-elle pour moi ?

— Tu vas voir, tu vas te plaire, ici, dit le gars du Taco Bell — enfin, Ryan.

— Oh ! je n'en doute pas !

Mon intonation indique clairement que ça va me plaire autant que de recevoir une balle dans le crâne.

Scott se racle encore la gorge, d'une manière qui pourrait faire croire qu'il est malade.

— Le père de Ryan possède une société de construction en ville, et il siège au conseil municipal.

Sous-entendu : essaie de te tenir un minimum.

— Bien sûr.

Bien sûr. Résumé : Ryan est un riche garçon qui a tout. Papa dirige la ville. Papa dirige son affaire. Et Ryan se croit tout permis à cause de ça.

Il me sourit alors gentiment, et ça me fait bizarre. Comme si ce sourire avait été inventé juste pour moi. Un sourire superbe. Parfait. Paisible. Avec de petites fossettes. Qui me promettrait amitié, bonheur et rires, et qui me donnerait envie de répondre à ce sourire. Mes lèvres esquissent l'ombre d'une réponse, mais je m'interromps brusquement.

Pourquoi est-ce que je me fais ça ? Des mecs comme lui ne draguent pas des filles comme moi. Je ne suis qu'un jeu pour eux. Ces gars-là, ils ont tous la même façon de faire : sourire, me faire croire qu'ils m'aiment bien, puis me jeter quand ils m'ont eue. Avec combien de minables suis-je sortie, avant de le regretter le lendemain matin ? Bien trop, depuis l'année dernière.

Tout en écoutant Ryan embrayer avec aisance sur une conversation de base-ball avec Scott, je me jure d'en avoir fini avec les minables. Une bonne fois pour toutes.

Et cette fois, je tiendrai ma promesse — même si je dois rester seule à cause de ça.

— Oui, dit Ryan à Scott comme si je n'étais pas là, comme si je n'étais pas assez importante pour être intégrée à la conversation. Je pense que les Reds sont bien partis, cette année.

Bon sang, je déteste ce Ryan. Trop parfait, avec sa vie parfaite, son corps parfait, son sourire parfait, à faire semblant de ne m'avoir jamais vue avant. Il me regarde du coin de l'œil, et je comprends d'un coup pourquoi il fait le beau : Ryan veut impressionner Scott. Puisque c'est comme ça, on va partager un peu.

— Il m'a draguée, je balance.

Silence. Ma phrase a interrompu tout net leur discussion de débiles. Scott écarquille les yeux.

— Tu viens juste de le rencontrer.

— Ce n'est pas la première fois. Vendredi soir, il m'a draguée et n'a pas arrêté de reluquer mes fesses.

Joie. O joie ! Bon d'accord, pas le gros délire non plus, mais la seule joie que j'aie eue depuis vendredi soir, en tout cas. Ryan enlève sa casquette, passe une main dans ses cheveux couleur sable et remet son couvre-chef. Je l'aime mieux sans sa casquette.

— C'est vrai ? demande Scott.

— Euh, oui, marmonne Ryan. Non. Enfin, oui. Je lui ai demandé son numéro de téléphone, mais elle ne me l'a pas donné. Mais c'était tout à fait respectueux, je le jure.

— Tu n'as fait que de me mater les fesses. A donf.

Je me tourne et me penche bien en avant pour faire une petite démonstration.

— Tu te rappelles, mon jean était déchiré ici.

Je glisse un doigt derrière ma cuisse.

— Et après, tu m'as payé des tacos. Et un Coca. Donc je suppose que le spectacle a dû te plaire.

J'entends des voix d'hommes murmurer et je jette un œil du côté des types un peu plus loin sur le trottoir. Cette fois, un vrai sourire se dessine sur mes lèvres. Scott doit adorer cette petite scène. Peut-être qu'en poussant un peu, je serai de retour à Louisville pour le dîner.

— Elisabeth.

Mon oncle prend sa voix de zonard en colère.

— Retourne-toi et redresse-toi.

Douze teintes de rouge différentes passent sur les joues de Ryan. Il ne regarde même pas mon cul, mais mon oncle.

— Bon, c'est vrai… Je l'ai un peu draguée.

Scott a besoin d'une deuxième prise.

— Tu l'as draguée ?

Et alors ? Pourquoi a-t-il l'air si surpris ? Je ne suis pas un thon.

— Oui, avoue Ryan.

— Tu voulais sortir avec elle ?

Oh, oh ! Scott a l'air ravi. Non, non, non. Ça ne se passera pas comme ça.

— Oui, concède Ryan.

Il lève les mains devant lui.

— Je me suis dit… Je me suis dit…

— Que j'étais un coup facile ? j'aboie.

Scott fait la grimace.

— Qu'elle était marrante, conclut Ryan.

C'est ça. Je suis sûre que c'est ce qu'il devait se dire.

— Dis plutôt que tu aurais trouvé ça marrant de jouer avec moi. Genre, dans ton plumard.

— Ça suffit ! lance Scott.

J'enfonce les mains dans les poches de mon nouveau jean sous son regard furibard. Scott baisse la tête et se pince le nez avant de reprendre son sourire de faux cul.

— Je te prie d'excuser ma nièce. Elle a eu un week-end difficile.

Il n'a pas à s'excuser pour moi. Surtout envers ce petit frimeur. Ma mâchoire se décroche, mais le bref regard qui tue que me lance Scott suffit à me refermer le clapet. Il redevient alors « M. Hypocrite ».

— Si tu ne veux pas aider Elisabeth au lycée, je comprendrais très bien.

Ryan prend une expression bien trop innocente pour être honnête.

— Ne vous en faites pas, monsieur Risk. Ça me fera très plaisir d'aider *Elisabeth.*

Il se tourne vers moi et sourit. Ce sourire n'a rien de naturel ou de réconfortant ; c'est du défi pur et dur. C'est ça, vas-y, sportif. Tu as trouvé un adversaire à ta taille.

Ryan

Avant, les murs de la cuisine étaient bordeaux. Quand on était petits, Mark et moi sortions du bus scolaire en courant et, lorsqu'on déboulait dans la cuisine, on était accueillis par une délicieuse odeur de cookies. Maman nous questionnait sur notre journée tandis que nous trempions les biscuits encore chauds dans du lait. Lorsque papa rentrait du travail, il prenait maman dans ses bras et l'embrassait. Elle riait aux éclats.

Puis il se tournait vers nous et demandait : « Comment vont mes garçons ? » Comme si Mark et moi n'existions pas l'un sans l'autre.

A la suite des travaux que mon père a terminés la semaine dernière, les murs de la cuisine sont maintenant gris. Et à la suite de l'annonce de mon frère et de la réaction de mon père à cette annonce l'été dernier, le bruit le plus fort dans la cuisine est désormais le son des couverts dans les assiettes.

— Gwen est venue à ton match, dit ma mère.

Ce n'est jamais que la troisième fois qu'elle le dit depuis les dernières vingt-quatre heures.

Oui, avec Mike.

J'enfourne une bouchée de rôti.

— Sa mère dit qu'elle parle encore de toi, insiste-t-elle.

Je m'arrête de mâcher et dévisage ma mère. Trop heureuse de susciter une réaction, elle sourit.

— Laisse-le tranquille avec ça, dit mon père. Il n'a pas besoin d'être distrait par une fille.

Ma mère fait la moue et nous entamons de nouvelles

minutes de bruits de couverts. Le silence est aussi glaçant que du givre.

Incapable de supporter davantage cette tension, je m'éclaircis la voix.

— Papa t'a dit qu'on avait rencontré Scott Risk et sa (tarée de) nièce ?

— Non.

Ma mère poursuit de sa fourchette une tomate cerise qui roule dans son assiette. Au moment où elle la pique enfin, elle relève les yeux vers mon père.

— Il a une nièce ?

Papa soutient son regard avec une indifférence un peu irritée et boit directement à la bouteille d'eau.

— Je t'ai donné un verre, lui rappelle ma mère.

Mon père pose la bouteille ruisselante de condensation à côté du verre en question, directement sur le bois de la table — sans dessous-de-verre. Maman s'agite sur sa chaise comme un corbeau qui battrait des ailes. Il ne lui manquerait plus que de pousser un croassement exaspéré pour parfaire le tableau.

Depuis quelques mois, mon père et moi prenons nos repas dans le salon, devant la télé. Ma mère a arrêté de cuisiner depuis le départ de Mark.

Mes parents voient une conseillère conjugale depuis plusieurs semaines, même s'ils ne me l'ont pas dit ouvertement. Leur besoin maladif de perfection les empêche de reconnaître que la survie de leur mariage puisse nécessiter l'aide d'une tierce personne. J'ai donc découvert le pot aux roses de la même manière que beaucoup d'autres choses dans cette maison : en les entendant se disputer dans le salon alors que j'étais couché.

La semaine dernière, leur conseillère conjugale les a invités à essayer de faire quelque chose ensemble, comme une vraie famille. Ils se sont disputés pendant deux jours à ce sujet avant d'opter pour un repas dominical.

C'est pour cette raison que j'ai invité Mark. Nous n'avons

jamais mangé tous ensemble depuis son départ et, s'il était venu, peut-être aurions-nous pu trouver un moyen de recoller les morceaux, tous les quatre.

Je me demande si mes parents ressentent le même vide en voyant sa chaise libre à côté de la mienne. Mark avait un don pour les empêcher de se disputer. Quand la tension montait entre eux, mon frère racontait une histoire ou une blague pour détendre l'atmosphère. L'hiver arctique n'avait jamais sa place dans notre maison quand il vivait ici.

— Oui, il a une nièce, dis-je, espérant alimenter la conversation et remplir le vide qui m'envahit. Elle s'appelle Elisabeth. Enfin, Beth.

Et elle me pourrit la vie — un peu comme l'ambiance de ce repas.

Je casse une biscotte en deux et y étale du beurre. Beth m'a mis la honte devant Scott Risk et j'ai perdu un défi à cause d'elle. Je lâche soudain ma biscotte ; le défi… Une étincelle s'allume dans ma tête. Chris et moi n'avons jamais fixé de limite de temps à notre pari. Ce qui veut dire que je peux encore gagner.

Ma mère ajuste sa serviette de table, me tirant de mes pensées.

— Tu ferais bien d'être gentil avec elle, Ryan, mais garde quand même tes distances. Les Risk avaient une sacrée réputation, il y a quelques années.

La chaise de mon père crisse sur le carrelage neuf tandis qu'un grognement de dégoût sort de sa gorge.

— Quoi ? lance ma mère.

Papa hausse les épaules et se concentre sur sa viande au lieu de répondre.

— Tu as quelque chose à dire ? insiste ma mère. Vas-y, dis-le.

Mon père pose sa fourchette dans son assiette.

— Scott Risk a de très bons contacts. Moi, je dis, rapproche-toi d'elle, Ryan. Fais visiter le quartier à cette fille. Si tu lui rends service, je suis sûr que Scott te renverra l'ascenseur.

— Evidemment, dit ma mère. Donne-lui des conseils à l'opposé des miens.

Papa commence à répliquer, et le ton monte peu à peu entre eux, me donnant mal à la tête. L'appétit coupé, je m'apprête à quitter la table. Ecouter ainsi ma famille s'anéantir me rend dingue. Je ne peux imaginer pire son sur la planète.

Soudain, le téléphone sonne. Mes parents se taisent instantanément et nous regardons tous les trois sur le comptoir : le nom de Mark s'affiche sur l'écran du téléphone. Un étrange mélange de douleur et d'espoir me serre alors la gorge et le ventre.

— Laisse sonner, marmonne mon père.

Ma mère se lève à la deuxième sonnerie tandis que j'entends mon cœur battre dans mes oreilles. *Allez, maman, réponds. S'il te plaît !*

— On pourrait lui parler, dit-elle en fixant le téléphone. Lui dire que tant qu'il garde ça secret, il peut revenir à la maison.

— Oui, dis-je, espérant les faire changer d'avis.

Peut-être que cette fois, Mark choisira de rester et de se battre, au lieu de m'abandonner.

— On devrait répondre.

Quatrième sonnerie.

— Pas sous mon toit, dit mon père.

Il garde les yeux fixés sur son assiette.

Et le répondeur s'enclenche. La voix joyeuse de ma mère annonce que nous sommes absents pour le moment, mais qu'il ne faut pas hésiter à laisser un message. Bip.

Rien. Pas de message. Pas de bruit d'électricité statique sur la ligne. Rien. Mon frère n'a même pas le courage de me laisser un message.

Et je ne suis pas idiot. S'il voulait me parler, il aurait pu appeler sur mon portable. C'était un test. Je l'ai invité à dîner, et il appelait pour voir si j'étais le seul à souhaiter son retour. Echec collectif.

Maman serre son collier de perles, et mon bref sentiment d'espoir vire soudain à la colère. Mark est parti. Il m'a laissé assister tout seul à cette destruction.

Je m'éjecte de ma chaise et ma mère se tourne vers moi.

— Où vas-tu ?

— J'ai des devoirs à faire.

Je claque la porte de ma chambre derrière moi, faisant trembler le tableau de liège accroché au-dessus de mon bureau. J'arpente ma chambre, la tête entre les mains. J'ai un devoir à rendre, et je me sens comme un bateau ballotté par les vagues. Il faut que je fasse redescendre cette colère, que je soulève de la fonte jusqu'à ce que les muscles me brûlent, ou que je lance des balles jusqu'à ce que les épaules me tombent.

Mais je me vois mal écrire une maudite rédaction sur un sujet libre.

Je me laisse quand même tomber sur ma chaise de bureau. J'appuie sur un bouton, et l'écran de mon ordinateur s'allume. Le curseur clignote sur la page blanche, n'attendant plus que moi.

Quatre pages. Simple interligne. Marge de 2,5. Les attentes de ma prof sont démesurées. Surtout quand on pense que théoriquement, on est encore en vacances.

Mes doigts se lancent sur le clavier. *Je joue au base-ball depuis que j'ai trois ans.*

Je m'arrête. Le base-ball… c'est ce dont je devrais parler. C'est ce que je connais le mieux. Seulement, les émotions qui m'assaillent ont besoin d'un exutoire.

Mon père et ma mère seraient furax si j'écrivais quoi que ce soit sur ce qui se passe réellement dans notre famille. Pour eux, les apparences sont cruciales. Je parie qu'ils n'ont même pas avoué à leur conseillère conjugale les véritables raisons qui les ont amenés chez elle.

Une idée me vient, et je sens ma colère s'apaiser un

peu. Je ne devrais pas faire ça. Si quelqu'un comprenait, je serais dans de sales draps, mais le fait est que j'ai besoin d'évacuer ma rancœur. J'efface alors la première ligne et laisse les mots prendre la liberté qu'ils implorent.

George s'éveilla avec un vague souvenir de la veille, mais un coup d'œil sur sa gauche suffit à lui rappeler la dure réalité qui était désormais la sienne. Et, plus exactement, ce qu'il était devenu.

Beth

— Ils se souviendront peut-être de moi.

Je hais les lundis, surtout un jour de rentrée au lycée de Ploucville. Je m'appuie contre les fenêtres du bureau du conseiller d'éducation et regarde autour de moi. Le décor doit remonter aux années 1970 : fausses boiseries, bureau et chaises achetés en fin de série au liquidateur du coin. Une vieille odeur de renfermé par-dessus tout ça. Bref, une école de trou paumé dans toute sa splendeur.

— Justement, Elisabeth.

Scott feuillette un épais fascicule.

— Ton ancienne école est la plus adaptée des trois. Tu connaîtras du monde et tu pourras renouer des liens. Tiens, pourquoi pas l'Economie domestique ? On a fait des cookies ensemble quelquefois, tu t'en souviens ?

— Beth. Je m'appelle Beth.

On dirait que ce type a des difficultés d'apprentissage.

— Et la dernière fois que j'ai fait un truc qui se mange, c'étaient des brownies, et j'ai mis…

— Bon, on met l'Economie domestique de côté, alors. Mais je préfère Elisabeth, comme prénom. Comment s'appelait ta meilleure copine, déjà ? Je t'emmenais souvent chez elle.

Et on jouait à la poupée. Tout le temps. Sa mère nous laissait utiliser sa vraie vaisselle pour nos goûters. Ils avaient une vraie maison avec de vrais lits et j'adorais rester manger chez eux. Leur bouffe était mortelle. Je commence à avoir du mal à déglutir.

— Lacy.

— Voilà : Lacy Harper.

La porte du bureau s'ouvre et le conseiller d'éducation passe la tête par l'entrebâillement.

— Accordez-moi encore une minute, monsieur Risk. Je suis en ligne avec le lycée d'Eastwick.

Scott lui adresse un sourire mielleux.

— Prenez votre temps. Dites, avez-vous une certaine Lacy Harper dans cet établissement ?

Je n'y crois pas. Il me tue vraiment.

— Oui, en effet.

La rigolade n'est pas terminée. Scott me lance un regard réjoui.

— C'est super, non ?

Je surjoue ma réponse.

— Génial.

Soit il décide d'ignorer mon sarcasme, soit il y croit.

— Monsieur Dwyer, pourriez-vous placer Beth dans un des cours de Lacy ?

M. Dwyer rampe presque tellement il bave d'admiration devant Scott.

— Absolument, nous allons arranger ça.

Sur ce, il se retire de son bureau et referme la porte derrière lui.

— Tu t'es pris un coup de batte derrière la tête, ou quoi ?

Je n'arrive pas à croire que Scott compte m'inscrire dans ce bahut.

— Seulement quand j'avais cinq ans et tous les jours qui se terminent en *-di*, marmonne-t-il en continuant de parcourir le catalogue.

Sa réponse me fait un pincement au cœur. Je m'étais efforcée d'oublier cette portion de mon enfance. Grand-père — son père — les battait copieusement, lui et mon paternel. Scott l'a empêché de me faire la même chose.

— Pourquoi pas de l'espagnol ?

Cette fois, je souris.

— Mon pote Rico m'a appris un peu d'espagnol. Si un mec essaie de me tripoter, je sais comment lui dire…

— Allez, banco pour l'espagnol.

Dommage qu'il m'ait coupée, ça aurait pu être rigolo.

— Franchement, Scott, tu veux vraiment que j'aille dans cette école ? Tu as réfléchi un peu ? Ton petit toutou, là, avec la bague au doigt, elle…

— Allison. Elle s'appelle Allison. Répète avec moi : Al-li-son. Tu vois, ce n'est pas bien compliqué.

— Bref. Elle adore la façon dont tout le monde te vénère. Combien de temps ça va durer quand les gens vont se rappeler que tu es issu de la pire banlieue de Groveton ?

Il arrête de feuilleter son catalogue. Ses yeux ont beau être encore baissés, je devine qu'il a cessé de lire.

— Je ne suis plus le gamin que j'étais. Les gens s'intéressent seulement à ce que je suis aujourd'hui.

— Et combien de temps crois-tu qu'il faudra pour que les gens se souviennent de moi ou de maman ?

Je voulais sortir ça sur un ton odieux, proche de la menace, mais je n'ai pas réussi. Quelle quiche je fais, parfois !

Scott me dévisage ; je déteste la compassion que je lis dans ses yeux.

— Ils auront le même souvenir de toi que moi : celui d'une jolie petite fille qui croquait la vie à pleines dents.

Enervée qu'il me parle encore de cette pauvre fille, je détourne le regard.

— Elle est morte.

— Non.

Il marque un silence.

— Quant à ta mère, elle est arrivée en ville pour entamer son année de seconde, et elle en est repartie alors qu'elle n'avait pas seize ans. Les gens ne se souviendront pas d'elle.

Une vague nausée me prend et ma main retombe sur mon ventre. Scott n'était pas là quand la police a débarqué dans le mobil-home où nous vivions, et il n'était pas là pour sécher mes larmes ensuite. C'est une petite ville où tout le monde se connaît. La police a beau avoir promis de garder le secret sur cette nuit-là, je suis sûre que quelqu'un a fini par parler.

— Que se passera-t-il quand quelqu'un se souviendra de papa ? je rétorque. Plus personne ne t'admirera, à ce moment-là. Non, vraiment, tu fais une grosse erreur, Scott. Renvoie-moi chez moi.

— Monsieur Risk.

Le conseiller d'éducation de Ploucville passe la tête par la porte. Des rides inquiètes strient son front démesurément grand et ses doigts cramponnent un fax. Je lui ai dit que j'étais la spécialiste des heures de colle à Eastwick.

— Je peux vous parler un moment ?

Je penche la tête, sachant quoi dire pour mettre M. Dwyer en porte-à-faux.

— Dans quel cours vouliez-vous m'inscrire, déjà ?

Je me gratte le menton.

— Anglais avancé, avec les meilleurs, c'est ça ?

— Assieds-toi, Elisabeth.

Scott fait d'énormes progrès pour donner des ordres à voix basse, depuis quelque temps.

— Très bien, monsieur Dwyer, discutons un peu du programme de Beth.

Ryan

Mesdames et messieurs, baissez la tête et dites *amen*. La nièce de Scott Risk entre au lycée de Bullitt County, et le défi est de nouveau d'actualité. J'avance dans le couloir bondé d'un pas bien décidé. Le mot « défaite » ne fait plus partie de mon vocabulaire.

Je change d'humeur en voyant Chris plaquer Lacy contre un casier ; il a la tête penchée sur elle, et elle, la tête relevée. Pas la meilleure position à adopter quand le principal sort de son bureau, juste à côté. L'année dernière, il nous a fait un cours magistral sur nos hormones, les élans charnels, et leurs conséquences pour ceux qui franchissent les limites du respect physique. En d'autres termes : si vous êtes surpris trop près d'une personne du sexe opposé, on vous colle une journée de retenue. Mais quand on veut être champion, on a besoin d'entraînement, pas de retenue.

— Une banquette arrière de voiture, ce serait mieux pour ça.

Je me glisse de l'autre côté de Chris et Lacy pour les dissimuler à la vue du principal.

— De préférence hors du campus.

Chris pousse un grognement tandis que Lacy pose une main sur sa poitrine pour le repousser gentiment, jusqu'à ce qu'ils se trouvent à une distance « acceptable » l'un de l'autre. Elle pousse un soupir de frustration.

— Salut, Ry.

— Dégage, dit Chris d'un ton neutre.

— Le principal est dans le coin, et je ne compte pas

modifier nos entraînements sous prétexte que tu es en retenue, comme l'année dernière.

Chris pousse un soupir semblable à celui de Lacy.

— Toi, il faut que tu te trouves une meuf.

— Exactement ! renchérit Lacy. Ça fait des mois que je le dis. Pas une méchante, cette fois. On arrête avec les méchantes. J'en avais marre de porter des crucifix. J'avais bien pensé à trimballer de l'eau bénite, mais il aurait fallu que je rentre dans une église et…

— C'est bon, on a compris, je lui dis.

Gwen et Lacy ne se sont jamais bien entendues, mais je suis sorti un moment avec Gwen et je ne tolère pas que quiconque lui manque de respect.

La première sonnerie retentit, et nous nous dirigeons vers notre cours d'anglais. Debout dans son coin, ressassant son ennui permanent, Logan nous attend entre les casiers des seniors et des juniors. On essaie toujours d'avoir le maximum de cours communs, tous les quatre. Pour le fun. Pour la camaraderie. Pour que Lacy et Logan nous aident avec les devoirs, Chris et moi.

Parce que ce mec est plus intelligent qu'Einstein et que la plupart des élèves de ce bahut sont plus bêtes que leurs pieds, Logan suit des cours avec les seniors. L'année prochaine, ils n'auront plus assez de cours niveau avancé pour lui ; ils vont sûrement devoir le caser dans un coin de la bibliothèque en faisant comme s'il n'existait pas.

Je balaye le couloir du regard, espérant repérer Beth.

— Au fait, à propos du défi de vendredi soir, toujours en cours…

— Tu veux dire celui que tu as perdu.

Chris entre dans la salle de classe et réserve nos places habituelles près de la fenêtre. Lacy reste dans le couloir pour papoter avec des filles.

— Non, celui que je vais gagner.

Chris me lance un sourire incrédule.

— Logan, t'entends ça ?

Logan s'assoit et s'affale sur sa chaise.

— T'as perdu, Ryan. Grave.

— Grave ?

— Ça faisait des semaines que je ne m'étais pas autant marré, dit Chris. Tiens, je me la refais, juste pour le plaisir : salut, je m'appelle Ryan, je voudrais ton numéro.

Il tend la main vers Logan.

— Attends, que je me souvienne, fait Logan. Elle avait une façon de parler superclasse… Ah, oui : je crois qu'elle t'a répondu « va te faire foutre ».

— Elle s'appelle Beth.

— Le défi n'était pas d'obtenir son prénom.

Décidé à ne pas laisser Mme Rowe lui confisquer tous ses couvre-chefs comme l'an dernier, Chris range sa casquette dans sa poche.

— Tu as perdu. Sois sport, reconnais-le. Ou laisse-nous continuer à en rigoler. L'un ou l'autre, ça me va.

— J'aime bien me payer sa tête, commente Logan.

Je baisse la voix et me penche dans l'allée pour que seuls Chris et Logan puissent m'entendre. Je tiens une petite fenêtre de tir, et plus longtemps les autres ignoreront qui est l'oncle de Beth, plus j'aurai de chances de décrocher son numéro. Scott est un dieu vivant dans ce lycée, ce qui fait automatiquement d'elle une demi-déesse.

— Son vrai nom est Elisabeth Risk, et c'est la nièce de Scott Risk.

— Beth, fait soudain une voix devant moi.

Des livres tombent bruyamment sur mon bureau, et nous sursautons tous les trois en relevant les yeux. Vers des cheveux noirs, un anneau de nez et une chemise blanche bien ajustée et profondément déboutonnée vers l'endroit où les mecs reluquent tout le temps. Enfin, où je reluque, moi, en tout cas. Dieu tout-puissant, cette fille est vraiment canon.

— Je vais le dire tout doucement et avec des mots simples pour que vous puissiez bien me comprendre.

Primo, si vous m'appelez Elisabeth une fois de plus, je vous garantis que vous n'aurez jamais de descendance. Et deuzio, si vous dites à quelqu'un d'autre de qui je suis la nièce, vous respirerez bientôt avec un tuyau dans la gorge.

Chris éclate de rire ; je sens que la situation est mal barrée.

— Ravi de te connaître. Ryan nous disait justement qu'il crevait d'envie de t'appeler, pas vrai, Ry ?

Ding, ding ! Chris vient de sonner la cloche du deuxième round, tout en faisant une entorse monumentale au règlement par son intervention. Bien joué, cela dit, parce que j'en aurais fait autant à sa place.

— Je t'ai cherchée ce matin, mais la secrétaire m'a dit que tu avais un entretien avec M. Dwyer.

Ses yeux bleus me transpercent, et l'un de ses sourcils se relève lentement vers son front. Le silence qui se crée entre nous devient ultrapénible. Chris gigote sur sa chaise et Logan s'enfonce un peu plus sur la sienne. J'ai envie qu'elle parte, mais j'ai besoin qu'elle reste pour remporter mon défi. Je m'efforce donc de conserver une expression détendue. Si je respire un chouïa trop fort, ma petite skateuse saura qu'elle a l'avantage.

— Mm-mmm, répond-elle enfin. Je te crois ; les lèche-culs font toujours ce genre de trucs. Ecoute, voilà le deal : je t'évite, tu m'évites, et quand mon oncle demandera si tu m'as donné un coup de main, je me mettrai à glousser comme ces pauvres filles dans le couloir, puis je m'extasierai sur la façon dont le grand et beau Ryan a aidé cette pauvre créature sans défense que je suis à survivre dans cette méchante école.

— Tu sais glousser, toi ? lance Logan.

Elle le foudroie du regard. Il hausse les épaules.

— Je dis ça comme ça… C'est juste que tu n'as pas trop l'air du genre à glousser.

Bon sang, voilà que Logan se mêle au jeu, maintenant, ce qui veut dire qu'il veut mettre de l'argent dans le pari. Il est temps de sauver les meubles.

— Je te présente Chris et Logan. Ils jouent au base-ball avec moi. Chris a une copine avec qui tu devrais bien t'entendre ; si tu veux, tu peux te joindre à nous pour déjeuner.

— Purée, tu as vraiment une case en moins, toi, soupire-t-elle.

La sonnerie retentit, et Beth se dirige de l'autre côté de la classe, où elle se réfugie dans un coin. Tout s'est bien passé. Mes deux potes arborent des sourires qui me donnent envie de leur botter le train.

— Vingt dollars qu'elle t'insulte avant le déjeuner, dit Chris.

— Trente qu'elle te tue avant le déjeuner, renchérit Logan.

— J'aurai son numéro.

Ils partent à rire, et je sens les muscles de mes bras se crisper à l'idée d'une nouvelle défaite. Je froisse une page de cahier dans ma main.

— Vous croyez que je n'ai pas de jeu ?

— Pas assez pour ça, répond Logan.

— Je vais te prouver le contraire.

Du coin de l'œil, je lorgne Beth dans son coin. La tête penchée, ses longs cheveux de jais dissimulant son visage, elle griffonne dans un carnet en tenant un stylo dans sa main gauche. Tiens, une gauchère.

Chris secoue la tête.

— Désolé, mon pote. Le fait que Beth intègre Bullitt est un événement qui bouleverse les règles du jeu. Le coup des numéros de téléphone, c'est bon pour les nanas qu'on ne reverra jamais. Là, tu as des mois pour la travailler au corps. Si tu veux une vraie victoire, voilà le challenge : tu dois lui proposer de sortir avec elle, et qu'elle accepte.

— Et le rencard doit avoir lieu dans un lieu public et durer au moins une heure, ajoute Logan. Tu comprends, pour que ce soit réglo.

Je ne devrais pas faire ça. Si ça se passe mal, je pourrais me mettre Scott Risk à dos ; mais si ça se passe bien, il pourrait aussi me manger dans le creux de la main. Après tout, il m'a quasiment supplié de sympathiser avec le rejeton de Satan. En outre, si je ne saisis pas cette occasion, cela signifie que j'aurai perdu, et je ne veux pas perdre.

— Ça marche. Défi accepté.

Les jeux sont ouverts, petite skateuse. Les jeux sont ouverts.

Beth

J'ai trop besoin d'une cigarette, et donc d'un fumeur qui me fera confiance. Malheureusement, je n'ai croisé ni l'un ni l'autre pendant mes quatre premières heures de ce remake ado du film *Délivrance*. Pendant que les élèves se dirigent vers la cafétéria pour déjeuner, j'emboîte le pas à deux garçons aux cheveux longs et aux jeans troués. J'espère pouvoir les persuader de me filer au moins une taffe.

Ils tournent à un angle, et je ralentis le pas. Si j'approche avant qu'ils allument leur clope, ils vont faire semblant de ne rien faire. Et je ne pourrai plus les convaincre que je ne vais pas cafter.

En même temps, je ne me ferais pas confiance, à leur place — la nouvelle avec un chemisier blanc de bourge.

Bon, je leur ai laissé suffisamment de temps, maintenant. Je tourne au coin du bâtiment, prête à leur dire de se détendre, mais les mots ne sortent pas de ma bouche. Parce qu'ils ne sont pas là.

C'est un petit couloir avec une double porte vitrée menant dehors. Je trotte jusqu'à la vitre et regarde les deux types se faufiler sur le parking. Je laisse ma tête heurter la porte. Merde. Je n'aurais jamais cru qu'ils allaient sécher. Dès le premier jour, c'est gonflé.

Soudain, j'entends frapper à la porte. Mon cœur fait un bond dans ma poitrine, et d'un coup d'œil par la fenêtre, il se met à fondre. C'est lui. Tout mon corps se relâche de soulagement. C'est bien lui ! J'ouvre la porte, et Isaiah me prend dans ses bras en même temps que le soleil caresse chaudement mon visage. Normalement, je ne ferais pas ça — le toucher de cette manière. Mais aujourd'hui, je m'en fiche. Je m'abandonne même complètement contre lui.

— Tout va bien.

Isaiah embrasse mes cheveux et ses mains parcourent mon dos pour me serrer fort. Il m'a embrassée. Cette étreinte devrait me gêner et je devrais le repousser. On ne se comporte pas ainsi, d'habitude. Pas quand on est sobres. Sauf qu'aujourd'hui, son contact me donne envie de le serrer très fort.

— Comment as-tu su ? je marmonne contre son T-shirt.

— Je me suis dit que tu essaierais de sortir pour fumer, à un moment ou à un autre. C'est le seul endroit où j'ai vu d'autres personnes le faire.

Son cœur bat avec force et régularité. Dans ma quête du flottement suprême, il y a eu des périodes où j'ai été un peu trop loin. Trop bu. Trop fumé de trucs louches. Couché avec des mecs qui n'étaient pas bons pour moi. Je sortais alors de ma lévitation comme un ballon de baudruche qui éclate, et me retrouvais seule dans un abîme effrayant. D'un seul geste, Isaiah me ramenait sur terre. Ses bras étaient mon ancre, m'empêchant de dériver. Les battements réguliers de son cœur me rappellent qu'il ne me laissera jamais tomber.

A contrecœur, je m'écarte un peu de lui.

— Comment as-tu su que je serais dans ce lycée ?

— Je t'expliquerai plus tard. Viens, allons-y avant que quelqu'un nous voie.

Il me tend la main.

— Où ça ?

Je rentre dans son jeu, tout en sachant quelle sera ma réponse. Mais je veux y croire un peu — ne serait-ce qu'une seconde.

— Où tu veux. Un jour, tu m'as dit que tu voulais voir l'océan. Allons-y, Beth. On peut vivre là-bas, si on veut.

L'océan… J'imagine la scène. Moi dans un vieux jean

délavé et en débardeur. Mes cheveux agités par le vent. Isaiah, crâne rasé, torse nu, ses tatouages effrayant les touristes qui passent. Je serais assise pieds nus sous le soleil et je contemplerais les vagues pendant qu'il me regarderait. Isaiah garde toujours un œil sur moi.

J'enroule les bras autour de mon ventre et agrippe l'ourlet de ma chemise pour m'empêcher de m'agripper à lui.

— Je ne peux pas.

Il garde la main tendue, mais ma réponse fait vaciller son bras.

— Pourquoi ?

— Parce que si je m'enfuis, si je ne suis pas les ordres de Scott, il fera envoyer ma mère en prison.

Les bras d'Isaiah retombent le long de son corps, et ses poings se serrent.

— On s'en fout.

— Mais ma mère !

— On s'en fout aussi. D'ailleurs, qu'est-ce que tu faisais avec elle vendredi soir ? Tu m'avais promis de ne pas la revoir. Elle te fait du mal.

— Non, c'était son mec. Ma mère ne me ferait jamais de mal.

— Elle t'a laissée trinquer à sa place, et elle est repartie tranquillement alors qu'il s'est servi de toi comme bouc émissaire. Ta mère est un cauchemar sur pattes !

Une portière claque sur le parking, et nous nous cachons dans le coin opposé, près des portes.

— Beth, il faut qu'on parle.

Je suis d'accord. D'un signe de tête, je désigne les pins, un peu plus loin.

— Allons par là.

Isaiah tourne la tête et scrute les environs, puis me donne le signal du départ. Nous ne courons pas. Nous marchons sans dire un mot. Une fois qu'on est hors de vue, je me tourne vers lui en attendant la question qui doit lui brûler les lèvres.

— Tu m'as menti, déclare-t-il.

Isaiah enfonce les mains dans les poches de son jean et fixe les aiguilles de pin sur le sol.

— Tu m'as dit que tu n'avais jamais connu ton père.

O.K. Pas de question, mais une accusation. Bien méritée, en l'occurrence.

— Je sais.

— Pourquoi ?

— Je ne voulais pas parler de lui.

Il n'arrête pas de fixer ces satanées aiguilles. Il y a quelques années de ça, j'ai dit à Isaiah le même mensonge que je servais à tout le monde au sujet de mon père. Isaiah en a été tellement ému qu'il m'a confié quelque chose dont il n'avait jamais parlé à personne : le fait que sa mère ignorait totalement qui pouvait être son père. Le mensonge que j'ai dit à Isaiah l'a lié à moi pour la vie. Le temps que je comprenne ce qui cimentait notre relation — nos prétendues interrogations communes du côté paternel —, il était déjà trop tard pour lui avouer la vérité.

— Tu sais comment sont les gens.

Je hais le ton désespéré de ma voix.

— Ils adorent les commérages et, s'il y a un truc à déterrer, ils y vont, et moi, je ne voulais plus jamais penser à ce fumier. Quand je t'ai dit que je n'avais jamais su qui était mon père, je ne pouvais pas savoir que c'était ta réalité, à toi. Je ne savais pas que c'était cette histoire qui ferait qu'on deviendrait amis.

Ses yeux se ferment en entendant le mot « amis », et ses mâchoires tressautent comme si j'avais fait exprès de dire une chose blessante. Mais le fait est que nous sommes amis. Isaiah est mon meilleur ami. Mon seul ami.

— Isaiah…

Il faut que je lui donne quelque chose. Quelque chose pour lui faire comprendre ce qu'il représente pour moi.

— Ce qui s'est passé avec mon père…

J'ai du mal à respirer.

— Quand j'étais petite…

Vas-y, dis-le !

Les yeux gris d'Isaiah croisent enfin les miens. Leur gentillesse habituelle s'éclipse soudain, laissant la place à un soupçon d'affolement.

— Est-ce que ton père est dans les parages ? lance-t-il.

— Non. Il est parti. Mon oncle Scott et mon père se détestaient. Scott ne savait même pas que papa était parti.

— Ton oncle ?

— C'est un abruti, mais il n'a jamais levé la main sur moi, je te le jure.

Il cligne les paupières et l'affolement quitte son regard, mais ses muscles sont encore tendus par la colère.

— Je te faisais confiance.

Ces quelques mots me font l'effet d'une claque.

— Je sais.

Je peux lui parler franchement, maintenant.

— J'aimerais pouvoir partir avec toi, tu sais ?

— Alors fais-le.

— C'est ma mère. Je pensais que tu comprendrais, dis-je dans un souffle.

Je reste muette, immobile, à attendre qu'il encaisse le coup.

— Je comprends, dit-il d'un ton dur. Mais ça ne veut pas dire que je suis d'accord.

Bon. Il m'a pardonné. La culpabilité me ronge encore, mais je sens déjà mon ventre se dénouer un peu.

— Jolie chemise, dit-il.

Je souris devant son ton moqueur.

— Je t'emmerde.

— Ah ! revoilà ma Beth. Je commençais à me demander s'ils ne t'avaient pas lobotomisée.

— Tu n'en es pas loin.

Il ne nous reste plus beaucoup de temps. J'ai déjà perdu tellement de choses. Je ne veux pas le perdre, lui.

— Bon, qu'est-ce qu'on fait ?

— Quelles sont les règles de ton oncle ?

— Pas d'escapade, interdiction de vous revoir, toi ou Noah.

Scott a déclaré que je devais tout oublier de mon ancienne vie. Que la seule façon dont je pourrais prendre un nouveau départ, c'était de faire une coupure nette, et que si je ne tirais pas moi-même un trait sur le passé, il s'en chargerait à ma place.

Isaiah fait la grimace.

— Quoi d'autre ?

— Interdiction de sécher les cours, de manquer de respect à sa femme, aux profs ou à qui que ce soit.

— T'es foutue.

— Je t'emmerde encore.

— J't'aime aussi, ma chérie.

Je l'ignore et poursuit :

— Bonnes notes. Interdiction de fumer — même des clopes —, de boire. Et… aucun contact avec ma mère.

— Je suis d'accord avec lui sur ce dernier point. Tu vas y arriver, cette fois ?

Je le dévisage. Il m'effleure la joue. Bon sang, il ne me facilite pas les choses.

— Plus le droit de jurer. Respecter le couvre-feu.

Sa tête se redresse.

— Il te laisse sortir ?

— Probablement avec un GPS intégré. Je dois lui rendre compte de chaque seconde que je passe dehors. Qu'est-ce que tu crois ?

— Je crois que tu es une fille intelligente, capable de bluffer le diable en personne pour sortir de l'enfer. Tu n'as qu'à sortir de cette maison et je viendrai te chercher. N'importe quand, à n'importe quelle heure. Et je te ramènerai pour l'heure du couvre-feu.

Je reprends un peu espoir, mais ce n'est pas encore suffisant. J'ai besoin d'autre chose que d'Isaiah, de quelque chose de plus. Je tripote l'ourlet de ma chemise.

— Tu m'emmèneras voir ma mère ?

Il soupire.

— Non. Ce n'est pas bon pour toi.

— Il finira par la tuer.

— Qu'il le fasse. Elle a fait son choix.

Je recule comme s'il venait de me donner un coup.

— Comment peux-tu dire ça ?

La colère revient dans ses yeux.

— Comment ? Il y a quelques mois, elle t'a laissée te vider de ton sang sous ses yeux. Comment a-t-elle pu revenir avec cette ordure ? Comment a-t-elle pu te laisser porter le chapeau pour elle ? Ne me fais pas le coup de la compassion. Personne n'a le droit de te traiter comme ça. Tu as bien compris ?

J'opine du chef pour le calmer, mais je trouverai un autre moyen. Isaiah a raison. Je peux bluffer Scott, garder Isaiah, et trouver un moyen de m'occuper de ma mère.

Il sort quelque chose de sa poche arrière et me le lance. Je fais coulisser dans ma main un téléphone portable gris flambant neuf.

— On a vu que Scott avait jeté ton portable, alors je t'en ai acheté un neuf et je t'ai mise sur mon forfait.

Je réprime un petit sourire.

— Parce que tu as un forfait, maintenant ?

Il hausse les épaules.

— On en a pris un, avec Noah, et du coup on t'a ajoutée. C'était moins cher comme ça.

— Oh ! Comme c'est…

L'influence d'Echo.

— … raisonnable.

— Ouais. Noah est de plus en plus comme ça.

— Comment as-tu su que je serais ici ? A Groveton ? Dans ce lycée ?

Isaiah se met à fixer un arbre.

— C'est Echo. Au poste de police, elle s'est assise assez près de ton oncle et de ta mère pour entendre ce qu'ils disaient. Après, elle s'est chargée d'obtenir le reste des infos auprès de Shirley. Scott avait fait part de ses plans à ta tante.

— Super, je marmonne. J'ai une dette envers cette folle.

Le remords me prend au moment même où je prononce ces mots. En vérité, Echo n'est pas vraiment folle, mais notre relation a toujours été tendue. Elle est sympa et elle rend Noah heureux, mais elle a apporté trop de changement dans notre vie. Il est normal que ça ne me plaise pas.

Isaiah passe d'un arbre à un autre. Ce n'est pas bon signe.

— Il y a autre chose, Isaiah ?

— Echo a vendu un tableau.

Je hausse les sourcils.

— Et alors ?

Elle vend ses peintures depuis le printemps dernier.

Il fouille dans une de ses poches et en sort une liasse de billets. Sacré nom d'une pipe, je crois que je vais me mettre à peindre, moi.

— C'était l'un de ses préférés. Un truc qu'elle avait peint pour son frère avant qu'il meure. Noah était vénère quand il l'a appris.

Il me tend l'argent.

— Elle a fait ça pour toi.

J'ai les boules. Grave.

— Je ne veux pas de sa charité.

Elle n'a pas fait ça pour moi. Elle l'a fait pour Noah et Isaiah, mais surtout pour que je lui sois redevable, et elle sait que la fierté est l'une des seules choses que je possède.

Isaiah se rapproche et glisse les billets dans ma poche sans me laisser le temps de l'en empêcher.

— Prends-les. Je préfère savoir que tu as de l'argent, au cas où tu aurais besoin de déguerpir vite fait. Je te dois bien ça.

Je sens le poids de la liasse dans ma poche. Et j'ai beau être déterminée à mener cette année à son terme, je sais aussi que la vie est imprévisible. Mieux vaut être prévenant.

La sonnerie retentit, signalant la fin de la pause-déjeuner.

— Il faut que j'y aille.

Alors que je passe devant lui, Isaiah retient mon bras.

— Une dernière chose.

Son regard s'assombrit.

— Appelle-moi. N'importe quand. Je serai toujours présent.

— Je sais.

Il me faut une seconde pour rassembler le courage de le dire, mais c'est mon meilleur ami et il le mérite bien.

— Merci.

— Je suis à ton service.

Il me relâche. En retournant vers l'école, mes doigts effleurent l'endroit où ma peau est encore chaude de son contact. Isaiah est mon ami… mon seul ami.

Je tire sur la poignée de la porte par laquelle je suis sortie, et mon sang se glace : elle ne s'ouvre pas. Oh ! non. J'ai enfreint la règle numéro un de l'école buissonnière : toujours s'assurer de pouvoir rentrer de nouveau. Je secoue la poignée. Rien. Je secoue la poignée de l'autre battant. Même résultat. La peur me saisit le ventre et vire à la panique en un quart de seconde. Je ne peux pas rentrer, ce qui veut dire que je vais me faire griller pour absence au prochain cours. Quand Scott va l'apprendre, ça va être ma fête.

J'agrippe la poignée à deux mains et secoue comme une folle en vitupérant.

— Pitié !

Soudain, la porte cède. Une main en sort, m'attrape le bras et m'entraîne à l'intérieur.

Je lève les yeux vers mon sauveur et me liquéfie en voyant de magnifiques yeux noisette me contempler. Leur propriétaire se met à parler, rompant le charme.

— Je ne suis pas sûr que ce soit exactement ce que ton oncle attendait de moi, mais bon.

— Purée, quelle vie…, je marmonne.

C'est Ryan. Je hais vraiment cette ville.

Ryan

Ma petite skateuse est du côté des perdants, sur ce coup-là. Elle dégage brusquement son bras de ma main et me toise de ses yeux bleus qui ne cillent jamais.

— Je ne veux pas de ton aide.

J'adore gagner. C'est mortel. Rien ne me fait triper plus que ça. La tension et la pression que je ressens si souvent s'évanouissent alors. Gagner me détend les muscles, me fait porter la tête haute, et avec un grand sourire, s'il vous plaît.

— Tu n'en veux peut-être pas, mais tu en as besoin.

La deuxième sonnerie retentit et Beth me percute le bras en se précipitant dans le couloir. Vingt dollars qu'elle croit être en retard pour le cours.

— Ce n'est que la deuxième sonnerie, je lui lance.

Elle hésite et se fige dans son élan.

— Il y en a combien ?

— Après le déjeuner ?

J'avance vers elle avec nonchalance.

— Trois. Une pour signaler la fin du service. Une autre qui annonce les deux minutes restantes. Puis la dernière.

Ses lèvres au contour parfait laissent échapper un soupir, et le soulagement envahit son visage. Cette fille est sexy, mais elle n'est vraiment pas de tout repos. Si je n'avais pas accepté le défi, je la mettrais plutôt dans la catégorie « à éviter comme la peste ».

— C'est quoi, ton prochain cours ?

— Va te faire voir.

Beth se rue dans le couloir et je la suis d'un pas décontracté.

Les casiers s'ouvrent et se referment avec fracas dans le corridor déjà plein de brouhaha. Les élèves s'arrêtent pour regarder Beth bouger. Oui, bouger, c'est le mot qui convient. Tête haute, elle occupe fièrement le milieu du couloir. Quelques-uns sont nouveaux dans ce lycée, mais ceux-là passent généralement leurs premières semaines à essayer de se fondre dans le décor. Pas Beth. Ses hanches ont ce mouvement chaloupé qui attire l'œil de tous les mecs, y compris moi.

Elle scrute les numéros sur les portes, cherchant sans doute la salle de son cinquième cours. Je lui emboîte le pas et la rattrape au moment où elle tire un emploi du temps tout chiffonné de sa poche. Son pouce parcourt la liste avant de s'arrêter sur son objectif : Santé/Education physique.

L'ivresse de ma victoire augmente encore d'un cran. C'est également mon prochain cours.

— Je peux te montrer où c'est.

— Tu me suis, ou quoi ? Si c'est le cas, tu vas vite te faire botter le train.

— Par qui ? Le mec avec qui tu es sortie dans la pinède ?

J'ai du mal à imaginer qu'un homme comme Scott Risk laisserait sa nièce sortir avec un tatoué pareil ; d'ailleurs, c'est peut-être pour cette raison qu'il l'a changée d'école. Respect pour un homme qui s'occupe ainsi de sa famille.

— Je peux tout à fait m'en charger moi-même, réplique-t-elle.

Beth me lance un regard assassin.

— Menace Isaiah une fois de plus et c'est *moi* qui te botterai le train.

Je ricane en imaginant la petite furie brune essayant de me frapper. Ses coups me feraient sûrement autant d'effet qu'un lapin mordant un lion. A en juger par sa moue, je crois que mon ricanement l'irrite. Il est temps d'arrêter de la charrier.

— Je voulais juste te donner un coup de main, c'est tout.

— Un coup de main ? Un coup de main pour toi-même, tu veux dire. Je vois bien que tu serais prêt à lécher les bottes de mon oncle, s'il le fallait.

Un muscle tressaute au coin de mon œil. En de rares occasions, les lapins peuvent avoir la rage, et Scott m'a prévenu que sa nièce était un peu sauvage sur les bords. Ce qu'il a oublié de dire, c'est que ça ne concerne pas que les bords. Je m'apprête à lui demander quel est son problème quand Lacy se glisse soudain entre nous. Elle me jette un regard me signifiant de rester à ma place.

— D'accord…

— Viens, me dit Chris.

Il me fait de l'œil, et je comprends qu'il a envoyé Lacy pour nous interrompre, pensant me déranger en pleines manœuvres.

— On file en cours.

— Ouais.

En cours. Je veux remporter ce défi, mais je n'y arriverai pas si je perds mon sang-froid. Alors je suis Chris, prêt à tout pour m'éloigner de Beth.

Beth

Ryan me tourne le dos, et je m'appuie contre un casier violet. L'odeur âcre de la peinture fraîche me parvient alors aux narines. Et merde : ce maudit casier vient d'être repeint, je vais avoir du violet plein les fesses.

Plein d'ados bizarres me dévisagent comme si j'étais un animal au zoo. Deux filles ricanent en passant devant moi et se tordent le cou pour mieux reluquer la nouvelle bête curieuse du lycée.

Les gens jugent tout le temps les autres. Ils sont en train de me juger en ce moment même.

— Tu avais les cheveux blonds, avant, me dit Lacy.

Visiblement, les habitants de cette ville ont un problème avec mes cheveux. Je reconnais à peine celle qui était autrefois mon amie. On s'est observées discrètement en cours d'anglais, ce matin, en se demandant si l'autre était bien celle qu'on croyait. Lacy a toujours les mêmes cheveux châtain clair que quand on était petites. Aussi longs, mais moins filasses. Ils sont épais, maintenant. Elle fait un signe de tête à Chris, le pote de Ryan, lui signifiant qu'il n'a qu'à suivre Ryan en cours — ce qu'il fait.

— Tu fréquentais des gens cool, avant, je lui dis.

Un coin de ses lèvres se retrousse.

— Je te fréquentais, toi.

— C'est bien ce que je disais.

La sonnerie retentit et les derniers traînards entrent en classe. Quelle chance, encore un cours que j'ai en commun avec Ryan. Je m'écarte du mur, jette un œil à la peinture sur mes fesses et avance, pas très sûre de moi, Lacy sur mes talons.

Les groupes se dispersent aussi vite que des cafards quand on ouvre la lumière. Ryan et deux autres gars sont vautrés devant une table près du fond, l'air de se prendre pour des dieux. Leurs jeans hors de prix et leurs T-shirts de marque arborant le nom de leurs équipes préférées annoncent clairement la bande de sportifs débiles. Je tends ma fiche d'inscription à un prof en grande discussion avec deux autres sportifs à la noix. Ça discute base-ball, foot, basket. Blablabla. Typiquement masculin, de toujours avoir besoin de parler de balles.

Lacy s'installe à une table et tire une chaise à côté d'elle, m'invitant à m'y asseoir.

— Ryan m'a dit que tu voulais qu'on t'appelle Beth, maintenant.

Je prends place sur la chaise et jette un œil vers Ryan. Il détourne immédiatement le regard. Je sens un picotement dans mon ventre — il était vraiment en train de me regarder ? *Arrête.* Le picotement s'estompe. *Bien sûr, qu'il te regardait. Tu es une bête curieuse, tu te rappelles ?*

— Qu'est-ce qu'il t'a dit d'autre ?

— Tout. Votre rencontre vendredi soir. Et hier avec Scott.

Merde.

— Donc toute l'école est au courant.

— Non, dit-elle d'un air surpris.

Lacy me considère, et je devine qu'elle cherche à retrouver la pauvre fille d'il y a des années.

— Il ne l'a dit qu'à Logan, Chris et moi. Celui avec les cheveux bruns, assis à côté de Ryan, c'est mon copain, Chris.

— Toutes mes condoléances.

— Non, il est bien.

Elle s'interrompt un instant.

— Enfin, la plupart du temps.

Pendant quatre cours, on m'a ignorée. J'ai contribué à cet

état de fait en m'asseyant chaque fois au fond de la salle et en fusillant du regard tous ceux qui me regardaient plus d'une seconde d'affilée. Lacy tapote la table du bout des doigts. Deux élastiques noirs sont attachés autour de son poignet. Elle porte un jean taille basse et un T-shirt vert de style rétro imprimé d'un motif passé de trèfle à quatre feuilles.

— A combien de personnes tu l'as dit ? je lui demande.

Le tapotement s'arrête.

— Dit quoi ?

Je baisse la voix et m'attaque à ce qu'il reste de vernis noir sur mes ongles.

— Qui je suis, et pourquoi j'ai quitté la ville.

Je tâte le terrain. En raison de la procédure d'inscription, aucun prof n'a appelé mon nom en cours jusqu'ici, et personne n'a parlé de mon oncle. Pour l'instant, je suis anonyme, mais ça risque de ne pas durer longtemps. Je tâte également le terrain au niveau des rumeurs en ville. Le père de Lacy était officier de police, et il était le premier à débarquer au mobil-home le soir fatidique.

— Personne, dit-elle. Tu parleras de ton oncle quand tu seras prête. C'est écœurant ; tout le monde se fichait de Scott avant les championnats du monde. Maintenant, ils l'adorent tous.

Une bande de filles éclate de rire. Le même genre de sac est posé sur la table devant chacune de ces poupées manucurées. La couleur et la taille en varient légèrement, mais le style est le même pour tous. La blonde qui rit le plus fort surprend mon regard et je ramène mes cheveux par-dessus mon épaule pour faire écran. Je la connais, et je n'ai pas envie qu'elle se souvienne de moi.

— Gwen n'arrête pas de te regarder, dit Lacy. Il faudra peut-être quelques jours pour que le hamster qui actionne la roue dans sa tête effectue un tour complet, mais elle ne va pas tarder à te reconnaître.

J'aurais probablement apprécié son sarcasme si je n'étais

pas perturbée par cette blonde. Gwen Gardner. Pendant nos vacances avant la rentrée en CP, la mère de Lacy avait proposé à Scott que j'accompagne sa fille au catéchisme d'été. J'avais mis ma robe préférée — entre les deux que je possédais —, avais accroché autant de rubans que possible dans mes cheveux, et j'étais entrée dans la salle. Là, un groupe de gamines vêtues comme des reines m'avait entourée pendant que je me présentais. Au beau milieu des rires et des chuchotements des autres filles, Gwen avait alors entrepris de relever publiquement la moindre tache, le moindre trou dans ma robe adorée.

Ce fut l'apogée de ma relation avec Gwen. A partir de là, les choses n'avaient fait que se dégrader. C'est dire.

— Toujours aussi garce ? je demande.

— Pire.

Lacy baisse d'un ton.

— Mais tout le monde la prend pour une sainte.

— Moi qui croyais que le CP, ça craignait.

Lacy se marre et renchérit :

— Imagine un peu comment c'était au collège, à l'époque des premiers soutifs. Je te jure qu'elle mettait déjà des bonnets C entre le CM2 et la sixième. Dieu merci, Ryan a fini par la larguer au printemps dernier. Je n'en pouvais plus de voir sa tronche.

Evidemment, Ryan est sorti avec Gwen. Je parierais que cette rupture n'est que temporaire et qu'ils vont bientôt se marier et engendrer toute une progéniture parfaite et diabolique, rien que pour torturer les futures générations de gens comme moi.

Un silence un peu gêné s'installe. Ça me fait bizarre de parler à Lacy. On était inséparables autrefois. Puis je suis partie. J'imaginais que depuis mon absence, elle serait devenue l'une de ces filles « parfaites ». Elle avait le potentiel pour ça. Ses parents avaient de l'argent. Sa mère lui aurait payé de belles fringues. Lacy était jolie et drôle. Bizarrement, elle avait accroché avec moi — la fille qui ne possédait que deux tenues et qui vivait dans une zone de mobil-homes.

J'enlève le peu de vernis qu'il me reste. Hier, Allison m'a acheté un vernis à ongles *mauve*. Comment quelqu'un qui m'a regardée peut-il m'imaginer porter du mauve ?

— Qu'est-ce que ton père t'a dit ?

Le petit doigt de Lacy martèle la table.

— Qu'il a été appelé chez toi et qu'ensuite tu as déménagé dans une autre ville.

Surprise, je la regarde dans les yeux pour évaluer sa sincérité.

— C'est tout ?

— Tout le monde pense que Scott a débarqué et t'a sauvée. Mon père et les autres types qui sont intervenus ce soir-là ont laissé cette rumeur se répandre.

Son front se plisse.

— C'est bien ce qui s'est passé ? Tu as vécu avec Scott ?

Je me gratte la joue, essayant de dissimuler toute réaction trop visible. Je pourrais mentir et lui dire oui, mais ce serait comme avouer mon embarras envers ma mère. Et je ne suis pas embarrassée. Je l'aime. Je lui dois beaucoup. Même s'il y a des fois où…

— J'ai pleuré pendant trois mois après ton départ, poursuit Lacy. Tu étais ma meilleure amie.

Moi aussi, j'ai pleuré. Beaucoup. A cause de moi et de mes décisions stupides, ma mère a tout perdu, et j'ai perdu ma meilleure amie. C'est typique de moi — une tornade qui ne laisse que la destruction derrière elle.

— Va plutôt t'asseoir avec tes copines, Lacy. Je n'apporte que des problèmes.

— Dans cette classe, les seuls amis que j'ai sont les deux gars assis là-bas.

Elle tapote de nouveau avec son doigt.

— Et toi.

Je hausse un sourcil.

— Ta vie ne doit pas être folichonne.

Elle rit.

— Non, ça va, je te rassure. Il y a largement pire.

Le prof interpelle la classe et j'écarte un peu ma chaise de celle de Lacy. Un étau invisible m'oppresse la poitrine. Les gens normaux ne m'aiment pas. Ils ne veulent pas être mes amis, et voilà que quelqu'un m'offre spontanément son amitié.

Le prof commence à faire l'appel et prononce le nom de Ryan, lequel répond d'une voix calme et profonde : « Présent. »

Je saisis l'occasion pour couler un regard vers lui et découvre ses yeux posés sur moi, une fois encore. Sans sourire. Sans colère. Sans provocation. Juste une expression pensive, mêlée d'un peu de confusion. Il se gratte la nuque et je remarque ses biceps. Mon traître d'estomac frémit. Bon sang, ce mec est peut-être un abruti, mais on peut dire qu'il est bien bâti.

Ne pas oublier que des types comme lui ne flashent pas sur des filles comme moi. Ils s'en servent, puis les jettent.

Je me force à regarder devant moi, ramène mes genoux contre ma poitrine et les entoure de mes bras. Lacy se penche alors vers mon oreille et me chuchote :

— Je suis contente que tu sois revenue, Beth.

Un filet d'espoir se glisse furtivement à travers les barrières que j'ai érigées, mais aussitôt je referme violemment toutes les portes. L'émotion est nuisible. Les gens qui suscitent des émotions en moi sont les pires. Je suis plus à l'aise avec un cœur de pierre. Pas de sentiments, pas de blessures.

Ryan

En attendant le repas du dimanche, j'observe un certain nombre de choses depuis le canapé du salon de la maison du maire. Par exemple, l'expression sérieuse de la bouche de mon père et l'angle de son corps devant M. Crane montrent qu'ils parlent business. Gros business. Ma mère, par contre, est tout sourires à côté de la femme du maire et de celle du pasteur, mais la façon dont elle tripote ses perles m'indique qu'elle est anxieuse. Ce qui signifie que quelqu'un a dû poser une question au sujet de Mark.

Il manque terriblement à maman. Et à moi aussi.

La capacité d'observation est une compétence qui m'est indispensable au base-ball. Le coureur va-t-il tenter un vol de base ? Le batteur va-t-il sortir la balle du terrain ou frapper un amorti sacrifice pour faire avancer le coureur en troisième base ? Ma petite skateuse est-elle vraiment la dure à cuire qu'elle semble être ?

Voilà deux semaines que j'observe Beth au lycée. Elle est intéressante. Rien à voir avec les autres filles que je connais. Elle déjeune toute seule le midi et mange un repas complet. Pas une salade. Ou une pomme. Un repas complet. Genre une entrée, deux plats et un dessert. Même Lacy ne fait pas ça.

Beth s'assoit au fond de la classe à tous les cours, sauf en Santé/Education physique, où Lacy lui fait patiemment la conversation tandis que Beth reste silencieuse. De temps en temps, Lacy parvient à lui arracher un sourire, mais c'est rare. J'aime bien quand elle sourit.

Non que je me soucie particulièrement de son bonheur, cela dit.

Ce que je trouve le plus intéressant, c'est qu'elle a beau être Mlle Antisociale, elle n'évite pas les gens. On voit beaucoup d'élèves qui se planquent tout le temps. Ils se faufilent dans la bibliothèque avant les cours ou pendant la pause-déjeuner. Ils évitent de croiser les regards et marchent à l'ombre comme s'ils pouvaient aller à l'école sans se faire détecter. Pas Beth. Elle occupe le terrain sans complexe et sourit d'un air suffisant quand quelqu'un s'approche trop d'elle, comme pour le défier de s'adresser à elle. Ce sourire me rend dingue.

— Es-tu prêt pour l'interro de demain ?

Mme Rowe, ma prof d'anglais, s'appuie sur l'accoudoir du canapé. Il se trouve qu'elle est aussi la fille du maire. Ici, tout le monde est en costume-cravate ou en robe super-classe, mais Mme Rowe, elle, porte une robe de hippie à grosses fleurs. Aujourd'hui, ses cheveux sont violets.

Vu les disputes qui ont déchiré ma famille à propos de Mark, je serais curieux de connaître celles qui ont dû se dérouler derrière les portes de cette maison. Mais peut-être que les autres familles savent trouver un moyen de s'accepter tels qu'ils sont.

— Oui, madame.

Afin de couper court à cette conversation, j'enfourne une crevette enveloppée de bacon. Mon père aime que je participe à ces quelques visites dominicales. Je me joins aux discussions quand les hommes se mettent à parler sport. J'étais encore plus loquace quand je sortais avec Gwen. Son père est le chef de la police et, en plus, les amies de ma mère trouvaient que nous étions « trop mignons » tous les deux.

— Je détestais ça quand j'avais ton âge, poursuit Mme Rowe.

J'avale une autre crevette et hoche la tête. Si elle détestait vraiment ça, elle devrait aussi se souvenir que parler pour ne rien dire est une torture.

— Mon père m'a forcée à assister à tous les dîners qu'il organisait.

Je me rends compte que depuis quatre ans que je suis assez vieux pour représenter ma famille, je n'ai jamais vu Mme Rowe à l'un de ces repas. J'hésite à lui demander pourquoi elle est là ce soir, avant de me rappeler que je m'en fiche. Je me rabats sur une boulette de viande.

— Au fait, j'ai lu ta copie, dit-elle.

Je hausse les épaules. Lire les copies, c'est son boulot.

— C'est bien. A vrai dire, c'est même très bon.

Mes yeux se relèvent vers les siens, et je jure intérieurement en la voyant sourire. Qu'est-ce que ça peut me faire que ce soit bien ? Je veux être joueur de base-ball, pas écrivain. Je détourne ostensiblement le regard dans une autre direction.

— As-tu songé à la développer pour en faire une nouvelle ?

Là, j'ai la réponse.

— Non.

Je hausse de nouveau les épaules et balaye la pièce du regard en quête d'une excuse pour m'enfuir — genre, les rideaux qui prennent feu.

Un sourire sournois se dessine sur son visage.

— Ecoute, j'ai reçu de bonnes nouvelles, et je suis très heureuse de ne pas avoir à attendre demain pour t'en faire part. Tu te souviens du projet d'écriture sur lequel on a travaillé l'année dernière ?

Ce serait difficile de l'avoir oublié. On a passé l'année à se gaver de livres et de films. Après quoi, on les a désossés comme des machines afin de voir comment les morceaux s'assemblaient pour former une histoire. Et au bout du compte, Mme Rowe nous a demandé d'écrire chacun quelque chose de notre cru. Ç'a été le cours le plus difficile et le plus passionnant que j'aie jamais eu. Galère aussi.

Quand je m'intéressais trop à ce qu'on faisait, mes potes ne se privaient pas de me charrier.

— Tu te souviens que j'ai fait participer tout le monde au concours d'écriture de l'Etat ?

J'acquiesce d'un hochement de tête, mais la réponse est non. Ce n'est pas parce que j'ai adoré son cours que je me rappelle tout ce qu'elle a dit.

— Pourquoi ? Est-ce que Lacy a gagné ?

Elle avait pondu une sacrée histoire.

— Non…

J'engouffre une autre boulette de viande. Ça craint. Lacy aurait été trop heureuse de gagner.

— Tu es en finale, Ryan.

La boulette se coince dans ma gorge et je m'étouffe à moitié.

Ayant troqué mes habits du dimanche pour un pantalon de sport et un T-shirt des Reds, je m'adosse à ma chaise de bureau et regarde la copie que j'ai rendue à Mme Rowe. En quatre pages, ce pauvre George découvre à son réveil qu'il est devenu un zombie. Ma phrase favorite est la dernière :

Baissant les yeux sur ses mains, des mains qui allaient probablement tuer un jour ou l'autre, George dut se rendre à l'évidence : son destin ne lui appartenait plus.

Pourquoi c'est ma préférée, je n'en sais rien. Mais chaque fois que je la lis, elle éveille quelque chose en moi, une espèce de justification.

Je me passe la main dans les cheveux, incapable de me rendre compte que je suis en finale d'un concours de nouvelles. Peut-être que tout à l'heure, l'enfer va tout envahir et que des ânes volants vont commencer à me sortir du derrière. A ce stade, tout me semble possible.

Je pivote sur ma chaise et contemple ma chambre. Trophées, médailles et distinctions de base-ball couvrent les murs, les étagères, ma commode. Une banderole des

Reds est suspendue au-dessus de mon lit. Je connais le base-ball. J'y excelle. Enfin, j'essaie. C'est toute ma vie.

Je suis Ryan Stone — joueur de base-ball, sportif, chef de l'équipe. Mais Ryan Stone, écrivain ? Je ris tout seul en prenant une feuille sur mon bureau. Elle décrit en détail les étapes à suivre pour continuer le concours d'écriture, pour gagner. De toute ma vie, je ne me suis jamais détourné d'un challenge.

Mais ça… ce n'est pas vraiment moi. Je repose la feuille sur mon bureau. Je dois me concentrer sur ce qui est important, et écrire ne l'est pas.

Beth

La gym est une abomination pour l'estime de soi. Tout en enlevant ma chemise blanche pour enfiler le T-shirt réglementaire de Bullitt County et le short assorti, j'observe les autres filles. Les cancans vont bon train pendant qu'elles se changent. Beaucoup se brossent les cheveux. Certaines retouchent leur maquillage. Toutes minces. Apprêtées. Et belles. Sauf moi. Je suis peut-être mince, mais je ne suis pas belle.

Les filles qui m'énervent le plus sont celles à qui Dieu a tout donné : l'argent, le physique, et des bonnets C. Gwen est la pire, dans le genre. A peine est-elle entrée dans le vestiaire qu'elle enlève sa chemise et se balade sans complexe en soutif de dentelle. Tout dans son attitude indique que nous autres, pauvres bonnets B, sommes des inférieures.

Je fonce hors du vestiaire et me détends en trouvant le gymnase désert. L'usage du portable est interdit dans presque tout le lycée, mais pas au gymnase. Et j'ai désespérément besoin de parler à ma mère. Deux semaines se sont écoulées depuis notre dernier échange, sachant que ses derniers mots étaient ses pitoyables « S'il te plaît… sursis » sur le parking. Trent ne lui a pas permis de me dire au revoir, au poste de police. Bon Dieu, je hais ce type.

Je me faufile sous les gradins, sors le téléphone de ma poche et compose le numéro de maman. J'ai essayé de l'appeler plusieurs fois dernièrement, mais elle n'a pas répondu. Après 16 heures, je sais qu'elle est au bar. Un jour, ma mère m'a dit qu'on n'était alcoolique que si l'on buvait avant midi. Heureusement pour elle qu'elle ne se lève jamais avant 15 heures.

Une sonnerie, puis trois bips consécutifs. Une voix posée et impersonnelle m'annonce alors : « Le numéro que vous avez demandé est hors service actuellement. »

La culpabilité me saisit. Le mois dernier, j'avais eu le choix entre payer la facture d'électricité ou celle du téléphone avec son allocation d'incapacité. La compagnie d'électricité avait envoyé une menace de coupure de service. Je pensais avoir plus de temps pour le téléphone. J'avais payé l'électricité.

Ma gorge se serre et les yeux me piquent. Fait chier ! J'ai merdé. Une fois de plus. J'aurais dû payer le téléphone. Trouver un moyen. J'aurais pu faire davantage d'heures au Dollar Store. J'aurais pu ravaler ma fierté et demander de l'argent à Noah ou à Isaiah. J'aurais pu faire tellement de choses que je n'ai pas faites. Pourquoi faut-il que je sois si nulle ?

D'un coup, j'aimerais qu'il soit 22 heures. L'heure où je parle avec Isaiah, tous les soirs. Pas très longtemps, la plupart du temps — quelques secondes environ. Il n'a jamais été très téléphone, mais la première fois que je l'ai appelé, il m'a demandé de lui faire signe tous les soirs, et je le fais. Sa voix est la seule chose qui m'empêche de devenir folle.

Je glisse le portable dans ma poche pendant que les autres élèves entrent sur le terrain. Ils rient et bavardent, ignorant tout des vrais problèmes de la vraie vie. Il faut que je me débrouille pour aller faire un tour à Louisville, et rapidement. Une douleur aiguë me traverse le crâne, menaçant de se transformer en mal de tête, quand je vois Lacy s'éloigner de Chris et de Ryan pour se diriger vers moi. Je ne suis pas d'humeur à ça — pas aujourd'hui.

— Tu t'es changée hypervite, fait-elle remarquer. Ça va ? Tu n'as pas l'air bien.

— Tout va bien.

J'ai envie de m'essuyer les yeux. Ils ont beau être mouillés et prêts à déborder, je refuse de les toucher devant Lacy ou qui que ce soit. Je ne pleure jamais, et je ne laisserai personne croire que je suis capable de cet acte idiot.

— Cinq minutes de rassemblement ! s'écrie M. Knox, notre prof de sport.

Un sifflet scintillant est accroché à son cou.

— Tous les exercices que vous devrez réaliser pour obtenir des points à ce cours sont inscrits sur le panneau d'affichage. Vous passerez trois jours au gymnase et deux en classe. Certains exercices peuvent être réalisés seul. D'autres doivent être faits en équipe. Vous n'aurez que deux occasions de m'impressionner, je vous suggère donc d'utiliser le temps qui vous est imparti avec discernement, et de ne venir me trouver pour vous évaluer que lorsque vous vous serez parfaitement entraînés.

Nous le fixons tous sans dire un mot. M. Knox fait alors un geste de la main.

— Allez, au travail !

Je traîne derrière les autres en priant pour que la plupart des exercices puissent être faits en solo. Mon ventre se serre en voyant les autres se rassembler en groupes de deux ou trois pour se mettre à la tâche. Restée seule, j'avance vers le panneau et pousse un soupir si fort qu'il fait voler le papier punaisé.

— Tu peux te mettre avec moi.

Mon cœur bondit au son de la voix de Ryan. Bon sang, pourquoi faut-il que tant de choses me plaisent chez ce garçon ? Sa voix, son visage, ses biceps, ses abdos… *Arrête !* Je croise les bras et me tourne vers lui.

— Je croyais qu'on s'était mis d'accord.

— Non. Tu as fait ta petite crise le jour de la rentrée. Ce n'est pas ce que j'appelle se mettre d'accord.

Ryan ne porte pas sa casquette de base-ball, et je le trouve mille fois mieux comme ça. Ses cheveux blonds ont la couleur du sable, avec des reflets dorés. Ils ont cet aspect coiffé-décoiffé avec un mouvement souple qui fait partir des mèches dans différentes directions. Reprends-toi, Beth. Les mecs canon ne sortent pas avec des filles de ton genre.

— Laisse-moi tranquille.

Puisqu'il ne bouge pas, c'est moi qui m'éloigne de lui. Des piles de matériel sont alignées le long du mur opposé. L'un des quatre exercices à pouvoir être faits en solo est la corde à sauter. Je peux faire ça. Enfin, je crois. Quand j'étais petite, je sautais tout le temps à la corde.

J'attrape l'une des cordes dans le tas et vingt autres sortent de la boîte avec elle. Toutes emmêlées les unes aux autres. Gwen et un groupe de filles ricanent en me regardant. Je me demande si elles rigoleront encore quand je leur donnerai des coups de corde pleine de nœuds.

— Le jeu de la confiance.

Lacy se téléporte devant moi comme par magie.

L'enchevêtrement de cordes toujours en main, je lève les yeux vers elle.

— Quoi ?

— Le jeu de la confiance. Se laisser tomber dans les bras des autres, quoi. On fait celui-là, avec les gars, et tu vas le faire avec nous.

— Certainement pas.

— Mais si. Il faut qu'on soit au moins deux filles par groupe.

Je cligne les paupières.

— Va donc demander aux filles qui s'épouillent comme des singes.

— Ce ne sont pas des filles. Ce sont des vautours.

Ryan et Chris nous regardent. L'autre gars examine la plate-forme d'un mètre et demi de hauteur à partir de laquelle on est censé se laisser tomber dans les bras des autres.

— Qu'est-ce qu'il fabrique dans ce cours, le brun, là ? je demande.

Il n'y était pas la semaine dernière, mais il est dans ma classe d'anglais et il a osé me chercher le jour de la rentrée. Ce gars-là a du bol d'être encore en vie.

Lacy fait un geste vague.

— C'est Logan. Il a terminé son programme de maths, alors ils ont changé son emploi du temps, et le reste est sans importance. Allez, viens.

Elle m'attrape la main ; la corde me retient jusqu'à ce que je me rappelle de la lâcher.

Lacy me libère lorsque nous arrivons à la plate-forme, et Ryan me lance un sourire condescendant.

— Changé d'avis ? C'est normal, les filles font toujours ça avec moi.

J'aimerais avoir un manteau assez grand pour pouvoir me cacher à l'intérieur. Mais je n'en ai pas, alors je réplique :

— Et tu dois aussi les soudoyer avec des tacos pour ça, ou bien j'ai eu droit à un traitement de faveur ?

Chris et Logan ricanent tandis que Ryan se détourne. A l'autre bout du gymnase, Lacy s'échine à dégager un énorme matelas en mousse. Les garçons viennent à sa rescousse et soulèvent le matelas gigantesque en l'air comme s'il ne pesait rien, puis le jettent devant la plate-forme. Un soupçon de panique me prend.

— A quoi ça va servir, ce truc ?

— C'est au cas où on te louperait, dit Logan.

— Au cas où quoi ?

Je lève des yeux effarés vers la plate-forme de bois, qui me rappelle un plongeoir de piscine municipale. Je ne sais pas nager et je ne plonge pas.

— Où on te louperait, répète-t-il.

Lacy lui décoche une tape derrière la tête.

— Arrête donc. On ne laissera tomber personne.

C'est sûr, parce que moi, je ne sauterai pas. Je fais un pas en arrière.

— Alors, chef, on fait comment ? demande Logan en regardant Ryan.

Je ricane doucement et Ryan me dévisage. Evidemment, ils considèrent Ryan le Parfait comme leur chef sans peur et sans reproche.

Ryan ajuste la position du matelas sous la plate-forme.

— Chacun d'entre nous fait un tour pour s'entraîner. On perfectionne notre technique, puis on appelle le prof. Logan, tu commences. Comme ça, si on n'a pas la bonne technique, on fera tomber un garçon, pas une fille.

Chris, Ryan et Lacy se positionnent autour du matelas. Je reste plantée à ma place.

— Si c'est toi le chef, pourquoi tu n'y vas pas en premier ?

— Parce que Logan est timbré et passerait le premier même si je ne le lui demandais pas. Au moins, il y a quelqu'un pour le rattraper, cette fois.

— C'est vrai, ajoute Lacy. Logan ignore le sens commun.

— La peur.

Logan est assis sur la plate-forme et balance les jambes dans le vide.

— Ignore la peur, rectifie-t-il.

Lacy hausse les épaules.

— Bonnet blanc, blanc bonnet. C'est pareil.

— Non, pas du tout.

— Si.

— C'est bon, tous les deux, interrompit Ryan. Allez, Beth. Lacy et toi, vous prenez les jambes. Chris et moi, on s'occupe du dos.

— Pourquoi, pour qu'on puisse se prendre un coup de pied dans la tête ? Comme c'est galant.

— Non, répond Ryan avec une patience feinte. Logan est tout en buste. Chris et moi allons prendre la partie la plus lourde.

Logan bombe le torse et se martèle la poitrine.

— Solide comme le roc, ma poule.

— Arrête de jacter et saute, dit Chris. Allez, mon pote.

Je prends place en face de Lacy. Sans me laisser le choix, elle attrape mes mains et, deux secondes plus tard, nous

nous cramponnons l'une à l'autre tandis qu'une solide paire de jambes atterrit sur nos bras.

— Petit enfoiré, Junior ! lance Chris. Tu devais compter à rebours avant de sauter. Lâchez-moi cet abruti.

O.K. Lacy et moi lâchons prise, et Logan finit son trajet sur le matelas. Il se relève en riant.

— Vous m'avez super bien réceptionné !

— A mon tour !

Lacy bondit sur le matelas et escalade la plate-forme.

Ryan prend la place de Lacy en face de moi et me tend les mains. Je les fixe. D'habitude, je ne touche pas les gens et ils ne me touchent pas. Enfin, Lacy l'a fait, mais c'était différent. Nous avons été amies, même si ça remonte à longtemps. Mes mains deviennent moites ; je les essuie sur mon short et place mes mains au-dessus de celles de Ryan. Ses doigts attrapent les miens. Sa peau me fait l'effet d'un parfait équilibre entre force et chaleur, et son contact m'envoie un frisson à travers le corps. Je viens de passer deux semaines atroces privée de cigarettes, et je crève d'envie d'en griller une, là, maintenant.

— D'accord, Lace, dit Ryan de sa voix profonde et rassurante. C'est quand tu veux.

Ryan et moi nous tenons les mains depuis déjà cinq secondes.

— Ça fait haut.

Lacy est perchée en haut de la plate-forme. La flamme qui brille habituellement dans ses yeux semble vaciller.

Ryan m'adresse alors ce sourire craquant, celui avec de petites fossettes au creux des joues. Mon sang s'échauffe. Bon Dieu, j'adore ce sourire.

— Tu vas y arriver, ma puce, lance Chris.

Ryan fait bouger son pouce sur le dessus de mes mains, et la moindre cellule de mon corps s'électrise. Nous nous tenons les mains depuis dix secondes.

— Je sais.

Lacy n'a pas l'air d'en être convaincue. Elle semble aussi peu sûre d'avoir envie de sauter que moi de la rattraper.

— Ce serait peut-être mieux qu'un des gars y aille à ma place.

— Tourne-toi, Lacy, et laisse-toi tomber en arrière.

Ryan lui parle d'un ton gentil et ferme à la fois. Il a beau s'adresser à Lacy, ses yeux pétillants couleur noisette ne me quittent pas un instant. L'un de ses pouces effectue un nouveau mouvement électrisant sur ma main.

— Tu peux le faire et tu sais qu'on fera ce qu'il faut aussi.

Je me demande ce que je ressentirais s'il me tenait dans ses bras. Me sentirais-je aussi vivante que maintenant ?

— Tu as raison.

Elle soupire.

— Donnez-moi deux secondes.

Mes mains transpirent de plus en plus. Il faut que j'arrête de penser à son corps allongé près du mien, à ses mains sur ma peau, ou d'espérer que ce fameux sourire m'est vraiment destiné. Je ne veux plus que quiconque me touche. Surtout des garçons forts, chaleureux et craquants qui peuvent faire chavirer mon cœur. J'essaie de retirer mes mains, mais Ryan durcit sa prise.

— Qu'est-ce que tu fais ? demande-t-il.

— Elle n'y arrive pas, je réponds. Il ne faut pas l'obliger.

Ryan m'observe un instant.

— Si, elle peut le faire. Lacy peut tout faire, à partir du moment où elle le décide.

Je tente de nouveau de dégager mes bras, mais Ryan est trop fort pour moi.

— C'est stupide.

La panique me saisit d'un coup, me faisant perdre mes moyens.

— Tout ça est complètement stupide. Franchement, à quoi ça sert ?

— A apprendre à travailler ensemble, en équipe, et à faire confiance aux autres.

La voix de Ryan me fait l'effet d'un baume apaisant ma panique, puis je me rends compte que je suis pendue à ses lèvres. Ce n'est pas bon. Pas bon du tout. N'est-ce pas ainsi que le joueur de flûte a procédé ? En jouant un son envoûtant qui a entraîné tous les rats à leur perte ?

— Je ne fais pas partie de votre équipe à la noix.

— Je sais, mais faisons comme si pendant quelques secondes.

— Elle est prête, dit Chris.

Un quart de seconde plus tard, les Nike de Lacy me passent à quelques centimètres du visage. Atterrissant en toute sécurité entre nos bras, elle part à rire.

— C'était super. Allez, on recommence.

Ryan me lâche les mains et aide l'autre gars à remettre Lacy sur ses pieds. Je fais un pas en arrière et frotte mes mains sur mes vêtements pour tenter d'enlever toute trace de Ryan. Je ne veux pas que des mains d'homme me tiennent les bras. Je ne veux pas faire partie d'une équipe, et je n'ai rien à prouver en sautant d'un foutu plongeoir.

— A toi, Beth, lance Ryan.

— Non.

Le mot est sorti automatiquement.

— Il faudra bien le faire à un moment ou à un autre, alors vas-y maintenant.

— Je te jure que ce n'est pas si dur.

Lacy se campe à côté de moi.

— Au début, ça m'a paru impossible, mais quand Ryan a dit que je pouvais y arriver, je me suis dit que je pouvais le faire, et j'ai pensé : *Ces gars-là ne me laisseront jamais tomber*, du coup ça m'a rassurée, je me suis lancée, et je t'assure que c'était génial.

Logan et Chris me regardent bizarrement. Ils me laisseraient tomber, moi. Tout comme Ryan.

— A quel jeu tu joues, là ? je demande à Ryan.

Il plisse les yeux.

— Quoi ?

— Tu t'es servi de Lacy pour m'attirer ici. C'est quoi, ton plan ? De me faire croire que je peux te faire confiance, puis de me laisser tomber pour que tout le monde se marre un bon coup ?

Ma voix devient plus aiguë à chaque mot et mon cœur s'accélère.

Ryan secoue la tête.

— Non.

Je tourne les talons et me dirige vers les vestiaires. Je prétexterai des crampes, du sang, des règles, des tampons, et je répéterai le mot « menstruation » jusqu'à ce que le prof me laisse quitter son cours. A deux pas du vestiaire, les larges épaules de Ryan s'interposent soudain devant moi.

— Où tu vas, comme ça ?

— Dégage, je lui dis.

Il pointe un doigt vers moi.

— Tu fais partie de cette équipe et tu vas nous aider jusqu'à ce que le boulot soit fait.

— Non, je rétorque. Je ne fais pas partie de votre parfaite petite équipe.

— Retourne là-bas.

— Je te rappelle qu'on vit en Amérique. Et que tu n'as pas le droit de m'obliger à faire quoi que ce soit.

Sur ce, je le bouscule et retrouve la sécurité du vestiaire des filles.

Ryan

M. Knox nous a renvoyés aux vestiaires plus tôt que d'habitude, et je me suis dépêché de me changer. Beth sera l'une des premières à en sortir, puisqu'elle est la première à y être entrée. On a un dossier en cours, elle et moi. Elle a quitté mon équipe sur un coup de tête et, en plus, elle a ruiné mon plan de l'inviter à sortir.

Je la trouve assise toute seule en haut des gradins, adossée au mur de parpaings, les jambes étendues devant elle. Ses cheveux noirs repoussés derrière ses épaules, elle tape sur le clavier de son téléphone portable avec ses pouces. Un léger sourire se dessine sur ses lèvres. En cet instant, Beth a un air que je ne lui ai jamais vu… presque paisible.

J'escalade les marches des gradins deux à deux. Le bruit de mes pas résonne dans le gymnase vide. Beth referme vivement son téléphone et le glisse dans sa poche arrière. Le petit sourire et l'impression de paix s'effacent de son visage, et la voici qui sort de nouveau ses griffes :

— Un type populaire comme toi devrait plutôt rester dans les vestiaires à gratifier les autres de sa présence et ficher la paix aux losers comme moi, non ?

— Il faut qu'on parle.

— J'ai envie d'être seule.

Je note, mais ce n'est pas en la laissant seule que je vais gagner mon défi.

— L'année risque d'être longue pour toi si tu repousses constamment tout le monde. Je peux t'aider à t'intégrer, tu sais ?

D'un mouvement lent et sexy, Beth glisse ses cheveux soyeux derrière une oreille.

— Oh ! je vois : tu fais œuvre de charité. Très généreux, mais je m'en passerai.

Je ne sais pas comment elle fait ça, mais elle a vraiment une façon de bouger et une voix hypnotisantes qui me font toujours oublier pendant quelques secondes pourquoi je ne l'aime pas. Puis mon cerveau me rappelle son commentaire sarcastique. J'essaie d'oublier à quel point son corps et sa voix me plaisent, et m'assois sur le gradin à côté d'elle.

Beth agite les doigts dans les airs.

— Dégage, dit-elle comme si j'étais un chien. Allez, zou.

Rester zen. Je l'ai fait des dizaines de fois. Laisser agir le charme. Oublier le fait qu'elle m'a envoyé bouler quand je lui ai proposé de nous mettre en binôme pendant le cours de sport. Faire comme si je n'avais pas eu besoin de Lacy pour atteindre mon but. Lui répéter que ce n'est pas grave qu'elle ait laissé toute une équipe en plan.

— Jolies fringues.

Elle regarde ses vêtements : pantalon noir — bien stylé, ajusté — et une nouvelle chemise blanche boutonnée à sa manière, sauf que celle-ci a des manches ballons. Rien à voir avec le style qu'elle avait le jour où je l'ai rencontrée. Sur Gwen, ces fringues sembleraient sorties tout droit d'un défilé de mode. Sur Beth… elles me font regretter son vieux jean troué.

— Jolies pour un clown, oui, ironise-t-elle. C'est quoi, ton but, exactement ?

Qu'elle ne me prenne plus la tête.

— Sors avec moi.

— Tu veux sortir sa nièce pour impressionner Scott ou tu cherches un coup pour impressionner tes potes ?

Un muscle se crispe dans ma mâchoire, ce qui n'échappe pas à ses yeux de lynx. Je finis par détester ce sale sourire en coin qu'elle arbore. Etre gentil. Même si elle ne l'est pas.

M'énerver ne m'aidera pas à gagner la partie. Qui plus est, elle n'est peut-être pas loin de céder.

— Il y a une fête en plein air vendredi soir. Ce serait une bonne occasion de rencontrer de gens au lieu de constamment les envoyer promener.

Elle se penche et je sens une odeur distincte de rose.

— Je vais te confier un secret : j'aime bien envoyer promener les gens. C'est dans la lignée de mon attitude, genre « Je me fiche complètement de cette école ».

Bon sang, mais c'est quoi son problème, à cette fille ?

Beth s'adosse de nouveau au mur.

— Je répète ma question : à quoi tu joues, sportif de mes deux ?

— Je ne joue pas, dis-je un peu trop hâtivement.

La porte des vestiaires s'ouvre et j'entends les rires des élèves qui reviennent dans le gymnase. Je n'ai plus que quelques secondes pour marquer des points avant que les tribunes ne se remplissent.

— Tu es une jolie fille, Beth.

Soudain, j'ai du mal à la regarder. Elle est jolie. Plus que jolie, même. Je fixe mes chaussures. Accroche-toi, Ryan. Il y a un défi en jeu.

— Moi, jolie ?

Beth hausse la voix tandis que les élèves escaladent les gradins et s'installent peu à peu. Leurs discussions s'interrompent et leurs yeux se braquent sur nous. Pas vraiment l'idéal, comme situation.

— Je suis jolie ! s'exclame-t-elle, assez fort pour que tout le gymnase l'entende.

La lueur sadique de son regard m'indique qu'elle jubile de ce lynchage social.

— C'est tout ce que tu as trouvé à me dire ? Accélérons un peu cette conversation et arrête de me faire perdre mon temps, tu veux ?

Elle hausse la main devant moi, et même si les lettres

n'y figurent plus, j'y revois le signe de ma défaite : Mission Impossible.

Tim Richardson imite le sifflement d'une bombe tombant du ciel et mime l'explosion avec ses mains.

— Touché-coulé, Ry. Content de voir que la nouvelle a du succès. Quand tu auras fini de t'amuser avec le lanceur, Beth, viens donc jouer un peu avec moi.

— Fais gaffe à ce que tu dis, Tim, dis-je sur le ton de la mise en garde.

Si Tim veut me casser, qu'il le fasse ; mais qu'il laisse Beth en dehors de ça. On ne doit jamais manquer de respect aux filles.

— Ne fais pas semblant de prendre ma défense.

Beth plisse les yeux.

— Tu es juste dégoûté que je ne tombe pas à tes pieds, folle d'admiration, comme le reste de ce lycée minable.

Nouveaux rires dans l'assemblée. Bande d'idiots. Elle se moque d'eux autant que de moi.

— Tu n'es pas de taille, murmure-t-elle. Fiche-moi la paix une bonne fois pour toutes.

Elle me connaît mal. J'arrive toujours à mes fins, quand je le veux.

Knox souffle dans son sifflet et toute la classe se retourne vers lui.

— Dernier exercice pour aujourd'hui. J'ai besoin qu'on désigne une fille senior et un garçon senior pour le comité du prochain *homecoming*[1]. Commençons par les garçons.

Plusieurs mains se lèvent. Moi, pas de taille ? C'est ce qu'on va voir.

— Levez la main si vous voulez nominer Tim Richardson.

Le prof hoche la tête à chaque main comptée.

Je suis le roi, dans ce bahut. Je remporte tous les défis,

1. Le *homecoming* est un événement organisé en début d'année dans les universités et lycées américains, où nouveaux et anciens élèves font la fête et assistent à un match retour, souvent de football. Un roi et une reine sont élus à cette occasion.

en toutes circonstances. Je gagne à tous les jeux. Alors, si elle veut jouer, on va jouer. Elle veut que personne ne sache qu'elle est la nièce de Scott Risk ? Ma petite skateuse m'a humilié, elle ne va pas tarder à se prendre un retour de bâton.

— Maintenant, pour les filles, annonce le prof.

Ma main se lève en même temps que les autres, mais je ne laisse à personne le temps de lancer un nom et m'écrie :

— Beth Risk !

Les mains se baissent, et tous les regards oscillent entre Beth et moi. Ses pieds tombent de la chaise l'un après l'autre. Boum, boum.

— Qu'est-ce que tu as dit ?

— Tu as dit Risk ? demande Tim. Comme Scott Risk ? Comme le dieu du base-ball qui vient de revenir vivre dans cette ville ?

Une clameur sourde parcourt les rangs des gradins, le nom de Beth dans toutes les bouches. Ignorant Tim, je me tourne vers Beth. Ses yeux bleus flambent comme une paire de torches. Alors, qui n'est pas de taille, maintenant ?

— Beth Risk, tu es nominée pour le comité du *homecoming*.

— Non.

Elle secoue la tête.

— Ce n'est pas possible.

— Si.

J'adore gagner.

— C'est possible.

— Je vote pour ! lance Gwen avec un grand sourire tandis que des drapeaux rouges se lèvent.

Elle court après la couronne du *homecoming* depuis qu'elle a trois ans.

Beth se lève brusquement et tape du pied contre un fauteuil comme un gosse piquant une crise.

— Non, tu ne peux pas faire ça. Tu n'as qu'à te nominer toi-même !

— C'est déjà fait, répond Gwen. J'ai été nominée en première et deuxième instance.

— Moi aussi, j'ajoute en jouant des sourcils vers Beth. On pourrait faire notre entrée sur le terrain ensemble. Ça va être cool, non ?

Beth reste totalement interdite, bouche bée, les bras ballants. Je viens enfin de lui clouer le bec.

M. Knox frappe dans ses mains pour avoir notre attention.

— Bien. Tous ceux qui veulent ajouter Beth au comité du *homecoming*, levez la main.

Les yeux braqués sur elle, tous les élèves lèvent alors la main. Tous, sauf Lacy. Laquelle me fusille littéralement du regard, mais ne dit rien.

— Ceux qui sont contre, maintenant, lance Knox.

— Moi ! s'écrie Beth.

— Félicitations, dit notre prof d'un ton peu enthousiaste. Beth, tu fais partie du comité.

— Non mais vous êtes tous cinglés, ou quoi ?

M. Knox pointe un doigt vers elle.

— Assieds-toi et surveille ton langage, s'il te plaît.

La sonnerie retentit. Beth empoigne alors son sac à dos et me crache au visage :

— Toi, t'es mort.

Beth

Ce petit frimeur, je jure que je vais me le faire. Le pire, c'est que les autres l'idolâtrent encore plus depuis le coup du gymnase. Ryan ceci, Ryan cela… Ryan est un dieu… Ryan est un abruti, oui ! Je suis déjà tombée sur des mecs comme lui. J'en ai même eu un dans mon lit. Enfin, c'est plutôt lui qui m'a eue dans le sien. Mais je ne suis plus une gamine écervelée, et je ne tomberai plus dans les bras du premier beau gosse venu.

La prof de maths, avec sa coiffure ringarde des années 1980, nous regarde par-dessus ses énormes lunettes.

— Ceux que je vais appeler vont venir au tableau pour nous écrire leur réponse.

Elle balaye la classe du regard.

— Morgan Adams, Sarah Janes, Gwen Gardner et Beth Risk.

Oh ! non. Ma tête bascule en arrière, heurtant le mur derrière moi. Ça, c'est la faute de Scott. Cet idiot de conseiller d'éducation a dit à mon oncle que je n'avais pas le niveau pour ce cours, mais celui-ci a insisté pour que je fasse partie du meilleur groupe. Plus tard, dans la soirée, pendant qu'on mangeait du tofu et ce truc vert ignoble que sa femme s'obstine à appeler de la nourriture, Scott m'a expliqué qu'il voulait m'habituer à viser plus haut.

— Alors c'est vrai, lance quelqu'un depuis les premiers rangs de la classe. Tu t'appelles bien Risk.

Les chaînes qui m'oppressent la poitrine se resserrent un peu plus. Depuis le coup d'éclat de Ryan au gymnase, le lycée entier chuchote à mon passage, et cette fois, ce n'est pas parce que je suis la nouvelle fille bizarre du bahut. Non, c'est pire que ça. Leurs yeux envieux et inquisiteurs me scrutent parce qu'ils auraient envie de me connaître — enfin, plutôt mon oncle, en réalité.

— Tu es de la famille de Scott Risk ? me demande une fille aux cheveux courts.

Tout le monde me regarde maintenant. Mes mains deviennent moites.

— Mademoiselle Risk ? m'interpelle la prof.

Je ne saisis pas trop ce qu'elle veut : me faire venir au tableau comme les autres, ou me demander de répondre à cette question ? Je fixe la page blanche de mon cahier tandis que la panique s'empare de moi. Que dois-je faire ?

Un sourire mielleux se dessine sur ses lèvres.

— Pourquoi ne venez-vous pas au tableau afin de satisfaire la curiosité de vos camarades ?

Le jour de la rentrée, Scott a rencontré tous mes profs en privé pour s'assurer que je serais « entre de bonnes mains ». Cette sorcière a fait du gringue à Scott jusqu'à ce qu'il lui signe un autographe. Elle doit avoir la tête de mon oncle tatouée sur les fesses.

Je sens la sueur me perler dans le cou et le monde tourner autour de ma chaise. Tous ces changements commencent à être trop pour moi. La perte de ma mère. D'Isaiah. De mon chez-moi. J'ai essayé, pourtant. Vraiment. J'ai arpenté ces couloirs en affichant clairement mon désir d'être seule. Et cette réponse va ruiner mes efforts.

— Oui.

Une rumeur parcourt la classe comme un coup de vent avant la tempête. La prof devient tout à coup étonnamment joyeuse.

— Je suis certaine que Beth se fera un plaisir de répondre à vos interrogations sur son oncle à la fin du cours. Maintenant, mademoiselle Risk, voulez-vous bien venir au tableau pour y inscrire votre réponse à l'équation du jour ?

— Non, je réponds sans même y penser.

La réponse vaut pour ses deux remarques. Je ne répondrai aux interrogations de personne, et je n'écrirai pas de solution à cette équation. Le silence tombe sur la classe en entendant ma réponse.

— Pardon ? fait-elle.

Je fixe de nouveau ma page blanche. Il est hors de question que j'aille me ridiculiser devant toute la classe à ce tableau.

— Je n'inscrirai pas ma solution à cette équation.

La sonnerie retentit, et la tête de ma prof me donne une nouvelle illustration du mot « furax ». L'oppression s'accentue sur ma poitrine. Voilà, c'est fait : j'ai enfreint les règles de Scott, et en public, s'il vous plaît. Comment puis-je faire ça à ma mère ?

— Mademoiselle Risk, lance-t-elle depuis son bureau tandis que le reste de la classe commence à sortir.

J'avance vers elle, consciente que je suis déjà trop mal pour refuser de lui parler.

— Discutons un peu de quelques règles.

La « discussion » dure un bon moment, et je me précipite dans l'escalier quand elle daigne enfin me libérer. Scott a été très clair sur le fait que je ne dois jamais rater mon bus. En arrivant au rez-de-chaussée, je vois la file des véhicules jaunes, prêts à partir. Je n'ai que quelques secondes pour attraper le mien.

Un sifflet aigu attire soudain mon attention. Ryan est appuyé contre le dernier casier, un sourire détestable sur les lèvres. Il lève alors la main droite et me montre sa paume. J'y lis deux lettres qui me donnent envie de vomir : M.P. Comme : Mission… Possible.

Les bus commencent à quitter le parking. Ryan baisse la main et se dirige vers la porte.

Ryan

Un rire tonitruant retentit dans la salle de muscu du lycée : Chris vient d'arracher de son dos la feuille que Logan lui avait collée à son insu, où sont inscrits les mots « Bottez-moi le cul ». Le rire redouble quand Chris froisse le papier en boule et le lance à Logan avant de lui adresser un doigt d'honneur.

— S'il vous plaît, tout le monde.

Le prof frappe un casier du plat de la main pour obtenir notre attention.

— Voici la liste des objectifs de la semaine.

Le rire se transforme en grognement. Le prof ne rigole pas avec nos notes. Toutes les semaines, il harcèle les autres enseignants pour savoir où l'on en est, et s'il voit que nos résultats baissent un peu, on finit par se coltiner des cours du soir. Je m'essuie les mains sur une serviette et prépare un petit mensonge, histoire de finir mes exercices d'haltères tranquillement. Je ne suis pas Logan, mais j'ai des notes correctes.

— Allen, Niles et Jones.

Chris bascule la tête en arrière et grommelle.

— Maudites S.V.T…

Je fais claquer ma serviette derrière lui.

— Allez, amuse-toi bien !

Rien ne peut entamer ma bonne humeur. J'ai fini par avoir le dessus sur Beth. Et il était grand temps ; personne ne m'a jamais mis à l'épreuve aussi longtemps.

— Je t'emmerde, Ryan.

Sans un regard de plus, Chris quitte la salle.

— Stone ! appelle le prof.

— Oui ?

Il me regarde bizarrement et tourne un pouce dans la direction que Chris vient d'emprunter.

— En salle d'étude.

— Pourquoi ? J'ai de bonnes notes.

Il hausse les épaules.

— Ta prof d'anglais veut te voir.

Répliquer ne me servirait à rien ; je décide de m'abstenir de tout commentaire et sors donc de la salle pour rejoindre les couloirs. Lorsque j'entre enfin dans la salle d'étude, je suis accueilli par le gloussement de Chris. Il s'adosse à sa chaise, ignorant le livre de biologie ouvert devant lui.

— Tiens, je me sens mieux, tout à coup, dit-il.

S'il n'y avait pas des profs et des surveillants dans la pièce, je lui sortirais une petite remarque bien sentie.

— Par ici, Ryan.

Mme Rowe me fait des signes comme si j'étais à l'autre bout d'un stade. Ses cheveux arborent une teinte verdâtre, aujourd'hui. Je lui réponds d'un hochement de tête et avance jusqu'à son bureau.

Là, je m'installe sur la chaise près de la sienne.

— J'ai réussi l'interro et j'ai rendu mes devoirs.

Sa main s'agite dans les airs.

— Oh ! mais tu n'es pas là à cause de tes notes.

Mes yeux se plissent et mes muscles se tendent un peu.

— Alors pourquoi ?

Elle fouille dans une pile de papiers, cherchant quelque chose. Peut-être ses esprits.

— Ton prof principal a dit que nous pouvions te solliciter pour toutes sortes de missions. Ce ne sont pas forcément de mauvaises nouvelles. Alors arrête donc d'être si pessimiste.

Pessimiste, moi ?

— Je manque mon entraînement de muscu.

— En effet, dit-elle en tirant mon *George le Zombie* de

sa pile de paperasse. Mais tu n'as pas remis ton travail pour le concours de nouvelles. Ce qui devrait t'inquiéter, c'est plutôt de rater une occasion de décrocher une bourse universitaire. Si tu gagnes ce concours, tu auras l'argent nécessaire pour entrer dans n'importe quel établissement du Kentucky. Ce n'est pas une bourse totale, mais la somme n'est pas négligeable.

— Je n'irai pas à l'université, dis-je platement.

Elle se fige et me considère comme si je venais de lui annoncer son exécution imminente.

— Et pourquoi donc ?

Je fais un geste vers mon T-shirt. Elle est bigleuse, ou quoi ?

— Je suis un joueur de base-ball. C'est ce que je veux faire.

— Tu pourras toujours jouer à l'université. Ecoute, Ryan…

Elle hésite, puis pose mon devoir devant moi.

— C'est le meilleur récit écrit par un lycéen que j'aie jamais lu. De toute ma vie. As-tu songé que tu étais peut-être autre chose qu'un joueur de base-ball ?

J'ouvre la bouche pour répondre, mais rien n'en sort, et je la referme, sidéré. Ma tête se vide. Je suis un joueur de base-ball. Un excellent joueur, même. N'est-ce pas suffisant ?

— As-tu seulement lu le document que je t'ai donné sur ce concours ? Depuis trois ans, je te vois obsédé par la victoire. Tu n'as pas envie de remporter cette partie-là ?

Je reste muet et sens mes joues rougir. Mme Rowe m'interpelle sur mon avenir, et elle a le droit de le faire. Je n'ai pas lu son document. Je n'ai même plus pensé à ce concours depuis l'autre soir, quand elle m'a dit que j'étais admis en finale.

— J'ai l'impression que tu as pris plaisir à écrire cela. C'est trop bon pour que ça n'ait pas été le cas.

Elle a de nouveau raison. Ça m'a plu. Trouver les bons

mots, me glisser dans la tête de George… Je baisse les yeux vers les pages imprimées. C'était… libérateur. Comme le moment où je pose le pied sur le monticule du lanceur avant un match, quand la pression monte. Le moment où il n'y a plus que moi, la balle et un gant de base-ball en face.

Il se demanda ce que le monde autour de lui était devenu. Avait-il également sombré dans le chaos ? Tout avait-il cessé d'exister en un clin d'œil, de la même façon que sa vie avait plongé dans le néant ? Ou bien le reste du monde poursuivait-il sa course normalement, son existence à lui n'y ayant guère d'importance, au bout du compte ?

Mes propres mots semblent me considérer d'un œil accusateur, et un certain malaise me tiraille le ventre. Je suis fier de ces mots, et renier ce concours, c'est comme me renier moi-même. Quand j'étais devant mon ordinateur en train d'écrire, il n'y avait ni secrets ni complications — seulement un monde que je pouvais contrôler.

— Pour pouvoir concourir, poursuit Mme Rowe, il faut rédiger une nouvelle et la rendre une semaine avant la date de l'événement. Ta présence sera requise ce jour-là, car c'est à ce moment que tu recevras les critiques sur ton travail et que tu rencontreras les professeurs des universités de tout l'Etat. Ce n'est qu'une journée. Un samedi.

J'entends la voix de mon père dans ma tête.

— J'ai des matchs, le samedi.

Je jette un regard vers Chris, qui m'observe avec inquiétude. Que saisit-il de cette conversation ?

— Mon équipe est dépendante de ma présence.

Elle tripote les pages posées devant moi.

— Commençons par le début, tu veux bien ? D'abord, ce devoir de quatre pages doit devenir une véritable nouvelle. Je peux te faire dispenser de ces entraînements de muscu, ou alors tu me promets de l'écrire sur ton temps personnel, à la maison. A toi de choisir.

Pas besoin de réfléchir longtemps.

— Je le ferai chez moi.
— Bien.
Ses yeux s'illuminent.
— Je te garde quand même pour l'heure qui suit. Je veux que tu commences dès maintenant.

Beth

Allison a une Mercedes. Intérieur cuir. Peinture noire. Isaiah serait fou s'il voyait le moteur qu'il y a sous ce capot. Elle conduit à toute vitesse sur les petites routes de campagne, et mon estomac se soulève régulièrement, comme si j'étais dans un grand huit.

— Tu sens la fumée, dit-elle.

Allison porte un tailleur rouge et des talons aiguilles noirs. Ses cheveux blonds sont attachés en un chignon ultraserré. C'est peut-être pour ça qu'elle est si tendue.

En attendant qu'Allison sorte de sa réunion de bonnes femmes, j'ai fumé une des clopes que j'ai taxées à un camé avant l'incident en cours de maths. J'espérais que ça m'aiderait à digérer le coup que Ryan m'avait fait. Je ne sais pas pourquoi, mais ma réaction envers lui m'a fait me sentir minable. Un peu comme les fois où je m'engueule avec Isaiah.

— Ça doit être dans ta tête.

— Tu sens le tabac quand tu rentres du lycée. Scott peut décider d'ignorer ça, mais, en revanche, il ne peut pas ignorer ton attitude en cours.

Allison s'engage sur une grande route bordée d'une forêt et remarque le regard que je lui jette.

— Oui, on a eu un coup de fil de ta prof.

Et merde. Je ne vois pas comment m'en sortir, sur ce coup-là.

Scott et Allison habitent dans une maison blanche à un étage, entourée d'un porche. Elle ressemble à ce que l'on voit dans les films de la guerre de Sécession, genre baraque de riches propriétaires de plantations. Une partie de la maison est entourée de bois ; l'autre côté s'ouvre sur un champ avec une grange.

Allison gare la voiture devant le garage — prévu pour quatre véhicules — et m'attrape le poignet avant que j'aie le temps de déguerpir.

— Est-ce que tu te rends compte de l'embarras où tu me mets en m'obligeant à quitter ma réunion, à cause de ton appel ? C'est une petite ville. Tes professeurs fréquentent notre église. A ton avis, combien de temps faudra-t-il pour que tout le monde sache quelle plaie tu es ? Je ne te permettrai pas de gâcher ainsi ta vie.

— Enlève ta main de là.

Mes yeux passent de sa main sur mon poignet à ses yeux. Personne n'est autorisé à me toucher.

Elle me relâche comme si elle venait de se brûler.

— Pourquoi ne pars-tu pas ? Même Scott sait que tu es mauvaise.

Je parie que Scott sait qu'elle est mauvaise, elle aussi. Je ne l'aurais jamais imaginé avec quelqu'un comme elle. Manucurée. Maquillée. Sans cœur. Je riposte sans lésiner :

— Tu ne t'es pas étonnée qu'il soit si facile à piéger ?

— Quoi ?

— Quand tu…

Je joins le geste à la parole.

— … lui as « annoncé » que tu étais enceinte, tu n'as pas été surprise de la rapidité à laquelle il t'a demandé de l'épouser ? Scott a toujours craqué pour les bébés. A part ça, pourquoi se serait-il marié avec toi ?

Le rouge lui monte aux joues et elle porte les mains à son cou.

— Je ne vois pas du tout de quoi tu parles, dit-elle.

Elle se racle la gorge, visiblement déstabilisée.

— Et Scott ne craque pas spécialement pour les bébés.

Elle a déjà discuté avec le mec qui lui sert de mari, ou quoi ? J'enchaîne :

— S'il n'y avait pas eu ma mère, il aurait épousé la moitié des filles qu'il a engrossées dans notre zone de mobil-home.

Et il n'était même pas le père.

Ses mains redescendent lentement vers ses cuisses, et je jurerais qu'elle cesse de respirer.

— Qu'est-ce que tu viens de dire ?

— Tu m'as très bien entendue.

Son visage se déforme sous la colère.

— Sors d'ici.

— Avec plaisir.

J'ouvre la portière de la voiture, la referme violemment, et fais la même chose avec la porte d'entrée de chez Scott. Avant que j'aie atteint la chambre d'amis — la mienne, selon Scott —, Allison fait le même trajet que moi et claque la porte avec autant de force, voire davantage.

Mon oncle sort de son bureau, qui se trouve de l'autre côté du vestibule, en face de ma chambre. Il porte sa chemise à boutons, celle qui va avec le costard et compagnie. Merde. Il est rentré en avance de sa tournée commerciale à la fabrique de battes de Louisville. Ses sourcils se froncent jusqu'à se rejoindre.

— Mais qu'est-ce qui se passe, ici ?

Allison me montre du doigt.

— Je ne veux plus la voir !

Scott pose les mains sur ses hanches.

— Allison…

— Tu as engrossé des filles dans ta banlieue minable ?

Pour ma défense, ce n'est pas ce que j'ai dit, mais même moi, je sais quand il vaut mieux la fermer. Scott vire au rouge, puis au violet.

— Non.

Allison se tire les cheveux, bousillant son beau chignon.

— Laissons de côté cette histoire de mobil-home. Je n'arrive pas à croire que tu lui en aies parlé… Tu m'avais promis de ne le dire à personne !

Elle pose une main sur son ventre.

Bon sang. J'avais raison — enfin, presque. Elle lui a bien dit qu'elle était enceinte, sauf qu'elle ne mentait pas, comme je le croyais. Elle était *bel et bien* enceinte, et elle a perdu le bébé. Si j'avais su, je n'aurais jamais dit ça. Je me sens coupable à en avoir la nausée.

— Mais non ! Je ne le lui ai jamais dit ! proteste Scott.

Il tend un bras vers Allison et sa main se fige en l'air en la voyant reculer. Il lui tend de nouveau la main ; cette fois, elle ne bouge pas, et il passe le bras autour d'elle pour l'attirer contre lui. Les épaules d'Allison tressautent, et je me sens de trop devant cette scène d'intimité.

Je me glisse alors dans ma chambre et essaie de refermer la porte sans bruit. Le soleil inonde la pièce par deux baies vitrées. Je me réfugie au milieu de mon lit et remonte les genoux contre moi pour me mettre en boule. Je hais cette maison. Il y a trop de vitres. Du sol au plafond. Tout est trop ouvert. Je me sens terriblement… exposée.

Ryan

Dans le garage, je suis devant la porte du bureau de mon père et me prépare à la conversation qui va suivre. Les documents d'inscription au concours d'écriture sont roulés serré dans ma main gauche. Je frappe deux coups à la porte, et mon père me dit d'entrer.

Excepté le fauteuil dans lequel il est assis, il a tout fabriqué lui-même dans cette pièce : le bureau chromé et le petit placard assorti, le meuble pour l'imprimante, la grande table d'architecte où s'étalent tous les plans et projets en cours pour ses clients. Il a tué lui-même les deux chevreuils dont les têtes empaillées ornent les murs. L'air conditionné agite quelques feuilles tombées par terre.

Mon père tient à ce que son bureau soit propre, rangé, et sous contrôle. Ses yeux se lèvent vers moi avant de revenir au cahier à spirales sur son bureau. Il a enlevé sa cravate, mais il porte encore sa chemise blanche de travail.

— Qu'est-ce que je peux faire pour toi, Ryan ?

Je m'assois sur la chaise devant lui et cherche mes mots. Avant le départ de Mark, je n'avais aucun mal à parler à papa. Les mots venaient facilement. Maintenant, ils ont du mal à sortir. Je fixe les papiers serrés au creux de ma main. C'est faux. Depuis le départ de Mark, les mots ont au contraire rendu ma vie un peu plus supportable.

— Tu te souviens de mon devoir l'année dernière, où il fallait écrire un genre de nouvelle ?

Il me lance un regard perplexe et se gratte l'arrière de la tête. Il va falloir que je lui rafraîchisse la mémoire :

— Tu étais contrarié parce que je devais le rendre pendant les matchs décisifs du printemps dernier.

Il hoche la tête comme le souvenir lui revient, puis se penche de nouveau sur son manuel.

— Tu n'avais pas écrit un truc sur un lanceur qui revient d'entre les morts, ou quelque chose dans ce genre ?

En fait, c'était l'histoire d'un lanceur qui vendait son âme au diable en échange d'une saison parfaite, mais je ne suis pas là pour chipoter.

— Ta prof d'anglais n'a pas aimé ? Trop gore ?

Ma bouche s'assèche et je déglutis péniblement.

— Non. Euh… en fait, je suis sélectionné en finale dans un concours d'écriture.

La nouvelle retient son attention.

— Tu t'es inscrit dans un concours d'écriture ?

— Non, c'est Mme Rowe qui a fait participer toute la classe. Le concours était ouvert à tous les lycéens sauf les terminales, l'an dernier. Le jury a lu les copies cet été, et je suis en finale.

Il m'adresse un clin d'œil et un léger sourire finit enfin par apparaître sur son visage.

— Félicitations. Tu l'as dit à ta mère ? Elle est toujours très contente quand tu te débrouilles bien à l'école.

— Non, pas encore. Je voulais te le dire d'abord.

J'aurais aimé pouvoir le leur dire en même temps, mais depuis que Mark n'est plus là, ils se trouvent rarement dans la même pièce.

— Tu devrais lui dire.

Le sourire s'évanouit et son regard se détourne.

— Elle sera contente.

— Je vais le faire.

Je prends mon courage à deux mains et me lance.

— La dernière étape du concours a lieu à Lexington dans quelques semaines. Je dois être présent pour gagner.

— Mme Rowe a-t-elle prévu de t'emmener ou dois-tu y aller par tes propres moyens ?

— C'est un samedi, je peux y aller tout seul en voiture.

— Un samedi, répète mon père. Comment a réagi Mme Rowe quand tu lui as dit que tu ne pourrais pas y aller ? Si ça ne s'est pas bien passé, je lui parlerai. Elle n'a aucune raison de t'en tenir rigueur. Peut-être un autre élève pourra-t-il prendre ta place.

Il s'adosse à son fauteuil et croise les mains sur son ventre.

— J'ai vu Scott Risk à ton entraînement hier. Il n'est pas resté longtemps en raison d'obligations familiales, mais il t'a vu lancer et a été très impressionné. Il a parlé d'un stage que les Yankees pourraient organiser cet automne. Je sais ce que tu vas dire — pas chez les Yankees —, mais tu pourras toujours changer d'équipe une fois que tu auras fait tes preuves.

Scott Risk m'a regardé jouer… La nouvelle me semble excellente et étrange à la fois. Excellente parce que Scott connaît beaucoup de monde — surtout des recruteurs. Et étrange parce que j'aurais parié que Beth m'avait démonté auprès de son oncle.

Peu importe. Enfin si, mais pas maintenant. Je suis venu ici pour discuter de ce concours d'écriture. Un concours dont mon père se fiche totalement.

— Je crois que je devrais concourir. Je pourrais jouer le match du jeudi et laisser l'un des deux autres lanceurs de l'équipe me remplacer le samedi.

Le front de mon père se plisse.

— Pourquoi ça ? Les matchs intéressants ont lieu le samedi, tu le sais bien.

Je hausse les épaules.

— Mme Rowe m'a dit que beaucoup de responsables d'université seront présents au concours, et que de nombreux finalistes se verront offrir une bourse d'études. J'imagine que je pourrais obtenir une bourse sportive et l'associer à celle que je pourrais décrocher à ce concours de nouvelles, comme ça vous n'auriez pas grand-chose à payer.

Mon père lève les mains en l'air.

— Holà, attends un peu ! Depuis quand est-ce que tu te soucies des responsables d'université et des bourses d'études ?

Depuis ma conversation avec Mme Rowe.

— Tu as visité des universités avec Mark, dis-je, mais nous, on n'en a jamais parlé, alors je me suis dit que ce serait une bonne occasion pour…

D'un seul coup, mon père devient rouge, et son ton se durcit horriblement.

— C'était différent. On ne peut pas intégrer la National Football League directement après le lycée. Il devait d'abord passer par l'université. Toi, en revanche, tu peux entrer en section professionnelle chez les minors directement après ton bac. Bon sang, Ryan ! Tu ne tarderas pas à te retrouver en majors, après ça !

— Mais Mark a dit que…

— Ne prononce plus jamais ce nom devant moi. Tu ne feras pas ce concours. La discussion est close.

Non, la discussion n'est pas close.

— Papa…

Il prend une enveloppe sur son bureau et me la lance.

— Tiens, voilà une rente mensuelle de deux cents dollars pour que tu puisses faire tes entraînements et tes matchs.

L'enveloppe atterrit sur mes jambes et ma gorge se serre.

— Assurance de la voiture, réparation de l'accélérateur, uniforme, frais de déplacement, frais d'inscription à la Ligue…

— Papa…

Je voudrais qu'il arrête, mais rien à faire.

— Essence pour la voiture, entraînements particuliers… Je te soutiens depuis dix-sept ans !

La colère me prend.

— Je t'ai dit que je me trouverais un boulot !

— C'est ça, ton boulot !

Mon père frappe du poing sur la table comme un juge

signalerait la fin des délibérations dans un tribunal. Une pile de papiers en équilibre au bord de la table tombe par terre.

Silence. Nous nous dévisageons sans ciller. Sans bouger. La tension est si forte dans l'atmosphère qu'on pourrait presque la palper.

Les yeux de mon père reviennent sur son bureau et il inspire profondément.

— Tu tiens vraiment à gaspiller quatre ans de ta vie à étudier alors que tu pourrais gagner de l'argent sur un terrain de base-ball ? Regarde Scott Risk. Il est parti de rien, et tu vois ce qu'il est devenu. Toi, tu ne pars pas de rien. Tu as des opportunités qu'il n'a jamais eues lui-même. Réfléchis à ce que tu veux, dans la vie.

Mon poing se resserre sur les papiers roulés que je tiens toujours en main. Tout cela est-il juste ? Est-il juste de ma part, même pour un seul match, de tourner le dos à tout ce pour quoi mes parents se sont donné tant de mal ?

Et puis il s'agit de base-ball. Et le base-ball, c'est ma vie — mon choix personnel. Alors pourquoi se disputer ainsi ?

Je ne me suis jamais disputé avec mon père. Ce qui est peut-être bizarre, d'ailleurs. Je connais plein de gars qui s'engueulent avec leur père. Pas moi. Papa ne m'a jamais imposé de couvre-feu. Il m'estime suffisamment responsable pour décider de ce que je fais, et prétend que si je vais trop loin, je suis assez intelligent pour m'en débrouiller tout seul. Il m'a toujours encouragé en base-ball. Plus que ne le feraient la plupart des parents. Mon père veille sur moi à sa façon… et ceci est une de ses manières de le faire.

Je hoche la tête plusieurs fois avant de parler, histoire d'acquiescer pour quelque chose, mais je ne sais pas quoi. N'importe quoi, pourvu que cela mette un terme à cette confusion.

— Oui. O.K. Au temps pour moi.

Je froisse les papiers dans ma main.

— Tu as raison. C'est…

Je lui montre les feuilles froissées.

— Ce n'est rien. C'est idiot, même.

Mon père s'efforce de sourire.

— Ce n'est pas grave. Va quand même annoncer la bonne nouvelle à ta mère. Elle sera épatée.

Je me lève pour partir et essaie d'ignorer le vide qui emplit ma poitrine.

— Ryan, lance mon père.

Je me retourne dans l'encadrement de la porte.

— Fais-moi une faveur : ne parle pas à ta mère de la dernière étape du concours. Elle est un peu sur les nerfs, en ce moment.

— Ça marche.

A quoi bon le lui dire ? Ma mère sent toujours quand je ne lui dis pas la vérité, et je ne suis pas pressé de découvrir que les mots que je viens de dire à mon père ne sont que des mensonges.

Beth

Mon téléphone indique 21 h 45, et Isaiah quitte le boulot à 22 heures. Mon doigt se fige sur l'icône de mon répertoire. Le soleil s'est couché depuis un moment, plongeant ma chambre dans l'obscurité. Je n'ai pas bougé de mon lit. Scott n'est pas venu me voir, ni Allison. Que ce soit pour me faire la morale sur le lycée, me reprocher d'avoir mal parlé à sa femme, ou pour m'appeler à table.

J'ai failli vomir à deux reprises. Scott va envoyer ma mère en prison. A l'heure qu'il est, il a sûrement déjà appelé la police. Le pire, dans cette histoire, c'est que j'ai fait de mon mieux. J'ai fait de mon mieux, et j'ai échoué.

A 22 heures, j'appellerai Isaiah et je lui demanderai de venir me chercher. On ira à la mer. On s'enfuira. Dommage que je ne puisse pas convaincre ma mère de venir avec nous. Avec Isaiah, on pourrait passer la prendre avant que les flics ne débarquent.

Je relève la tête tandis qu'une vague d'espoir m'envahit, me donnant le vertige. Finalement, je pourrais peut-être convaincre ma mère de venir. Et on pourrait partir — tous ensemble.

On frappe à ma porte. Je glisse le téléphone sous les couvertures.

— Ouais.

Scott entre dans la chambre et ouvre la lumière. Il porte un T-shirt noir et un jean normal. Pour la première fois, je retrouve un peu le garçon qui s'est occupé de moi quand j'étais petite, et, bêtement, mon cœur y est sensible. Je bouge du lit. Il faut que je m'excuse.

— Scott…

Les yeux rivés à la moquette, il me coupe la parole.

— Je ne suis pas d'humeur à t'entendre gémir. Si jamais tu reparles à Allison de cette façon, je te promets que tu vas le regretter. C'est ma femme, et je l'aime.

Je hoche la tête, mais Scott ne me regarde pas. Il sort son portefeuille et pose une carte de visite sur la commode. Les coordonnées qui y figurent sont celles du contrôleur judiciaire de ma mère.

— Je lui ai parlé tout à l'heure. Un type sympa. Tu es au courant que ta mère va se prendre dix ans de prison si elle déconne avec son sursis ? Dix ans. Et encore, sans compter les charges qui pèseront sur elle quand j'aurai dit ce que je sais. Ça ne tient qu'à toi, Elisabeth. De toute façon, tu dois vivre ici jusqu'à tes dix-huit ans. Selon ta conduite, ta mère ira en prison ou non.

Le soulagement que je ressens me coupe les jambes. Il ne l'a pas fait ! Enfin, pas encore. Tout n'est pas perdu. Mon esprit est déjà en ébullition : il va falloir que je trouve un moyen de me rendre à Louisville, de convaincre maman de partir avec moi, puis de mettre Isaiah dans le coup…

— C'est ta dernière chance.

Scott m'interrompt dans mes pensées.

— Cette fois, je veux que tu sois irréprochable.

Il frappe sur la commode du plat de la main, et la dernière clope que j'avais taxée sort d'un classeur pour aller rouler sur le sol. Oh ! non.

Scott s'accroupit et contemple la cigarette avant de la ramasser. A le voir, on pourrait croire qu'il vient de trouver un joint, et non du simple tabac. Ça ne serait pas très différent s'il venait de tomber sur une seringue d'héroïne.

— Je peux t'expliquer, dis-je.

En fait, je ne le peux pas ; mais j'ai entendu Noah dire cette phrase à Echo, un jour, et ça lui a permis de gagner du temps.

Il se relève, la main tremblante. Les mains de mon père tremblaient aussi.

— Arrête ton charabia. Je t'accueille chez moi…

Il hésite, et je vois bien qu'il s'efforce de maîtriser sa colère. Le fait qu'il ne me regarde pas me fiche soudain la trouille.

— Je t'offre un foyer, et tu n'as même pas la décence d'essayer de suivre mes règles.

La peur me saisit pour de bon. Les poivrots, les abrutis, ceux qui se mettent facilement en pétard, je sais les gérer. Je sais à quel moment je dois prendre la tangente. Ce sont ceux qui retiennent leur colère, les hommes qui réfléchissent à la façon dont ils vont agir qui me font peur. Ce sont eux qui provoquent des dégâts. Une petite voix, qui ressemble beaucoup à la mienne quand j'étais petite, me chuchote doucement que Scott ne me ferait jamais de mal. Qu'il était notre protecteur. Autrefois. Mais je ne connais pas cet homme-là.

— J'ai essayé, dis-je dans un murmure.

— N'importe quoi !

Scott crie si fort que sa voix fait cliqueter les cristaux de l'abat-jour. Je tressaille et recule d'un pas.

— Tu as tout fait pour nous blesser, Allison et moi !

J'avale ma salive. Trent, le mec de ma mère, a commencé comme ça. Il arpentait l'appartement, l'air détendu, alors que la colère bouillait en dessous. Puis il a hurlé. Puis il a frappé.

Mon père aussi avait ce genre de colère. Et mon grand-père également. Mon cœur bat à tout rompre dans ma poitrine tandis que Scott écrase la cigarette dans sa main. Pour la première fois depuis son entrée dans la chambre, il me regarde enfin.

— Mon Dieu, mais tu trembles, dit-il.

Il avance vers moi, et je fais un pas en arrière. Mon dos rencontre la fenêtre et mes mains s'agitent, en quête d'un objet — n'importe lequel — pour m'aider à me protéger.

— Sors d'ici.

La colère est partie, me souffle la petite fille dans ma tête ; mais je l'ignore. Elle est morte avec mon amour des robes, des rubans et de la vie. Elle n'est plus qu'un fantôme.

— Je suis désolé, dit-il doucement en respectant l'espace entre nous. Je ne me suis pas rendu compte que je te faisais peur. J'étais furieux. Allison était bouleversée. Je déteste la voir pleurer, et ta prof a appelé… mais je suis calme. Je le jure.

J'ai essayé. Honnêtement, j'ai fait de mon mieux, et voilà où ça m'a menée. Coincée dans une chambre toute vitrée avec un homme qui ressemble à mon père. Lui aussi disait tout le temps qu'il était calme, sauf qu'il ne l'était jamais.

— Va-t'en !

— Elisabeth…

— Dehors !

Mon bras se tend devant moi, lui désignant la porte.

— Sors d'ici !

Les yeux de Scott s'écarquillent monstrueusement.

— Je ne vais pas te faire de mal.

— Tout ça, c'est ta faute !

Je hurle et préférerais m'arrêter, mais si j'arrête, je pleure. Les yeux me piquent étrangement. Ma lèvre inférieure est si lourde qu'elle en tremble. Je ne pleurerai pas. M'abandonnant à la colère, j'ouvre de nouveau la bouche. Il est hors de question qu'il me fasse pleurer.

— C'est toi qui m'as amenée ici. Ça ne te suffit pas de m'arracher de chez moi ? Il faut aussi que tu m'humilies à l'école ?

— T'humilier ? De quoi parles-tu, Elisabeth ?

— Je ne m'appelle pas Elisabeth ! Non mais regarde-moi !

J'empoigne mes fringues d'une main et attrape mon livre de maths de l'autre pour le lui lancer à la tête. Il esquive, et le livre percute le mur avec un bruit mat.

— Tu veux que je sois quelqu'un d'autre. Tu ne veux

pas que je sois moi. Tu es comme mon père ! Tu veux te débarrasser de moi !

Je me sens si oppressée que je manque d'air. Le silence qui tombe alors entre nous est si lourd que j'ai l'impression de crouler sous son poids.

— Ce n'est pas vrai.

Scott se tait comme s'il attendait une réponse. Il ramasse le livre de cours et le pose sur la commode. Juste à côté de la carte de visite du contrôleur judiciaire.

— Il faut que tu dormes. Nous parlerons demain matin.

Je ne crois pas, non. Il part travailler avant que je me lève. Scott referme doucement la porte. Je me rue derrière lui, tire le loquet, éteins la lumière, puis j'écarte les couvertures de mon lit pour prendre mon téléphone. J'appuie sur les touches, les doigts tremblants. Les battements de mon cœur résonnent au rythme du nom de la personne dont j'ai besoin : Isaiah. Un battement de cœur. Isaiah. Première sonnerie. Isaiah.

— Coucou.

Je m'appuie contre la porte du placard en entendant cette voix détendue.

— Je commençais à m'inquiéter. Il est dix 10 h 5. Tu es en retard d'une minute.

Espérant que mes lèvres vont cesser de trembler, je ferme les yeux et ordonne à mes larmes de rester là où elles sont. Mais rien à faire ; si je parle, je pleure, et je ne veux pas pleurer.

— Beth ?

L'inquiétude pointe dans sa voix.

— Oui, je réponds dans un murmure.

Ce simple mot me mène quasiment à ma perte. Isaiah et moi n'avons jamais beaucoup parlé au téléphone. On regardait la télé. On faisait la fête. On s'asseyait l'un à côté de l'autre. Comment fait-on pour exister au téléphone ? C'est pourtant tout ce dont j'ai besoin : sentir qu'Isaiah existe.

— Beth…

Il hésite quelques instants.

— Est-ce que ce Ryan t'embête encore ?

Je réprime un sanglot. Surtout, ne pas pleurer.

— Un peu.

Et Allison, et mon oncle, et le lycée, et tout le reste, et j'ai l'impression que les murs se resserrent autour de moi, prêts à m'écraser.

Silence d'Isaiah.

Je me mords la lèvre en sentant une larme rouler sur ma joue.

— Tu veux que je raccroche ?

Je ne dois pas pleurer.

— Parce que je sais que tu n'aimes pas parler au téléphone. Enfin, nous deux. On n'aime pas ça.

Je jure intérieurement. Ma voix tremble. Il doit sentir que je ne suis pas bien. C'est sûr.

Nouveau silence. Friture sur la ligne. Quand il raccrochera, je m'effondrerai. Je n'aurai plus rien à quoi me raccrocher. Plus rien à quoi me tenir. Je serai exactement ce que les autres veulent que je sois : rien.

— Le silence ne me dérange pas, Beth.

Je suis toujours dans cette maison, dans cette pièce avec bien trop de fenêtres. Je suis toujours exposée — un max — et en enfer. Mais j'ai Isaiah, et il me maintient en surface. Je me laisse glisser le long du mur jusqu'à toucher le sol et m'y recroqueviller.

— J'ai besoin de toi.

— Je suis là.

Et nous restons ensemble, en silence.

Ryan

Assis sur mon lit, je lis le texto. D'abord la dispute avec mon père, puis, à 10 heures du soir, Gwen qui m'envoie ça : *Beth Risk ? ? ?*

Elle doit attendre ma réponse. Au moins, quand je joue au base-ball, je peux attraper les balles qu'on m'envoie. Mon père et Gwen dans la même journée… Ça commence à faire beaucoup.

Je ne devrais pas répondre à Gwen. Je devrais faire comme si je n'avais pas lu son message. Elle adore la comédie. J'adore le base-ball. Elle détestait mes matchs et je détestais ses jeux. Nous avons cessé de nous embrasser, de nous toucher et de sortir ensemble, mais malgré tout, comme l'autre jour dans l'abri des joueurs, nos petits jeux n'ont jamais cessé.

Je lui réponds : *Quoi ?*

L'attente de sa réponse me semble durer une éternité. Je détourne le regard de mon téléphone, comme si ça allait accélérer sa réponse. Cet été, après le départ de Mark, ma mère a repeint ma chambre en bleu. Elle aime décorer autant que mon père aime bâtir. Avant, ils travaillaient ensemble sur des projets ; mais ça, c'était avant que tout s'écroule.

Gwen : *A toi de me dire*

Je déteste les textos. On ne sait jamais trop ce que la personne veut vraiment dire. Alors je prends un risque. Un risque qui me fera passer pour un idiot et un mec soumis si elle ignore ma demande.

Moi : *Apl moi*

Mon cœur s'accélère. Va-t-elle le faire ou me laisser poireauter ? Depuis qu'on a cassé, quand on s'échange des SMS, c'est toujours moi qui l'appelle.

Mon portable sonne, et je souris. Je décroche à la troisième sonnerie.

— Gwen.

— Stone, dit-elle sans beaucoup d'enthousiasme.

— Qu'est-ce qu'il y a ?

C'est un jeu délicat. Un jeu que je n'aime pas. Avant, on passait des heures à discuter au téléphone, et maintenant, on analyse et on interprète le moindre mot, le moindre silence.

— Tu savais qui elle était depuis le début.

Je sens une pointe d'accusation dans sa voix.

Je m'efforce de conserver un ton désinvolte.

— Et alors ?

— Tu aurais pu me le dire.

Je lève les yeux vers les posters de mes équipes préférées. Pourquoi lui aurais-je dit que Beth était la nièce de Scott Risk ? Elles ont des cours en commun. Elles sont allées à la même école primaire. Elle aurait pu parler à Beth elle-même.

— Pourquoi l'as-tu nominée ? demande-t-elle.

J'entends un bruit d'étoffe. Celui de Gwen en train de s'allonger sur ses oreillers. Elle en a cinq sur son lit, et elle dort avec le kit complet. J'imagine ses cheveux dorés s'étaler sur leur tissu.

— Tu sais à quel point j'ai envie de devenir la reine du *homecoming*, dit-elle.

En effet. Je l'ai assez écoutée me bassiner avec son rêve de décrocher cette tiare étincelante. Pour tout dire, je faisais semblant de m'y intéresser, mais je ne l'écoutais pas vraiment.

— Tu as soutenu sa nomination, il me semble.

— Parce que sans ça, je serais passée pour une mauvaise joueuse, sauf que maintenant, je vais devoir ramer pour obtenir les votes. Ça aurait été plus simple si tu m'avais dit plus tôt qu'elle était la nièce de Scott Risk. Franchement, Ryan, je croyais qu'on était amis.

— Qu'est-ce que ça peut te faire ? Personne ne la connaît et elle ne veut pas se faire d'amis.

Son soupir de frustration me tape sur les nerfs.

— Elle est quand même une pseudo-célébrité et, pour des raisons qui m'échappent, certains la trouvent même cool. C'est toi qui l'as nominée et tout le bahut sait que tu lui as proposé de sortir avec toi, alors tu lui donnes de la crédibilité. Si tu m'avais dit qui elle était dès le début, j'aurais pu assurer mes arrières. En sympathisant avec elle, ou autre chose. A cause de toi, elle a de bonnes chances de gagner.

Gwen et moi avons rompu, je ne devrais pas avoir à entendre parler de ça. Je lui sors une bonne vieille réplique passe-partout :

— Désolée d'avoir gâché ta vie, Gwen. La prochaine fois que je ferai quoi que ce soit, je ne manquerai pas de te demander la permission.

— Elle n'est pas ton genre, s'exclame-t-elle soudain.

Je cligne les paupières.

— Pardon ?

— Beth est un peu… zarbi, non ? Enfin, elle est jolie, si on aime le style « Ma vie est un enfer ». Ce que je veux dire, c'est que tu ne pourras jamais lui accorder l'attention qu'elle demande. Tu comprends, à cause du base-ball, quoi. Enfin, je te dis juste… pas elle.

Pas elle. La colère me prend aux tripes. Voilà qu'on revient à la conversation qu'on a eue dans l'abri des joueurs — genre, le base-ball a foutu en l'air notre relation.

— Je te rappelle qu'on a cassé et que maintenant, tu es avec Mike.

J'entends Gwen sourire.

— Mais tu as promis qu'on resterait amis. Moi, je me comporte en amie.

Ami. Je déteste ce mot.

— Tu as raison. Beth est jolie, dis-je pour la narguer.

— Elle a un anneau dans le nez.

La voix de Gwen ne sourit plus.

— Je trouve ça sexy.

Ce qui est vrai.

— Il paraît qu'elle fume.

— Elle essaie d'arrêter.

C'est ce que je crois avoir compris.

— J'ai entendu dire qu'elle avait un tatouage sur les reins, déclare Gwen.

Intéressant.

— Je ne suis pas allé aussi loin, mais je te tiendrai au courant quand je le saurai, puisqu'on est amis.

Une image me vient à l'esprit : je soulève l'arrière de la chemise de Beth et découvre sa peau, et cette caresse la fait sourire. Je parie que sa peau est douce comme des pétales de fleur. Mes doigts fourmillent du désir de la toucher et mon sang s'échauffe à l'idée de Beth murmurant mon nom. Bon sang, cette fille me fait vraiment de l'effet. Je me passe une main dans les cheveux pour essayer de dissiper ces images. Qu'est-ce qui m'arrive ?

— Ryan, je ne plaisante pas. Elle n'est vraiment pas ton genre.

— Alors dis-moi qui l'est.

Je le dis avec un peu plus de hargne que prévu, mais son petit jeu commence à m'énerver.

— Pas elle, en tout cas, d'accord ? m'implore Gwen.

L'image de la peau de Beth revient me hanter, quand on frappe trois coups à ma porte. Ma mère entre dans ma chambre.

— Il faut que j'y aille.

— Bonne nuit, lance Gwen d'un ton déçu.

Ma mère est vêtue d'une veste bleue et d'une jupe assortie. Elle avait un dîner réservé aux femmes avec l'épouse du maire, ce soir.

— Je te dérange ?

— Non.

Je balance mon téléphone sur la table de nuit.

— Tu avais l'air un peu contrarié.

Elle avance vers ma penderie, contemple son reflet dans le miroir et réajuste son collier de perles.

— Je t'ai entendu, depuis le couloir.

Je secoue la tête.

— C'était juste Gwen.

Ses mains se figent sur son collier et un léger sourire se dessine sur ses lèvres.

— Vous vous êtes remis ensemble ?

— Non.

Ma mère adorait Gwen, et je crois que la rupture a été plus dure pour elle que pour moi.

Elle poursuit son enquête.

— Tu devrais y penser. Il paraît que Gwen et toi avez tous deux été nominés pour le comité du *homecoming*.

Les nouvelles vont vite dans cette ville.

— Ouais.

— Tu sais, ton père et moi avons aussi été nominés, à l'époque. Pour le printemps et pour l'hiver.

— Ouais.

Elle l'a déjà dit. Des milliers de fois. Et ils ont tous les deux gagné, aux deux saisons. Au cas où ses radotages ne suffiraient pas à me rafraîchir la mémoire, les nombreuses photos accrochées dans le salon où on les voit danser, la tête couronnée, seraient là pour me le rappeler.

— J'ai aussi entendu dire que la nièce de Scott Risk était nominée.

— Mm-mmm.

Si ma mère sait tout, pourquoi m'embête-t-elle avec ses questions ?

— Qu'est-ce que tu penses de la nièce ? Sa tante, Allison Risk, a postulé pour la place vacante au comité événementiel de l'église.

Voilà la réponse à mon questionnement : la respectabilité. Si Beth est une paria, alors les tuteurs de Beth seront considérés comme de mauvais parents. Ma mère voudrait le prestige lié à la femme de Scott Risk, mais elle ne veut pas du scandale qu'il pourrait y avoir à fréquenter la tutrice d'une « mauvaise fille ». Les familles de mon père et de ma mère font partie de cette communauté depuis que les fondations des premières maisons et de l'église ont été creusées, il y a plus d'un siècle. Les Stone sont une institution, ici.

— Elle est intéressante, dis-je.

Ma mère se retourne.

— Intéressante ? Qu'est-ce que ça veut dire ?

Je hausse les épaules. Ça veut dire que Beth me met des bâtons dans les roues pour remporter un défi. Ça veut dire qu'elle met ma patience à rude épreuve. Ça veut dire que j'ai envie de voir son tatouage.

— Intéressante.

Ma mère se frotte le front, frustrée par ma réponse.

— Bon. Elle est intéressante. Si jamais un autre mot te vient, tu sais où me trouver.

Ça, c'est sûr. Si c'est en public, elle sera tout près de papa. Si c'est en privé, elle sera le plus loin possible de lui. Elle s'arrête dans l'encadrement de la porte.

— Au fait, Ryan, j'ai parlé à Mme Rowe tout à l'heure.

Je penche la tête et ferme brièvement les yeux.

— Mm-mmm.

— Elle a hâte de voir les développements que tu vas apporter à ton histoire pour la finale à Lexington.

Super. Je relève la tête, mais mes épaules restent voûtées.

— Je ne le ferai pas. Ça empiète sur le base-ball.

Maman se raidit.

— C'est la décision de ton père ou la tienne ?

— La mienne.

Les mots sortent précipitamment. Je n'ai aucune envie

qu'ils se crêpent de nouveau le chignon pendant des heures, surtout à cause de moi.

— Bien sûr…

Elle me fait un signe résigné.

Soudain, quelque chose s'éveille en moi.

— Logan a vu Mark à Lexington il y a quelques semaines. Il a demandé de nos nouvelles.

Ma mère se fige d'une façon inhabituelle.

— Logan est au courant, maman. Et Chris aussi.

La fureur traverse son visage.

— Si ton père apprend que tu l'as dit à qui que ce soit… et si quelqu'un l'apprend en ville…

— Ils ne diront rien.

Elle ferme les yeux un instant et soupire.

— Je t'en prie, souviens-toi que ce qui se passe dans cette maison doit rester dans cette maison. Chris et Logan sont des copains. Ils ne sont pas de la famille.

Une colère sourde s'installe en moi. Comment peut-elle réprimer ainsi ses émotions au sujet de son fils aîné ?

— Il ne te manque pas ?

— Si.

Sa réponse immédiate me désarçonne.

— Mais il y a trop de choses en jeu.

— Qu'est-ce que tu veux dire ? je demande.

Ma mère balaye la pièce du regard. Ses yeux s'attardent sur mes posters.

— Je crois que je vais refaire ta chambre. Le bleu, ce n'est pas ta couleur.

Beth

Boum, boum, boum. J'ouvre brusquement les yeux tandis que mon cœur pulse dans mes oreilles. Les flics. Non, mon ami. Parfois, il frappe à ma porte le matin pour me forcer à l'ouvrir. Je cligne les paupières en voyant l'ombre d'un rideau sur une fenêtre. Des rideaux… Je ne suis pas chez moi. J'inspire profondément, et l'oxygène se mêle à l'adrénaline dans mon sang. Les vieilles habitudes ont la vie dure.

— Elisabeth, appelle Scott derrière la porte. Réveille-toi.

Fait chier ! Il est 6 heures du matin. Pourquoi ne me fiche-t-il pas la paix ? Mon bus ne passe qu'à 7 heures et demie, et il ne me faut pas plus d'une demi-heure pour être prête à partir au lycée. Je m'extirpe du lit et marche pieds nus jusqu'à la porte. La lumière vive du hall m'aveugle ; je plisse les yeux et discerne à peine le sac que Scott me tend.

— Tiens. J'ai été chercher tes affaires.

Je me frotte les yeux. Scott porte le même T-shirt et le même jean qu'hier soir.

— Quelles affaires ?

Il me lance un regard qui me fait sourire. C'est celui qu'il avait quand j'étais petite, surtout quand je ne voulais pas manger mes légumes ou quand je lui demandais de me lire des histoires.

Scott me répond avec un sourire hésitant :

— Je suis allé chez ta tante prendre tes vêtements. Un certain Noah était là, il m'a montré ce qui était à toi. Excuse-moi si jamais il manque des choses. Si tu me dis exactement ce que tu veux, je pourrai y retourner un soir après le boulot.

Je fixe le sac. Mes affaires. Il a récupéré mes affaires et il a parlé à…

— Comment va Noah ?

Le sourire fragile s'efface de son visage.

— On n'a pas eu une grande conversation. Elisabeth, ça ne change rien à mes règles. Je veux que tu t'installes ici, à Groveton, et que tu oublies ton ancienne vie. Fais-moi confiance sur ce coup-là, O.K., ma belle ?

O.K., ma belle. C'est ce qu'il me disait tout le temps avant, et je me surprends à acquiescer sans même m'en rendre compte. Un réflexe de l'enfance — à l'époque où je croyais que Scott pouvait décrocher la lune et déplacer des montagnes. Mauvais réflexe pour une ado. Je cesse de hocher la tête.

— Je peux porter mes fringues ?

— Si ça couvre suffisamment de peau et qu'il n'y a pas de déchirures à des endroits indécents. Dépasse les limites et je brûlerai toutes les frusques qu'il y a dans ce sac.

Scott penche la tête en direction de la cuisine.

— Petit déj' dans une demi-heure.

Je serre le sac contre moi comme un nouveau-né. Mes affaires. A moi.

— Merci.

Le remerciement est un peu raide et maladroit, mais il est bon pour moi — au moins, je l'ai dit.

J'enfile mon jean délavé taille basse, et un soupir de contentement me sort de la bouche. Tu m'as sacrément manqué, toi. Un jean bien serré. Avec de petites déchirures sur les cuisses. L'autre, celui que j'adore vraiment et qui est déchiré juste au-dessous de mes fesses, finirait dans la cheminée si j'osais le mettre devant Scott. Je l'installe donc amoureusement sur un cintre et le range dans mon placard.

Pour la première fois depuis deux semaines, je me sens moi. T-shirt de coton noir moulant. Anneaux d'argent aux oreilles. J'enlève celui de mon nez pour le remplacer par un petit brillant façon diamant. En me regardant dans la glace, je savoure cet instant de légèreté, car je sais que dès que j'aurai mis le pied dans la cuisine, je me sentirai de nouveau oppressée.

A 6 h 30 pile, j'arrive dans la cuisine. Le ciel rougit sous les premières lueurs de l'aube. Scott fait cuire du bacon sur le feu, et l'odeur me met l'eau à la bouche. L'absence d'Allison frise la perfection.

Je m'assois devant le bar où sont posés un verre de jus d'orange et une assiette. Je présume que l'autre couvert est là pour lui. Entre les assiettes se trouve une pile de toasts beurrés et de petits steaks hachés.

— C'est de la dinde, du tofu, ou un autre truc qui est censé se manger ?

Toute la nourriture est saine, dans cette maison. Je prends un toast et le renifle. Mmm. Du pain blanc qui sent bon le beurre. Je tire la langue et la colle sur la tranche pour voir si c'en est vraiment. Scott rit. Gênée, je rentre la langue dans ma bouche et ferme les yeux sous l'extase. Miam. C'est du vrai beurre.

— Non, ce n'est pas de la dinde, c'est du pur bœuf. J'en ai marre que tu ne manges rien.

Il pose une assiette d'œufs-bacon entre nous et s'assoit.

— Si tu voulais goûter à la cuisine d'Allison, tu verrais que ce n'est pas si mauvais.

Je mords dans mon toast et parle entre les bouchées.

— C'est bien le problème. Ce qu'on mange ne devrait pas être à moitié mauvais. Ça devrait être entièrement bon.

Scott considère ma tenue avant de faire glisser des œufs brouillés dans son assiette.

— J'aime bien ce brillant. Quand est-ce que tu t'es fait percer le nez ?

— Pour mes quatorze ans.

Je me sers en bacon et en ministeaks tout en lorgnant les œufs. Scott les préparait super bien quand j'étais petite. Dommage que je lui aie dit que je détestais ça.

— Ta mère en voulait un aussi. Elle a souvent parlé d'aller à Louisville pour se faire percer.

Ma mère aimait discuter avec Scott quand il m'élevait. Elle a emménagé dans le mobil-home de mon grand-père lorsque papa l'a mise en cloque et que sa mère l'a fichue à la porte. Scott avait douze ans quand je suis née.

Je me rembrunis. Maman ne m'a jamais dit qu'elle aimerait avoir le nez percé. Elle n'a même pas remarqué quand je l'ai fait. Pourquoi ça me contrarie, je ne sais pas. Ma mère ne me confie pas beaucoup de choses. Je tapote ma fourchette sur le comptoir. Allez, tant pis ; je prends des œufs. Qui sait quand j'aurai de nouveau droit à un tel festin. Scott me décoche un petit sourire en coin en me voyant me servir.

— C'est un truc de base-ball, ou quoi ? je demande.

— Quoi donc ?

— Ryan a le même sourire genre je-sais-tout quand il croit m'avoir mouchée.

Scott boit son jus d'orange.

— Vous traînez un peu ensemble, avec Ryan, au lycée ?

Je hausse les épaules. Traîner ensemble… Passer notre temps à nous emmerder mutuellement, oui !

— Si on veut.

— C'est un gars bien, Elisabeth. Ça te ferait du bien de te faire des amis comme lui.

Noah est un gars bien. Isaiah est encore mieux, mais Scott ne veut pas en entendre parler.

— Je m'appelle Beth.

Il pose une autre question, comme si je n'avais rien dit.

— Comment ça se passe, les cours ?

— Je ne vais pas y arriver.

Il cesse de manger et j'enfourne une nouvelle bouchée. Je commence à détester ces silences.

— Fais-tu des efforts ? demande-t-il.

Je réfléchis à ma réponse tout en savourant un morceau de bacon. Après la dernière bouchée, je décide de dire la vérité.

— Oui. Mais je ne m'attends pas à ce que tu me croies.

Il pose sa serviette dans son assiette vide et me fixe de ses yeux bleus, l'air sincère. Nous avons tous les deux les yeux de grand-mère. Mon père aussi, sauf que lui n'avait jamais l'air gentil.

— Je ne suis pas intelligent. Je peux lancer une balle, attraper une balle, frapper une balle… Cela m'a rendu riche, mais il vaut mieux être intelligent.

— Dommage pour moi, je ne sais rien faire de tout ça. Y compris être intelligente.

— Allison est douée, dit-il avant de lever les mains en me voyant rouler des yeux. Vraiment. Elle a une maîtrise d'anglais. Elle pourrait t'aider.

— Elle me déteste.

Scott replonge dans l'un de ses longs silences.

— Laisse-moi m'occuper de ça. Et concentre-toi sur tes cours.

— Mouais.

Je lève les yeux vers la pendule : 6 h 45. Waouh. On a réussi à parler un quart d'heure sans se hurler dessus.

— Tu ne devrais pas être parti au boulot ?

— Je travaille à la maison, aujourd'hui. On va faire comme ça tous les matins. Je veux que tu te lèves à 6 heures et que tu sois prête pour le petit déj' à la demie.

S'il cuisine comme ça chaque fois, ça peut m'aller.

— D'accord.

Scott ramasse sa vaisselle et avance jusqu'à l'évier.

— A propos d'hier soir…

C'était trop beau pour durer.

— Je n'ai pas envie d'en parler.

— Tu tremblais…

Je me lève, prise d'une soudaine envie de bouger.

— Il faut que je prépare mon sac.

— Est-ce que quelqu'un t'a fait du mal ? Je veux dire, physiquement ?

Les assiettes. Il faut les mettre dans le lave-vaisselle. Je commence à les rassembler.

— J'ai vraiment besoin d'aide en maths. Je décroche déjà.

Pourquoi est-ce que je dis ça ?

Scott m'enlève la vaisselle des mains, et je me retrouve comme une andouille. Il la pose sur le comptoir et croise les bras sur sa poitrine.

— Que s'est-il passé quand j'ai quitté la ville ? Mon père était mort et enterré. Mon frère a-t-il repris le rôle du salaud de la maison ?

Voilà que je me remets à trembler. Soit c'est moi, soit il y a un tremblement de terre. Soudain, je comprends ce qui vient de se passer. Je suis une idiote. Il a bien préparé son plan, et je suis tombée dans le panneau.

— Je te déteste.

Je m'attends à ce que Scott hausse le ton ou me crie dessus. Au lieu de quoi, il rit doucement.

— Décidément, tu es aussi têtue que quand tu avais quatre ans. Allez, va préparer ton sac. Je t'emmène au lycée, aujourd'hui.

Je le hais.

— Je vais prendre le bus.

Scott me tourne le dos et remplit le lave-vaisselle.

— Demain, je fais des pancakes, annonce-t-il.

— Je ne mangerai pas.

Il rit de nouveau.

— Oh ! si, tu mangeras. Ce soir, Allison nous fait du tofu au fromage de chèvre.

Ryan

J'engage ma Jeep sur le parking des élèves et me gare derrière la voiture de Chris. Il est appuyé contre le pare-chocs et Lacy se tient à un bon mètre de lui, près du capot. Elle garde ses livres serrés contre sa poitrine et me snobe en se détournant vers le bâtiment lorsque j'éteins le moteur. Mauvais signe, tout ça. Je respire profondément et me prépare à ce qui va suivre. Lacy a un tempérament bien trempé. J'ai eu des sifflements d'oreilles pendant deux jours la dernière fois que je l'ai énervée.

Chris vient vers moi dès que j'ouvre ma portière.

— Elle est furax après toi, mon pote.

— Je vois ça.

Lacy tourne les talons sans me laisser le temps de l'approcher.

— Un défi ? Tu as humilié Beth au gymnase hier à cause d'un défi ? J'essaie de m'en faire une amie pendant que toi, Chris et Logan en faites la cible d'un de vos satanés paris ?

Bon Dieu, Chris !

— Désolé, dit-il d'un ton penaud. Elle a une stratégie un peu brutale. Elle serait à l'aise chez les marines.

Lacy se précipite entre nous, balayant l'air d'une main.

— Ne prends pas ça à la rigolade. Tu ne connais pas Beth. Tu ne sais pas ce qu'elle a vécu. Tu ne sais même pas ce qu'était notre amitié. Et tu gâches tout !

Je la dévisage, ébahi. Les larmes lui montent aux yeux. Elle n'est pas juste en colère. Elle est bouleversée.

— Ce n'est qu'un défi, Lace. Je lui ai proposé de sortir.

Elle a le choix de dire oui ou non. Je ne fais de mal à personne.

— Oh ! si, tu fais du mal !

Elle détourne le regard.

— Tu me fais du mal, à moi.

Celle que je considère comme l'une de mes meilleures amies s'enfuit alors vers l'école.

— Je dois y aller, dit Chris.

— Je sais.

Je veux qu'il y aille.

— Elle est à côté de la plaque. Ne t'en fais pas trop, à mon avis, elle va bientôt avoir ses règles.

Ouaip. C'est vrai que Lacy est souvent un peu sur les nerfs, mais quelque chose me dit qu'elle a peut-être raison.

— Ryan ?

Chris et moi nous retournons et découvrons Beth derrière nous. Mon cœur cesse de battre. C'est elle. Ma petite skateuse du Taco Bell. Sans ses fringues fashion. Avec son style perso. T-shirt noir moulant, jean troué. Ses jolies formes bien en valeur. En tout point aussi sexy que la première fois que je l'ai vue.

— On peut parler une minute ?

Douce et envoûtante, sa voix me donne le frisson et je me retrouve comme hypnotisé. Cette fille doit être une magicienne.

— Bien sûr.

J'attends que Chris se souvienne qu'il doit aller rejoindre sa copine, mais il semble trop occupé à reluquer les fesses de Beth pour remarquer qu'on attend qu'il parte. Je me décide donc à lui rafraîchir la mémoire.

— Lacy a besoin de toi.

— Ouais, fait Chris comme s'il sortait d'un rêve. Lacy. A plus, mon pote. A plus, Beth.

Elle agite les doigts sur sa cuisse en guise d'au revoir. Chris rentre dans le bâtiment pendant que j'essaie de comprendre ce qui me vaut ce changement d'attitude chez

Beth. Hier encore, elle aurait été le suspect numéro un si on m'avait retrouvé assassiné. Ce matin, elle est toute charmante. Allez comprendre.

La culpabilité s'éveille dans un coin de mon cerveau. Je l'ai humiliée publiquement. C'est le moment de m'excuser.

— Ecoute, hier, au gymnase…

— Laisse tomber, me coupe-t-elle. Je me suis dit que tu avais raison. Je devrais me faire des amis, et j'aimerais vraiment que tu m'aides.

Mission Possible.

Je refrène le sourire qui me vient sur les lèvres. Pas la peine d'en rajouter. Pourquoi Lacy n'est-elle pas là pour voir ça ?

— Tu viendras avec moi à la fête de vendredi ?

— Oui, mais il y a un hic.

— Quel genre de hic ?

Je devrais me concentrer davantage sur le mot « hic », mais c'est au-delà de mes forces quand Beth se mord la lèvre inférieure. J'adore ses lèvres.

— Mon oncle est un peu un control-freak, il voudra sûrement te parler d'abord.

Décidément, cette journée se passe de mieux en mieux. Je vais gagner mon défi et pouvoir parler à mon héros. Par-dessus le marché, je vais passer du temps avec Beth. Peut-être que Lacy a raison. Peut-être qu'elle vaut le coup d'être connue.

— Pas de problème. Je peux venir un peu plus tôt, vendredi.

Beth soulève le sac accroché à son épaule.

— En fait, je me demandais si tu pourrais venir le voir dès ce soir. On pourrait peut-être sortir un peu, après.

Ma vie est géniale. C'est *elle* qui me propose de sortir !

— D'accord, pas de problème.

Bon sang. Je me rappelle soudain que j'avais d'autres plans, et mon esprit s'embrouille.

— Oh ! attends. Vraiment, ça me ferait super plaisir, mais

j'ai un entraînement avec l'équipe, puis un entraînement de lancer à Louisville, ce soir.

Elle baisse la tête.

— Ah ! Dommage. Si tu ne peux pas, tant pis, mais c'est le seul soir où Scott est à la maison, cette semaine.

Je ne me fie pas trop à ce brusque revirement. Si elle est comme Lacy, elle pourrait tout à fait changer d'attitude dans trois minutes.

— Par contre, je peux passer après le premier entraînement, rencontrer ton oncle, et puis tu viendrais avec moi à Louisville. On pourrait manger un morceau là-bas quand j'aurai fini. Enfin, si ça ne t'ennuie pas de rester une heure à me regarder lancer.

Elle lève la tête et me décoche son sourire qui tue.

— Si ça ne te dérange pas.

Me déranger ? Je ne trouve rien qui me fasse plus envie que ça. Et je viens de gagner mon défi.

Arrivé devant la porte d'entrée de chez Scott Risk, j'ajuste ma casquette et m'essuie les mains sur mon pantalon de sport. Voilà, j'y suis. Je vais bientôt entrer dans la maison de mon héros. Je frappe deux coups, et la porte s'ouvre. Il apparaît alors devant moi, en jean et en T-shirt.

— Bonsoir, Ryan.

Ses sourcils se haussent, comme sous la surprise.

— Bonsoir.

Je me frotte la nuque en sentant une tension se former dans mon cou.

— Est-ce que, euh, est-ce que Beth est là ?

Un grand sourire éclaire son visage.

— Elle a intérêt, mais je viens de l'envoyer promener. Ce ne serait peut-être pas une mauvaise idée de regarder si elle n'est pas sortie par la fenêtre.

Ne sachant pas quoi répondre à ça, je mets les mains dans mes poches. Scott se met à rire.

— Elisabeth et moi avons du mal à nous entendre quand il s'agit de ses devoirs. Viens, entre. Elle m'a dit que vous aviez des projets, mais j'avoue que je me demandais si elle ne se fichait pas de moi.

— Est-elle prête, monsieur Risk ?

Décontenancé et impressionné par mon idole, j'entre dans la maison. Elle est immense.

— Appelle-moi Scott, dit-il avant de crier : Elisabeth !

Quelque chose heurte violemment la porte sur notre droite.

— Quoi, encore ? Va te faire foutre !

Je pousse un profond soupir et sens un nœud se former entre mes omoplates. Le vent a de nouveau tourné. Retour en mode hystérique. Je n'ose imaginer ce que donnera ce vendredi soir.

— Tu as de la visite ! crie Scott.

Silence. La porte grince en tournant sur ses gonds.

— Salut, Ryan.

Beth appuie une hanche contre l'encadrement de la porte et mon cœur s'emballe. Elle a troqué son T-shirt contre un débardeur noir minimaliste avec un décolleté vertigineux.

— Tu vois. Je t'avais dit qu'il matait.

Bon sang. C'est vrai. Et je viens de le faire juste sous les yeux de Scott Risk.

Scott me tape dans le dos.

— Ce n'est pas grave. Essaie juste de ne pas trop le faire devant moi, tu veux ? Au bout d'un moment, je finirais par ne plus trouver ça amusant et je serais obligé de te botter le train. Oh ! et, Elisabeth : « foutre » est un mot interdit dans cette maison.

Elle hausse les épaules, se moquant visiblement de ce qui est interdit ou non.

— Va te préparer, dit Scott à Beth. Je vais discuter un peu avec Ryan, puis vous pourrez y aller.

Beth regarde ses vêtements.

— Je suis prête.

— Je vois de la peau. Trop de peau. Reviens quand on en verra moins.

Elle soupire et pivote lentement sur elle-même. En rentrant dans sa chambre, je vois ses hanches avoir ce mouvement chaloupé qui m'accroche toujours l'œil.

— J'ai reçu quelque chose qui devrait te plaire, hier, me dit-il.

Scott traverse le hall vers la pièce opposée à la chambre de Beth et me fait signe de le suivre.

J'entre dans le grand bureau et reste comme pétrifié. C'est le temple du base-ball. Partout. Des maillots sous verre. Des balles. Des battes. Des cartes dans des vitrines. Scott sort une boîte transparente et me la tend. J'en reste bouche bée.

— Babe Ruth. Vous avez une balle signée de Babe Ruth ?

— Oui.

Scott a un petit sourire, du genre qui me parle très bien ; ce bureau est un sanctuaire. Soudain, le téléphone sonne sur son grand bureau en merisier.

— Excuse-moi une seconde.

Je m'apprête à sortir quand Scott m'arrête.

— Non, reste. Je n'en ai pas pour longtemps.

J'adore ce type. Je pourrais passer des heures dans cette pièce à admirer ses objets. Scott discute au téléphone en s'exprimant très correctement, avec un ton professionnel. Je me penche sur une batte dédicacée par Nolan Ryan. Mon bureau pourrait être comme ça, un jour. Non, mieux : *je* pourrais être comme ça.

De l'autre côté de la pièce se trouve une table pleine de photos encadrées. Scott et Pete Rose. Scott et Albert Pujols. Les cadres sont disposés selon un angle orienté vers le centre de la table. Dans cette progression, les personnes photographiées sont de plus en plus importantes. En arrivant au milieu, je vois une photo de mariage de

Scott et de sa femme, et mon respect pour lui augmente encore d'un cran. Il place sa famille au-dessus du reste.

Je fronce les sourcils au-dessus d'une photo en petit format. On y voit Scott avec une enfant. Enfin, je crois que c'est lui. Je prends le petit cadre. Il est jeune et a l'air ringard avec l'ancienne tenue de base-ball du Bullitt County High. Il tient une petite fille dans ses bras, de cinq ans maximum. Elle a des rubans roses plein ses longs cheveux blonds. Sa robe à froufrous lui donne des airs de princesse. Ses petits bras sont serrés autour du cou de Scott. Son sourire est communicatif, et ses yeux sont d'un bleu profond, presque comme ceux de…

— Elisabeth adorait les rubans, dit soudain Scott derrière moi. Je lui en achetais chaque fois que je le pouvais.

Non.

— C'est Beth ?

Il me prend le cadre des mains et le repose précautionneusement au beau milieu de la table.

— Oui.

Il le dit avec l'affliction d'un homme endeuillé. Je parie qu'il souffre. Beth est à des années-lumière de la petite fille heureuse sur cette photo.

Scott reprend un ton plus joyeux.

— Je suis allé chercher Allison à un dîner, hier soir, et j'ai rencontré ta mère. Elle m'a dit que tu étais en finale pour un concours d'écriture ?

Je détourne le regard. Mon père va adorer que toute la ville soit au courant.

— Oui.

— Ton père dit que tu comptes arrêter tes études, mais tu sais, il y a des tas d'universités qui seraient prêtes à tout pour avoir un lanceur comme toi. Surtout si tu as de bons résultats en cours.

— Merci.

Je ne sais pas quoi dire d'autre.

— Tu veux me dire comment ça se passe entre toi et ma nièce ?

Je me fige. Voilà ce qu'on appelle un changement de direction. Le sourire décontracté de Scott s'efface, et je remarque qu'il a les mêmes yeux que Beth. Il ne cligne pas plus les yeux qu'elle. C'est le moment d'être courageux.

— Je lui ai proposé de sortir avec moi.

A cause d'un défi.

— Et elle a accepté. Elle m'a dit que vous souhaiteriez me voir d'abord.

— Où l'emmènes-tu ce soir ?

— A mon cours de lancer, puis où elle voudra, pour manger un morceau. Il y a un…

Taco Bell — non, autant éviter celui-là.

— McDo et un Applebee's pas loin.

Scott hoche la tête comme s'il intégrait la façon d'effectuer une chirurgie du cerveau.

— Et vendredi, tu l'emmènes où ?

— Pas loin. En fait, c'est à la limite entre votre propriété et celle de mon père. Mon meilleur ami habite de l'autre côté de chez vous et nous invitons d'autres copains.

Scott semble amusé et tendu à la fois.

— Autrement dit, tu emmènes ma nièce à une fête de plein air.

Je déglutis.

— J'ai grandi à vingt kilomètres de Groveton, dit Scott. Je sais comment se passent ces fêtes, pour y avoir pris part plus souvent qu'à mon tour.

O.K., c'est mort.

— J'ai pensé que ça pourrait être une bonne occasion pour elle de passer du temps avec mes amis.

Scott se frotte le menton.

— Je ne sais pas.

Il faut que j'argumente. Plus que ça.

— Ecoutez, j'aime beaucoup Beth. Elle est jolie…

Ça, c'est sûr.

— Mais elle est plus que jolie. Elle est différente de toutes les autres filles. Beth me tient toujours en haleine. Avec elle, je ne sais jamais ce qui va se passer, et je trouve ça...

Génial. Excitant.

— Marrant.

Scott ne trouve rien à répondre, et j'en suis content. Avant d'avoir dit ces mots — des mots que j'ai cru prononcer pour l'influencer —, je ne m'étais pas rendu compte qu'ils étaient vrais.

Une voix sexy, que je ne connais que trop bien, fait soudain faire un looping à mon ventre. Beth a tout entendu.

— Tu plaisantes.

— Il n'est pas correct d'écouter aux portes.

Scott garde le dos tourné à Beth et ne me quitte pas des yeux.

— J'aurais pu dire « tu déconnes », réplique-t-elle.

Il penche la tête vers la droite comme pour admettre ce bel effort et reprend :

— A quelle heure ?

— A quelle heure quoi ? je demande.

— A quelle heure viens-tu la chercher vendredi ?

— 19 heures.

— Je veux qu'elle soit rentrée à 21 heures ce soir. Et à minuit vendredi.

— Très bien, m'sieur.

Scott se tourne vers Beth.

— Qu'est-ce que tu vas faire pendant qu'il s'entraînera ?

— Je regarderai.

Scott prend un air peu convaincu.

Beth pousse un gros soupir.

— Bon, d'accord, je ferai mes devoirs. Je vais devenir une petite fille studieuse, pour qu'on puisse ajouter « grosse ringarde » à mon étiquette d'« asociale ». C'est ce que tu veux, pas vrai ?

— Je ne rêve que de ça. Allez, partez maintenant, et amusez-vous bien.

Il retourne dans le hall et Beth arbore son petit sourire démoniaque. Dans quel pétrin est-ce que je viens de me fourrer ?

Beth

De temps en temps, la chance me sourit. Oui, je sais, c'est difficile à croire, mais aujourd'hui fait partie de ces rares journées. La semaine dernière, Lacy m'a dit que Ryan se rendait à Louisville pour des entraînements tous les mercredis, et hier, elle m'a appris que ses cours avaient lieu au sud la ville, c'est-à-dire à moins d'un kilomètre de chez moi.

Devant une grande salle aux murs de tôle, Ryan sort du coffre de sa Jeep un sac rempli de ses trucs de base-ball tandis que je m'efforce de ne pas trop me tortiller. Je suis tellement énervée que j'ai du mal à tenir en place. Je suis si proche de ma mère que je sens déjà presque l'odeur de ses cigarettes. *Détends-toi, Beth. Il faut la jouer fine, sur ce coup-là.*

— Combien de temps dure ton entraînement ?

— Une heure. Peut-être un peu plus.

Ryan balance son sac sur son épaule. Ce mec a les épaules les plus larges que j'aie jamais vues chez un lycéen. Il porte un T-shirt moulant, et mon cœur tressaute quand le tissu se relève légèrement, révélant une partie de ses abdos.

Je soupire et essaie de ne plus penser à ça. Le fait qu'il soit beau et bien sous tous rapports ne fait pas de moi une fille pour lui. Et Ryan a beau se comporter parfois comme un crétin, il est quand même… bien sous tous rapports. Pas besoin d'avoir fait maths sup pour comprendre que ce que je lui fais est mal.

Mal, mais nécessaire.

En outre, ce qui se passe entre lui et moi est un jeu

bizarre. Je n'ai pas bien saisi où il voulait en venir. Ce qui importe peu, d'ailleurs. D'ici la fin de la soirée, Ryan me détestera, ainsi que Scott. Pour Scott, je m'en fiche pas mal. C'est lui qui m'a entraînée dans cette situation, et il sera bien plus heureux sans moi. Dans une heure, j'aurai vu ma mère, joint Isaiah, et on quittera la ville. Le programme est serré, mais faisable.

— Tu veux aller manger où, après ? Il y a un Applebee's tout près, et un T.G.I. Friday's. J'espère juste qu'on discutera un peu plus que pendant le trajet.

Ryan s'interrompt quelques instants.

— On peut se faire un fast-food, si tu préfères. Je connais ta passion pour les tacos.

La première brise automnale souffle sur le parking, hérissant mes bras de chair de poule. Dans une heure, je partirai vers la mer.

— J'ai dit tacos, Beth. Normalement, tu enchaînes avec le mot de Cambronne, ou un truc dans ce genre.

Je lève les yeux vers lui et cligne les paupières. Je vais le faire. Je suis sur le point de fuguer pour de bon.

Ryan fronce les sourcils et s'approche de moi, faisant barrière à la brise — à moins que ce ne soit la chaleur de son corps qui me réchauffe.

— Ça va ? demande-t-il.

— Oui, ça va.

Il est plus grand que moi. Beaucoup plus grand. Sachant que je ne le reverrai plus, je m'autorise à regarder Ryan tel qu'il est. Incroyablement sexy avec ses larges épaules, ses muscles saillants, ce fouillis de mèches blond clair qui sortent de sa casquette de base-ball, et ses adorables yeux noisette. L'espace d'un instant, je m'imagine que la sincérité que je lis dans ses yeux est authentique — et m'est destinée.

Le vent se remet à souffler, plus fort, cette fois, et des mèches de cheveux se plaquent sur mon visage. Ryan les fixe du regard. Ses doigts effleurent alors ma joue, puis la peau sensible de mon cou comme il repousse les mèches derrière mes épaules. Son contact me fait frémir et me brûle à la fois.

Je sens la chaleur me monter au visage et porte immédiatement les mains sur mes joues. Je rêve, ou quoi ? Je rougis ! Normalement, les mecs ne me font pas rougir. Ils ne veulent pas me faire rougir. Désarçonnée par ma réaction, je m'écarte et sors de ma poche une cigarette taxée à l'école.

— Tu me feras signe, d'accord ?

— Si tu t'ennuies dans le local et que tu veux venir regarder, je demanderai à mon entraîneur si tu peux…

Je secoue la tête.

— Non.

Ryan pince les lèvres et se dirige vers l'entrée. Je coule un dernier regard vers lui et mon cœur se serre. Le moment bizarre qu'on vient de vivre ne change rien à la situation. Ryan s'intéresse à des filles comme Gwen et joue avec des filles comme moi. On ne peut pas changer ce qui est écrit par le destin. Ça, c'est bon pour les contes de fées.

Je me sens quand même mal pour lui. Il va se faire tuer par Scott en rentrant, ce soir.

Il me regarde par-dessus son épaule. Qu'est-ce que je peux dire ? C'était sympa de déconner avec toi, mais je dois sauver ma mère ? Je suis désolée pour toi parce que ce soir, quand tu rentreras à Groveton sans moi, mon oncle va t'arracher les couilles, et ma tante les servira pour dîner avec des algues bio en accompagnement ?

— Merci.

Le mot me fait drôle dans la bouche.

Il enlève sa casquette, se passe une main dans les cheveux et la remet en place. Je détourne le regard pour empêcher la culpabilité de me tuer sur place.

— Je suis désolé, dit-il.

Je hausse les sourcils, ne sachant pas trop pourquoi il

s'excuse, mais je ne lui demande pas d'explication. J'ai dit ce que j'avais à dire. Lui aussi. On est quittes.

Un jeune gars sort du bâtiment et tient la porte ouverte pour Ryan. Il entre pendant que l'autre agite ses clés de voiture. Merci, le destin, de me filer ce coup de pouce. Je remets la clope dans ma poche et souris de manière à ce que le gars pense qu'il a une chance.

— Tu me déposes ?

J'ai le ventre complètement noué et j'essaie de respirer à fond depuis un moment. Mais j'ai beau inspirer et inspirer encore, j'ai toujours du mal à emplir mes poumons d'air. S'il vous plaît, mon Dieu, faites que cette fois le connard ne soit pas là. Et pitié, pitié, faites qu'Isaiah approuve mon plan quand je débarquerai avec ma mère.

J'ai songé à l'informer de mon plan au préalable, mais je suis sûre qu'il ne serait pas d'accord pour que maman nous accompagne. Il la tient pour responsable de tous les problèmes que j'ai dans la vie, mais je connais Isaiah. Quand j'arriverai avec elle et que je le supplierai de nous emmener, il ne me laissera pas tomber. Il nous emmènera — toutes les deux.

Pour l'instant, le bar du Last Stop est vide, mais d'ici une heure ou deux, il sera bondé. Même en plein jour, la salle est aussi sombre qu'un donjon. Toujours vêtu de son jean et d'une chemise de flanelle rouge, Denny est assis à son bar, penché sur un ordinateur portable qui éclaire son visage d'une lueur bleue. Il me repère du coin de l'œil.

— Il paraît que ta mère a perdu ta garde.

— Ouais.

Il boit au goulot d'une bouteille.

— Désolé pour toi.

— Comment elle va ?

Ma bouche s'assèche, et je dois rassembler tous mes

moyens pour faire comme si cette question m'était un peu égal.

— Tu veux vraiment le savoir ? répond-il.

Non. Je ne crois pas.

— Je te dois quelque chose ?

Il referme son portable.

— Non, rien. Retourne d'où tu viens. Tu y seras toujours mieux qu'ici.

Je passe par l'arrière. C'est le chemin le plus court pour rejoindre l'appart de ma mère. La nuit, l'endroit est carrément glauque. Le jour, l'ensemble d'immeubles paraît seulement triste et pitoyable. Des pans de peinture blanche recouvrent une grande partie des murs de brique orange pour recouvrir les tags et graffitis. Effort bien inutile. Chaque fois, dès le lendemain, les mômes reviennent y peindre leurs mots injurieux.

La plupart des vitres étant cassées, les résidents colmatent les fenêtres avec du carton et du ruban adhésif, à l'exception de celles qui ont des systèmes d'air conditionné qui pissent l'eau comme des robinets ouverts. Ma mère et moi, on n'a jamais eu ça. Pas assez d'argent ; pas assez de chance.

Ce connard de Trent habite dans le complexe qui se trouve en face de celui de ma mère. Sur sa place de stationnement, il n'y a qu'une grosse flaque d'huile noire qui coule de sa voiture quand elle y est garée. Un bon point pour moi. J'inspire profondément une nouvelle fois pour essayer de calmer mon tremblement.

Après le départ de mon père, maman et moi avons déménagé à Louisville, où nous sommes devenues des espèces de gitanes, changeant de logement tous les six, huit mois. Certains étaient tellement craignos qu'on partait volontairement. D'autres fois, on se faisait mettre à la porte parce que ma mère ne payait pas le loyer. Le mobil-home à Groveton et le sous-sol de ma tante sont les seuls domiciles stables que j'aie connus. L'appartement près de chez Shirley est celui où maman est restée le plus longtemps ; ça me fait trop chier de me dire que c'est à cause de Trent.

Je frappe doucement à la porte.

J'entends ma mère déverrouiller les nombreux verrous et, comme je lui ai appris à le faire, elle laisse la chaîne de sécurité en place en entrebâillant la porte. Ses yeux se plissent comme si elle n'avait jamais vu le jour. Elle est plus pâle que d'habitude, et derrière sa tête, ses cheveux blonds sont dressés et emmêlés comme si elle ne les avait pas brossés depuis plusieurs jours.

— Qu'est-ce que c'est ? grogne-t-elle.

— C'est moi, maman.

Elle se frotte les yeux.

— Elisabeth ?

— Laisse-moi entrer.

Et partons vite d'ici.

Ma mère referme la porte, ôte la chaînette du loquet et m'ouvre enfin en grand. Un instant plus tard, elle se jette dans mes bras. Ses ongles se plantent dans mon cuir chevelu.

— Mon bébé ! Oh ! mon bébé. J'ai cru que je ne te reverrais jamais.

Son corps tremble, et j'entends le reniflement qui accompagne toujours ses pleurs. J'appuie ma tête contre son épaule. Elle sent un curieux mélange de vinaigre, d'herbe et d'alcool. Seul le vinaigre me semble bizarre. Une partie de moi se réjouit de la voir vivante. Une autre est carrément furax. Je déteste la voir défoncée.

— Qu'est-ce que tu as pris ?

Elle s'écarte un peu de moi et passe les doigts dans mes cheveux avec des gestes très rapides.

— Rien.

Je remarque ses yeux rouges aux pupilles dilatées et penche la tête.

— Juste de la fumette.

Elle sourit tandis qu'une larme coule sur sa joue.

— Tu veux fumer un joint ? me suggère-t-elle. On a de nouveaux voisins, et ils sont assez partageurs. Viens.

J'attrape la main de ma mère et avance dans l'appartement.

— Fais tes valises.

— Elisabeth ! Non !

— Qu'est-ce que c'est que ce bordel ?

La pièce est dévastée. Bien plus que d'habitude, je veux dire. Il ne s'agit plus simplement de vaisselle sale, de sol couvert de miettes ou d'emballages alimentaires partout sur les meubles. Les coussins du canapé sont par terre, ouverts en deux. La table basse pourrait servir de petit bois. Les entrailles de la petite télévision prennent l'air devant la minuscule cuisine.

— Il y a eu un cambriolage.

Maman referme la porte derrière elle et tire un verrou.

— Arrête tes bobards.

Je me retourne pour la dévisager.

— Les gens qui font des cambriolages cherchent de la came, et tu n'as pas de came à voler. Et c'est quoi, cette odeur infecte ?

J'ai peint des œufs de Pâques avec Scott une fois, quand j'étais petite, et notre mobil-home a pué le vinaigre pendant des jours.

— Je fais le ménage, dit ma mère. Dans la salle de bains. J'ai été malade là-bas, tout à l'heure.

Son aveu me fait l'effet d'un coup de poing dans le ventre. Un vomissement peut être le signe d'une overdose. Mon pire cauchemar pour ma mère.

— Qu'est-ce que tu as pris ?

Elle secoue la tête et rit nerveusement.

— Je te l'ai dit, juste un joint. Et un peu de bière. J'ai la nausée, c'est tout.

Nom de Dieu.

— Tu n'es pas enceinte, au moins ?

Je déteste quand elle réfléchit avant de répondre.

— Non. Non. Je prends ces pilules. C'est bien que tu aies trouvé le moyen de me les envoyer par courrier.

Je me passe les mains sur le visage et rassemble mes esprits.

— Bon, prépare tes affaires. On s'en va.

— Pourquoi ? Je n'ai pas reçu d'avis d'expulsion.

— On est des gitanes, tu t'en souviens ?

J'essaie de dédramatiser la situation.

— On ne reste jamais au même endroit.

— Non, Elisabeth. Tu as une âme de gitane, mais pas moi.

Sa déclaration me prend de court, et j'attends qu'elle s'explique. Mais elle se contente de se balancer d'avant en arrière. Laissons tomber. Elle plane, et je n'ai pas de temps à perdre avec ça. J'enjambe la table basse en mille morceaux.

— Isaiah a proposé de m'emmener à la mer, tu viens avec nous. On se tient tranquilles jusqu'à ce que j'aie dix-huit ans, l'été prochain, puis on pourra rentrer chez nous librement.

— Mais… et Trent ?

— Il te frappe. Tu n'as pas besoin de ce connard !

Je repère deux sacs de shopping dans un coin. Ça fera l'affaire. Ma mère n'a pas grand-chose qui vaille le coup d'être emporté.

— Elisabeth !

Elle heurte les restes de la table basse en se précipitant vers moi et m'attrape le bras.

— Arrête !

— Arrêter ? Pourquoi ? Maman, il faut qu'on y aille. Tu sais très bien que si Trent revient et qu'il me trouve ici…

Elle me coupe la parole et me glisse encore les doigts dans les cheveux.

— Il te tuera.

Ses yeux s'emplissent de larmes et elle se remet à renifler.

— Il te tuera, répète-t-elle. Je ne peux pas partir.

Je sens mon corps entier se plomber comme lors d'une mauvaise descente.

— Il le faut !

— Non, ma puce. Je ne peux pas partir maintenant. Donne-moi quelques semaines. J'ai des affaires à régler, on partira ensemble après. Je te le promets.

Des affaires ?

— On y va. Maintenant.

Ses doigts se referment sur mes cheveux jusqu'à me faire mal. Elle se penche et pose son front contre le mien, me soufflant son haleine de bière dans le nez.

— Je te le promets. On partira toutes les deux. Ecoute-moi : j'ai des choses à régler. Donne-moi deux semaines, et on s'en ira.

Soudain, la poignée de la porte s'agite et mon cœur s'emballe. Il est revenu.

Ma mère me serre brusquement la main.

— Dans ma chambre.

Elle m'entraîne dans l'appartement et perd l'équilibre en trébuchant sur les morceaux de meubles cassés.

— Sors par la fenêtre !

La bile me monte dans la gorge et je commence à trembler.

— Non. Pas sans toi !

Laisser ma mère ici serait comme regarder un sablier se vider en étant enchaînée à un mur, sans pouvoir le renverser. Un jour, Trent ira trop loin, et ce ne sera pas un simple hématome ou un os fracturé. Il lui fera perdre la vie. Avec Trent, le temps est un ennemi.

— Sky ! hurle Trent en entrant dans l'appartement. Je t'avais dit de laisser la porte ouverte.

Maman me serre fort dans ses bras.

— File, mon bébé, murmure-t-elle. Reviens me chercher dans quelques semaines.

Elle enlève le carton de la vitre et je sursaute en reculant quand une main se précipite par la fenêtre déjà ouverte.

— Donnez-la-moi.

Isaiah passe la tête par l'ouverture et m'agrippe de ses deux mains. Je cesse de respirer en comprenant que, d'une manière ou d'une autre, l'un de ces deux hommes va me tuer.

Ryan

Je projette mon bras en avant. Dans un bruit mat, la balle frappe à côté de la boîte orange scotchée sur le sac de bâche noire qui me sert de cible. Je ne suis pas dedans, aujourd'hui, mais il faut que je le sois. Placer correctement mes lancers constitue ma priorité. Si Logan m'indique l'intérieur, je dois toucher l'intérieur. S'il m'indique l'extérieur, je dois toucher l'extérieur. Et si le but est directement le marbre, je dois viser pile dessus.

Je n'arrête pas de penser à Beth. Tout à l'heure, elle avait l'air si petite et si perdue que j'ai eu envie de la prendre dans mes bras pour la protéger du reste du monde. Réaction que je n'aurais jamais pensé avoir envers elle. Je frappe mon gant contre ma jambe. Je découvrirai ce qui ne va pas tout à l'heure, quand on mangera ensemble. Cette fois, le silence ne sera plus toléré.

Je fais rouler mon épaule en espérant y trouver de la ressource, mais c'est peine perdue. Cela fait une heure que je lance, et mes muscles sont aussi ramollos que de la gelée.

La salle d'entraînement est très simple, ce ne sont que des murs d'entrepôt avec un revêtement de sol vert et un système d'air conditionné accroché au plafond. La machine bourdonne en l'air, et le son de la batte résonne à intervalles réguliers.

John, mon coach, s'appuie au mur de métal.

— Pas mal, mais tu lances encore avec ton bras. Ta force et ta précision doivent venir de tes jambes. Comment est ton bras ?

Fatigué. Beth doit détester cet endroit. Un local rempli de mecs frappant des balles pour les faire entrer dans des buts et lançant dans des sacs. Quelque part, je suis un peu déçu. Elle ne s'est pas levée une seule fois pour me regarder.

— Je peux refaire un ou deux lancers, si vous voulez.

— As-tu bien reposé ton bras comme on l'avait dit ?

— Oui, m'sieur.

Pas autant que je l'aurais dû. Je pourrais désigner précisément l'emplacement de ma coiffe des rotateurs : environ cinq centimètres plus bas que le haut de mon épaule, là où j'ai mal en ce moment même.

— Ça ira pour ce soir, dit-il.

Je fais rouler la balle entre mes doigts. Beth n'est pas la seule chose qui m'ait fait foirer cet entraînement ; j'ai beau essayer de chasser ces pensées, je n'arrive pas à m'en débarrasser.

— Je peux vous demander quelque chose ?

— Vas-y.

— Si vous deviez choisir entre jouer au base-ball à l'université et intégrer la ligue pro juste après le bac, qu'est-ce que vous choisiriez ?

John se gratte la joue et me regarde avec étonnement.

— Tu veux aller à l'université ?

Je ne sais pas.

— Si vous aviez eu le choix, qu'est-ce que vous auriez fait ?

— Je n'ai pas eu ce choix. La fac était ma seule option.

— Mais si vous aviez pu choisir ?

— Je serais parti en pro.

Je frappe la balle contre mon gant. Voilà : il a raison. Tout le monde me harcèle avec ces histoires d'université et de concours d'écriture.

— Merci, dis-je.

— Mais la question n'est pas ce que j'aurais fait, moi. La question est : qu'as-tu envie de faire, toi ?

Beth

Isaiah me passe fermement un bras autour de la taille et me hisse par l'ouverture pour me faire sortir. Avec un dernier regard angoissé, ma mère referme alors la fenêtre avec fracas et replace le carton sur la vitre.

Non !

Je l'ai abandonnée à son sort. Une fois de plus.

La prise d'Isaiah se resserre sur moi, et plus je me débats pour revenir vers la fenêtre, vers ma mère, plus il m'en éloigne. Mon cœur se brise — littéralement. Ce doit vraiment être le cas, car je ressens une douleur dans la poitrine aussi vive que si l'on m'y plantait un morceau de verre.

Mes jambes s'emmêlent avec celles d'Isaiah. Il m'empoigne alors fermement par les hanches et me soulève de terre pour m'emmener dans la direction opposée de chez ma mère. Je lutte pour redescendre et lui martèle les tibias, heurtant ses genoux avec les miens.

— Isaiah, Trent est là ! Il va la tuer !

— On se casse.

— Tu m'as entendue ?

Il n'a pas dû m'entendre. Isaiah ne me laisserait jamais mourir, il ne pourrait donc pas laisser ma mère non plus. La seule personne dont j'ai besoin.

— Oui.

Il me serre contre lui, sans me laisser une chance de lui échapper. *Non !* Je dégage les bras et me mets alors à le frapper du plat de la main. Je le frappe — lui, mon meilleur ami.

S'il ne me lâche pas, je vais recommencer.

— Je te déteste !

— Très bien, dit-il.

Ses narines se dilatent tandis qu'il réajuste sa prise sur mes hanches.

— Comme ça, je n'aurai pas de scrupules quand je te mettrai sur mon épaule et que je te balancerai dans la bagnole.

Encore brûlantes des coups portés, mes paumes s'arrêtent sur sa poitrine. Son cœur bat à toute vitesse, et ses yeux sont comme fous. Isaiah pense vraiment ce qu'il dit.

Moi aussi.

— Je ne partirai pas sans elle.

— Monte dans la caisse avant que je t'y force.

Ses mains se resserrent. C'est un avertissement. Une menace. Ma poitrine est maintenant si oppressée que je parviens à peine à respirer. Ou à penser.

— Il la bat.

Je prononce ces mots comme s'il s'agissait d'un secret. Parce que c'en est un. Mon secret. Celui que je cache à tout le monde. Le secret qui mène à mon autre plus lourd secret : il me bat. Isaiah le sait déjà, mais là, c'est différent. Je le dis à haute voix. Je rends le fait réel. Et je lui demande de me sauver. Je lui demande de la sauver.

Le visage d'Isaiah se colle pratiquement au mien.

— Il ne te touchera plus jamais.

Ma gorge se noue et une toute petite voix en sort :

— Je le laisserais le faire si ça pouvait la sauver.

Un frisson visible parcourt le corps d'Isaiah et ses mains libèrent ma taille. Tel un mur de briques, il campe ses pieds au sol et croise les bras sur sa poitrine, me défiant de passer.

Je fais un pas à gauche. Il m'emboîte le pas. Un pas à droite. Il reproduit mon mouvement.

— Dans la voiture, Beth. Tout de suite.

— Dégage de mon chemin !

Il ne bouge pas, et je me sens comme un chat piégé dans une boîte. Je lui martèle la poitrine, le pousse, le cogne, hurle, jure tout ce que je sais. Mes poings s'abattent sur lui, encore, et encore, et encore.

De frustration. De colère. Je suis trahie.

Ses bras repoussent mes attaques et il finit par poser ses mains chaudes contre mes joues pour essuyer les larmes qui y coulent. Je ne m'étais pas rendu compte que je pleurais. D'un geste, je repousse ses bras.

— Si tu étais vraiment mon ami… tu m'aiderais !

— Nom de Dieu, Beth, je fais tout ça parce que je t'aime !

Mon cœur s'arrête de battre tandis que le monde se fige affreusement autour de nous. Je vois bien dans ses yeux qu'il est sincère. Je secoue la tête.

— Comme une amie, je murmure. Tu m'aimes comme une amie.

Nous nous fixons. Nos poitrines se soulèvent rapidement, au rythme de nos respirations.

— Dis-le, Isaiah. Dis-moi que tu m'aimes comme une amie.

Il reste muet, et je me sens sur le point de craquer.

— Dis-le !

Je ne veux pas gérer ça. Je n'ai pas de temps pour ça. J'avance pour le contourner.

— Je vais la chercher.

— Tu fais chier ! siffle-t-il en se penchant.

Ses épaules viennent se caler contre ma taille et, une seconde plus tard, ma tête bascule dans son dos et mes pieds s'agitent en l'air. Hurlant comme une possédée, je vois la distance s'élargir entre ma mère et moi.

Bruit de portière. Isaiah me fait glisser de son épaule, me couvre la tête de ses mains puis me précipite sur la banquette arrière tout en m'empêchant de détaler. La portière se referme sans qu'Isaiah me lâche le poignet. Je me tourne vivement de l'autre côté. La porte est verrouillée. Je tire sur mon bras pour me libérer de sa prise et ouvrir cette porte, mais la main d'Isaiah me cramponne fermement.

La voiture part en marche arrière, puis le moteur gronde sous l'accélération.

Mais qu'est-ce que tu croyais, Beth ?

Mes yeux s'écarquillent. Noah est appuyé contre la portière, une main sur le volant. Il n'attend même pas de réponse.

— Isaiah disait que tu reviendrais pour ta mère, mais je pensais que tu aurais quand même assez de bon sens pour te tenir à distance. Bon, l'avantage, c'est que tu es assez prévisible. Tu croyais peut-être qu'on ne savait pas que tu commencerais par ce troquet pourri, avant d'aller à son appart ? Isaiah, fais-moi penser à filer un petit extra à Denny pour nous avoir appelés si vite.

Denny. Cet enfoiré de traître. C'est lui qui a dit à Noah et à Isaiah que j'étais venue voir ma mère.

— Comment t'es venue à Louisville ? demande Isaiah avec un calme olympien.

— Je t'emmerde.

Il m'a dit qu'il m'aimait. Une sueur froide me parcourt l'échine et je commence à trembler. Mon meilleur pote vient de m'avouer qu'il m'aimait. Et ma mère… Il m'a forcée à abandonner ma mère.

— T'as réussi à convaincre ce petit branleur de Ryan de t'emmener ?

Je fusille Isaiah du regard, et il lâche une bordée d'injures. J'essaie encore de dégager mon poignet.

— Lâche-moi.

La colère se met à luire dans ses yeux, et si ce n'était pas les yeux d'Isaiah, j'en serais pétrifiée. Il a cette colère calme. Froide, contrôlée. Celle du genre à exploser quand elle est contenue trop longtemps.

— Tu aurais pu te faire tuer. Ça fait des semaines que Trent raconte à tout le monde, au bar, comment il va te faire la peau quand il te reverra. Il dit que c'est ta faute si les flics sont venus chez lui, la semaine après ton départ à Groveton. Mais il a tendance à oublier qu'il a des ennemis partout.

Quoi ? J'ai eu Isaiah tous les soirs au téléphone, et il ne m'a jamais mentionné cette histoire. Histoire qui m'aurait pourtant encouragée à agir plus rapidement. Si Trent m'accuse, alors il accuse ma mère, et il adore déjà la frapper sans raison. Et maintenant, Isaiah m'emmène loin de ma mère et la laisse seule aux prises avec ce salaud !

La main d'Isaiah emprisonne toujours mon poignet. Je ne supporte pas que ce Judas me touche. Je soulève alors mes jambes et me mets à le rouer de coups de pied.

— Tu vas me lâcher, oui ?

Il libère enfin mon bras pour esquiver mes coups de pied.

— Eh, ça va pas, la tête ?

— Tu l'as laissée crever !

Isaiah lance un coup de poing dans le dossier du siège de Noah avant de se laisser retomber sur la banquette. Sa tête bascule en arrière, et il presse les doigts sur ses yeux fermés.

Les notes amères d'une chanson de Nine Inch Nails passent à la radio, et je me recroqueville dans mon coin, ramenant les genoux contre moi sur la banquette arrière. Les paroles de la chanson font écho à ma douleur. C'est un refrain qui me hante souvent, une chanson qui parle des gens qu'on aime, qui finissent toujours par… s'en aller.

Isaiah m'a arrachée à ma mère. Il ne m'aidera pas à la sauver. Il m'a dit qu'il était amoureux de moi. La relation la plus forte, la plus belle que j'avais avec quelqu'un vient de se transformer en une feuille desséchée, en train de mourir sur une plante moribonde.

Effectivement, on dirait bien que tout a une fin, dans la vie.

Ryan

Il y a dix minutes de ça, j'ai fini l'entraînement et j'ai découvert qu'elle n'était plus là. Pendant que je me rongeais les sangs pour savoir quoi faire, Beth était partie s'amuser avec ses amis. J'ai paniqué et me suis demandé si je devais appeler Scott, la police, mon père. Je me suis imaginé la peine de Scott et la colère de mon paternel quand il apprendrait que j'avais perdu la nièce de notre héros local.

Mais surtout, je m'inquiétais pour Beth. J'étais terrifié à l'idée que quelqu'un l'ait embarquée. J'ai prié pour qu'elle ne soit ni blessée ni malmenée. Maintenant, je me sens comme un complet abruti.

Il y a quelques minutes, ils sont arrivés, et en ce moment Beth s'engueule avec l'espèce de punk tatoué que j'ai déjà vu. Je n'ose pas bouger d'un poil, de peur d'être tenté d'arracher tous les cheveux de la tête de Beth. Posté fermement près de ma Jeep, je la regarde poursuivre sa discussion enflammée avec son pote.

Beth s'est foutue de moi comme personne ne l'a jamais fait. J'ai fait une grosse erreur. J'ai essayé d'être sympa avec elle et de l'apprécier. Qu'elle aille se faire voir ailleurs, et qu'elle bousille sa vie si ça lui chante ! Elle a accepté de venir à la fête de vendredi avec moi ; j'ai gagné mon défi ; terminé.

La voilà qui descend comme une flèche de la voiture déglinguée.

— Beth !

Le tatoué la retient par la ceinture.

— Reste ici. Tu ne pars pas comme ça.

Je frémis, mais me force à ne pas broncher. Elle a choisi ce type. Elle m'a fait faux bond pour aller le rejoindre.

— Dans ce cas, tiens la promesse que tu m'as faite, Isaiah. Emmène-moi. Ce soir.

Elle l'implore du regard, et le désespoir qui se lit sur son visage me met mal à l'aise. Visiblement, il n'est pas prêt à lui donner la réponse qu'elle attend. Le gars tourne la tête en baissant les yeux. L'autre type ferme sa portière derrière lui et s'approche lentement d'eux, tout en maintenant une certaine distance.

Génial, me revoilà à deux contre un. Enfin, si je me souciais de m'en mêler. Ce qui n'est pas le cas.

Isaiah lève les yeux vers l'autre type.

— Tu as toujours dit que tu voulais avoir un chez-toi, et maintenant tu en as un.

Beth cligne les paupières.

— Pas comme ça.

Je me tends. Son attitude habituelle, battante, forte, provocatrice, n'existe plus. Elle est petite. Toute petite. Surtout devant ces deux gars peu engageants. Elle paraît non seulement petite, mais aussi… complètement paumée.

— Attends d'avoir ton bac, reprend Isaiah. Ce n'est que l'affaire de quelques mois. On a discuté, avec Noah, et…

Au nom de Noah, Beth sursaute et la colère enflamme ses yeux bleus.

— Tu avais promis.

— Beth.

L'autre type, qui doit être le Noah en question, parle sur un ton bien trop calme ; même moi, je devine que c'est le genre de détail qui va la faire sortir de ses gonds.

— Tu es à Groveton, maintenant.

Dans un éclair noir, Beth se précipite alors vers Noah et lui envoie une gifle en pleine face. Le son claque et résonne contre les murs du bâtiment. Haletante, Beth semble avoir du mal à respirer.

— Va te faire foutre !

Je m'écarte de la Jeep. Qu'est-ce que c'est que ça ? Noah se touche prudemment la joue, puis penche la tête comme pour évacuer la tension.

— J'ai commencé à me sortir hors jeu dès ton petit numéro dans la cour de l'immeuble.

— C'est ta faute ! crie-t-elle. Toi, Echo et ta nouvelle vie… Tu as monté Isaiah contre moi parce que tu flippes trop pour regarder les choses en face. Tu fais semblant, c'est tout. Comme ta meuf.

Le tatoué — Isaiah — pose une main sur le bras de Beth et l'écarte de Noah. Ah, là, non. Punk ou pas, une fille est toujours mal barrée quand elle frappe un garçon, et un garçon ne devrait jamais lever la main sur une fille. Mes poings se resserrent, et j'avance vers eux.

— Ecarte-toi d'elle.

— A Groveton, dit Isaiah en m'ignorant. Avec ton oncle. Voilà où tu devrais être.

Il tend un bras vers le sud, loin de Louisville, vers chez moi.

— Ce monde-là pourra te donner ce que je ne peux pas te donner. Pas maintenant, en tout cas. Attends au moins d'avoir passé ton bac.

— Si tu penses vraiment ce que tu as dit, gronde-t-elle, tu vas tenir ta promesse aujourd'hui même.

Le mec se rembrunit sérieusement, et j'accélère le pas.

— J'ai dit : écarte-toi d'elle.

Mon cœur s'accélère, lui aussi. Deux contre un. Mauvaise donne, mais je prends.

— Tu ne me parles pas comme ça, lance Isaiah à Beth avant de tourner les yeux vers moi. Et toi, c'est pas tes affaires, alors dégage, mec.

— Si, si, c'est mes affaires, justement. Elle est venue ici avec moi, et elle rentrera avec moi. Alors tout ce qui lui arrive entre les deux, ça me regarde.

Il se tourne pour me faire face.

— Tu dis ça comme si elle était à toi.

— Isaiah, murmure Beth. Non.

Moins de un mètre nous sépare, mais j'avance encore vers lui, prêt à me battre.

— Elle est à moi depuis que tu as levé la main sur elle.

Il se rapproche aussi. Nous sommes maintenant face à face, à quelques centimètres seulement l'un de l'autre. Je sens la colère irradier de son corps.

— Elle n'est pas à toi. Elle est à moi, et je n'aime pas la façon dont tu la traites, siffle Isaiah.

Un bras fluet se glisse entre nous.

— Isaiah, dit Beth. Laisse tomber.

— Comment *je* la traite ?

Ce mec est ouf, ou quoi ?

— Elle n'a pas l'air de vouloir de toi, dis-je.

— Ryan, arrête, je t'en prie.

Je n'ai jamais entendu Beth supplier personne, et je voudrais la regarder pour être certain que ces mots viennent bien de sortir de sa bouche, mais je n'ose pas. Je préfère ne pas détourner le regard du connard qui est planté devant moi.

Un sourire malsain se dessine sur ses lèvres.

— Ah, parce que tu crois peut-être qu'elle voudrait de toi ? C'est ça, que tu crois ? Que tu es un caïd parce que tu la tortures au lycée ? Parce que tu racontes tous ses secrets ? Parce que tu l'humilies ? Tu crois qu'elle voudrait d'un mec qui la fait pleurer ?

— Isaiah ! hurle Beth.

Son bras part en arrière, et le mien simultanément. Quelqu'un surgit alors sur ma droite et, au lieu d'un échange de coups, Noah pousse Isaiah contre une voiture.

— Arrête !

— Comment as-tu osé ?

Je m'attends à trouver le regard noir de Beth braqué sur moi, mais c'est à Isaiah qu'elle s'adresse. Elle tremble de la tête aux pieds et se frotte le bras gauche de sa main droite. En un mouvement continuel, incessant.

— Comment as-tu pu lui dire ça ? s'écrie-t-elle.

Isaiah cligne les yeux et sa colère semble le quitter.

— Beth…

Elle se rue vers la Jeep.

— On se casse !

Pas besoin de me le dire deux fois. J'allume le contact, referme ma porte et sors du parking en trombe. Avant l'autoroute, j'attache ma ceinture tandis que Beth appuie sa tête contre la vitre passager.

Je cherche à retrouver la colère que j'ai éprouvée tout à l'heure pour trouver le moyen de lui en vouloir. C'est elle qui est partie. C'est elle qui a passé du temps avec ces deux types. Pourtant, la seule pensée qui tourne en boucle dans ma tête est l'accusation qu'Isaiah m'a lancée à la figure : j'ai fait pleurer Beth.

Beth

Vivre, c'est comme être enchaîné au fond d'une mare les yeux grands ouverts sans pouvoir respirer. J'aperçois des images déformées de lumière et de bonheur, j'entends des rires lointains, mais tout ça est hors de ma portée et je reste bloquée au fond, à étouffer. Si la mort est l'inverse de la vie, alors j'espère que la mort est semblable à un flottement.

Je ne m'étais jamais engueulée comme ça avec Noah et Isaiah. Je n'aurais jamais cru non plus qu'Isaiah me trahirait, mais il l'a fait. J'ai confié des secrets à mon meilleur ami — des secrets que je n'ai jamais dits à personne d'autre. Il est au courant pour mon père, pour ma mère, il sait combien de fois un homme m'a envoyé sa main dans la figure… et il sait que je souffre de la façon dont Ryan fait semblant de m'offrir son amitié, alors que je sais qu'il ne fait que jouer avec moi.

Le front collé à la vitre de la voiture, je regarde défiler les lignes blanches au milieu de la route. Sur la quatre-voies qui me ramène chez mon oncle, Ryan dépasse un camion à vive allure. J'aimerais avoir le courage d'ouvrir la portière pour tomber.

Ça me ferait mal sur le coup, mais la souffrance passerait quand je serais morte. Toute cette souffrance. La douleur indescriptible que je ressens dans la poitrine, la lourdeur de ma tête, la boule coincée dans ma gorge — tout ça, ce serait fini.

Nous avons fait la route en silence. Je ne sais pas trop si c'était un silence gêné, vu que je suis à moitié K.-O.

Je voudrais être totalement H.S. Genre défoncée, ça me ferait du bien.

La Jeep tourne à gauche et on commence à remonter la grande allée. Mon ventre gronde. Finalement, on n'a pas mangé.

Arrivé devant la maison, Ryan gare sa voiture et coupe immédiatement le moteur. Je hais la campagne. Sans éclairage, les bois et les champs deviennent le terrain idéal de mes pires cauchemars. J'ai la chair de poule rien qu'en pensant au démon qui m'attend tapi dans l'ombre, prêt à m'attraper pour m'expédier dans le néant.

Il y a tant de choses que Ryan peut faire, maintenant. Il peut me crier dessus. Il peut entrer et tout raconter à Scott. Cette dernière option ferait de lui le genre de jeune bien comme il faut que Scott voudrait me voir devenir. Elle signerait aussi la fin du peu qu'il me reste dans la vie. Parce que, alors, Scott enverrait ma mère en prison.

Et moi ? Je n'aurais plus qu'à mourir.

Quatre heures plus tôt, la fierté m'aurait empêchée de prononcer ces mots, mais je n'ai plus rien à défendre.

— Je suis désolée.

Des grenouilles coassent près de la mare qui borde la ferme de Scott. Ryan ne répond rien, et je ne peux pas lui en vouloir. Je ne vois pas ce qu'il pourrait dire à une fille de mon genre.

Il fixe les clés au creux de sa main.

— Tu t'es servie de moi pour pouvoir aller à Louisville.

— Oui.

Et si mon plan avait fonctionné, je serais partie, et mon oncle l'aurait incendié.

— Tu comptais retrouver ce mec plutôt que de passer du temps avec moi.

— Oui.

Il mérite la vérité, et c'est la réponse la plus honnête que je puisse lui faire.

Il fait tourner les clés autour de son doigt.

— Tu sais, quand tu es entrée au Taco Bell, tu étais seulement un défi à relever. Chris et Logan m'ont mis au défi d'avoir ton numéro de téléphone, puis le pari a été de sortir avec toi.

Les mots me font mal, mais je m'efforce de ne rien laisser paraître. Pouvais-je vraiment m'attendre à autre chose ? Il a tout pour lui. Je n'ai rien pour moi. Des mecs comme lui ne s'intéressent pas à des filles comme moi.

— J'ai failli me battre pour toi.

— Je sais.

Et je répète ces mots inhabituels :

— Je suis désolée.

Ryan remet les clés dans le contact et allume le moteur.

— Tu me dois une faveur. Je passe te prendre à 19 heures vendredi. Pas de petit jeu, cette fois. Une soirée normale. On va à cette fête. On traîne une heure. Je remporte mon défi, puis je te ramène chez toi. Et tu te remets à m'ignorer. Comme je t'ignorerai.

— O.K.

Je devrais être contente, mais non. C'est pourtant ce que je croyais vouloir. Derrière mon abrutissement, je sens qu'une nouvelle douleur va me torturer. J'ouvre la porte de la Jeep et la referme sans regarder derrière moi.

Ryan

Le règlement ne m'autorise pas à lancer pendant plus de quinze manches par semaine. Je ne participe aux matchs du jeudi que quand nos deux autres lanceurs n'en peuvent plus. Il y a trois manches de ça, quand l'entraîneur m'a fait entrer, on était si mal partis que tout semblait fichu. Et la pluie ne nous aide pas.

Cela fait deux semaines qu'il pleut. Deux semaines de matchs interrompus. Deux semaines où toutes les fêtes ont été annulées. Deux semaines que Beth et moi nous ignorons scrupuleusement.

Tout le monde dit qu'il va arrêter de pleuvoir ce soir et que la fête de plein air pourra quand même se faire demain. Je suis prêt, moi aussi — j'ai hâte de gagner mon défi et de faire officiellement sortir Beth de ma vie.

Fin de la septième manche, égalité. Je dois faire tenir ce dernier frappeur afin de nous donner une manche supplémentaire. Une légère bruine me rafraîchit la nuque. De petites gouttes tombent de la visière de ma casquette. La balle est glissante. Ma main aussi. Je déteste jouer sous la pluie, mais les professionnels le font tout le temps.

La pluie augmente d'intensité. Je parviens à peine à déchiffrer le signal de Logan. Par habitude, je regarde le coureur en première base, mais je n'y vois vraiment pas grand-chose. Je me retourne, quand les éléments viennent changer le cours du match : grondement de tonnerre, éclairs.

— On quitte le terrain ! crie l'arbitre.

Mes chaussures pataugent dans la boue tandis que je

rejoins l'abri des joueurs. C'est la troisième interruption de jeu à cause de la pluie. Et la dernière. La partie est terminée.

— Bon boulot, les gars.

Notre entraîneur donne des claques dans le dos de nos chemises mouillées comme nous rejoignons l'abri.

— Soyez prudents en rentrant chez vous. Le temps se gâte sérieusement.

La pluie martèle le toit. Je ne vois pas l'intérêt de ce toit quand tout est déjà trempé en dessous : les bancs, l'équipement, nos sacs. Je change rapidement de chaussures, lace mes Nike plus vite et plus fort que d'habitude.

Chris me connaît par cœur ; il vient poser sa grande carcasse sur le banc à côté de moi.

— On n'a pas perdu, dit-il.

Les annulations pour intempéries ne comptent pas.

— On n'a pas gagné non plus.

— Tu nous aurais sortis de là.

— Peut-être.

Je me lève et balance mon sac sur mon épaule.

— Mais on ne le saura jamais.

Le reste de l'équipe bavarde, se change, et patiente sous l'abri en attendant que l'averse se calme un peu. Je ne suis pas d'humeur à faire la causette et je suis déjà trempé. La pluie s'abat sur mon dos pendant que je me dirige vers le parking.

— Hé !

Chris me rattrape en courant.

— Qu'est-ce qui t'arrive, mon pote ?

— Rien.

— Arrête ! crie-t-il sous la pluie battante. Tu es d'humeur massacrante depuis deux semaines.

J'ouvre la porte de ma Jeep et lance mon sac à l'arrière. Beth. Voilà ce qui m'arrive, mais je ne peux pas en parler à Chris. Mon calvaire prendra fin demain, quand cette pluie finira et que Beth viendra avec moi à la fête.

— Peut-être qu'il me le dira, à moi, fait soudain une voix féminine.

Près de Chris, Lacy ressemble à un rat mouillé avec ses cheveux collés à son visage. Quand la pluie a commencé, il y a une heure, elle s'est réfugiée dans la voiture de Chris.

— Tu me ramènes, Ryan ?

La dernière chose dont j'ai envie, c'est bien de me retrouver coincé dans une voiture avec elle.

— Je ne suis pas ton mec.

— Non, crie-t-elle tandis qu'un nouveau grondement de tonnerre fait vibrer le ciel. Tu es mon ami.

Lacy embrasse Chris sur une joue et court à la place côté passager de ma voiture. Je lance un regard à Chris, qui hoche la tête.

— Elle en a marre de te faire la gueule.

Je saute dans la Jeep et tourne le contact. Comme elle le fait toujours, Lacy entreprend d'allumer le chauffage et de chercher sa station de radio préférée avant de baisser le son.

— Tu t'es disputé avec Beth ?

Les essuie-glaces s'agitent à toute allure tandis que je sors du parking. Je me demande ce qu'elle sait. Je n'ai dit à personne que j'avais emmené Beth à Louisville.

— C'est ce qu'elle t'a dit ?

— Non. J'ai fini par trouver son numéro de téléphone, il y a quinze jours, et son oncle m'a dit que vous étiez sortis.

Je réfléchis à l'impact de cet élément sur le défi.

— Tu l'as dit à Chris ?

— Je ne suis pas une cafteuse. Tu l'as emmenée à Louisville à cause du défi ?

— Oui.

— Donc le défi est fini. C'est pour ça que tu l'ignores, maintenant ?

Silence. Pourquoi Lacy me fait-elle me sentir aussi minable ? C'est Beth qui s'est servie de moi. Elle me doit bien ça.

— Elle te traite mal, Lace. Qu'est-ce que ça peut te faire ?

Lacy n'habite pas loin du stade. J'engage ma voiture dans l'allée de chez elle et regarde les fougères suspendues du porche se balancer sous le vent.

— On était amies.

— Vous étiez ! *Etiez* amies…

Lacy lève les deux mains devant elle.

— Stop. Ecoute-moi, maintenant. Je ne suis pas toi, je n'ai jamais été toi. Toi, dans n'importe quelle situation, tu es parfait. Moi, je ne le suis pas. Je ne l'ai jamais été.

De quoi est-ce qu'elle parle, là ? Si Lacy savait à quel point ma famille est brisée ; si elle savait comme nous mourons tous à petit feu depuis le départ de Mark.

— Je ne suis pas parfait.

— Tu vas la fermer un peu ? Bon sang, on ne peut pas vous empêcher de dire n'importe quoi pendant une minute, et quand moi j'*essaie* de dire quelque chose d'important, il y en a toujours un pour me couper la parole ! Alors ferme-la, s'il te plaît !

Je l'invite à poursuivre d'un geste de la main.

— Personne ne m'aimait, Ryan. On a emménagé à Groveton quand j'avais quatre ans et j'ai tout de suite compris que personne ne m'aimait. Ma mère a eu beau m'emmener à toutes les activités pour enfants, m'inscrire au jardin d'enfants et tout, j'étais toujours considérée comme une étrangère. Je ne suis pas toi. Je ne suis pas Logan. Je ne suis pas Chris. Je n'ai pas mes racines ici. Je ne peux pas aller manger le poulet rôti du dimanche chez ma grand-mère après la messe parce qu'elle n'habite pas le quartier voisin, mais à trois Etats d'ici.

Je me gratte l'arrière de la tête, ne sachant trop si je dois parler, et, le cas échéant, que dire. Lacy n'a jamais eu l'air de se soucier de ce que les autres pensent d'elle.

— Nous, on ne t'a jamais traitée différemment.

Elle pousse un profond soupir.

— A ton avis, pourquoi je traîne avec vous depuis la sixième ? Tu crois que je suis fan de base-ball à ce point ?

Je ris doucement.

— Ne dis surtout pas à Chris que tu n'es pas une fan totale.

— Je l'aime, dit-elle.

Je comprends que cela signifie qu'elle aime aussi tout ce qu'il aime.

— Enfin bref, le truc, c'est que Beth m'aimait bien, elle. Quand Gwen était méchante avec moi…

J'ouvre la bouche pour protester, mais elle pointe le doigt vers moi et plisse les yeux.

— Pas un mot. Primo, je t'ai dit de te taire. Secundo, c'est mon monologue et pas le tien. Tertio, c'est une garce. Donc, comme je le disais, quand Gwen se la pétait et jouait sa comédie genre : « Je fais semblant d'être parfaite pour que tout le monde m'aime », elle a fait de ma vie un enfer. J'ai été cataloguée comme infréquentable avant même d'entrer à la maternelle, et malgré ça, Beth m'aimait bien.

« Quand Gwen me faisait pleurer, Beth me tenait la main et me disait qu'elle m'aimait. Quand les copines de Gwen me disaient que je ne pouvais pas jouer à la balançoire, Beth les poussait et me disait que les balançoires étaient à moi. Elle m'a appris ce que c'est que d'avoir une amie. Je ne sais pas ce qui a pu lui arriver entre le CE2 et maintenant, mais je lui dois beaucoup. Alors voilà le topo : je t'aime beaucoup et je l'aime beaucoup, mais je jure que je te casserai la gueule si tu lui fais du mal.

Lacy a lâché trop de choses d'un coup pour moi ; je me concentre donc sur ce que je connais.

— Tu me casserais la gueule ?

Elle sourit légèrement.

— Oui, bon, peut-être pas, mais je serais furax, et je n'aime pas être furax contre toi.

Moi non plus, je n'aime pas quand elle est furax contre moi.

— Elle vient avec moi à la fête.

La déception assombrit son visage.

— Défi ou rencard ?

Je hausse les épaules.

— On n'a pas de cahier des charges.

La lumière du porche s'allume et la porte d'entrée s'ouvre. Je distingue à peine la mère de Lacy à travers les trombes d'eau. Je lui fais signe. Une seconde plus tard, elle me rend mon geste amical.

— Elle croit que Chris et moi passons notre temps à nous rouler des pelles dans la voiture.

D'un geste de la main, elle écarte le sujet des pelles en voiture, ce qui me convient très bien.

Je préfère penser à Beth. Qui est-elle ? La fille dont Lacy jure que c'est une véritable amie ? La petite fille aux cheveux blonds qui adorait les rubans et les robes de princesse ? La fille qui se glisse peu à peu sous ma peau et s'y installe ? La fille suffisamment forte pour me dire en face ce qu'elle pense de moi ? La fille qui semble parfois si petite et si démunie que je me demande si elle parviendra à survivre seule dans ce monde ? Lacy va peut-être me détester si je dis ça, mais il faut que les mots sortent :

— Peut-être que Beth n'est pas vraiment celle que tu crois.

— C'est marrant, répond Lacy. J'allais te dire exactement la même chose.

Beth

Ryan change de vitesse en atteignant le bout de la route, et les roues de la Jeep s'engagent sur le gravier. Le vent fait voler mes cheveux sur mon visage et dans mon cou, où ils me piquent tels les minuscules tentacules d'une méduse géante. Il allume les phares ; à l'ouest, le soleil se couche, plongeant dans la pénombre la forêt qui nous entoure.

Excepté les bonjours forcés et faussement enjoués que nous avons échangés sous le regard curieux d'Allison, Ryan et moi ne nous sommes pas parlé depuis qu'il est passé me chercher. Les mots qu'il m'a dits il y a deux semaines me blessent encore — je n'étais rien de plus qu'un pari pour lui.

Ses propositions d'amitié, ses sourires, ses mots gentils — tout ça n'était qu'un jeu. Au fond de moi, je le savais bien, mais quelque part, je ne pouvais m'empêcher d'espérer. Je me suis autorisée à espérer. Beth, l'idiote de service qui fait encore une erreur idiote. Résumé de ma vie.

— Tu sais, ce n'est pas très poli d'écrire des textos quand on sort avec quelqu'un.

Une main sur le volant, Ryan est penché du côté de sa portière.

— Surtout quand tu es avec quelqu'un qui t'a sauvé la mise.

Je l'ignore et fixe mon téléphone. Lui étant redevable, j'ai accepté de passer une heure avec lui à cette fête, mais je ne me suis pas engagée à lui faire la conversation.

Les tressautements incessants de la Jeep sur le chemin accidenté m'empêchent quasiment de lire les messages d'Isaiah. C'est la première fois que j'ai le courage de les ouvrir. Tous disent la même chose : *je suis désolé.*

Moi aussi. Je suis désolée de lui avoir fait confiance. Je suis désolée qu'il m'ait trahie. Je suis désolée d'avoir cru que je pourrais lire ses messages sans que mon cœur palpite comme sous l'attaque d'un essaim d'abeilles. Je voudrais que toute cette pesanteur cesse. Que ma souffrance cesse. Comment pourrais-je lui pardonner d'avoir dévoilé mon secret à Ryan ? Comment pourrais-je lui pardonner de m'avoir forcée à abandonner ma mère ?

Pire encore : comment lui parler maintenant que je sais qu'il m'aime, en sachant pertinemment que je ne ressens pas la même chose ? Ma gorge se serre. Isaiah est mon refuge. Il l'a toujours été. Il est l'endroit où je m'abrite quand le monde s'écroule autour de moi. Il m'est arrivé quelquefois de songer que nous pourrions être plus que des amis, mais… ça me refroidissait totalement. Isaiah et moi étions faits pour être amis, et voilà que je perds mon seul confident.

Le téléphone vibre au creux de ma main. Comme s'il sentait que je venais enfin de me connecter à lui, à l'autre bout du fil. *Apl moi. Ou texto. STP.*

Je balance le portable sur le sol de la Jeep. Répondre à Isaiah ne fera qu'augmenter la souffrance, pour lui comme pour moi.

Ryan se concentre sur la route, l'air perdu dans ses pensées. Si seulement j'avais une vie comme la sienne. Pas de souffrance. Pas de problèmes. Juste de la légèreté, et la liberté.

— Ça va ?

Ryan surprend mon regard. Je me rappelle que la sincérité qui transparaît dans ses yeux noisette n'a rien d'authentique. Les sportifs sont forts pour faire semblant. Ses cheveux s'échappent de la casquette de base-ball qu'il porte à l'envers. Il change de nouveau de vitesse, et les muscles de son avant-bras bougent sous sa peau. C'est plutôt sexy. Non, pas plutôt — Ryan est carrément sexy, il faut bien le dire.

— Pourquoi est-on sur un chemin de terre ? On a atteint les limites de la civilisation ?

— C'est un chemin de gravier, répond Ryan. Il mène chez moi.

Chez lui ? Oh ! non. Ce fumier de Luke, de mon ancien lycée, m'avait « montré » sa maison, lui aussi.

— Je ne coucherai pas avec toi.

— Tu as une si jolie façon de t'exprimer… Je suis sûr que tous les mecs de Louisville devaient être à tes pieds.

Ses doigts se crispent sur le volant, puis il reprend sur un ton neutre :

— C'est le chemin le plus court pour aller à la fête.

Ryan me déteste et je ne peux pas lui en vouloir. Moi-même, je me déteste. Ce que je déteste le plus en ce moment, c'est la partie de moi qui aime bien Ryan. Il a pris ma défense comme le prince le fait pour la princesse dans les contes de fées que Scott me lisait quand j'étais gamine. Je ne suis pas une princesse, mais Ryan est un chevalier. Sauf qu'il est destiné à quelqu'un d'autre.

— Tu es sûre que ça va ? redemande-t-il. Je te trouve un peu pâle.

— Tout va bien, je te dis.

Je regrette immédiatement le ton cassant sur lequel je viens de lui répondre. Génial. Je l'ai à moitié engueulé. Maintenant, je me sens nulle pour ça aussi.

Ryan passe devant ce qui doit être sa maison, une grande baraque à un étage avec un immense garage à côté, et change de vitesse quand nous arrivons sur l'herbe. La Jeep se met alors à cahoter, me faisant sauter sur mon siège comme dans un manège de foire. J'attrape la poignée du passager au-dessus de la fenêtre pour me retenir tandis que Ryan se mit à rire. Un sourire craquant illumine son visage et, une fois de plus, je me sens attirée par lui.

Ryan n'est plus penché loin de moi comme tout à

l'heure ; il est assis bien droit, une main sur le volant, une autre passant les vitesses tandis que nous dévalons une colline en direction d'un ruisseau. La Jeep accélère, telle une boule de neige précédant une avalanche. Une foule d'images me viennent alors à l'esprit : l'impact ; l'eau ; les tonneaux ; le sol. Mon cœur s'accélère dans ma poitrine, et pour la première fois depuis des semaines, je me sens *vivante*.

Le moteur rugit et Ryan met les gaz. La voiture atteint les cailloux du ruisseau. Nous poussons un cri simultané quand l'eau éclabousse le 4x4 et s'écrase violemment sur le pare-brise, nous coupant toute visibilité. Il accélère encore, et nous franchissons le cours d'eau en tressautant sur les cailloux. Je ne sais pas ce qui nous attend de l'autre côté, mais il y va.

Les essuie-glaces s'animent soudain, nous dégageant la vue, et Ryan braque le volant sur la droite pour éviter un arbre mort. Il entre alors dans une clairière et fait taire le moteur. J'entends des éclats de rire et m'interromps brusquement en prenant conscience qu'il s'agit du mien… et du sien. Ensemble. C'est un joli son. Presque de la musique.

Ryan a encore ce fameux sourire — celui qui me pique le ventre. Il l'avait au Taco Bell. Il l'avait quand Scott nous a présentés. Il fait ça avec une telle aisance que, l'espace d'un instant, je crois que ce sourire m'est vraiment adressé.

— Tu souris, dit-il.

Je me touche bêtement le visage, comme si la nouvelle me surprenait.

— Tu devrais le faire plus souvent. C'est joli.

Il marque une pause.

— Tu es jolie.

Mon cœur a comme une absence. Comme s'il s'arrêtait et démarrait en même temps. La chaleur me monte dans le cou et fait rougir mes joues. Non, je rêve, ou quoi ? Je me remets à rougir ?

— Désolé, dit-il.

Ryan garde le sourire, mais il se fait légèrement coupable et ses yeux se baissent avec timidité.

— Non, je réponds, c'était le délire.

Le meilleur délire que j'aie eu depuis des semaines. Le meilleur délire que j'aie eu sobre depuis… je ne sais pas quand — je ne veux pas y penser. La sobriété me tue.

— Ouais.

Son regard devient distant malgré le sourire qui demeure sur ses lèvres, mais je vois bien qu'il est un peu forcé, maintenant. Il cligne les yeux, et le sourire redevient naturel.

— Ouais, répète-t-il. Quand même, le ruisseau… J'aurais dû te prévenir qu'il arrivait. Ou ralentir.

Pourquoi je n'arrive pas à soutenir son regard plus d'une seconde, je ne saurais le dire. Cette timidité inhabituelle me met encore plus mal là l'aise, et me donne l'impression d'être… une vraie fille ? Je croise les mains devant moi et me concentre sur elles.

— Non, non, pas de problème. Vraiment, c'était marrant.

— Beth ?

Il hésite.

— Si on repartait de zéro ?

Je le fixe, de la tête aux pieds. Personne ne m'a jamais proposé de repartir de zéro, avant lui. On ne devait pas estimer que j'en valais la peine. Une drôle de sensation intérieure fait se relever le coin de mes lèvres et me procure une impression de flottement pendant trois secondes. Trop consciente que rien ne dure dans la vie, je sens mon sourire redescendre et ma pesanteur revenir. Malgré tout, j'accepte son offre.

— D'accord.

Les cris d'un type attirent soudain notre attention. Un peu plus loin, dans la clairière, je vois un cercle de voitures avec les phares allumés et un feu de camp au milieu. Il y a des élèves du lycée partout. Qu'est-ce que je fiche ici ?

— Prête ? demande-t-il.

Non, mais j'ai déjà tout gâché quand j'ai essayé de m'enfuir, alors…

— Si on veut.

J'ai beau être une habituée des fêtes, une partie en forêt autour d'un feu est une première pour moi. Un groupe danse devant une grosse Jeep rouillée. D'autres traînent près du feu ou appuyés sur les pare-chocs des voitures. L'ensemble a un côté *Sa Majesté des mouches*. Du moins, la version cinéma du bouquin.

Ryan et moi avançons à travers les hautes herbes qui crissent sous mes pseudo-Converse. Les plus grandes tiges viennent fouetter la peau découverte par les déchirures de mon jean. Je hais la campagne.

Plus nous approchons des gens, plus je ralentis le pas, et Ryan s'ajuste à mon rythme. A chaque pas, il réduit la distance entre nous, et ses doigts effleurent les miens à une ou deux reprises. Des papillons se mettent à voleter dans mes veines, et cette idiote de vraie fille en moi rêve qu'il me touche pour de bon.

L'autre partie de moi lui mettrait une claque s'il osait le faire.

— Tu n'es pas très à l'aise dans les fêtes ? me demande-t-il.

— Seulement quand elles me donnent l'impression d'être Daniel entrant dans la fosse aux lions.

J'essaie de réprimer un sourire quand j'entends sa réaction de surprise.

— Tu connais cette histoire ?

Grâce à mon bref passage en catéchisme d'été avec Lacy, je suis capable de réciter des extraits de la Bible, Ancien et Nouveau Testament, et quelques autres poésies.

— Même le diable sait qui est Dieu.

— Tu n'es pas le diable, Beth.

— Tu en es sûr ?

Le sourire craquant revient sur ses lèvres.

— Non.

Je ris. Et c'est bon. D'un rire qui me descend jusqu'aux

orteils et me chatouille les entrailles. Cerise sur le gâteau, j'entends le rire de Ryan résonner avec le mien.

— Allez, viens. Je te promets qu'ils ne te mangeront pas. La moitié des filles qui sont là sont végétariennes, et je m'occupe des mecs.

Il fait alors ce que j'avais espéré et redouté : sa main touche la mienne et il me la prend doucement pour m'inciter à le suivre.

J'aime le contact de cette main. Elle est chaude. Forte. Je laisse alors la petite fille qui aimait les rubans revivre quelques instants, et entrelace mes doigts aux siens. Si j'ai appris une chose en catéchisme, c'est bien que la résurrection des morts est possible.

Ryan se dirige vers une voiture sur laquelle Chris et Logan sont appuyés. Ils rient à gorge déployée, et s'interrompent en me voyant. Blottie entre les cuisses de Chris, Lacy m'adresse un sourire de bienvenue.

— Alors Ryan, toujours à te rouler par terre ? lance Lacy.

Ryan rit doucement.

— Ouais.

Par terre ? Pourquoi dit-elle ça ? Je baisse les yeux vers mes fringues. Ah, O.K. Elles sont pleines de boue. Super.

— Waouh, fait Chris. Tu as réussi à la faire venir. Tu lui as filé ton numéro de téléphone, aussi ? me demande-t-il.

Je cligne les paupières.

— Quoi ?

— Ben, tu lui tiens la main.

Oui. En effet. Quelle abrutie je suis. Le pari. D'abord le numéro de téléphone, puis le rencard. La petite virée en Jeep m'avait fait oublier ça. Mon cœur se serre brusquement et je repousse la petite fille aux rubans au fin fond de mon esprit. Certaines choses ne devraient pas ressusciter. J'ôte ma main de la sienne. C'en est fini de l'offre de Ryan de repartir de zéro.

— Ne te laisse pas embobiner, dit Chris en passant un doigt le long du bras de Lacy. Ryan est un charmeur.

Noah touche Echo de cette manière-là. Il est évident que Chris est amoureux de Lacy. Certains garçons touchent les filles parce qu'ils les aiment. D'autres les touchent pour jouer avec elles. Les pires les touchent pour les blesser. Je dévisage Chris et hésite à l'envoyer sur les roses. Mais je ne trouve pas assez de colère en moi. C'est moi qui ai été assez bête pour me mettre dans cette situation.

— Ne fais pas attention à lui, rétorque Ryan. Il est de mauvais poil parce qu'il est constipé.

Chris rit de bon cœur. Ryan passe alors un bras autour de ma taille et m'emmène à l'écart du groupe. Hum… non. J'ai peut-être accepté de lui tenir la main tout à l'heure, mais je n'accepterai rien de plus.

— Enlève ton bras de là avant que je te l'arrache et que je te fouette avec.

Nous marchons vers le feu de camp. Je me sens toute petite sous ce bras imposant, comme une fille, et cette vulnérabilité me met mal à l'aise. Mais au lieu de me lâcher, Ryan me cale sans effort sous son bras.

— Quand tu embrasses des mecs, est-ce qu'ils tombent raides morts à cause du venin qui sort de ta bouche ?

— J'aimerais bien, parce que dans ce cas je t'aurais embrassé depuis longtemps. Je suis sérieuse, lâche-moi, maintenant.

— Non.

Non ?

— Un dernier souhait avant de mourir ?

Ryan dépasse le feu de camp, et la panique s'empare de moi en voyant qu'il m'emmène vers l'endroit où tout le monde danse.

— Tu me dois une heure, tu t'en souviens ?

Un air de rap sort d'un véhicule, si fort que le sol en tremble. Autour de nous, les gens dansent. Ondulent. Rient. Bougent en des mouvements hypnotiques. Peau contre peau. Corps contre corps.

Mon estomac se soulève, et une horrible envie de vomir me prend.

— Tu délires. Je ne ferai pas ça.

Ryan bondit devant moi, m'empêchant de prendre la fuite.

— Ecoute, je te propose un marché : une danse, et ta dette est payée.

— Je ne danse pas.

C'est la vérité. Pour tout dire, je n'ai même jamais dansé avec un garçon.

Il hausse un sourcil dubitatif.

— Tu ne danses pas ?

— Non.

La lueur du feu se reflète sur le visage de Ryan, lui conférant une magnifique teinte couleur bronze. L'or étincelle dans ses cheveux. Il est superbe. Franchement, il est à tomber, et il veut me faire danser. Quand les catastrophes vont-elles cesser de s'enchaîner, à la fin ?

Il se rapproche et me lance un sourire entendu qui le rend totalement craquant et fait vaciller mes défenses. Je le déteste, et je me déteste d'avoir envie qu'il me touche encore.

La musique change et passe d'un tempo très soutenu à un rythme un peu plus lent. Ses basses profondes collent à merveille aux battements frénétiques de mon cœur. Ryan pose une main sur ma hanche et sa chaleur pénètre ma peau pour passer jusque dans mon sang. Il approche ses lèvres de mon oreille et son souffle me chatouille le cou.

— Danse avec moi, Beth.

— Non.

J'ai vraiment du mal. J'ai murmuré la réponse. Autant crier oui à pleine voix. *Tu fais une erreur, Beth. Une énorme erreur. Va-t'en, sauve-toi !*

L'autre main de Ryan se pose sur mes reins et attire mon corps contre le sien. J'inspire et accueille avec délice un parfum de terre chaude et de pluie d'été. Il a une odeur… délicieuse.

— Ça marchera mieux si tu me touches, dit-il.

Je mets les bras sur ses épaules avec autant de détachement que possible. Un peu comme j'ai vu Echo le faire une fois avec Noah, quand il l'avait tirée de son lit pour danser. Ma peau frémit. Toucher Ryan ainsi, bon sang, c'est trop… trop intime.

— Je le fais uniquement pour régler ma dette.

— Ça me va.

Ryan commence à balancer ses hanches en rythme. Sa main descend un peu plus bas et la légère pression qu'il exerce sur ma cuisse incite mon corps à onduler en harmonie avec le sien. Nos pieds ne quittent pas le sol, mais je jure que je flotte littéralement.

Ryan me chuchote de nouveau dans l'oreille :

— Je danse avec toi parce que j'adore l'expression de ton visage.

Sans blague.

— Tu adores me voir me ridiculiser, c'est ça ?

— Non. J'adore voir la fille que tu peux être, d'après ce que disent Scott et Lacy.

Il me regarde alors comme s'il pouvait lire en moi, et mon cœur se met à battre si fort qu'il doit le sentir. Ma tension devient extrême. D'une certaine manière, je me sens aussi exposée sous son regard que si j'étais nue devant une grande fenêtre ouverte. Ma main se retire de son cou, mais alors que j'essaie de reculer, il me retient par la taille, m'empêchant de m'échapper.

— Ryan ! Je me demandais quand tu allais arriver.

Le son d'une voix qui ne m'est que trop familière me fait un effet comparable à la décharge électrique que j'ai reçue en mettant les doigts dans une prise, quand j'avais quatre ans. Je sursaute et m'écarte maladroitement de Ryan.

Gwen porte une robe d'été rouge à fleurs blanches. Elle fait une petite moue devant mes baskets imitation

Converse, mon jean déchiré et mon T-shirt noir. Puis elle passe son bras autour de celui de Ryan.

— Ça ne te dérange pas si je t'emprunte Ryan un moment ? On a des trucs à se dire.

Ils sont beaux ensemble. Bien assortis. Comme un couple devrait l'être.

— Je t'en prie, dis-je. Il est à toi.

Ryan

Il y a quelques secondes de ça, Beth et moi vivions quelque chose de spécial… un moment privilégié, une connexion. Je l'ai vu dans ses yeux. Quelque chose de vrai. Et maintenant, c'est fini. Beth se détourne de moi et se dirige vers Lacy, Chris et Logan.

— Beth, attends.

Elle se retourne mais continue de s'éloigner de moi.

— Ne t'en fais pas, répond-elle avec une touche d'amertume. Je ne vais pas m'enfuir.

— Laisse-la donc, dit Gwen. Tu parleras avec elle plus tard.

Je laisse Beth partir, uniquement parce que je sais comme Gwen peut être insistante. Elle me suivra jusqu'à ce qu'elle ait accompli sa mission.

— Pas la peine de faire la tête, ironise-t-elle.

— Je ne fais pas la tête.

Près des arbres, je remarque Tim Richardson et Sarah Janes. Sarah titube et rit un peu trop fort.

— Si, tu fais la tête.

Conversation totalement inutile. Une des raisons pour lesquelles on s'est séparés.

— Sarah a trop bu ?

Gwen lance un coup d'œil vers Sarah derrière elle puis se retourne vers moi.

— Ouais. Déjà quand on est arrivés. Je me disais, on devrait faire notre entrée sur le terrain de foot ensemble pour le *homecoming*. Le public adore les couples.

— On n'est pas un couple.

Tim met la main aux fesses de Sarah, qui cesse soudain de rire.

— Sarah et Tim, ils sont ensemble ?

— Non. Il ne l'intéresse pas, mais elle est soûle et lui, bon, bah, c'est Tim, quoi. Revenons à nos moutons. On était un couple, et on pourrait peut-être réessayer. Enfin, quand tu auras fini tes expériences avec Beth. Je veux dire, tu n'es pas obligé d'aller à tous tes entraînements, pas vrai ? Ryan… Ryan ? Pourquoi tu regardes tout le temps derrière moi ?

Sarah pose les mains sur la poitrine de Tim et le repousse. Il ne bouge pas ; moi, si.

— Excuse-moi, je marmonne à Gwen.

Elle me bloque le passage et je m'arrête, agacé qu'elle soit encore là.

— Quoi ?

— Tu as entendu ce que j'ai dit ? insiste-t-elle.

Quelque chose au sujet du *homecoming* et de Beth.

— On peut parler de ça plus tard ?

Sarah repousse de nouveau Tim.

— Ta copine a besoin d'aide.

Gwen s'écarte et je me dirige vers les arbres. Tim devient plus entreprenant et Sarah commence à lui mettre des claques.

— Hé, Tim, dis-je. Je crois que Sarah aimerait bien retourner danser.

— Non, on est bien, là, répond Tim.

Sarah lui tape sur les mains pour s'en dégager.

— Fous-moi la paix, me lance-t-il.

— Tim, dis-je sur un ton plus grave.

Les actes ne tarderont pas à suivre mes paroles, et il le sait.

Tim lâche enfin Sarah et pousse un soupir frustré en la regardant retourner vers la fête d'un pas titubant. Je me tiens prêt à toute éventualité. Tim est connu pour sa passion du foot autant que pour sa brutalité quand il est soûl.

— T'as un problème, Ryan ?

— Tant que tu respectes Sarah, non.

Il pointe un doigt accusateur vers moi et vacille.

— C'est toi qui lui as fait croire qu'on lui manquait de respect.

— Arrête, Tim. Viens, on retourne à la fête.

Tim bombe le torse et roule des mécaniques. Il cherche la bagarre. Moi pas.

— Tu sais ce que je crois ? dit-il.

— Je crois qu'on ferait mieux d'y aller.

— Et moi, je crois que t'as un problème avec les nanas.

Mon dos se raidit.

— Qu'est-ce que tu viens de dire ?

Un rictus apparaît sur ses lèvres.

— Ouais. T'as un problème avec les nanas. T'as largué Gwen alors que c'est une bombe. Tu serais pas un peu pédé, sur les bords ?

Je sens la rage monter en moi et mes muscles se tendre pour lui sauter dessus, quand des doigts délicats s'enroulent soudain autour de mon bras.

— Lâche l'affaire, il n'en vaut pas le coup, dit Beth à voix basse.

Chris et Logan se glissent entre Tim et moi, érigeant une barrière de muscles entre mon corps et celui du type que j'ai envie de démolir.

Tim continue de me provoquer

— Les vrais mecs ne se font pas sauver par des filles.

— Tu es complètement bourré, lui dit Logan d'un ton ennuyé.

De l'autre côté de Logan, Tim tend ses bras vers moi.

— Vas-y, viens me chercher, Ryan. Prouve que t'es un homme.

Mes poings se serrent et je fais un pas en avant.

— O.K., Tim. Réglons ça tout de suite.

Chris essaie de me retenir, mais ses tentatives ne servent pas à grand-chose. Il crie alors à Beth :

— Fais-le partir d'ici !

Ses petits doigts attrapent les miens, et une voix fragile et féminine fait irruption dans ma colère. Mes yeux se posent sur elle.

— Ryan, dit-elle. Je t'en prie.

Ces quelques mots suffisent à dissiper le chaos qui faisait disjoncter mon cerveau, le temps pour moi de tourner les talons et de partir dans la direction opposée de Jim. Je resserre mon étreinte sur la main de Beth et la ramène vers ma Jeep, après m'être emparé d'un pack de six bières dans une glacière.

Nous marchons ensuite dans les hautes herbes sans dire un mot, sans que ses doigts lâchent les miens. Nous nous lâchons en arrivant devant la Jeep, et y montons immédiatement. Mon cœur saigne et la colère court dans mes veines. Je mets le moteur en marche et sors de la clairière.

Mon frère est parti.

Mon frère est gay, il est parti et ne reviendra jamais. Mon père fait comme s'il n'avait jamais existé. Ma mère est malheureuse. Mes parents — des gens qui autrefois s'aimaient — se détestent.

Je roule le long du ruisseau, cherchant un endroit moins profond pour traverser. J'ai assez torturé Beth comme ça. Avec la Jeep. Avec ma présence. Isaiah a dit que je l'avais fait pleurer. Mes doigts se crispent sur le volant. Beth a raison — je suis un con.

Je vais la ramener chez elle, puis revenir dans le champ derrière chez moi. Là, je boirai. Tout seul. Boire ne refera pas l'histoire, mais ça me permettra d'oublier pendant quelques heures.

Je braque le volant sur la gauche à un endroit où le cours d'eau se réduit. L'eau mouille à peine les roues à mon passage, mais dès que j'atteins l'autre rive, je sais que je suis foutu. De la boue.

Trop de boue. Trop molle, trop profonde. Je mets les pleins gaz et tourne le volant à droite pour que mes roues avant s'accrochent à un sol solide avant que celles de l'arrière ne s'enlisent, mais il est trop tard. Les roues arrière patinent en gémissant et le véhicule ne bouge plus.

Je donne un coup sur le volant. Sachant qu'insister ne ferait que nous enliser davantage, je coupe le moteur. Je suis coincé. J'enlève ma casquette et la jette sur le tableau de bord.

Je sors et enfonce un pied dans la vase. Beth va me sortir une ribambelle de mots bien verts quand je vais lui dire qu'on va devoir marcher. La boue réagit comme du béton fraîchement coulé, rendant chaque pas presque impossible. Mon jean s'imbibe et me colle à la peau. Je suis dans un état pitoyable, mais ce n'est pas une raison pour laisser Beth en faire autant.

Je n'ai pas été très galant avec elle jusqu'ici. A dire vrai, c'est même plutôt l'inverse. Non que son aimable personnalité m'ait facilité la tâche, cela dit. J'ouvre sa portière et lui tends les bras.

— Viens là.

Son front se plisse.

— Quoi ?

— Je vais te porter pour que tu ne marches pas dans la boue.

Elle lève un sourcil incrédule.

— Le spectacle est fini, grand chef. Tu n'es plus obligé d'être sympa avec moi.

N'étant pas d'humeur à argumenter, je glisse les bras sous ses genoux et la soulève du siège. Comme ça au moins, elle ne se plaindra pas pendant tout le trajet retour parce que j'ai ruiné ses chaussures.

— Attends !

Beth se tortille et tend les bras vers la voiture. Elle ne pourrait pas me laisser être sympa, pour une fois ?

— Bon Dieu, Beth, laisse-moi t'aider !

Elle m'ignore et se penche vers le siège passager. L'arrière de son T-shirt se soulève alors, révélant sa peau lisse et des symboles chinois tatoués le long de sa colonne vertébrale. Mes yeux suivent le parcours des symboles jusqu'à ce qu'ils disparaissent dans son jean. Bien trop vite à mon goût, elle revient dans mes bras, deux packs de bière calés contre la poitrine.

Mes yeux passent de la bière à Beth.

— Six, ça ne faisait pas assez, dit-elle.

Pour moi, c'est déjà beaucoup. Je n'ai pas envie d'un compagnon de biture ce soir, et si c'était le cas, ce ne serait pas elle. Je referme la portière d'un coup de pied et sors péniblement de la vase. Beth est légère. Elle doit peser quarante-sept kilos à tout casser. Quarante-sept et demi toute mouillée.

— Décidément, ton obsession, c'est de me toucher, ce soir, dit-elle.

Je la secoue en la replaçant dans mes bras pour la faire taire. Les bières s'entrechoquent tandis qu'elle fait de son mieux pour les empêcher de tomber.

Ce « réajustement » l'a effectivement réduite au silence, mais il a ramené sa tête plus près de la mienne. Je regarde droit devant moi et tente d'ignorer le doux parfum de rose qui émane de ses cheveux.

— Je maintiens : tu es obsédé par l'idée de me toucher. Tu aurais pu me poser depuis longtemps.

Perdu dans mes pensées, je n'avais pas remarqué que nous étions déjà entrés sur le terrain de son oncle.

— Pardon.

Je la dépose par terre, lui prends les deux packs des mains et avance à grands pas vers sa maison. Scott m'a clairement fait comprendre qu'il n'était pas question que Beth boive.

Elle a eu de la chance que je longe le ruisseau vers la propriété de Scott. Sans quoi, cette petite marche aurait pu être un enfer. Enfin, pour elle ; quelque chose me dit qu'elle n'est pas du genre à aimer les balades à la campagne.

Elle reste quelques pas derrière moi, et je goûte le calme ambiant. On entend le chant des criquets, sous une brise légère qui fait bruisser les feuilles des arbres. Le pré de Scott et sa grange se trouvent juste derrière la dernière côte. Une brindille craque soudain derrière moi et Beth me rejoint précipitamment.

— On va où, là ?

— Je te ramène chez toi.

Une main frêle se referme sur mon biceps.

Je fais halte, non sous la force de son geste, mais parce que sa tentative de m'arrêter physiquement m'amuse.

— Tu as rempli ton obligation. Tu es venue à la fête, maintenant je te ramène chez toi. On est quittes. Je ne suis pas obligé de te calculer, et toi non plus.

Beth se mord la lèvre.

— Je croyais qu'on repartait de zéro…

Qu'est-ce qu'elle me fait, là ? Ce n'est pas elle qui voulait que je lui fiche la paix ?

— Tu me détestes.

Elle ne répond pas, ne confirmant ni n'infirmant ce que je viens de dire ; l'idée que mes mots soient vrais me vrille soudain le cœur. Et alors ? Je n'ai pas à essayer de la comprendre. Je n'ai pas besoin d'elle. Je lui tourne le dos et continue mon chemin dans les hautes herbes du pré, en direction de la grange rouge.

— Tu as déjà bu tout seul ? me demande-t-elle.

Je me fige. Voyant que je ne réponds pas, elle poursuivit :

— Franchement, c'est l'horreur. Je l'ai fait, une fois, quand j'avais quatorze ans. On se sent encore plus mal. Encore plus seul. Mon copain…

Elle hésite un instant.

— Mon meilleur ami et moi, on s'est dit qu'on ne boirait plus jamais seuls. On s'est promis qu'on veillerait l'un sur l'autre.

Ça me fait bizarre d'entendre Beth parler si ouvertement ; quelque part, je préférerais presque qu'elle redevienne vulgaire et mal polie. Elle paraît moins humaine, comme ça.

— Il y a une raison particulière pour que tu me dises ça ? je demande.

J'entends ses pieds piétiner les herbes folles.

— Eh bien, six de ces bières sont à moi et j'ai encore plus de quatre heures avant le couvre-feu. Alors on pourrait conclure une trêve pour ce soir, comme ça ni l'un ni l'autre ne resterait seul.

— Ton oncle me tuerait s'il l'apprenait.

— Il n'a pas à le savoir.

Je jette un coup d'œil par-dessus mon épaule et la regarde se frayer un chemin dans l'herbe pour me rejoindre.

— Je te jure que j'ai beaucoup plus à perdre que toi dans cette histoire. Il ne le saura pas.

La boue macule son visage, colle ses cheveux et tache ses vêtements. La moitié de cette boue, elle l'a récoltée lors de notre voyage aller. J'aurais dû le lui dire avant qu'on n'aille à la fête, mais Beth riait. Souriait. Egoïstement, j'ai profité de ce moment.

En plus de ça, Isaiah a dit que je l'avais fait pleurer. Je considère la petite beauté qui se tient devant moi. Il y a autre chose en elle, je le sais maintenant. Je l'ai vu dans ses yeux quand elle a ri avec moi dans la Jeep. Je l'ai senti en la touchant quand nous avons dansé.

Je dois être en train de perdre la tête.

— Allez. Une bière, alors.

Beth

C'est cool d'être allongé dans la paille.

Ça gratte un peu.

Mais c'est confortable.

Impec pour décoller.

Ça sent la terre et l'humidité. L'humiditerre. Je souris, savourant ce moment de joie. L'humiditerre. Le mot sonne bien. J'inspire profondément en fixant les ombres créées par la lueur de la lanterne que Ryan a trouvée dans un coin de la grange de Scott. Enfin, je plane un peu.

Pas pour avoir fumé. Ryan est trop sérieux pour ça. Embrumée par les vapeurs de l'alcool serait une meilleure description.

Trois bières. Isaiah serait mort de rire s'il savait ça. Trois bières, et je flotte déjà. Voilà ce qui arrive quand on reste sobre plusieurs semaines d'affilée.

Isaiah.

Ma poitrine se serre.

— Je me suis brouillée avec mon meilleur ami.

Je suis la première à rompre le silence, hormis le bruit des canettes de bière qui s'ouvrent et le pépiement des oiseaux sous le toit.

— Mon seul ami.

Lentement, Ryan tourne la tête pour me regarder. Il est assis par terre, le dos appuyé contre une meule de foin. Ses yeux marron clair sont légèrement voilés. Respect. Il en est à sa sixième bière, et c'est moi qui roule déjà sous la table. Enfin, sous les meules de foin.

— Lequel ?

— Isaiah, dis-je avec un pincement au cœur. Celui avec les tatouages.

— L'autre, c'est ton mec ?

J'ai envie de ricaner. Au lieu de ça, c'est un bruit entre le hoquet et le grognement qui sort de ma bouche. Ryan se met à rire, mais je me sens si légère que je m'en fiche.

— Noah ? Non, il est raide dingue d'une fille à moitié cinglée. Et puis Noah et moi, on n'est pas amis. Plutôt frère et sœur.

— Ah bon ? fait Ryan sur un ton incrédule. Vous ne vous ressemblez pas.

J'agite une main en l'air.

— Non, on n'est pas de la même famille. Je veux dire, Noah ne peut pas me supporter, mais il m'aime. Il veille sur moi. Un peu comme un frangin, quoi.

Il m'aime… Je heurte délibérément ma tête contre le sol, dans un mouvement de frustration. Isaiah a dit qu'il m'aimait. Je parcours le dédale de mes émotions et essaie de m'imaginer l'aimer en retour. Mais je ne trouve que du vide. Est-ce que c'est ça, l'amour ? Du vide ?

Ryan plisse les yeux, l'air absorbé dans une profonde réflexion, mais les six bières qu'il a descendues en une heure ne doivent pas l'aider.

— Alors, tu n'as pas de copain ?

— Ça, non.

Ryan ouvre une autre bière. Je m'apprête à râler, vu qu'il entame mon stock perso, mais je décide de m'abstenir. Je veux flotter un peu, pas vomir. Je dois rentrer chez Scott dans trois heures et je devrai être capable de me tenir un minimum.

— Pourquoi est-ce qu'Isaiah t'en veut ? demande-t-il.

— Il m'aime.

J'ai répondu sans réfléchir, et je le regrette immédiatement.

— Et puis d'autres trucs.

— Et toi, tu l'aimes ?

C'est sa réponse la plus rapide depuis sa deuxième bière.

Je pousse un profond soupir. Est-ce que je l'aime ?

— Je pourrais me jeter sous un bus pour le pousser de la route.

Si ça pouvait le sauver. Si ça pouvait le rendre heureux. C'est de l'amour, ça, non ?

— Je le ferais aussi pour beaucoup de gens, mais ça ne veut pas dire que je les aime.

— Ah !

Ah ! Dans ce cas, je n'ai aucune idée de ce qu'est l'amour.

— Quoi d'autre ? relance-t-il.

Quoi d'autre ? Ah, oui, Ryan m'a demandé pourquoi Isaiah m'en voulait. Je secoue la tête, faisant crisser la paille.

— Tu ne comprendrais pas. Mes problèmes…

Ma mère.

— Ma famille est loin d'être parfaite, dis-je. On a des problèmes.

Ryan ricane et prend une gorgée de bière.

Je me relève sur mes coudes.

— Qu'est-ce qu'il y a de drôle ?

Sa bouteille redescend et je regarde sa gorge bouger au moment où il avale. Il écrase la canette vide dans sa main.

— Parfaite. Famille. Problèmes. Frère homo.

De toute évidence, il ne s'agit plus d'Isaiah et de moi.

— T'es soûl.

— Tant mieux.

Même dans l'état où il est, la douleur que j'ai vue dans ses yeux tout à l'heure, quand il me sortait de la Jeep, assombrit de nouveau son regard.

— C'est pour ça que tu t'es enflammé avec ce footeux débile ? je demande. Parce que tu as un frère homo ?

Ryan jette la canette vide près des autres et se frotte les yeux.

— Oui. Et si ça ne te dérange pas, je préfère ne pas en parler. Voire ne pas parler du tout.

— Très bien.

Je peux me taire. Je me laisse retomber sur la paille et

pose mes bras pliés sur ma tête. Isaiah me laisserait parler, lui. Je pourrais déblatérer sur n'importe quoi… rubans, robes, et il m'apaiserait quand je me demanderais si je n'ai pas été trop dure avec Noah. Parfois, je me demande comment serait notre vie si je fichais la paix à Echo. Parce que quand même, elle rend Noah heureux, et Isaiah l'aime bien. Elle peut même être assez cool.

— Tu parles ! se moque Ryan. En fait, tu parles non-stop depuis que tu as fini ta première bière.

Je cligne les yeux et ferme mon clapet ; je ne m'étais pas rendu compte que je parlais à voix haute.

Au-dessus de nous, un oiseau noir se met soudain à battre des ailes, formant une ombre sur le plafond. L'image d'un archange maudit venu détruire le monde me traverse l'esprit. L'oiseau s'agite de plus en plus, et ses congénères s'envolent du côté opposé de la grange. Il s'élance alors dans les airs et heurte le mur, pique du bec, vole à travers le bâtiment et percute le mur d'en face. Mon cœur fait un bond à chaque nouveau choc. Je le regarde, les yeux écarquillés, les mains tremblantes.

— Il faut qu'on l'aide.

Je me lève d'un bond et avance d'un pas mal assuré vers la porte de la grange. Luttant pour conserver mon équilibre, je pousse l'un des lourds battants qui s'ouvre en grinçant affreusement. Je m'adosse à l'encadrement et attends que l'oiseau sorte pour qu'il cesse de se faire du mal.

— Allez ! Sors de là !

Je gesticule frénétiquement dans la nuit.

— Regarde, la porte est ouverte !

— Cet oiseau est si paniqué qu'il ne verra jamais la sortie. Tout ce que tu risques de faire, c'est d'attirer l'attention de ton oncle par ici. A moins que tu n'aies envie de rentrer chez toi, ferme cette porte.

L'oiseau percute de nouveau le mur et volette jusqu'à une poutre. Il agite encore ses ailes pendant un moment, puis finit par les replier et se calmer. Mon ventre est noué par ce spectacle. Pourquoi ne voit-il pas la sortie ?

— Qui est Echo ? demande Ryan.

— Mais l'oiseau…

— Ne comprend pas que tu essaies de l'aider. Il doit plutôt te voir comme une menace. Maintenant, dis-moi, qui est Echo ?

J'inspire profondément et referme la porte. Je voudrais que l'oiseau retrouve la liberté, mais je ne suis pas prête à rentrer chez Scott. Vu mon état, je rejoins mon lit de paille en titubant à moitié. Maudit oiseau. Pourquoi rien n'est-il jamais facile ?

— La copine de Noah.

— Quel nom bizarre, dit-il.

— Elle *est* bizarre, j'ajoute en rigolant.

Je cesse de rire en me rappelant comment Noah la regardait : comme si elle était la seule personne sur la planète, la seule qui compte.

— Mais Noah l'aime.

Ça doit être ça, l'amour : quand tout le reste du monde peut s'écrouler, et que ça vous est égal du moment que cette personne est près de vous. Isaiah a tout faux. Pour plusieurs raisons. Il ne m'aime pas. Ce n'est pas possible. Déjà, il ne me regarde pas comme Noah regarde Echo. En plus, je ne mérite pas ce genre d'amour.

L'oiseau cache la tête sous son aile. Je comprends son envie de voir le monde disparaître. Si j'avais des ailes, moi aussi je me planquerais sous elles.

— Ce n'est qu'un oiseau, Beth. Il finira bien par trouver la sortie.

Tout au fond de moi, quelque chose me dit qu'il n'y parviendra pas. La pauvre bête va mourir dans cette maudite grange et ne reverra plus jamais le bleu du ciel.

La paille bruisse, et Ryan se laisse soudain tomber près de moi dans un nuage de poussière. Il roule maladroitement sur le côté pour me faire face. Son corps chaud touche le mien et ses yeux ont une étrange intensité.

— Ne fais pas ça, dit-il.

Mon cœur s'emballe. Ryan a enlevé sa casquette, ce qui me plaît beaucoup trop. Ses cheveux ébouriffés lui donnent un air juvénile qui contraste agréablement avec son visage d'homme.

— Faire quoi ? je demande, un peu honteuse de parler d'une si petite voix.

Ses sourcils se froncent et sa main s'approche de mon visage. Là, elle s'arrête — tout comme mon souffle. Ryan regarde mes lèvres, puis me caresse la joue.

— Tu le fais beaucoup trop.

Son doigt glisse avec assurance vers le bord de mes lèvres. La peau me brûle sous son contact.

— Avoir l'air triste. Je déteste ça. Ta bouche se crispe. Tes joues perdent leur couleur. Tu perds tout ce qui… fait de toi ce que tu es.

Je passe la langue sur mes lèvres sous son regard attentif. Son doigt s'arrête avant de tracer une nouvelle ligne sur ma joue. Mon pouls s'accélère et la chaleur envahit mon corps. Ses caresses me font du bien. Et j'ai envie qu'on me fasse du bien. Vraiment.

Mais je n'ai pas envie de lui. Enfin, je ne crois pas.

— Tu me dragues, ou quoi ?

Un grand sourire illumine son visage et il retire sa main.

— Retour à la normale.

— Qu'est-ce que ça veut dire ?

Ryan me refait son fameux sourire. Celui qui me retourne le ventre.

— Que je t'aime bien.

Je hausse un sourcil.

— Tu m'aimes bien ?

Il secoue la tête, dans un curieux mélange de oui et de non à la fois.

— Je ne sais pas. Ta façon de parler. Les trucs que tu

fais. Je crois savoir comment tu vas réagir, et puis non. Je veux dire, tu es imprévisible, mais en tout cas, je sais que quelle que soit ta réaction, c'est pas du chiqué. Tu comprends ?

Je prends les quelques bières qui restent à côté de lui et les cache dans le foin tout en essayant de maintenir son regard sur moi. Il est dans un drôle d'état et je n'ai aucun moyen de le traîner chez lui.

Il éclate de rire.

— Tu es trop bizarre, dis-je.

— Toi aussi.

Là-dessus, il m'a eue.

— Tu as d'autres endroits secrets piercés ? me demande-t-il en fixant mon ventre.

Mon T-shirt a dû se soulever, révélant le bijou écarlate que j'ai au nombril. Isaiah me l'a offert pour mes seize ans. Pour mes dix-sept, il m'a payé le tatouage. Les deux fois, il s'est pointé avec le « consentement » légal. Isaiah est sacrément rusé, quand il veut.

— Peut-être bien que oui, peut-être bien que non.

Le regard de Ryan croise brièvement le mien, et je vois qu'il a saisi le sous-entendu. Je ris en voyant ses joues rosir.

— Qu'est-ce que tu es, Ryan ?

— Attends. Tu viens de me demander *ce que* je suis ?

J'approuve d'un hochement de tête.

— Pourquoi un sportif serait-il coincé dans une grange avec moi, à boire de la bière, alors qu'il pourrait sortir avec la moitié des filles du lycée ? Tu ne corresponds pas au profil.

Ses yeux scrutent mon visage ; il ignore ma question.

— Que signifie ton tatouage ?

— C'est un rappel.

Il signifie « liberté ». Quelque chose que je ne posséderai jamais. Mon destin était tout tracé avant même que je ne pousse mon premier cri.

— Voilà, tu recommences, dit Ryan.

Il me touche de nouveau. Cette fois sur le ventre, pendant que ses yeux plongent dans les miens. Son doigt explore avec douceur les alentours de mon piercing. Il me chatouille. Me met en transe. Me fait planer encore plus haut. Et c'est exactement là que je veux aller : plus haut.

— Ryan… Qu'est-ce que tu dirais si je te disais que je n'ai pas envie d'être seule ?

Ses doigts glissent et sa main chaude se pose sur la courbe de ma taille, nous rapprochant un peu plus du ciel, mon corps et moi.

— Je dirais que moi non plus, je n'ai pas envie d'être seul.

Ryan

La lumière de la lanterne vacille, projetant des ombres sur le visage de Beth. Il n'y a pas d'ambiguïté dans ses yeux, ni dans le mouvement d'invitation de ses doigts qui parcourent la courbe de mon bras. Avec ses cheveux noirs étalés sur la paille, elle me fait penser à Blanche-Neige — lèvres rouges comme des roses, peau aussi claire que la neige.

Un baiser ramènerait-il Beth à la vie ? Ce soir, elle m'a montré des éclats de la fille secrète qu'elle protège sous sa carapace. Peut-être pourrais-je en apprendre davantage. Peut-être que si je l'embrasse... Non, pas de baiser. Je ne suis pas un prince, et on n'est pas dans un conte de fées.

Je me frotte la tête pour essayer de recouvrer mes esprits.

— Ça va ? me demande-t-elle.

— Oui.

Non. Dans ma tête, les idées montent et descendent comme les vagues de l'océan. Chaque idée étant plus dure à fixer que la précédente.

— Tout va bien.

La voix de Beth se fait douce, comme si elle me jetait un sort.

— Tu réfléchis trop. Détends-toi.

— On devrait discuter, dis-je précipitamment avant que l'idée ne parte à la dérive.

Mais ma main dessine un nouveau cercle sur son ventre, et ses muscles s'animent à mon contact, dans un frisson de plaisir ; je meurs d'envie de lui faire plus plaisir encore.

— Non, je ne pense pas, répond-elle. Y en a marre des paroles.

Je hoche la tête pour acquiescer, mais mon idée revient flotter à la surface : on devrait parler. Je l'ai combattue toute la soirée ; je la combats même depuis que je connais Beth, mais j'aime l'entendre parler, parce que, alors, elle devient vraie — elle devient réelle. J'aime cette réalité. J'aime beaucoup cette fille.

Ce que j'aime vraiment en ce moment, c'est la façon dont sa peau luit sous la lumière de la lanterne, et sa douceur sous mes doigts. Beth se passe de nouveau la langue sur les lèvres, et je penche la tête, attendant la suite. Sa bouche brille maintenant ; j'imprime dans ma mémoire l'image de sa forme parfaite tout en imaginant mes lèvres effleurant les siennes.

Dans un bruissement de paille, Beth lève alors la tête. Le parfum de rose envahit tous mes sens.

— Embrasse-moi, dit-elle.

Juste un baiser, et le sort maléfique qui lui a été jeté, celui qui la tire constamment vers le bas, sera à jamais brisé.

Beth

Mon débardeur remonte un peu plus à mesure que Ryan caresse mon ventre. Il se rapproche davantage de moi et je me sens submergée par les dimensions de son corps. Mon sang bouillonne d'excitation.

— Tu es douce, murmure-t-il.

Je passe les doigts dans ses cheveux et guide sa tête vers la mienne.

— Tu parles trop.

— C'est vrai, avoue-t-il avant que ses lèvres ne se posent enfin sur les miennes.

C'est un baiser chaste, tout d'abord. Juste des lèvres qui se rencontrent ; une douce pression qui crée un lent embrasement. Le genre de baiser qu'on donne à quelqu'un qui compte pour vous. Pas le genre de baiser que je reçois d'habitude, donc. Je le prolonge en prenant sa lèvre inférieure entre les miennes tout en effleurant son visage du bout des doigts.

Je décide alors de me laisser aller, de faire comme si Ryan avait des sentiments pour moi. Comme si j'étais une fille digne de ce genre de baiser. Au moment où je sens mon émotion monter en puissance, je m'écarte de lui.

Ryan déglutit et me regarde dans les yeux. Je dépose alors un dernier baiser innocent sur ses lèvres, puis glisse la langue entre ses lèvres. Des étincelles scintillent autour de nous tandis que nos bouches s'entrouvrent, avides l'une de l'autre. S'ensuit une véritable tempête de baisers fougueux et de soupirs d'extase. Chacun nourrit l'autre de sa fougue, alimentant en électricité la tempête, au bord de l'explosion.

Ma main s'aventure dans son dos et soulève sa chemise, impatiente d'explorer la musculature somptueuse qui s'y cache. Ryan suit le mouvement et m'imite. Un air frais se fait sentir sur mon dos comme il passe son bras autour de moi et m'enlève mon débardeur.

Il s'arrête un instant. Son regard hésitant croise le mien, mais je réclame rapidement ses lèvres. Il me répond, mais à peine. Il s'est remis à cogiter et, s'il suit ses pensées, je vais perdre mes chances de décoller encore plus haut.

Je passe la main sur sa colonne, d'un toucher léger, comme une danse qui circule ensuite sur son flanc, sa hanche, et au moment où mes doigts descendent un peu, Ryan gémit et entre dans la danse. Ma bouche accueille un nouveau baiser passionné.

J'adore le son de son gémissement. J'adore la façon dont ses mains étudient mes reins et s'aventurent sur mes cuisses. J'adore la façon dont nous bougeons ensemble sans réfléchir. J'adore flotter.

Nous roulons sur le côté, et j'aide Ryan à se débarrasser de sa chemise. En quelques secondes, nos jambes s'entremêlent. Mes mains épousent ses muscles tandis que Ryan dépose de chauds baisers dans mon cou. Il gagne en audace et fait tomber la bretelle de soutien-gorge de mon épaule. Je récompense toujours l'audace.

Nous perdons le contrôle — vite, si vite que nous sommes passés du flottement au vol plané. J'inspire, et ne sens plus que l'odeur de Ryan : le doux parfum d'une pluie d'été. Je suis si excitée que je pourrais presque partir à rire — parce que ça y est, je plane. Plus haut que je n'ai jamais plané avec la drogue, plus haut que je ne suis jamais allée avec un garçon, plus haut que…

La main de Ryan vient se poser sur mon visage, sa paume brûlante encadrant ma joue. Sa tête suit et nous reprenons difficilement notre souffle alors qu'il appuie son front contre le mien. Il s'arrête, et je n'aime pas m'arrêter. Qui dit arrêt dit cogitation.

— Tu es belle, dit-il.

Ses mains sont toujours en pleine exploration. Ses lèvres se posent toujours avec délicatesse sur ma peau. Peut-être qu'il ne s'arrête pas, finalement. Peut-être qu'il… quoi ? Qu'est-ce qu'il fait ? Son corps dit une chose, mais sa bouche en dit une autre.

— Ne dis rien.

Je ne veux pas de paroles. Je veux plus. Plus loin.

Ryan écarte les cheveux de mon visage et mon cœur vacille.

— Je t'aime vraiment bien, tu sais ? dit-il au creux de mon oreille. Je t'assure, Beth.

Un sourire hésitant se fige sur mes lèvres. Il m'aime bien. Il m'aime bien, je l'aime bien, et… Tout l'air semble soudain quitter mes poumons, me laissant vide et douloureusement haletante. Mes doigts se referment sur mes poings, et je pousse la poitrine de Ryan.

— Laisse-moi.

A la place, il me serre un peu plus fort. Le brouillard se dissipe de ses yeux, lesquels me scrutent maintenant anxieusement, cherchant où est le problème.

— Qu'est-ce qu'il y a ?

— Lâche-moi ! je hurle.

Il me libère instantanément. Trébuchant sur mes mains et sur mes genoux, je m'éloigne alors de lui… et de moi aussi. Je suis idiote. Tellement idiote ! Ryan ne m'apprécie pas. C'est impossible. Comment ai-je pu laisser mes émotions entrer dans le jeu ? Pourquoi suis-je incapable de me servir de lui juste pour me faire plaisir ?

J'attrape mon débardeur et fonce vers la porte. Derrière moi, j'entends la paille bruisser tandis que Ryan fait de son mieux pour se relever malgré son état avancé.

— Beth, attends ! Je suis désolé. Je t'en prie !

Arrivée à la porte, j'hésite. Les autres mecs, ceux dont je

me suis servi juste pour l'expérience physique, ne se sont jamais excusés. Ils ne m'ont jamais demandé de rester. Je risque un regard par-dessus mon épaule et mon ventre se noue quand je vois la détresse sur son visage.

Ryan tend une main vers moi.

— Je t'en prie. Parle-moi.

Parler — voilà ce qui m'a mise dans cette situation. C'est ce qui a fait quelque chose de ce qui aurait dû rester rien du tout. Une part de moi m'implore de rester — pour parler. Au lieu de quoi, je m'enfuis dans la nuit. Rester, c'est risquer d'avoir mal ; la fuite est mon unique option.

Ryan

On a gagné aujourd'hui, et je me demande bien comment. Pendant tout le match, le soleil m'a fait mal aux yeux. La tête me lançait douloureusement. J'ai vomi à deux reprises, entre les manches. Jouer avec la gueule de bois est un véritable enfer. Même maintenant, je lutte contre l'envie de garer ma voiture le long de la route, de poser ma tête contre le volant et de me reposer. Mais je ne peux pas.

J'aime bien Beth. Je l'aime même beaucoup. Je m'en suis rendu compte au moment où elle m'a souri dans la Jeep, après qu'on a franchi le ruisseau. C'est sûr, elle est plutôt coriace dans son genre, mais en même temps, non. La nuit dernière, ses barrières se sont fissurées.

Quand on dansait ensemble, j'ai aperçu la jolie petite fille qui adorait les rubans. Quand elle a posé la main sur moi pour m'empêcher de me battre avec Tim, j'ai vu celle qui protégeait Lacy à l'école primaire. Dans la grange, je l'ai écoutée parler de sa vie : Isaiah, Noah, Echo, les plages. En l'écoutant, j'ai vu une personne loyale envers ceux qu'elle aime. C'était le premier aperçu intime d'une fille qui garde tout bien verrouillé, d'habitude.

Elle me fait craquer. Grave. Et j'ai tout fichu en l'air à l'instant où je l'ai touchée. Comment ai-je pu être aussi bête ?

Le soleil couchant darde ses rayons entre les arbres qui bordent l'allée de chez Scott Risk. Je me repasse les mots que je prononcerai quand Scott ouvrira la porte. Je n'ai pas vraiment de prétexte pour venir voir Beth. La vérité ne jouerait guère en ma faveur : « Bonjour. Je suis sorti avec votre nièce hier soir, je me suis bourré la gueule, je l'ai emballée jusqu'à ce qu'elle détale de la grange, et j'aimerais avoir l'occasion de m'excuser auprès d'elle et de la convaincre de me laisser une seconde chance. »

Super. J'imagine déjà sa réaction.

Beth est assise sur les marches du porche, penchée en avant, la tête entre les mains. Je suis responsable de cette situation. Elle me regarde entre ses cheveux tandis que je gare ma voiture devant le garage. Elle se redresse alors et croise les bras sur son ventre.

— Salut, dis-je en approchant. Comment tu te sens ?

— Devine.

Elle est pieds nus et porte un haut en coton violet qui épouse sa taille, sur un jean très déchiré. Son haut lui glisse sur l'épaule, révélant une bretelle de soutien-gorge noir. Je me force à regarder ailleurs ; je ne me souviens que trop bien de l'effet que m'a fait ce soutien-gorge hier soir.

Je m'arrête au pied des marches et mets les mains dans mes poches. Est-ce qu'elle se sent mal parce qu'elle a aussi la gueule de bois, ou parce qu'elle regrette de s'être laissée aller avec moi ?

— J'ai un mal de crâne carabiné, dit-elle.

Beth inspire lentement puis expire en repoussant quelques mèches de cheveux de son visage.

— Qu'est-ce que tu veux ?

— Tu es partie comme une flèche, hier soir…

Des images de notre soirée me reviennent en rafale. Ses mains chaudes sur ma peau, m'enlevant ma chemise, ébouriffant mes cheveux. Je me souviens de mes lèvres dans son cou et du goût délicat de sa peau. De la courbe de son corps sous mes mains. De ses ongles parcourant mon dos.

— Je voulais savoir si tu allais bien.

— Je vais bien, dit-elle.

Beth rentre dans sa coquille. Se renferme. A double tour. Je la regarde. Elle me regarde. Je ne sais pas quoi dire. Hier soir, nous n'étions pas vraiment ensemble. C'était un accord mutuel. Ce n'était pas ma copine, que je fréquenterais depuis un moment. Ce n'était pas une fille que j'aurais emmenée dîner quelquefois et que j'aurais embrassée un peu trop, un peu trop longtemps. Avec Beth, j'ai franchi une limite qu'un type bien n'aurait pas dû franchir.

— Je m'excuse.

— De quoi ?

Son regard me donne l'impression d'être devant un peloton d'exécution, à attendre la sentence.

— De…

De quoi est-ce que je m'excuse ? De lui avoir enlevé son T-shirt ? De l'avoir embrassée jusqu'à en perdre la tête ? De l'avoir touchée, sentie ? Il y a beaucoup de choses dont je ne suis pas fier dans ma vie, mais honnêtement, pas de tout ça.

— D'avoir profité de toi.

Le coin droit de sa bouche se soulève, puis redescend, puis remonte lentement.

— On n'a pas couché ensemble.

La chaleur me monte dans le cou et je fixe mes chaussures.

— Je sais.

Quelque part, je suis content qu'elle soit partie à ce moment-là. A partir du moment où mes lèvres ont touché son corps, nous sommes devenus un vrai volcan en éruption. Brûlant et rapide. Très rapide. Si rapide que je lui aurais fait cadeau de ma virginité.

— Dans ce cas, de quoi tu t'excuses ?

Je rassemble mon courage et lève les yeux vers elle.

— Tu es partie. Précipitamment. Et ce que j'ai fait… Enfin, on était soûls. Je ne bois pas d'habitude, et je ne profite pas non plus des filles. Tu es partie fâchée. J'ai été trop loin, et la façon dont tu es partie… Bref, je suis désolé.

Beth s'éclaircit la voix.

— Ryan.

Elle prend le temps de prononcer mon prénom, comme pour se donner le temps de réfléchir.

— C'est moi qui ai profité de toi.

Je m'immobilise.

— Non… Les filles ne profitent pas des garçons. Ce sont les garçons qui profitent des filles.

Elle pince les lèvres et secoue la tête.

— Pas du tout. Je me souviens parfaitement de t'avoir dit que je n'avais pas envie d'être seule.

— Et c'est à ce moment-là que j'aurais dû partir.

— Je ne voulais pas que tu t'en ailles.

— Mais j'aurais dû. C'est ce qu'aurait fait un mec correct. Surtout envers une fille qu'il apprécie.

Beth pointe un doigt vers moi.

— Tu vois, c'est là que tu te trompes. Tu ne m'aimes pas.

Pourquoi rend-elle ces excuses si compliquées ? Pourquoi rend-elle toujours tout si compliqué ?

— Mais si, tu te trompes.

— Non, ce n'est pas vrai. Tu essaies de te convaincre que tu m'aimes bien.

Elle me rend dingue à essayer de se mettre à ma place, comme ça.

— C'est n'importe quoi.

— Tu te sens coupable d'avoir joué avec moi, alors tu essaies de te déculpabiliser en te persuadant que tu m'aimes bien, sauf que ce n'est pas vrai.

— Mais qu'est-ce…

Plus elle parle, plus mon esprit s'embrouille.

— Ecoute, je t'aime bien, voilà. Je-t'aime-bien. J'avoue que tu peux être chiante, et que parfois tu m'énerves comme personne d'autre, mais tu te rattrapes tellement à d'autres moments. Quand tu ris, j'ai envie de rire. Quand tu souris, j'ai envie de sourire. Bon sang, j'ai vraiment envie d'être celui qui te fera le plus sourire. Et tu es jolie. Plus que ça, tu es carrément sexy, et hier soir, c'était…

— Arrête.

Beth tend une main devant elle.

— Tu es un mec bien et tu ne veux pas penser que tu aurais pu faire quelque chose de mal, pas vrai ? Il n'y avait rien de mal dans ce qu'on a fait. Ce n'était pas sain, mais ce n'était pas mal. N'y vois rien de plus.

Les magnifiques yeux bleus de Beth semblent m'implorer. M'implorer ! Elle veut à tout prix que je sois d'accord avec elle.

— Si c'est vraiment ce que tu penses, pourquoi t'es-tu enfuie, alors ?

Soudain, la porte d'entrée s'ouvre, et Scott me fixe, les yeux plissés, depuis l'encadrement. Beth le considère par-dessus son épaule et soutient son regard. Il tourne les talons, laissant la porte ouverte. Un nœud se forme dans ma poitrine. C'est mauvais signe.

— Tu devrais y aller, dit Beth.

Probablement, mais je ne peux pas. Pas alors que Beth vient de me dire que je ne l'aime pas. Pas si elle le croit vraiment.

— Sors encore avec moi ; pour un vrai rencard, cette fois.

— Quoi ?

Je gravis les trois marches et m'assois près d'elle. Nous étions si proches, hier soir. Peau contre peau. Maintenant, elle n'est qu'à quelques centimètres de moi, mais c'est comme si nous étions à des kilomètres l'un de l'autre. Ma main éprouve le besoin de la toucher. Je la lève. Puis la baisse. Allez, je n'ai pas hésité à la toucher, hier. Je lève de nouveau ma main et la pose sur la sienne.

Beth se raidit sous mes doigts. Mon cœur s'accélère douloureusement dans ma poitrine. Je ne veux pas que mon contact la répugne.

— On a mal commencé, on a tout fait à l'envers. Ecoute, je t'apprécie vraiment. Voyons comment ça se passera.

— En sortant avec toi ? demande-t-elle.

— En sortant avec moi.

— Comme des potes…

Beth fait une grimace de dégoût.

— … plus les avantages ?

Je retrouve presque la sensation de son corps sous le mien et chasse ce souvenir. Je ne parviendrai pas à lui faire croire que je l'apprécie pour ce qu'elle est si nous répétons le scénario d'hier soir.

— Non. Comme des amis qui sortent ensemble. Je paye. Tu souris. On s'embrasse de temps en temps.

Elle hausse un sourcil sceptique au mot « on s'embrasse », et je fais immédiatement marche arrière.

— Mais on se fréquente d'abord pendant un moment. Comme des amis qui s'aiment bien et veulent sortir ensemble.

— Je n'ai jamais dit que je t'aimais bien.

Je ricane et sens un picotement parcourir mon sang en voyant son petit sourire.

— Tu n'as jamais dit non plus que tu me détestais.

— Des amis qui sortent ensemble, dit-elle comme pour essayer de deviner le sens caché dans cette phrase.

— Des amis qui sortent ensemble, je répète en serrant ses doigts.

Beth se tend et retire sa main.

— Non.

Elle descend les marches pieds nus.

— Non. Ce n'est pas comme ça que ça se passe. Les mecs comme toi ne sortent pas avec des filles comme moi. A quoi tu joues, encore ? C'est toujours ce défi ?

Je me prends ces paroles en pleine figure, mais sa réaction n'est pas étonnante. Je l'ai poussée trop loin, hier soir. Je ne lui ai pas témoigné de respect. Elle n'a aucune raison de me croire, mais je veux qu'elle le fasse.

— Non. Le défi est fini.

— Parce que tu as gagné hier ?

Non, je n'ai pas gagné. Le défi stipulait que Beth et moi restions à la fête pendant une heure. On y a passé à peine un quart d'heure.

— C'est terminé, Beth. Je ne joue pas avec les gens qui comptent pour moi.

Une foule d'émotions traversent alors son visage, comme si elle était tiraillée entre Dieu et le diable.

— Tu pourrais tout à fait jouer avec moi. Si c'est le défi, dis-le.

— Je te l'ai dit : le défi est fini.

J'ai promis à Lacy que mes défis ne feraient plus jamais de mal à personne. Surtout celui-ci. Comment ai-je pu être aussi aveugle ? J'ai cru que Beth se détournait parce qu'elle voulait me blesser. J'ai cru qu'elle voulait me voir perdre. Tout faux. Beth n'a pas franchi le pas parce qu'elle n'a pas confiance et, à cause de ce défi, j'ai anéanti toute la confiance qu'elle pouvait avoir en moi.

— Alors, tu as gagné ?

Beth s'entête à parler du défi.

— Coucher avec moi, ça faisait partie du défi ?

La blessure cède le champ à la panique.

— Tu t'es bien foutu de moi, hein ? Est-ce que tout le monde est déjà au courant, au lycée ? Tu es venu ici pour décrocher un bonus ? Essayer de coucher avec moi, le dire à tes potes, puis me convaincre que tu voudrais aller plus loin ?

— Non !

Le cri est sorti tout seul. Je dois me contrôler. Après tout, c'est moi qui ai créé ce doute en acceptant le défi.

— Non. Ce qui s'est passé entre nous hier soir n'a rien à voir avec le défi. Je n'avais rien prévu, et je ne le dirai jamais à personne.

— Donc je suis un secret. On sortira ensemble en privé, mais pas en public. Non, merci.

Bon sang. Je n'y arriverai jamais. Je me frotte la main dans les cheveux.

— Ecoute. Je veux être avec toi. Ici. Au lycée. N'importe où. Je n'ai pas triché. Fais-moi confiance.

Beth se détourne de moi. Le mot « confiance » doit être

le plus malvenu dans son vocabulaire. En désespoir de cause, je m'écrie alors :

— Demande-moi n'importe quoi et je le ferai. Fais-moi confiance sur un truc. Je te prouverai que j'en suis digne.

Elle me passe en revue : mes Nike d'abord, puis mon jean, mon T-shirt des Reds, et enfin mon visage.

— Tu m'emmènerais encore à Louisville ?

La nausée que j'ai ressentie tout l'après-midi me reprend. Tout sauf ça.

— Beth…

— Je ne m'enfuirai pas. J'ai besoin que tu me déposes à un endroit, et je jure que je serai de retour à l'endroit exact où tu m'auras laissée, à l'heure exacte que tu m'indiqueras. Tu me demandes de te faire confiance, eh bien… il va falloir que tu me fasses confiance d'abord.

Tout ça ne me semble pas très juste, mais cette notion s'est volatilisée au moment où j'ai posé la main sur elle hier soir. Voire à l'instant où j'ai accepté le défi, au Taco Bell.

— Je t'ai déjà fait confiance.

Je me tais et sens une tension m'envahir. Les mots ont du mal à sortir.

— Je t'ai parlé de mon frère.

Beth se mord la lèvre.

— Parce que c'est un secret ?

Je hoche la tête. Je n'ai vraiment pas envie de parler de ça maintenant. Le front de Beth se plisse.

— Les confidences d'alcoolique, ce n'est pas la même chose que la confiance.

Je pousse un soupir. Elle a raison.

— Très bien. J'ai un match dans deux semaines à Louisville, mais tu devras y assister. Je ne négocierai pas là-dessus. C'est à prendre ou à laisser.

Le visage de Beth s'illumine soudain d'un sourire radieux et ses yeux se mettent à pétiller. Je craque littéralement. Ce moment est précieux, je ne veux pas le laisser filer. C'est moi qui ai mis ce sourire sur son visage.

— C'est vrai ? demande-t-elle.

Est-ce que je veux qu'elle vienne à mon match ? Est-ce que je veux lui donner l'occasion de constater que je ne suis pas qu'un abruti de sportif ?

— Oui. Mais pas de blague, Beth.

Parce que je flashe sur toi, bien plus qu'il ne le faudrait, et que si tu me trahis encore, ça me fera un mal de chien.

Son sourire s'estompe et elle me répond avec solennité :

— Pas de problème. Quand on ira à Louisville, j'aurai juste besoin d'une heure pour moi.

Une heure. Pour faire quoi ? Voir Isaiah ? C'est probable. Après tout, je lui ai juste demandé de sortir avec moi. Elle détalerait sûrement si je prononçais le mot de « relation », bien que je n'aie aucune envie de fréquenter qui que ce soit d'autre. Je suis allé trop vite avec elle hier soir. Cette fois, je vais prendre mon temps.

— Je te donnerai une heure toute seule à Louisville. Puis on se fera une vraie sortie à deux, même si ça nous semble difficile.

Beth me rejoint sur les marches. Là, son genou s'appuie contre le mien, et nous restons sans parler. En général, le silence avec les filles m'ennuie, mais pas cette fois. Elle n'a rien à dire ; moi non plus. Je n'ai pas envie de partir, et apparemment, elle n'a pas envie que je parte. Sinon, je peux compter sur elle pour me le faire savoir.

Au bout d'un moment, elle rompt le silence.

— Comment je peux faire pour enlever mon nom de la liste du *homecoming* ? Est-ce qu'il faut deux tiers des votes des élèves, ou est-ce que je dois demander à quelqu'un du bureau ?

Une pointe de panique m'assaille.

— Reste donc.

— Pas question.

— Fais-le avec moi. Je serai tout le temps près de toi.

A l'origine, je l'ai mise sur ce coup pour l'embêter, mais maintenant, j'ai vraiment envie qu'on le fasse ensemble.

— C'est ton univers. Pas le mien, dit-elle.

Cela pourrait le devenir si elle essayait.

— Rien ne va bouger pour le *homecoming* pendant un mois. Qu'est-ce que tu dis de ça : si je trouve le moyen de te motiver d'ici là, tu acceptes ta mission ; si je n'y arrive pas, je t'aiderai à quitter la liste.

Elle me considère sans rien dire.

— Es-tu en train de me demander de te mettre au défi ?

Même moi, je perçois l'ironie de la situation.

— On peut dire ça.

— Dois-je te rappeler que tu traînes un dossier assez lourd avec moi, en termes de défis ?

Je m'assois un peu plus droit.

— Je ne perdrai pas.

Scott frappe soudain à la porte et il pointe les doigts vers ses yeux avant de les pointer vers moi — genre, « je t'ai à l'œil, mon petit gars ». Puis il s'en va de nouveau. Bon sang.

— Tu étais soûle quand tu es rentrée, hier soir ?

La dernière fois que Scott et moi avons parlé, nous étions en bons termes. Visiblement, quelque chose a changé.

— Non, mais tu as laissé ça.

Beth repousse ses cheveux derrière ses épaules, révélant une marque rouge et bleu dans son cou. J'ai brusquement envie de me désintégrer et de disparaître sous le porche. Je lui ai fait un suçon. Je n'avais pas fait ça à une fille depuis le collège.

— Il doit me détester.

Beth se met à rire.

— Oui, j'imagine.

Beth

J'actionne mes mains avec plus de force sur sa poitrine et ignore le monde autour de moi. Mes poignets me font mal, mais il faut que je maintienne les battements du cœur. Il le faut. Vingt-sept, vingt-huit, vingt-neuf, trente.

— Respiration ! je m'écrie.

Lacy bascule la tête en arrière et souffle dans la bouche. La poitrine se soulève, puis retombe. Lacy commence à s'écarter.

— Non, Lacy, vérifie les fonctions vitales.

Elle penche son oreille près de la bouche et du nez. J'attends. Elle pose les doigts sur l'artère du cou. J'attends toujours. Lacy secoue la tête. Rien.

— On tourne, lui dis-je.

J'ai peur de ne pas parvenir à donner suffisamment de pression au cœur si je refais une série de plus. Lacy approche de la poitrine tandis que je glisse du côté de la tête. Elle compte à haute voix à chaque pression sur le thorax.

Un long bip retentit chez l'équipe voisine.

— C'est mort, annonce M. Knox.

— Yes ! lance Chris. Il ne reste plus que nous !

De toute notre classe, seuls Ryan et Chris restent en compétition avec Lacy et moi. Les mains jointes, Ryan s'active sur la poitrine de son mannequin.

— Respiration ! s'écrie Lacy.

J'insuffle de l'air dans la bouche, vérifie les fonctions vitales et m'immobilise. Je crois sentir quelque chose dans le cou. Le signal est faible, mais il est là. Lacy me fait signe de prendre mon tour au massage cardiaque, mais je secoue la tête. Notre mannequin est vivant !

Les garçons recommencent les pressions quand un bruit de mauvais augure s'échappe de leur machine. M. Knox la débranche.

— Vous avez oublié les fonctions vitales, messieurs.

Chris lâche un juron et Ryan tombe les fesses par terre. Dommage, les gars. Il va falloir vous habituer à perdre.

M. Knox se tourne vers nous.

— Bravo, Lacy et Beth. Vous êtes les deux seules à avoir maintenu votre patient en vie. Bonne action sur les fonctions vitales, Beth.

Bonne action sur les fonctions vitales. Le prof s'éloigne comme si ce moment n'était pas le plus dingue de ma vie. J'ai fait quelque chose. J'ai sauvé une vie ! Enfin, pas vraiment, mais j'ai sauvé le mannequin. En tout cas, j'ai fait quelque chose correctement. Une étrange et indicible sensation de… je ne sais pas… je n'ai jamais éprouvé ça auparavant… Une sensation de… joie ? Bref, ça m'envahit. De la tête aux pieds.

Moi — Beth Risk —, j'ai fait quelque chose de bien.

Lacy tend le doigt vers Chris, puis vers Logan, debout au-dessus de son mannequin mort.

— On a gagné, s'exclame-t-elle.

Toujours assise, elle bouge les épaules en une sorte de danse de victoire.

— On a gagné, on a gagné, on a gagné !

— Ta meuf n'a pas la victoire modeste.

Logan se rapproche de nous.

— C'était chaud, quand même, dit Chris. Alors, maintenant que tu y as pris goût, est-ce que tu vas nous lancer de nouveaux défis ?

Lacy éclate de rire.

— Ce n'est pas moi qui ai fait ce pari. C'est Beth.

Logan et Chris hochent la tête en me regardant avec respect. Je me contente d'un haussement d'épaules en guise de réponse. Depuis une semaine, nous nous apprivoisons doucement. Lacy me parle. Ryan me parle. Parfois, je leur parle aussi. Lundi, je les ai tous sciés en commençant à m'asseoir avec eux pour déjeuner. Quand Ryan se sent d'humeur audacieuse, il me prend la main. Quand je me sens en forme, je garde sa main dans la mienne.

A la mention du défi, je sors un marqueur noir de ma poche. Juste avant la formation en premiers secours, Ryan a soutenu que Lacy et moi n'y arriverions pas ; que nous étions trop faibles pour pouvoir faire concurrence à un duo comme Chris et lui. De ma plus belle écriture, je dessine alors sur ma paume mes lettres favorites à destination de Ryan : M.I.

Il s'adosse au mur et secoue la tête en affichant son fameux sourire craquant. Des papillons se mettent à voleter dans mon ventre. J'adore ce sourire. Peut-être un peu trop.

— Je ne suis toujours pas motivée, lui dis-je.

Quatre jours se sont écoulés depuis notre accord, et Ryan n'a rien fait pour me « motiver ».

Son sourire se fait plus arrogant, et je dois bien reconnaître que celui-là me plaît également.

— J'ai tout le temps.

De l'autre côté de l'îlot, Scott me regarde enfourner une nouvelle cuillerée de Lucky Charms. Je parle entre les bouchées.

— Alors j'ai senti un pouls, et Lacy croyait qu'on devait se remettre à masser, mais je lui ai fait non de la tête.

— Et alors, qu'est-ce qui s'est passé ? demande Scott.

J'ai l'impression que ma peau est devenue trop petite pour moi et que je vais exploser sur place.

— On a gagné. Je veux dire, on a sauvé le mannequin, et M. Knox a dit que je m'étais bien débrouillée.

J'ai été bonne dans quelque chose. Je n'en reviens toujours pas.

— C'est génial. N'est-ce pas, Allison ?

Il est 20 heures. Allison est assise à l'autre bout du bar et ne se donne pas la peine de relever le nez du dernier joujou que Scott lui a acheté : une liseuse.

— Génial, répète-t-elle d'une voix qui indique clairement qu'elle n'en a rien à faire.

La prochaine bouchée de céréales que j'enfourne me retient de lui dire ce que je pense. J'aurais dû attendre le petit déj' pour en parler à Scott, lorsqu'il n'y aurait eu que nous deux, mais j'étais trop excitée par cette bonne nouvelle.

— Est-ce que c'est comme ça quand on est infirmière ? Je demande à Scott. Genre, on se sent tout-puissant, responsable ?

Avec quelqu'un qui me dit que je me suis bien débrouillée ? De nouvelles possibilités m'échauffent l'esprit. Peut-être que je pourrais devenir infirmière. Le sang ne me gêne pas. Le vomi non plus. Trop énervée pour tenir en place, je pianote sur le comptoir — oui, je me vois bien faire ça.

— Il faut être excellente en sciences pour pouvoir devenir infirmière, dit Allison sur un ton blasé. Et d'après les notes de ton dernier bulletin, ce n'est pas tout à fait le cas.

Je deviens aussi rouge que si elle venait de me mettre une claque. J'aimerais pouvoir lui sortir un truc un peu plus malin, mais parfois, la vérité toute nue est ce qu'il y a de plus simple.

— T'es vraiment une garce.

— Elisabeth, arrête, dit Scott. Allison, je te signale que ses notes sont en progrès.

Waouh, incroyable : Scott vient de rappeler son toutou à l'ordre. Allison lève les yeux de sa liseuse. Je pourrais me vautrer dans le triomphe en cet instant, mais cela fait plusieurs semaines que j'ai décidé qu'elle n'en valait pas la peine. Je me tourne vers Scott. Finie la rigolade. J'ai un vrai problème.

— J'ai besoin de teinture noire pour les cheveux.

— Pour quoi faire ? demande-t-il.

Il est aveugle, ou quoi ? Je secoue mes cheveux et baisse la tête pour qu'il puisse voir mes racines. *Mes racines.* Le blond surgit à la base de mes cheveux noir corbeau comme des rayons de soleil indésirables. Je ramène mes cheveux sur mes épaules.

— Tu pourras m'en acheter ?

Si j'achète quoi que ce soit avec le liquide qu'Isaiah m'a donné, Scott ne me lâchera plus. Je préfère qu'il ne sache pas que j'ai de l'argent. En plus, il a toujours voulu faire quelque chose pour moi. Maintenant, il le peut.

— Non, dit-il.

— Euh… J'ai mal compris, ou quoi ?

— Non.

— Je ne veux pas être blonde.

— C'est pourtant ce que tu es. Pourquoi veux-tu changer quelque chose d'aussi joli ?

— Donc seules les blondes sont jolies ?

Scott ferme les paupières.

— Je n'ai jamais dit ça.

— Dans ce cas, achète-moi de la teinture.

Il rouvre les yeux et m'observe le temps d'un de ses fameux silences.

— Je t'achèterai quelque chose qui ira avec ta couleur naturelle.

— Je ne veux pas être blonde.

— Donne-moi une raison valable pour ça.

— Je préfère le noir.

— Pas valable.

Je lorgne ostensiblement Allison.

— Je déteste les blondes.

— Toujours pas bon.

Je croise les bras et le regarde de nouveau. Moi aussi, je peux créer de longs silences.

— C'est tout, Elisabeth ? Tu veux avoir les cheveux noirs. Comme ça. Sans raison. Juste parce que ça te chante.

— Ouais.

Je n'aime ni son ton ni la façon dont ses yeux bleus me dévisagent.

— Quand as-tu commencé à les teindre ? demande-t-il.

— Quand j'étais en quatrième.

Mon instinct me commande de prendre mes jambes à mon cou.

— Pourquoi ? insiste-t-il.

Ma gorge se serre et je détourne le regard.

— Parce que.

— Parce que quoi, Elisabeth ?

Parce qu'un jour, l'un des mecs de ma mère m'a prise pour elle au beau milieu de la nuit.

— Dis-le-moi.

Scott continue de me fixer droit dans les yeux.

— Dis-moi pourquoi tu t'es fait teindre les cheveux.

Isaiah le sait. Je le lui ai dit, une fois où j'étais trop défoncée pour pouvoir tenir ma langue. Le type est sorti en titubant de la chambre, en pleine nuit. Il s'est assis par terre, près du canapé où je dormais. Là, il a pris ma main, l'a embrassée, et m'a appelée par le nom de ma mère. Il m'a giflée lorsque je me suis mise à hurler et m'a envoyé une deuxième claque quand il s'est rendu compte que je n'étais pas ma mère.

Les mauvais souvenirs reviennent en force et je ne parviens plus à les enfouir. Il le faut, pourtant. J'ai besoin que quelqu'un me rattache à la réalité. J'ai besoin que quelqu'un efface ces souvenirs. Je n'ai pas encore pardonné sa trahison à Isaiah. Je ne lui ai pas parlé depuis des semaines et je ne suis pas sûre d'y être prête.

Même si les récents événements ne s'étaient pas produits, je ne suis pas certaine de désirer sa présence. Pour je ne sais quelle raison, j'ai envie de quelqu'un d'autre... Ce qui me fait peur, et la peur ne fait que raviver les souvenirs.

J'entends la voix de ce fumier dans ma tête. Je sens encore son contact sur ma peau. Mes mains se crispent sur mon crâne. *Partez, partez, partez !* Je me lève si brusquement que le tabouret chancelle puis tombe par terre avec fracas.

— Puisque c'est comme ça, je me l'achèterai moi-même, cette teinture !

Ryan

... et George considéra la fille avec d'autres yeux. Non, avec un regard qui n'était pas celui de son cerveau, mais celui de son cœur.

Son sourire le caressa comme si elle lui avait effleuré le bras. Elle ne cessait de l'étonner — une humaine nouant volontairement des liens avec un zombie. Quelque part, ce lien conférait un sens nouveau à son existence. Mais ce qui étonnait George par-dessus tout, c'était qu'elle lui accordait une seconde chance.

Content de moi, je m'adosse à mon fauteuil et croise les mains sur mon ventre. Finalement, la vie de George s'avère plus compliquée qu'il n'aurait pu l'imaginer. D'abord, il s'éveille zombie. Ensuite, il découvre que les autres zombies veulent qu'il soit leur chef, et il constate avec effroi que cette nouvelle forme de pouvoir lui plaît énormément.

Puis la fille arrive.

Les filles compliquent toujours tout. Un petit sourire me vient aux lèvres en pensant à Beth. Oui, c'est vrai ; mais d'une bonne manière.

Mon téléphone se met à vibrer, et je jette un coup d'œil sur l'écran. Numéro inconnu ; je le laisse passer en messagerie. Quelques secondes plus tard, le téléphone me signale que j'ai un texto. Je l'attrape et souris.

On est potes, non ? Beth.

Moi : *Oui.*

— Alors laisse-moi entrer.

La voix sexy de Beth s'élève soudain par ma fenêtre ouverte.

Un regard vers mon réveil m'apprend qu'il est 23 heures. Mon père et ma mère doivent être couchés. Pour être tranquille, je verrouille ma porte avant de soulever la moustiquaire de ma fenêtre.

— Qu'est-ce que tu fais ici ?

Beth balance une jambe par l'ouverture, puis l'autre, avec une aisance telle qu'on dirait qu'elle a fait ça toute sa vie.

— Je m'ennuyais.

— Tu aurais pu appeler.

Ouvrir la moustiquaire était certainement plus facile qu'il ne sera de la refermer derrière elle.

— C'est ce que j'ai fait.

Beth balaie ma chambre du regard. Elle prend une balle de base-ball sur ma commode, la lance en l'air et la rattrape de justesse.

— Tu n'as pas répondu.

— Tu as appelé il y a trente secondes.

Elle repose la balle sur ma commode.

— Mais j'ai appelé.

La réalité de l'instant me frappe en la voyant se pencher et tapoter la lampe à lave qui ne fonctionne plus depuis un an. Sa peau lisse et tatouée apparaît sous son haut qui se soulève. J'inspire profondément et essaie de me concentrer sur autre chose.

— Est-ce que ton oncle sait que tu es là ?

— Non.

Beth avance vers l'ordinateur.

— Sur quoi tu bosses ?

— Un devoir d'écriture.

Elle pince les lèvres et bascule la tête en arrière.

— Oh ! non. On a ça à rendre ? C'est pour quand ? Pff, Scott ne va pas me louper sur ce genre de trucs. Moi qui croyais être enfin à jour.

Mince. Jusqu'ici, je n'avais pas eu à en parler à qui que ce soit.

— Non, ce n'est pas un devoir de classe. C'est un peu… à part. Un truc que Mme Rowe m'a demandé de faire.

Les épaules de Beth se détendent comme si elle venait d'apprendre l'annulation de sa sentence de mort.

— Je peux le lire ?

A part ma prof, personne n'a jamais demandé à lire mon travail. Je reste interdit… assez longtemps pour que Beth hausse les sourcils. Si quelqu'un doit le lire, autant que ce soit elle. Quelque chose me dit qu'elle comprendra.

— O.K.

— Tu me l'imprimes ?

Beth saute sur mon lit et se love entre les oreillers.

Ses yeux bleus se fixent sur moi avec un regard mi-somnolent, mi-coquin. Mon jean se tend ; je meurs d'envie de la rejoindre dans le lit, mais je garderai mes distances, même si ça doit la rendre furax.

— Tu comptes rester un moment ? je lui demande.

— Pourquoi, tu avais d'autres projets ?

— Non. Mais je ne vais pas tarder à me coucher. On a cours, demain.

— J'ai partagé un lit bien plus petit que celui-ci pendant les deux dernières années. Crois-moi, je suis la reine du sans-contact, si c'est ce qui t'inquiète. Vas-y, imprime ton texte.

— Du partage et du sans-contact avec qui ?

Beth glousse et secoue la tête en même temps.

— Tu es jaloux ? Eh, je croyais que tu devais m'imprimer un truc.

Vas-y, Ryan. Comme les autres prédateurs, Beth peut sentir la peur. Sans un mot de plus, j'imprime les pages, qu'elle m'arrache vite des mains. Je la fixe ; elle me fixe.

— Je ne vais pas lire si tu ne fais que de me regarder. C'est gênant.

— Tu es dans ma chambre, Beth. Tu as parcouru presque

un kilomètre pour venir ici. Un mercredi. En pleine nuit. Sans invitation.

C'est plutôt moi qui devrais définir ce qui est gênant.

— Tu veux que je m'en aille ?

— Non.

Surtout pas. Peut-être même que rien ne m'a jamais fait autant plaisir.

Elle arbore son petit sourire diabolique.

— Est-ce que je suis la première fille à être dans ton lit ?

Oui. Je prends une grande respiration et reviens vers mon ordinateur. Je suis sorti avec des filles. J'ai été fidèle à quelques-unes, que j'ai suffisamment respectées pour y aller doucement chaque fois. Il me reste cependant quelques étapes à franchir. Dont le fait d'avoir une fille dans mon lit. Si elle est décidée à être là, je suis décidé à l'approuver et à ne pas laisser transparaître mon impatience. Puisque mon zombie a lui aussi trouvé une fille qu'il aime bien et qu'il a envie d'étrangler à la fois…

— Bravo, Ryan.

La voix lointaine de Beth me sort de ma fiction et mes mains cessent de taper sur le clavier.

— Merci, lui dis-je.

Beth est allongée sur le ventre, redressée sur ses coudes. Son décolleté est joliment exposé. Je baisse les yeux vers le sol.

— Non, vraiment, c'est excellent. Ça aurait sa place dans une librairie. J'accroche totalement avec ce mec.

Oui, moi aussi.

— Je suis en finale dans un concours d'écriture.

Les mots sortent naturellement, comme si j'avais l'habitude de parler de ça à tout le monde.

Beth parcourt les pages.

— Je comprends pourquoi. Le jury aurait été complètement à côté de la plaque s'il ne t'avait pas choisi.

Je regarde autour de moi, attendant que la foudre tombe. Je rêve, ou elle vient de me faire un compliment ?

— Le gagnant n'est pas encore désigné. La dernière étape du concours a lieu dans deux semaines.

— Ah ! Eh bien, je suis sûre que tu vas gagner.

J'éteins mon ordinateur, un pincement au cœur. C'est vrai, j'écris une nouvelle, seulement, je ne me suis pas encore inscrit pour cette finale. Comment le pourrais-je ? J'ai des matchs ce jour-là, et mon père…

Mes pensées dérivent. Je me retire d'un concours, d'une compétition que je pourrais gagner. L'ivresse de remporter un concours d'écriture serait-elle comparable à celle d'une victoire de base-ball ou pour un défi ? Je ne le saurai probablement jamais.

Lorsque je me retourne, Beth est étendue sur le dos, la tête sur les oreillers. Elle a enlevé ses chaussures et croisé les mains sur son ventre. Son bijou de nombril scintille dans la lumière. Elle a déposé ma nouvelle bien soigneusement sur la table de nuit.

Nous sommes ensemble. Des amis qui sont ensemble et qui, tôt ou tard, finiront par s'embrasser. Quatre jours, ça marche pour *tôt ou tard* ? Mouais… Je ne suis pas assez bête pour y croire.

— Je vais me coucher, dis-je, lui donnant ainsi l'occasion de partir.

— Tu dors tout habillé, d'habitude ? demande-t-elle.

— Non. D'habitude, j'enlève mes fringues.

C'est plus sûr comme ça.

— O.K.

O.K. J'éteins la lumière et monte sur le lit. Prenant exemple sur Beth, je reste au-dessus des couvertures. La chaleur de son corps réchauffe le mien, malgré la distance. Elle a raison. Elle peut se coucher sans toucher l'autre. J'inspire, et son doux parfum me pénètre.

L'année dernière, notre prof de biologie a démonté le mythe selon lequel un homme pense au sexe toutes les sept secondes. Malheureusement, je m'inscris en faux contre sa théorie. Mes doigts meurent d'envie de caresser la peau douce de Beth. Et mes lèvres de murmurer contre les siennes.

— Tu sais, j'ai un ami, dit Beth dans l'obscurité. Isaiah. Tu l'as vu.

— Oui.

Mes muscles se tendent, et l'image de son corps bougeant contre le mien s'évanouit. J'admets que notre nouvelle relation lui laisse la possibilité de voir d'autres garçons, mais je n'apprécie pas trop qu'elle en parle alors qu'elle est couchée dans mon lit.

— Il m'a trahie, et je ne sais pas quoi faire. A Louisville, il était le seul ami que j'avais et, quand je suis arrivée ici, il m'a acheté un téléphone. On s'appelait ou on s'envoyait des textos tous les soirs, et il continue de m'appeler et de m'envoyer des tonnes de messages. Je refuse de lui répondre, parce que je crois que notre amitié est finie ; mais j'ai eu une conversation avec Scott qui a mal tourné, ce soir, et je ne sais pas…

Un frisson me parcourt. Il ne s'agit pas simplement de la proximité de Beth. Ou de l'attirance violente qui me tiraille le corps. Non ; Beth est sur le point de me confier quelque chose. Sur le point de laisser tomber une de ses barrières. Je l'encourage.

— Tu ne sais pas quoi ?

— Tout était tellement plus simple à Louisville, dit-elle tout bas.

La tristesse de son intonation me frappe.

— Cette simplicité me manque.

— Après mon match, je te déposerai là-bas.

Cette idée me déplaît fortement, mais je suis bien décidé à la conquérir.

— Et puis, après, on ira manger quelque part, et peut-être voir un film. Qu'est-ce que tu en dis ?

Je l'entends déglutir.

— J'en dis que ça me plairait.

J'inspire profondément. J'ai l'impression que c'est ma première vraie respiration depuis des jours.

— Parfois…, dit-elle.

Elle s'interrompt. L'instant semble lui être pénible, et sa difficulté visible à trouver ses mots me donne envie de la réconforter.

— Parfois, je voudrais juste…

Qu'est-ce qu'elle voudrait ? Moi, je sais ce que je voudrais : qu'elle me fasse confiance, qu'elle éprouve ce que j'éprouve. Mais pour l'instant, je voudrais surtout qu'elle se sente bien. Je tends un bras vers elle sur le lit, tout en évitant de la toucher.

— Je suis là si tu as besoin de moi.

Un battement de cœur. Puis un autre. Beth demeure si parfaitement immobile dans l'obscurité qu'un instant, je me demande si cette soirée n'était pas juste un rêve.

Elle bouge sur le matelas. S'approche un peu de moi. Hésite. S'approche un peu plus. Mon sang bouillonne dans mes veines. Ce moment est énorme, c'est clair. Je l'invite à me rejoindre, et Beth est en train d'y réfléchir.

Allez, Beth, fais-moi confiance. Enfin, d'un mouvement preste, elle pose la tête sur ma poitrine et m'enveloppe de tout son corps. Le désir palpite en moi ; si sa main descend de dix centimètres, elle s'en rendra compte. J'ai une terrible envie de la toucher, mais vais-je oser ? Soudain, son souffle effleure ma poitrine et je l'entends murmurer :

— Je t'aime beaucoup, Ryan.

Je ferme les yeux et savoure ses mots. Elle m'aime beaucoup.

— Moi aussi, Beth.

Beaucoup, beaucoup.

J'ai envie d'elle, mais je refuse de laisser le bas de mon corps décider à ma place. Lentement, précautionneusement, je passe un bras autour d'elle et pose mon autre main sur mon ventre, près de la sienne. C'est le mieux que je puisse faire dans cette configuration.

Mon instinct me pousse à caresser sa peau douce et chaude qui rougit sous mon regard empli de désir. Il m'imagine en train de poser la main sous son menton pour relever sa tête afin que je puisse l'embrasser. Cet instinct tente de me leurrer en adressant un discours prétendument « logique » à mon cerveau. Un baiser, ce serait bien. J'ai adoré embrasser ses lèvres charnues, et j'ai adoré ses petits soupirs. Je pourrais l'embrasser jusqu'à lui faire oublier Isaiah. Je pourrais l'embrasser jusqu'à ce que j'oublie que je suis vierge. Mon étreinte se resserre sur son épaule. Elle me met au supplice. Je me mets au supplice moi-même.

— Tu sais, Sandy Koufax était gaucher, comme toi. Il a été le plus jeune lanceur à intégrer le Mur des célébrités du base-ball.

— Ce doit être le truc le plus débile que je t'aie entendu dire, marmonne-t-elle.

C'est vrai, mais je n'ai trouvé que ça pour me retenir de l'embrasser.

Le corps de Beth se détend et épouse le mien. Les secondes de silence deviennent minutes, puis davantage, et je me demande si elle s'est endormie. Quelque part, j'aimerais pouvoir m'endormir. Ainsi, je cesserais de fantasmer sur elle. Mais je veux aussi rester éveillé. Comme ça — avec elle dans mes bras.

— Ryan ? murmure-t-elle.

— Oui ?

— Est-ce que je peux rester ? J'ai réglé ton réveil à 4 heures, pour pouvoir être rentrée avant que Scott se rende compte de quoi que ce soit.

Je passe machinalement la main dans son dos tandis qu'elle se colle contre moi.

— D'accord.

Beth se blottit contre ma poitrine comme un chat se

met en boule pour dormir. Son bras presse affectueusement mon torse, et je m'accorde une seconde de triche en caressant ses cheveux avant de déposer un baiser sur le haut de sa tête. Je pourrais me dire que les bons amis font ça, mais il est bien trop tard, et je suis bien trop fatigué pour me mentir.

Beth

Il aura fallu que Ryan se tortille pendant une demi-heure sur le canapé pour arracher enfin à Scott l'autorisation de m'emmener au match. Mon oncle a fini par accepter, après avoir menacé Ryan de mort si jamais je rentrais avec la moindre marque sur le corps.

Je ne sais pas si j'oserai un jour l'avouer à Ryan, mais j'ai passé mon meilleur samedi depuis mon expédition en enfer. Pendant le trajet vers Louisville, Ryan m'a expliqué le base-ball. J'en savais déjà un peu à ce sujet, mais il a réussi à rendre les choses intéressantes. D'une façon très vivante, il m'a raconté que ce sport ne se réduisait pas à une batte, des balles et des bases ; il m'a expliqué qu'il s'agissait surtout de travail d'équipe et de confiance.

Assise dans les tribunes, en train d'assister au match, j'apprécie la grâce des mouvements de son équipe. Un réseau de signes, de coups d'œil et de messages subliminaux.

Ce qui m'épate le plus, c'est Ryan. L'intensité brute avec laquelle il bouge. La force de ses larges épaules et la puissance qui explose de son corps quand il lance la balle. Ryan est de l'énergie pure. Une force qui m'attire. Une attirance qui me fait chaud dans le corps. Quand il me touche, je ressens une force et une douceur mêlées qui me font frissonner de la tête aux pieds.

Nous sommes amis. Seulement amis. Soupir. Même en tant qu'amie, il mérite mieux que moi. Pourtant, il a l'air de tenir à mon amitié. Pourquoi ? Que gagne-t-il à fréquenter une fille que tous les autres rejettent ?

Chris envoie une balle sur la zone gauche et l'équipe

adverse l'attrape pour sortir de la troisième base. Ryan est debout dans l'abri des joueurs et m'adresse un clin d'œil avant d'entrer sur le terrain. Je lui souris en retour sans pouvoir m'en empêcher. *Si tu continues comme ça, tu vas souffrir, Beth.* Comme la fois où je suis sortie avec Luke, lorsque j'avais quinze ans. Luke me disait aussi que j'étais jolie. Il disait tous les mots qu'il faut. Cela dit, Luke ne m'a jamais emmenée dans un lieu public, comme aujourd'hui.

Peut-être que Scott a raison. C'est un nouveau départ pour moi. Peut-être que je devrais en profiter. Tant que ça dure. Après tout, je vais bientôt partir avec ma mère. Chaque jour qu'elle passe avec Trent la rapproche un peu plus de sa mort. Aujourd'hui, après le match, maman et moi allons mettre au point un plan pour partir, mais d'ici là, peut-être devrais-je profiter de ce que j'ai devant moi.

Ryan m'apprécie — ou du moins, c'est ce qu'il croit. Pourquoi suis-je si pressée de passer au prochain mec qui me traitera comme Luke ou comme Trent traite ma mère ?

Je pourrais être celle qui apprendra deux, trois choses à Ryan. Celle qui ne rira pas quand il rougira. Je pourrais être celle dont il se souviendra en souriant quand il sera marié avec la fille qu'il lui faut, trois gamins accrochés à sa jambe. Alors, il regardera sa femme et sera content que je sois partie à ce moment-là. Content de ne pas avoir fini avec moi.

— Tu es la copine de Ryan ?

Un grand type s'assoit soudain à côté de moi dans les gradins et regarde Ryan lancer la balle. Il est près de moi. Très, très près. Pas au point de me toucher, mais il a entamé l'espace invisible que l'on doit maintenir entre deux étrangers.

La chair de poule me gagne.

— Toi, tu es… ?

Il tourne la tête vers moi et me sourit d'une manière qui me rappelle Ryan. En fait, il lui ressemble un peu, en légèrement plus vieux.

— Mark. Son frère aîné.

Oh, oh... Serait-il le frère à cause duquel Ryan était si bouleversé, dans la grange ? Mais la curiosité cède le champ à la nervosité. Je n'ai jamais rencontré la famille d'un garçon, et je ne connais rien aux usages en la matière.

— Enchantée.

Une fille bien élevée doit dire un truc de ce genre, non ?

— Vraiment ? J'ai vu des bêtes sur un croc de boucher qui semblaient plus enchantées que toi.

J'esquisse un léger sourire.

— Je m'appelle Beth. On est juste amis.

Des amis qui sortent ensemble, mais je n'ai pas besoin de rentrer dans les détails.

— Ah ? fait-il. D'habitude, Ryan n'amène pas d'amis à ses matchs. Il dit que ça le distrait.

Ne sachant que répondre, je me concentre sur le jeu. Mark baisse la voix.

— Est-ce que je t'ai mise mal à l'aise ?

Autant être honnête. Après tout, mon air de respectabilité ne durera pas bien longtemps.

— Les types qui envahissent mon espace personnel me mettent mal à l'aise, mais je ne t'en veux pas. Ryan a des problèmes avec ça, lui aussi. Ça doit être de famille.

Mark éclate de rire, d'un rire si sonore que les gens se retournent vers nous — y compris Ryan, depuis le monticule. Ses yeux oscillent entre son frère et moi, et son visage s'assombrit comme ils s'attardent sur Mark. Touchée par la souffrance que je lis sur ses traits, je lui fais un petit signe de la main, et il m'adresse son plus beau sourire en retour. Une chaleur m'envahit jusqu'aux joues.

— C'est ça, fait Mark. Vous êtes seulement amis.

— Je ne t'ai pas demandé ton avis, je rétorque entre mes dents.

Mark rit de nouveau, mais moins fort.

— Ma mère doit te détester.

Je devrais me sentir insultée, mais non. Si elle me rencontrait, j'imagine que ce serait le cas.

— Je ne la connais pas.

— Ce n'est pas grave. Moi, tu me plais.

— Tu ne me connais pas non plus.

Mark fait un geste en direction du panneau d'affichage.

— On a encore quelques manches pour rattraper ça. Alors, dis-moi, comment as-tu rencontré mon frère ?...

Ryan

Je regarde les gradins tout en délaçant mes chaussures. Mark est là, en train de parler avec Beth. En fait, il rit même avec elle. Un élan de jalousie me prend et me met en rogne contre eux deux. J'ai appelé et lui ai envoyé des textos pendant des mois, sans aucune réponse. Beth lui sourit une fois, et il déblatère comme s'il était à un talk-show. Par-dessus le marché, Mark lui parle depuis seulement vingt minutes, et elle rit déjà. Il m'a fallu des semaines avant qu'elle rie avec moi.

Je frappe mes chaussures contre le banc pour faire tomber la terre collée aux semelles. Mark est mon frère, il ne me piquerait donc pas ma copine. Sans parler du fait qu'il aime les hommes. Je frappe de nouveau mes chaussures contre le banc, et plusieurs de mes coéquipiers me regardent. Logan hausse un sourcil interrogateur. Je secoue la tête pour lui signifier que je n'ai pas envie de parler.

J'appuie les bras sur mes genoux et essaie de me calmer. Beth n'est pas vraiment ma copine. Nous sommes juste des amis qui nous fréquentons parce que j'ai tout fait de travers avec elle depuis le début.

— Ryan ?

L'entraîneur me fait signe de venir vers lui. J'enfile mes Nike et balance mon sac sur mon épaule. Il a certainement plein de choses à me dire. Je nous ai menés à la victoire, mais en sacrifiant deux coureurs dans la dernière manche. La petite causerie entre Mark et Beth m'a déconcentré.

— Oui.

Mon entraîneur fait un signe de tête vers un homme

d'une trentaine d'années et une femme qui l'accompagne. Ils sont en tenue décontractée du dimanche — jean et chemise bien propre.

— Je voudrais te présenter Pete Carson et sa femme Vickie.

Je serre les mains tendues devant moi — M. Carson d'abord, puis sa femme.

— Enchanté.

— Pete est recruteur pour l'université de Louisville.

Je lance un regard à mon entraîneur en essayant de dissimuler ma surprise. Il sait que mon père et moi sommes branchés sur l'idée que j'intègre la ligue pro après mon bac. M. Carson s'éclaircit la voix.

— Ryan, je suis sur un avant-projet de recrutement depuis un moment, et ton nom est sur toutes les lèvres. Je me demandais si tu avais envisagé de rejoindre notre établissement.

— Non, monsieur. Je compte intégrer la ligue pro après mon bac.

— Ce serait vraiment du gâchis.

Ces mots sont sortis de la bouche de sa femme, visiblement sans réfléchir. Nous la fixons tous les trois, et elle se met à rire nerveusement.

— Pardon, mais c'est vrai. Permettez-moi de me présenter correctement : je suis le Dr Carson, conseillère principale d'éducation du département d'anglais à l'université de Spalding.

— Ah, ah…

Réponse peu riche au niveau grammatical, j'en conviens. Pourquoi est-ce que je me sens piégé comme ça ?

— Mme Rowe, votre professeur d'anglais, est une bonne amie. Elle m'a montré ce que vous écrivez. Vous avez beaucoup de talent. Sur le terrain, mais aussi en dehors. L'université de Spalding propose de fabuleux ateliers d'écriture, et beaucoup de nos étudiants souhaitent poursuivre jusqu'à un master en beaux-arts…

M. Carson pose une main sur le bras de sa femme.

— Tu es en plein recrutement, dis-moi. Je croyais que c'était à moi de jouer.

— Tu n'as pas parlé assez vite.

Elle tapote la main de son mari.

— Spalding possède aussi une équipe de base-ball.

Je ris d'un rire forcé, comme les autres, mais mon malaise grandit. Rester là, à les écouter, me donne l'impression de trahir mon père.

M. Carson lâche le bras de sa femme.

— Spalding est un établissement de division trois. L'université de Louisville est en division un. Plusieurs de nos joueurs ont continué en passant en pro. Tu as un don qui ne s'apprend pas, mais il y a des failles dans tes lancers et quelques soucis avec tes placements. Mes entraîneurs peuvent travailler avec toi et amener tes lancers à un autre niveau. Nous te préparerons pour la ligue pro et, en plus, tu sortiras avec un diplôme.

— Etes-vous en train de m'offrir une bourse ?

— A Spalding, oui, coupe Mme Carson.

Elle sourit devant la grimace de son mari.

M. Carson échange un regard prudent avec mon entraîneur.

— J'ai besoin de savoir si tu es intéressé. J'ai une place de lanceur à pourvoir dans mon équipe, et je compte offrir une bourse à quelqu'un au début de la période d'inscription, en novembre.

En novembre ; ce qui veut dire que si je veux aller à la fac, j'ai un peu plus d'un mois pour me décider. Pas de pression. M. et Mme Carson me décrivent alors la vie universitaire pendant que je fais semblant d'écouter. Que va dire mon père s'il apprend ça ? Tous deux me tendent leur carte de visite, au dépit de M. Carson, me disent au revoir et me laissent seul avec mon entraîneur.

J'attends qu'ils soient suffisamment éloignés avant de poser la question qui me brûle les lèvres.

— Vous avez parlé à Mme Rowe ?

— Le mois dernier, oui. Je crois qu'il est de ton intérêt d'explorer toutes les options possibles.

— Vous croyez que je ne réussirais pas en pro ?

Je m'adresse à l'homme qui m'a toujours presque autant encouragé que mon père.

— Si, répond-il lentement, je crois que tu en es capable, mais je sais aussi que ton père ne te présente pas toutes les possibilités qui s'offrent à toi. C'est un brave homme, seulement, moi, je te considère comme l'un de mes fils, et je ne te rendrais pas service si je ne te parlais pas de tout.

Mes repères vacillent. Mon entraîneur et mon père ont toujours vu les choses du même œil. Pourquoi ce revirement ?

— Je ne participerai pas au concours d'écriture.

— Ecoute, Ryan, dit mon coach avec un soupir exaspéré. On reparlera de ça plus tard. Tu as de la visite.

Son regard se porte derrière mon épaule, et l'appréhension me saisit.

Mark m'attend en bas des gradins pendant que Beth reste assise en haut. Je balaye les alentours du regard pour m'assurer qu'aucun habitant de ma ville ne se trouve dans les parages.

— Salut, dit Mark. Sacré beau match.

J'inspire profondément, essayant de me concentrer. Mark est parti. Mon père l'a regardé droit dans les yeux et lui a demandé de choisir. Mon frère ne m'a pas choisi. Je lui ai demandé de rester, de se battre, il ne l'a pas fait. Je lui ai demandé de venir, il ne l'a pas fait. Et maintenant, il croit qu'il peut revenir comme ça, et que tout se passera bien ? Eh bien, non.

— Qu'est-ce que tu fais ici ?

Mark est défenseur dans l'équipe de football de l'université du Kentucky. Lors de sa première année de fac, il a pris presque dix kilos de muscle.

— Je veux discuter, Ry.

— Il me semble que ton silence depuis cet été a tout dit.

Je passe à côté de lui et fais signe à Beth de descendre des gradins.

— Je voulais te joindre, mais chaque fois que j'ai essayé, je n'ai pas pu. Je n'arrêtais pas de penser à papa et maman, et j'avais besoin de prendre mes distances.

Ses distances… Pourquoi ne m'a-t-il pas chassé d'un bon coup de pied aux fesses, tant qu'il y était ?

— Eh bien, tu as eu ce que tu voulais, pas vrai ? dis-je avec agacement.

— Ne le prends pas comme ça, lance Mark, suffisamment fort pour que les quelques spectateurs qu'il reste l'entendent.

— Je le prends comme je veux, je réponds en continuant de marcher.

Beth descend des tribunes en faisant résonner les marches de métal sous ses pieds.

— Qu'est-ce que tu fais ? demande-t-elle.

— Il faut qu'on y aille. Tu as besoin d'une heure, tu te rappelles ? Après, on ira manger un morceau.

— On a le temps. Va parler avec ton frère.

— C'est bon, Beth.

Mark répond pour moi, sur le ton de l'excuse.

— Je suis content de t'avoir rencontrée. Ne laisse pas Groveton t'étouffer d'ennui.

Elle lui adresse l'un de ses vrais sourires, et l'envie me prend de cogner sur quelque chose — fort.

— Bonne chance pour ton match la semaine prochaine, dit-elle.

Mark enfouit les mains dans les poches de son jean et tourne les talons.

— Tu sais où me trouver, Ry, lance-t-il, le dos tourné. C'est quand tu voudras.

Beth le regarde partir jusqu'à ce qu'il disparaisse de notre vue.

— Attends, à quoi tu joues, là ? me demande-t-elle.

— Tu ne comprendrais pas.

J'avance à grands pas sur le parking et jette mon sac dans la Jeep. Beth claque sa portière et je fais écho à sa colère en l'imitant.

— Dis-moi où je dois t'emmener.

— Le quartier commerçant qui est juste avant ta salle d'entraînement.

Je tourne vivement la tête vers elle. Quoi ? Cet endroit, c'est vraiment la zone !

— Je ne te laisserai pas toute seule là-bas.

— Je ne t'ai pas demandé ton accord. On a passé un marché. A toi de voir si tu veux le respecter ou non.

Son regard bleu me transperce, glacial.

Je tire sur la visière de ma casquette, exaspéré, et m'engage sur la route. Elle est en colère. Je suis en colère. Nous passons les trente minutes de trajet qui nous séparent de l'autre bout de la ville dans le silence complet. Il y a tellement d'électricité dans l'air que la voiture pourrait avancer sans carburant. Un seul mot de l'un ou de l'autre pourrait provoquer une explosion.

De toute évidence, Beth aime jouer avec le feu. Elle me provoque :

— Ton frère est-il du genre à paraître génial vis-à-vis des étrangers, et à se transformer en blaireau en privé ? Est-ce qu'il a craché dans ton bol de Cheerios ?

— Non, dis-je en serrant les dents. C'était un super frangin.

— Alors, qu'est-ce que tu as ? Il a dit que vous ne vous étiez pas parlé depuis trois mois, et qu'il était venu exprès pour te voir. Je peux savoir pourquoi tu n'as pas pris trois secondes de ton temps pour lui dire bonjour ?

J'allume la radio. Elle l'éteint. Je frappe d'une main sur le volant.

— Je croyais que tu avais hâte de profiter de ton heure de liberté à Louisville !

— Patienter un quart d'heure pour que tu puisses

parler à ton frère ne m'aurait pas dérangée. Je te repose la question : qu'est-ce qui ne va pas ?

— Il est gay.

Beth cligne les paupières.

— Tu me l'as déjà dit.

— Il est parti, tu comprends ? Il est parti et il nous a bien fait comprendre qu'il ne reviendrait pas.

Elle se tourne vers moi.

— Tu ne vas pas me faire croire que c'était un choix délibéré de sa part ?

Beth ne me fait pas de confidences sur sa famille, mais visiblement, elle s'attend à ce que la mienne soit parfaite.

— Mon père l'a mis à la porte et Mark n'a même pas essayé de voir ce qui se passerait s'il essayait de rester. Tu es contente, maintenant ?

— Non. Donc, ton père est homophobe. Et toi, c'est quoi ton excuse ?

Ma colère explose soudain.

— Qu'est-ce que tu voulais que je fasse ? Que je me batte avec mon père ? Il nous a interdit, à ma mère et moi, de reparler à Mark. C'est mon père, Beth. Qu'est-ce que tu aurais fait, toi ?

Je ne prends pas la peine de lui dire que j'ai essayé de joindre Mark ou qu'il ne m'a pas répondu… jusqu'à aujourd'hui. Sauf qu'aujourd'hui, il est trop tard.

— Ce que j'aurais fait ? répète-t-elle. Je me serais armée de courage, voilà ce que j'aurais fait ! Bon sang, Ryan, tu es *vraiment* lâche. Ton frère est homo, et tu l'éjectes de ta vie juste parce que tu n'as pas le cran d'affronter ton père !

Je m'engage dans la rue commerçante et me gare au bout du parking. Cet endroit est sinistre. Près de la laverie automatique, un type en marcel hurle sur une blonde décolorée qui tient sur sa hanche un bébé vêtu d'une simple couche. Des garçons de mon âge fument des cigarettes tout en percutant volontairement des filles avec leur skate-board. Visiblement, personne ne leur a appris le respect.

Beth bondit hors de la Jeep et se dirige vers l'enfilade de commerces, ses cheveux flottant dans le vent derrière elle. Pourquoi faut-il toujours que cette fille s'éloigne de moi ? Je m'élance derrière elle, attrape sa main et la force à se tourner vers moi. Je croyais l'avoir mise en pétard en la faisant nominer pour le *homecoming*. Mais le feu que je lis dans ses yeux m'indique que sa colère actuelle se situe à un tout autre niveau. Il faut qu'elle m'écoute, qu'elle comprenne mon père — et toute ma famille.

— Mark nous abandonnés.

— N'importe quoi. C'est toi qui l'as abandonné !

Elle pointe un doigt sur ma poitrine.

— Mon père m'a laissée tomber. Saint Scott m'a laissée tomber. Tu laisses tomber les gens. Je ne laisserai plus jamais personne me faire ça. Toi et moi, on n'est pas compatibles.

Beth s'en va… Elle file vers les magasins et disparaît dans une épicerie. En chemin, elle m'a dit de la déposer et de revenir la chercher plus tard. Je n'ai jamais eu l'intention de la laisser filer, mais ses paroles m'ébranlent. A-t-elle raison ? Ai-je *abandonné* Mark ?

Beth

Je coupe par le supermarché, sors par l'arrière, et fonce vers le Last Stop en évitant le groupe des skateurs. Je reste prudente et fais bien attention à l'argent d'Echo glissé dans la poche arrière de mon jean. Il y a plus de pickpockets que de gens avec un niveau bac, dans ce quartier.

Denny frappe une main sur le comptoir en me voyant poser le pied dans son bar.

— Sors d'ici.

Un type en jean et veste de cuir joue seul à la table de billard, où j'entends les boules s'entrechoquer. Deux hommes plus vieux sont penchés sur leur bière, au bar. Le peu d'espoir que j'ai pu retrouver à Groveton s'évanouit comme je distingue une épave blonde à une table, dans un coin. Conservant toute ma dignité, j'avance vers le comptoir.

— Quel que soit le prix qu'Isaiah te paye, je t'offre le double pour garder le silence.

Il ricane d'un air malsain.

— Il m'a fait la même offre à ton sujet. Retourne donc t'amuser avec ton mec et ne remets pas les pieds dans mon bar.

— Isaiah n'est pas mon mec.

Un sourire ironique aux lèvres, Denny sort un verre mouillé de l'évier et l'essuie avec un torchon.

— Ah ouais, et il est au courant ?

Face à mon silence, Denny fait un geste vers ma mère.

— Elle n'a fait que pleurer aujourd'hui. Trent a été arrêté par les flics pour conduite en état d'ivresse, hier soir, et ils ont confisqué la voiture de ta mère. Emmène-la et reste donc un peu avec elle.

Youpi… et merde. Sans Isaiah, j'ai besoin d'une voiture, et la guimbarde de ma mère était notre seul moyen de sortir de Louisville. Le positif, c'est que Trent ne risque pas de nous tabasser, l'une ou l'autre, aujourd'hui.

— La prochaine fois que tu te pointes ici, j'appelle Isaiah pour qu'il vienne te chercher, annonce Denny. Même si ta mère pleure toutes les larmes de son corps.

Près d'une bouteille de tequila à moitié vide, ma mère est vautrée sur la table, la tête posée sur ses bras repliés. Elle a maigri. L'émotion me submerge. Cette pauvre et pitoyable créature est ma mère, et je l'ai laissée s'enfoncer.

— Allons-y, maman.

Elle ne bronche pas. J'écarte les cheveux de son visage. Plusieurs mèches tombent par terre et restent collées à ma main. Bon sang, depuis combien de temps n'a-t-elle pas mangé ? Des taches brunes et jaunâtres maculent le côté gauche de son visage. Une attelle noire enserre son poignet droit. Je la pousse délicatement.

— Maman. C'est Elisabeth.

Ses paupières s'ouvrent en clignant, découvrant ses yeux vitreux.

— Mon bébé ?

— C'est moi. Rentrons à la maison.

Elle tend le bras comme si j'étais un fantôme. Ses doigts effleurent ma jambe avant que son bras ne retombe le long de son corps.

— Es-tu… un rêve ?

— Quand as-tu mangé pour la dernière fois ?

La tête toujours posée sur son bras, elle m'observe.

— Tu m'achetais à manger et tu me préparais des trucs, avant, non ? Y avait des sandwichs jambon-fromage avec de la moutarde dans le frigo. C'était toi.

Mes entrailles se resserrent comme une plante privée d'eau. D'après elle, qui s'occupait d'elle ainsi ? Je ferme les yeux et mobilise mes ressources. Le séjour chez Scott m'a adoucie. Je dois être plus pondérée, pour ma mère comme pour moi.

— Allons-y.

Je pose un bras sur son dos et l'invite à bouger.

— Viens. Il faut te lever. Je ne peux pas te traîner à la maison.

— Je déteste quand tu cries, Elisabeth.

— Je n'ai pas crié.

Mais je la manipule. Comme beaucoup d'enfants, ma mère obéit à une forte réprimande. Et comme beaucoup d'enfants également, elle obéit souvent à la mauvaise personne.

— Si, marmonne-t-elle. Tu es tout le temps en colère.

J'ai beau la tenir fermement, elle titube d'un côté et de l'autre. Malheureusement, la porte de service, sur l'arrière, est fermée. Ce qui veut dire que nous allons devoir passer par l'avant. Le moindre pas lui coûte un effort phénoménal, et je commence à calculer combien de temps il va me falloir pour la ramener chez elle à cette vitesse. J'ai tant de choses à effectuer avant de retrouver Ryan — aller faire quelques courses, trouver le moyen de récupérer la voiture, et fixer la date de départ.

Ma mère trébuche comme nous retrouvons la lumière du jour. Elle essaie alors de protéger ses yeux, ce qui affecte son équilibre déjà précaire, et je dois me servir de mes deux mains pour la maintenir debout. Elle a raison ; je suis toujours en colère. Et en ce moment même, un volcan bout en moi.

— Qu'est-ce que tu as pris d'autre ?

— Rien, répond-elle trop hâtivement.

C'est ça.

— Cette bouteille de tequila n'était pas vide. Tu as décidé de lever le pied ?

Elle ne dit rien et je laisse tomber — parfois, il vaut mieux ignorer certaines choses. Je continue de la traîner sur le trottoir, aidée de temps à autre par un pas de sa part à peu près digne de ce nom. Plusieurs garçons avec lesquels j'allais à l'école passent près de nous sur leurs skate-boards. Deux d'entre eux me sifflent et me demandent si je suis revenue m'installer ici. L'autre…

Il redresse son skate et sort un billet de dix dollars de sa poche.

— Encore fauchée, Sky ? lance-t-il à ma mère. Si tu me fais une petite gâterie, je te dépanne.

Le feu de la honte me monte aux joues, mais je me force à rester bien droite et continue d'entraîner ma mère vers son appartement.

— Dégage.

— Tu nous as manqué, Beth, mais ta mère est plus marrante quand tu n'es pas là pour la materner.

Il repose sa planche à terre, monte dessus et s'éloigne. C'est vrai, mon séjour chez Scott m'a adoucie, ce qui rend cette expérience mille fois pire. Si seulement il m'avait laissée vivre comme avant.

— On va partir en Floride, dis-je.

Nous passons lentement devant le mont-de-piété.

— Il y aura du soleil, on se baignera dans la mer et on se roulera dans le sable.

Ma mère n'est pas une putain. Non. Pitié, mon Dieu, faites que ce ne soit pas vrai.

— On va te désintoxiquer et on se trouvera un boulot.

Vraiment ?

— On trouvera bien quelque chose.

Mais Scott étant responsable de moi, nous allons devoir être prudentes. Parce que, officiellement, je serai une fugueuse.

— Donne-moi une date, et on partira.

— Il faut que je fasse sortir Trent de prison d'abord, murmure ma mère. Puis que je récupère la voiture.

— Oublie Trent. Qu'il pourrisse en taule, celui-là.

— Je ne peux pas.

Ma mère me tire sur les cheveux pour rester debout, et je me retiens de hurler de douleur en me mordant la lèvre. Crier ne ferait qu'attirer davantage l'attention sur nous.

Nous arrivons au bout du trottoir. Là, elle rate le changement de niveau et tombe en avant, s'étalant sur le pavé.

Je n'ai qu'une envie : m'asseoir par terre et me laisser aller à pleurer ; mais je ne peux pas me le permettre. Pas sous les yeux des gens. Pas avec ma mère dans cet état.

— Relève-toi !

— Je la tiens.

Une voix douce et profonde me fait frissonner de haut en bas. Isaiah relève ma mère du sol avec facilité. Sans m'attendre, il se dirige alors tout droit vers son appartement.

Isaiah.

Je n'en crois pas mes yeux.

Mon meilleur ami.

Mon cœur marque un temps d'arrêt ; qui me fait mal.

Dans les bras d'Isaiah, ma mère parle avec plus ou moins de cohérence. Arrivée à la porte, j'enlève du cou de ma mère le collier où sont attachées les clés, collier que je portais quand j'allais à l'école primaire.

Je croise furtivement le regard d'Isaiah et frémis devant son expression peinée. Il porte sa tenue de travail, celle du garage qui l'emploie. Un tissu bleu taché de graisse et d'essence. Depuis trois semaines, tous les jours, Isaiah m'appelle et m'envoie des textos, et je ne lui ai jamais répondu. Mais je ne dois pas me sentir coupable. Après tout, c'est lui qui m'a trahie, et je peux assumer de ne pas lui avoir répondu pendant tout ce temps.

Une horrible odeur de rance me saute au nez en ouvrant la porte. La peur me saisit. Je ne veux pas savoir. Surtout pas. Nous partons en Floride, c'est tout ce qui compte.

Isaiah m'emboîte le pas et se met à jurer. Devant l'odeur, le capharnaüm ou les dégâts dans l'appartement, je ne sais pas. Rien n'a changé depuis la dernière fois que je suis venue, sauf que la porte du réfrigérateur est grande ouverte.

— Tu as oublié de payer la femme de ménage ? lance-t-il.

Je souris à demi devant cette tentative de dédramatiser la situation. Il sait que je déteste que quelqu'un voie les conditions de vie de ma mère.

— Elle demandait à être payée en liquide, et maman voulait qu'on se serve de la carte de crédit qui nous rapporte des Miles.

J'enjambe ordures et bouts de meubles cassés pour diriger Isaiah vers la chambre de ma mère. Là, il l'allonge délicatement sur le lit. Ce n'est pas la première fois qu'il m'aide avec elle. Quand on avait quatorze ans, Isaiah m'aidait déjà à la ramener du bar. Il connaît les fissures dans le mur, la moquette verte râpée et la photo d'elle et moi scotchée sur son miroir brisé.

— Donne-moi quelques minutes, lui dis-je. Ensuite, je file à l'épicerie.

Il hoche la tête, l'air résigné.

— Je t'attends dans le salon.

Je retire les chaussures des pieds de ma mère et m'assois près d'elle sur le lit.

— Maman, réveille-toi. Dis-moi ce qui est arrivé à ta main.

Comme si je ne le savais pas déjà.

Ses yeux s'entrouvrent, et elle se met en position fœtale.

— On s'est disputés, avec Trent. Il ne l'a pas fait exprès.

Evidemment.

— Plus vite on s'éloignera de lui, mieux ce sera, dis-je.

— Il m'aime.

— C'est faux.

— Si, il m'aime. C'est juste que vous ne vous connaissez pas très bien, tous les deux.

— J'en connais suffisamment.

Je sais qu'il porte une chevalière qui m'a fait un mal de chien quand il m'a frappée au visage.

— Tu pars avec moi, hein ? Parce que sinon, je ne peux pas m'occuper de toi.

Je voudrais qu'elle me dise oui, et vite. Son hésitation me déchire littéralement le ventre. Enfin, elle parle :

— Tu ne comprends pas. Tu es une gitane.

Et elle, une ivrogne.

— Est-ce que tu partiras avec moi, oui ou non ?

— Oui, ma puce, marmonne-t-elle. Je partirai avec toi.

— Combien faut-il payer pour récupérer la voiture ?

— Il me faut cinq cents dollars pour faire sortir Trent de prison.

Trent peut bien crever en prison.

— J'ai dit la voiture. Combien pour récupérer la voiture ? Je ne peux pas revenir régulièrement à Louisville, et je ne peux pas prendre soin de toi si on ne quitte pas la ville.

Elle hausse les épaules.

— Deux cents.

Ma mère commence à entonner une vieille chanson que grand-père avait l'habitude de fredonner avant de s'endormir quand il était sous l'emprise de l'alcool. Je me frotte le visage. Il nous faut cette maudite voiture et j'ai besoin d'un plan. Maman et moi devrions être parties depuis des semaines, mais Isaiah a tout gâché. Ma fenêtre de tir ne cesse de rétrécir et je ne sais pas combien de temps ma mère tiendra encore toute seule.

Je sors l'argent d'Echo de ma poche et en pose la moitié sur la table de chevet. Ma mère cesse de chanter et fixe les billets.

— Maman, écoute-moi. Il faut que tu arrêtes de boire et que tu ailles chercher la voiture. Je veux aussi que tu payes le téléphone. On va bientôt partir. Tu comprends ?

Elle reste les yeux rivés sur l'argent.

— C'est Scott qui t'a donné ça ?

— Maman !

Je crie, elle sursaute.

— Répète ce que tu dois faire.

Elle tire un vieil animal en peluche à moi de sous son oreiller.

— Je dors avec ça quand tu me manques.

J'ai dormi avec cette peluche toutes les nuits jusqu'à mes treize ans. C'est la seule chose que mon père m'ait jamais offerte. Le fait qu'elle l'ait conservée me met en vrac. Il ne faut pas que je pense à ça maintenant. Il faut que maman se souvienne de ce qu'elle a à faire. Sa vie en dépend.

— Répète ce que je t'ai dit.

— Récupérer la voiture. Payer le téléphone.

Je me lève, et elle me prend la main.

— Ne me laisse pas. Je ne veux pas rester seule.

Sa demande accroît mon sentiment de culpabilité. Nous avons tous nos peurs. Ces choses, dans un recoin sombre de notre cerveau, qui nous terrifient au-delà de toute raison. Voilà la sienne. Ma peur à moi, c'est de la quitter.

— Je dois aller t'acheter à manger. Je ferai des sandwichs, et je te les laisserai dans le frigo.

— Reste, m'implore-t-elle. Reste jusqu'à ce que je m'endorme.

Combien de fois l'ai-je suppliée de rester près de moi quand j'étais petite ? Je m'étends près d'elle sur le lit, je passe la main dans ses cheveux et reprends la chanson là où elle l'avait interrompue. C'est son couplet préféré. Un couplet qui parle d'oiseaux, de liberté et de changement.

Je coupe le dernier sandwich en deux et range l'assiette remplie dans le réfrigérateur, avec les restes de jambon et de fromage qu'Isaiah a achetés pendant que je berçais ma mère avec la chanson. Il s'occupe en rangeant les boîtes de biscuits et de céréales dans le garde-manger. Isaiah a acheté de la nourriture sans préparation, que maman pourra facilement consommer.

— Tu ne crois pas que ma punition a asscz duré ? demande-t-il.

Les chaînes qui me tirent constamment vers le bas deviennent soudain plus lourdes.

— Est-ce que tu vas encore me jeter par-dessus ton épaule et me forcer à partir ?

— Non, répond-il. Tout le monde sait que Trent est en taule. La pire chose qui puisse t'arriver ici…

Il coule un regard vers la porte fermée de mon ancienne chambre.

— Finalement, je devrais peut-être te remettre sur mon épaule. Cet endroit n'est pas bon pour toi, Beth.

— Je sais.

Et c'est précisément pour ça que je veux partir… avec ma mère. Une petite part de moi est curieuse de savoir ce qu'Isaiah sait et que j'ignore. Je pourrais ouvrir la porte de mon ancienne chambre et le découvrir, mais je repousse immédiatement cette idée. Non, je ne veux pas le savoir. Vraiment, vraiment pas.

— Tu devrais retourner au boulot, dis-je.

Il a enlevé sa tenue de travail et mis un jean et un T-shirt noir, ce qui signifie qu'il compte rester. Je n'ai pas envie qu'il perde un job qu'il adore à cause de moi. Le garage pour lequel il travaille se trouve juste en face de la rue commerçante, raison pour laquelle il a pu me rejoindre si vite.

— J'ai fini il y a une heure. Je suis resté pour des babioles, et pour bricoler une Mustang que quelqu'un a apportée. Elle est vraiment classe. Je suis sûr que même toi, tu l'aimerais.

Je me rends compte que ça m'a manqué — qu'Isaiah me raconte sa journée, avec l'enthousiasme qui est le sien quand il parle des voitures. Il me contemple de ses beaux yeux gris. Il m'a manqué, lui aussi. Sa voix. Les tatouages qui couvrent ses bras. Sa présence rassurante, constante. Cette dernière est ce qui me manque le plus. Ma relation avec Isaiah est la seule que je n'ai jamais remise en question. La seule pour laquelle je n'ai pas à me demander si elle tiendra encore la route le lendemain matin.

J'avance vers lui et passe les bras autour de son torse. D'un bras, puis de l'autre, Isaiah m'enlace à son tour. J'aime le bruit de son cœur. Si régulier. Si fort. Pendant quelques brefs instants, je n'ai plus de chaînes.

— Tu m'as manqué, dis-je.

— Tu m'as manqué aussi.

Il appuie sa tête contre le haut de la mienne. L'une de ses mains vient envelopper ma nuque. Ses doigts effleurent ma joue, et mon dos se crispe soudain. Depuis quatre ans, nous nous sommes souvent touchés, mais seulement quand nous avions bu ou pris de la drogue. Depuis mon arrestation, Isaiah m'a touchée trop de fois en étant sobre.

Un soir, l'année dernière, nous sommes allés trop loin pendant un trip. Un peu comme Ryan et moi. Mais à la différence de ce qui s'est passé avec Ryan, Isaiah et moi avons ensuite fait comme si rien ne s'était produit. J'imagine que s'il n'y avait pas Ryan, j'aurais sûrement tout fait pour oublier notre nuit dans la grange.

C'est alors que je me souviens… qu'Isaiah m'a déclaré qu'il m'aimait.

— Beth, quand on aura passé notre bac, je te promets que je t'emmènerai loin d'ici.

— D'accord, dis-je, sachant très bien que je serai partie avant le bac.

Je me dégage doucement de son étreinte tout en me demandant si je n'ai pas mal compris ses propos. Peut-être ne m'a-t-il pas dit qu'il m'aimait. Ou peut-être qu'il l'a fait, et qu'une fois de plus, nous faisons semblant de rien.

— Denny t'a encore appelé ? je demande.

— Oui, et il continuera de le faire. Ecoute, simplifie-nous les choses à tous et appelle-moi d'abord. Si tu dois voir ta mère, je veux être avec toi quand tu y vas. Je serais capable de tuer Trent s'il levait de nouveau la main sur toi, et j'aimerais autant ne pas finir en prison.

— D'accord.

Je ne le ferai pas. La prochaine fois que je viendrai à Louisville, ce sera pour prendre ma mère et quitter cette ville pour de bon.

— Rico fait une fête ce soir, poursuit Isaiah. Noah sera là. Je te promets qu'on te ramènera chez ton oncle avant qu'il s'inquiète.

Une ombre traverse mon esprit. J'ai giflé Noah.

— Est-ce qu'il est furax après moi ?

Isaiah secoue la tête.

— Non, plutôt envers lui-même. Tout comme moi. On aurait dû aborder les choses autrement avec toi, mais on est arrivés juste après Trent. On était terrifiés à l'idée qu'il te tape encore dessus.

Je sors mon portable de ma poche et vérifie l'heure. Dans cinq minutes, je dois retrouver Ryan. Je me passe une main dans les cheveux et réfléchis à la situation. J'ai envie de voir Noah et de passer du temps avec Isaiah. Après ce qu'il a fait à son frère, j'aurais envie de pousser Ryan sous un bus. Mais mon cœur semble faire un tour sur lui-même. En réalité, ce dont j'ai vraiment envie, c'est que Ryan me fasse son sourire qui tue et me dise qu'il a commis une énorme erreur.

Qu'est-ce qui m'arrive ?

Je me mords la lèvre et regarde Isaiah en face.

— Il faut d'abord que j'en parle à Ryan.

Ryan

Beth sort d'un immeuble miteux, Isaiah sur ses talons. Le même refrain tourne en boucle dans ma tête : je ne la perdrai pas ; je ne renonce pas.

J'aurais pu la retrouver plus tôt, mais j'ai décidé de respecter son souhait et de m'en tenir à ce qui était prévu. Je suis donc allé prendre une douche, me changer au centre d'entraînement, avant d'aller la chercher une heure plus tard. J'ai juste modifié un détail du plan : je viens la chercher à l'endroit où je l'ai vue la dernière fois. Une heure plus tôt, j'ai vu Beth suivre Isaiah dans cet immeuble ; il portait une femme évanouie dans ses bras.

Laisser sa liberté à Beth — sachant qu'elle était avec lui et non avec moi — est une des choses les plus difficiles que j'aie eu à faire. Mais je veux la garder. Quels que soient les termes que j'emploie devant elle, je la considère comme *ma* copine.

Beth s'arrête en me voyant appuyé contre la portière côté passager de ma Jeep. Elle pâlit, et ses yeux s'écarquillent.

— Qu'est-ce que tu fais ici ?

— On doit aller dîner.

Elle cligne les yeux et Isaiah se raidit derrière elle. S'il cherche la bagarre, moi pas.

— On peut parler une seconde, Beth ? je demande.

Je regarde Isaiah.

— Seuls.

— Je ne partirai que si Beth me le demande, annonce Isaiah.

Son attitude se veut cool, presque sympa, mais on sent bien que c'est forcé.

— Isaiah, dit Beth. Il faut que je lui parle.

Derrière elle, Isaiah pose une main sur son épaule, dépose un baiser sur le haut de sa tête et me considère fixement. La hargne monte en moi. La seule chose qui me retient de lui mettre mon poing dans la figure, c'est l'expression de Beth : ses yeux s'arrondissent comme des soucoupes. Bien. J'apprécie le fait qu'elle ne s'attendait pas à un tel geste de sa part.

Isaiah saute dans une vieille Mustang et allume le contact en me jetant un dernier regard noir. Le moteur rugit, et la voiture quitte bientôt le parking.

Beth appuie les poings sur ses yeux. Je suis assailli par un millier de questions, mais pour l'heure, une seule chose m'intéresse : sauver notre relation.

— Je suis désolé.

Elle baisse lentement ses mains.

— Pour quoi ?

Que cet endroit sinistre soit celui de son ancienne vie. Qu'elle ne me fasse pas suffisamment confiance pour me laisser l'aider à résoudre ses problèmes. D'avoir été assez bête pour croire qu'elle n'était qu'une enfant gâtée largement entretenue par son oncle. D'être un abruti, comme elle me l'avait dit il y a quelques semaines de cela.

— Mark était mon meilleur ami, lui dis-je. Quand il est parti, j'ai eu l'impression qu'un morceau de moi disparaissait avec lui. Lorsque mon père l'a mis à la porte, je n'ai pas compris pourquoi il ne restait pas, pourquoi il ne se battait pas — si ce n'était pas pour lui, au moins pour moi.

Je n'ai jamais dit ça à personne avant. Pas même à Chris ou à Logan. Beth est la première à m'interpeller sur quelque chose d'aussi sensible, d'aussi personnel. Si un orage doit suivre, je l'aurai bien mérité.

Elle pousse un profond soupir et s'assoit sur le bord du trottoir.

— Je comprends.

Là, elle paraît toute petite, perdue, une fois encore, et mon cœur frémit en la regardant.

Je m'assois à côté d'elle, et tout semble rentrer dans l'ordre quand elle pose la tête contre mon épaule. Je passe un bras autour d'elle et ferme brièvement les yeux tandis qu'elle rapproche son corps chaud du mien.

— Tu t'es quand même conduit comme un lâche avec Mark, dit-elle.

— C'est vrai.

Le remords me serre les entrailles.

— Mais qu'est-ce que je dois faire ? C'est lui ou mon père. Ils sont en ordre de bataille rangée, tous les deux. Je suis censé choisir mon camp, seulement, j'ai besoin de l'un comme de l'autre.

Silence. Une brise apaisante ondule sur le parking.

— C'est ma mère, annonce Beth avec la même gravité que j'ai entendue dans la voix de Scott lorsqu'il évoquait l'enfance de Beth. Au cas où tu te poserais la question.

— Oui, je me demandais.

Mais je ne comptais pas la pousser aux aveux. Mes doigts effleurent son bras, et elle se serre un peu plus contre moi. J'aimerais pouvoir l'embrasser maintenant. Pas pour lui donner le genre de baiser qui enflamme le corps. Non. Plutôt le genre de baiser qui lui montre combien elle compte pour moi — celui qui implique notre âme.

Beth lève la tête, et je retire mon bras. Elle a besoin de sa liberté, et j'ai besoin d'apprendre à la lui donner.

— Pas l'éclate, nos sorties, hein.

Je ris doucement. Elle a raison. Espérant un moment romantique, je voulais attendre la fin de notre dîner pour lui donner ce que j'ai apporté ; mais s'il y a bien une chose que j'apprends au contact de Beth, c'est que la perfection n'existe pas. Je glisse alors ma main dans ma poche, en sors la bande de tissu satiné et l'agite devant elle.

— Tiens, un petit cadeau pour toi. En guise de motivation.

Beth cligne les paupières et sa tête s'incline lentement vers la gauche comme elle fixe le ruban. Comment les garçons procèdent-ils, d'habitude ? Comment font-ils pour offrir des cadeaux aux filles qu'ils aiment sans perdre la tête ? Je voudrais qu'elle ait envie de rester sur la liste du *homecoming*, mais surtout… je voudrais que ce cadeau lui prouve que je la connais et que je vois plus loin que ses cheveux noirs, ses bijoux de nez et ses jeans destroy. Que je la vois telle qu'elle est : Beth.

— Tu m'as acheté un ruban, murmure-t-elle. Comment as-tu su ?

J'ai la bouche sèche.

— J'ai vu une photo de toi petite dans le bureau de Scott, et tu en as parlé… dans la grange.

Ses paroles m'avaient hypnotisé. « Les rubans, avait-elle dit d'un ton rêveur. J'adore toujours les rubans. »

D'un mouvement brusque et méthodique, Beth me tend son poignet.

— Mets-le-moi.

— Je suis un mec. Je ne sais pas comment mettre un ruban dans les cheveux d'une fille.

Un sourire amusé se dessine sur ses lèvres.

— Mais non, attache-le à mon poignet. Je ne sais pas si tu as remarqué, mais je ne suis plus tout à fait du style à me mettre des rubans dans les cheveux.

Tout en enroulant la longue bande de tissu autour de son poignet et en m'efforçant de faire un nœud correct, je prends mon courage à deux mains et me lance :

— Alors, est-ce que tu es motivée maintenant ?

Son hésitation me met au supplice.

— Oui, dit-elle enfin dans un souffle. Je suis motivée.

Beth m'offre alors un cadeau précieux : un regard doux et bleu qui me rappelle l'océan, avec un sourire si serein qu'il m'évoque le ciel.

— Allons manger, dis-je.

Son expression se fait trop innocente. Elle se mord la

lèvre inférieure, attirant instantanément mon regard par là. Je brûle de goûter de nouveau ses lèvres. Quelque part dans ma tête, un signal d'alarme retentit, mais je m'en fiche. Je ferais n'importe quoi pour qu'elle continue de me regarder de cette façon.

— En fait, dit-elle, j'ai une autre idée.

Deux pâtés de maisons plus loin, nous pénétrons en plein territoire des gangs. J'ai eu vent de rumeurs sur le sud de la ville, mais je n'y ai jamais cru. Je pensais qu'il ne s'agissait que de légendes urbaines inventées par des filles en mal de sensations. J'ai dû passer une centaine de fois sur la route principale de ce quartier avec des amis. J'ai mangé dans ces fast-foods, dans certains restaurants même, avec mes parents. Je n'aurais jamais imaginé que derrière les couleurs vives et les façades bien léchées de cette grande rue se trouvaient toutes ces minuscules habitations et ces ruelles aux murs couverts de tags.

Sur un perron, Isaiah rit avec deux Latinos ; m'apercevant, il fait un signe de tête en direction de ma Jeep garée juste derrière sa Mustang. Ils arrêtent de rire. Normal. Moi non plus, je ne trouve rien de drôle à ce scénario.

— Je n'aime pas cet endroit.

— Ce sont mes amis, dit Beth. Scott m'a quasiment enlevée, et je n'ai jamais pu dire leur dire au revoir. Tu peux rester dans la voiture si tu veux. Donne-moi vingt minutes et trente secondes. Et après, on sortira. Je te le jure.

Il est hors de question qu'elle entre là-dedans toute seule. Je considère le niveau de dangerosité du quartier et des types qui squattent le porche.

— Je ne peux pas te protéger, ici.

— Je ne te le demande pas. Tu as dit que tu attendrais…

Je lui coupe la parole.

— Quand tu as dit vouloir t'arrêter pour dire au revoir à des amis. Sauf que ce type porte les emblèmes d'un gang.

Elle bascule sa tête contre le dossier de son siège.

— Ryan. Je ne reverrai probablement plus jamais ces gens. Tu veux bien me laisser leur dire au revoir, s'il te plaît ?

Les mots « plus jamais » et « au revoir » me plaisent déjà un peu plus.

— Dans ce cas, je viens avec toi.

— Très bien.

Elle sort de la voiture et je la suis. Elle peut se bercer de toutes les illusions qu'elle veut, mais elle n'est pas plus en sécurité que moi, ici, et je ferai ce qu'il faut pour que personne ne lui fasse de mal. Nous arrivons au perron ; je remarque qu'Isaiah a disparu. Aurait-il eu la bonne idée de rentrer chez lui ? L'intérieur de la maison est plus petit que je ne m'y attendais, et je ne m'attendais pourtant pas à du luxe.

La cuisine et le salon ne forment qu'une unique pièce, séparée par l'angle des meubles. Il y a des jeunes assis partout — sur le sol, sur le mobilier. D'autres sont appuyés contre les murs. Un brouillard de fumée stagne dans la pièce. Fumée de cigarettes et d'autres choses.

J'attire le regard de presque tout le monde, mais ils poursuivent leurs conversations. Les garçons me jaugent. Les yeux des filles s'attardent sur ma poitrine. Certaines osent même lorgner plus bas. Beth prend ma main dans la sienne, puis effleure ma joue du bout des doigts, m'incitant à baisser la tête vers la sienne.

— Reste près de moi, chuchote-t-elle. Ne parle pas et ne fixe personne. On sera mieux dans le jardin.

Depuis des jours, je rêve que Beth se retrouve de nouveau si près de moi ; mais maintenant, mon attention est concentrée sur les dizaines d'yeux qui observent le moindre de nos mouvements. Beth se retourne, serre ma main un peu plus fort et m'entraîne à travers la pièce pour franchir la porte au fond de la cuisine.

Dans le petit jardin, des guirlandes de Noël lumineuses

sont suspendues entre quelques arbres. Un carré d'herbe pousse au fond du terrain. Le reste est un mélange d'herbes folles et de terre. Au milieu d'un cercle de vieilles chaises de jardin, Isaiah discute avec Noah, lequel est collé à une rouquine, et avec l'un des Latinos que j'ai vus sur le perron.

Noah s'écarte du groupe en voyant Beth. Elle lâche ma main et tombe dans ses bras tendus. Ils se murmurent des choses. Je n'aime pas la façon dont il la tient, ni le temps que ça dure. Je regarde sa copine. Pourquoi est-elle si contente de voir son mec serrer quelqu'un d'autre dans ses bras ?

Quand il lâche enfin Beth, Noah me tend la main.

— Un blème, mec ?

Je prends sa main et la serre superfort.

— Non. Et toi ?

Noah sourit sous ma poignée de main et serre fort à son tour.

— Eh, détends-toi. Beth dit que t'es un pote, donc on est potes.

Beth étreint maintenant le Latino et rit tandis qu'il baragouine en espagnol.

— C'est Rico, dit Noah. T'inquiète pas. Tu ne crains rien.

— C'est pour Beth que je m'inquiète. Elle ne devrait pas être là.

Noah perd son expression désinvolte.

— C'est vrai.

Beth regarde par-dessus son épaule et me lance un sourire joyeux — celui que je n'ai vu qu'une poignée de fois sur son visage.

— Je rêve ou elle porte un ruban ? demande Noah, l'air incrédule.

Je lui réponds avec une once de fierté :

— C'est moi qui le lui ai offert.

— Excellent, marmonne Noah en jetant un coup d'œil du côté d'Isaiah. Si j'étais toi, je ne traînerais quand même pas trop.

Noah retourne vers le groupe et entraîne sa copine

dans un hamac tendu entre deux piquets. Le hamac oscille doucement tandis qu'ils s'y allongent tous les deux. Redressé sur un coude, Noah regarde la fille, puis moi.

— Echo, je te présente Ryan. Ryan, je te présente ma chérie.

Message reçu. On ne touche pas à cette fille.

— Enchanté, dis-je.

Echo s'assoit dans le hamac, mais Noah passe un bras autour de sa taille et la tire en arrière pour qu'elle se rallonge.

— Beth a amené un gars bien élevé, le taquine Echo. Tu vois, ce n'est pas si difficile.

Noah repousse ses cheveux roux sur son épaule et fait glisser un doigt sur son bras.

— Mais je suis bien élevé, moi aussi, dit-il.

— Non.

Elle lui donne une petite tape sur la main et rit.

— Tu n'es pas bien élevé.

Le dégoût m'envahit soudain tandis que je prends conscience de ce que je vois. Les bras d'Echo sont couverts de cicatrices. Je me passe une main sur le visage. Qu'a-t-il bien pu lui arriver ? Noah taquine toujours Echo, qui ne cesse pas de rire, mais il prend brusquement un ton beaucoup moins aimable en s'adressant à moi.

— Continue de mater comme ça et je te fais ta fête.

— Noah, gronde Echo. Arrête.

Beth revient vers moi.

— Je t'avais dit de ne fixer personne, non ?

— Excuse-moi, dis-je directement à Echo.

Elle sourit.

— Tu vois ? Ça, c'est un garçon bien élevé.

— Allez, dit Beth. Viens prendre une bière avant de leur donner une bonne raison de se mettre en colère.

Beth

Rire me manque.

Souvent, j'arrive à trouver un truc assez marrant pour faire se relever le coin de mes lèvres. Parfois, c'est suffisamment drôle pour me faire ricaner. Mais rire me manque. Rire pour de bon. Rire à en avoir mal aux côtes, au ventre, le visage fatigué à force de sourire sans cesse.

Par exemple, en ce moment, Rico est au milieu du cercle de chaises, et il rejoue au ralenti la scène où Isaiah et moi lui avons évité de se faire arrêter cet été — parce qu'il n'avait pas l'âge autorisé pour boire — en distrayant deux flics avec une comédie pas possible.

— Alors, dit-il, je suis planqué dans les buissons, et si les flics reculent d'un pas, ils marcheront sur moi. Beth est debout, juste là…

Rico reprend son souffle entre deux rires.

— Le haut de son bras était raide comme un piquet et son avant-bras se balançait d'avant en arrière, comme un pendule. Le flic lui a demandé si elle avait besoin d'assistance médicale. Il croyait qu'elle faisait une crise d'épilepsie, ou un truc dans le genre.

Tout le monde éclate de rire, y compris moi. Rico se reprend pour raconter la fin.

— Et là, elle sort de son silence et dit au type : « Je suis un mime, espèce d'idiot. Pourquoi croyez-vous que je fais tous ces mouvements d'attardé mental ? »

Les éclats de rire redoublent et, tandis que chacun reprend sa respiration, Rico jette un œil vers Ryan.

— *Incluso el niño blanco se esta riendo.*

Je ne parle pas espagnol couramment, mais j'en sais assez pour repérer les mots « petit Blanc » et « rigoler ». Mon cœur chavire en posant les yeux sur Ryan, qui se remet de son fou rire. Il est toujours mignon, mais il est carrément craquant quand il rit.

Rico porte sa canette de bière à ses lèvres puis la jette dans le jardin.

— Je suis raide, annonce-t-il.

Isaiah renverse la glacière.

— On est tous raides, mon gars.

— Isaiah, lance Rico, viens m'aider à taper dans le stock d'Antonio, qu'on passe à la *mota*.

La *mota*. L'herbe. Je me sens frémir. J'ai envie de fumer. J'en meurs d'envie, même — de l'odeur tout autour de moi, de la fumée qui me brûle les poumons, de la sensation de liberté et de flottement. Oh oui, j'ai une envie folle de flotter.

Isaiah se lève et Rico me fait un signe du pied en passant.

— T'es partante, hein, Beth ?

Je secoue la tête, dégoûtée de la vie.

— Non. Couvre-feu.

Je coule un regard vers Ryan. Sait-il seulement ce qu'est la *mota* ? Mon sourire se fane alors que je me repasse les histoires qui viennent d'être racontées. Oh ! non. Les soirées biture. La drogue. Les fêtes. Il a tout entendu. Mon ventre se contracte. Il sait qui je suis.

— Beth, dit Isaiah.

Il attend que je tourne les yeux vers lui.

— La came est douce. Tu seras clean en rentrant chez toi.

— Isaiah, prévient Noah.

Isaiah ne me mettrait pas en difficulté. S'il dit que je serai clean dans une heure, je le serai. Il sait à quel point j'ai envie de planer un peu. Un bruit fracassant retentit soudain dans la maison. Je connais ces gens. Ryan, non. Je ne peux pas le laisser sans défense parmi eux.

— Non, ça va.

— Comme tu veux.

Rico entre dans la maison. Isaiah me dévisage, et j'ai du mal à interpréter la lueur que je vois dans ses yeux. Brusquement, il emboîte le pas à Rico.

Dans le hamac, Noah commence à embrasser Echo. Ces deux-là seront barrés dans leur propre monde pour le reste de la soirée, et Isaiah sera parti dans dix minutes. Cette soirée était cool, mais je me suis aussi sentie étrangement tiraillée entre deux camps adverses. Ryan d'un côté ; Isaiah de l'autre. C'était bizarre d'être en même temps avec mon meilleur ami et un garçon que j'aime vraiment beaucoup.

Pourquoi Isaiah ne voit-il pas que nous sommes seulement amis ? Et rien de plus. Il faut que je lui parle avant qu'on parte. J'ai besoin de mettre tout ça au clair. J'ai besoin de l'entendre dire que ce n'était pas le fond de sa pensée, et qu'il est toujours mon meilleur pote.

Ryan se lève, s'étire, et avance vers l'arbre de l'autre côté du jardin. Je jette un coup d'œil vers la maison par-dessus mon épaule. J'ai pris soin de ne pas faire trop de cas de Ryan devant Isaiah, mais je dois m'assurer que Ryan va bien aussi. Oui, Isaiah est parti pour un moment. Et Rico n'est pas pressé quand il fume.

Je suis donc Ryan dans son coin.

— Il ne faut pas que Noah et Echo te dérangent, tu sais ?

Des dizaines d'ampoules de Noël sont suspendues dans l'arbre. Sa peau bronzée est superbe sous cette lumière.

— Ce n'est pas à cause d'eux que je bouge.

Je hausse un sourcil.

— Pourquoi, alors ?

Ryan incline la tête et ses yeux parcourent mon corps comme s'il savourait cette vision.

— Tu es belle quand tu ris.

Le feu me monte aux joues et je détourne le regard. Ryan tend alors la main pour me toucher. Ses doigts s'attardent sur mon cou, et la douceur de sa caresse m'échauffe le sang.

— Tu devrais rire davantage, dit-il.

Je déglutis.

— La vie ne m'a pas donné beaucoup d'occasions de rigoler.

— Je pourrais faire changer ça.

Ryan se rapproche dangereusement de moi, et tout son être se connecte à une partie du mien.

J'inspire et sens ce délicieux parfum de terre après la pluie.

— Tu sens bon, dis-je.

Une main glisse le long de mon dos et remonte dans mes cheveux, me faisant frissonner.

— Toi aussi. Tu sens toujours la rose.

Je ris à l'idée que je sente bon et me mords la lèvre devant cette réaction de midinette.

— On ne me l'a jamais dit avant.

Le fameux sourire aux fossettes éclaire le visage de Ryan, et mon sang se met en effervescence. Ce sourire est pour moi, et pour moi seule.

— Il y a beaucoup de choses que je voudrais te dire, Beth, et je veux être le premier à te les dire.

Un désir ardent illumine ses prunelles. J'ai déjà vu ce regard chez d'autres garçons, mais chez Ryan, c'est différent. Ce regard possède plus de profondeur, plus d'intensité, comme s'il me voyait de l'intérieur.

— J'ai envie de t'embrasser, murmure-t-il. Et toi, tu en as envie ?

Mon cœur s'accélère. On peut dire que Ryan sait embrasser. J'en suis restée éveillée une partie de la nuit, à me repasser le souvenir de ses lèvres contre les miennes. Ses baisers sont forts comme lui, possessifs et gourmands. Ryan m'a dit des choses belles quand nous étions dans la grange, et il m'a touchée d'une manière que je ne connaissais que dans mes rêves. Mes doigts s'enfouissent dans son épaisse chevelure blonde.

— Oui.

Ryan incline la tête et je ferme les yeux. L'idée même de

cet instant génère une sorte d'énergie qui crépite autour de nous dans l'atmosphère de ce soir d'automne. Je vais le faire. Je vais embrasser Ryan — sans avoir bu.

— Beth!

Derrière moi, j'entends Isaiah cracher ces mots.

Je fais volte-face et ai juste le temps de l'apercevoir foncer dans l'allée jusqu'au portail arrière. Noah tombe du hamac et court derrière lui. Je dois rejoindre Isaiah, pas Noah. Je fais quelques pas, mais des rires en provenance de la maison m'arrêtent net. Je ne peux pas laisser Ryan.

— Noah!

— Rentre chez toi, Beth, me dit-il en avançant dans l'allée. Rentre à Groveton et ne reviens pas.

C'est le marché qu'on avait conclu. Quand on s'est serrés dans les bras en s'excusant, Noah a promis de me laisser rester et profiter de la soirée, à condition que je parte sans me retourner quand la fin aurait sonné. La promesse n'a pas été bien dure à faire. Dans quelques semaines, je serai envolée pour de bon.

— Je ne peux partir en laissant Isaiah dans cet état-là.

Parce que, après ce soir, il se peut que je ne le revoie jamais.

— Va-t'en, dit Noah.

— Non!

Je rattrape Noah et me plante devant lui.

— Il est en colère contre moi. Je sais qu'il se met dans tous ses états quand je sors avec un mec, mais Ryan n'est pas n'importe qui. Il faut que je lui explique.

Il faut que j'explique à Isaiah qu'il n'est pas amoureux de moi.

— Mais je ne peux pas courir après Isaiah et laisser Ryan ici. Tu sais ce qui se passera si certains potes de Rico voient Ryan sans moi.

Noah se frotte les yeux. Oui, il le sait. Ryan ne fait pas partie de notre monde, et constitue donc une cible idéale pour une bonne petite baston. D'un geste, Noah m'engage à suivre Isaiah.

— Tu as un quart d'heure, Beth. Je ne déconne pas. Après, tu rentres à Groveton et tu y restes.

Je reviens vers Ryan, qui a les mains enfoncées dans les poches. Ses yeux bruns, qui brillaient de joie quelques secondes auparavant, sont maintenant pleins de douleur.

— Ryan, dis-je d'un ton hésitant. C'est mon meilleur ami, il n'est pas bien, et je…

— Va le rejoindre.

Ryan croise les bras sur sa poitrine.

— Mais ne joue pas avec moi si c'est avec lui que tu veux être.

— Quoi ?

Je secoue la tête.

— Non… Isaiah et moi, on n'est pas ensemble.

Mais je n'ai pas de temps à perdre en discutant avec Ryan sur des questions de jalousie absurdes alors que mon meilleur ami est mal. Je dépasse Noah et m'élance alors dans l'allée. Après quelques pas dans l'obscurité, deux mains fortes m'attrapent soudain par le bras.

Je m'apprête à hurler quand j'entends une voix profonde et familière.

— Tu as changé.

Comme pour illustrer son propos, Isaiah brandit mon poignet devant mon visage et me montre le ruban rose de Ryan.

— Toi aussi. L'Isaiah que je connaissais serait parti avec ma mère et moi quand je le lui ai demandé. Tu as laissé ma mère avec Trent et il lui a cassé le poignet ! J'ai l'impression de ne plus te connaître. Avant, tu prenais soin de moi !

Mon pouls résonne dans mes oreilles, et je m'écarte d'Isaiah.

La lumière du réverbère le plus proche vacille, se rallumant par intermittence. A chaque changement de luminosité, un nouveau mélange de colère et de tristesse se lit sur les traits d'Isaiah.

— Avant, tu me laissais prendre soin de toi. Maintenant, tu as ce minable de sportif pour faire tes quatre volontés.

Un élan de colère monte en moi.

— Laisse Ryan hors de ça. C'est toi qui fais ta crise comme une gonzesse, là. D'abord, tu veux t'enfuir avec moi. Ensuite, tu ne veux plus rien avoir affaire avec moi. Puis tu veux partir avec moi après le bac. Puis tu me dis de vivre ma vie à Groveton. Et en plus, tu me dis que tu m'aimes alors qu'on sait très bien tous les deux que ce n'est pas vrai.

Mon cœur fait un bond dans ma poitrine en le voyant décocher un coup de poing dans la clôture grillagée derrière lui. Le métal vibre avec fracas.

— Nom de Dieu, Beth !

Isaiah s'agrippe au grillage et se penche en avant comme s'il allait vomir. En quatre ans, je ne l'ai jamais vu dans un tel état. Mes mains tremblent sous l'afflux d'adrénaline.

— Je ne comprends pas, dis-je.

Isaiah jure dans sa barbe.

— Je suis amoureux de toi.

Mes muscles se figent. Il l'a encore dit.

— Non, ce n'est pas vrai.

Isaiah se tourne vers moi et prend ma tête entre ses mains. Je ne ressens aucune chaleur. Rien que du froid. Du froid, et de la confusion. Il baisse la tête pour amener son visage en face du mien.

— Je suis amoureux de toi depuis que j'ai quinze ans. Je n'étais pas assez courageux pour te le dire, et Luke a débarqué. Tu étais tellement mal après qu'il t'avait larguée que j'ai juré de te protéger jusqu'à ce que tu puisses entendre ce que j'avais à te dire : je suis amoureux de toi.

Mes poumons se contractent. Mon Dieu, je n'arrive plus à respirer ; aidez-moi.

— Tu es mon meilleur ami.

— Tu l'es, toi aussi. Mais j'en attends plus de toi, et je te demande de m'en donner davantage.

Ma gorge se noue peu à peu.

— Mais… tu es mon meilleur ami.

Ses doigts effleurent doucement ma joue.

— Si tu veux partir, je pars. Je t'emmène maintenant. On prend ma voiture, on passe prendre ta mère, et on ne regarde plus en arrière. A toi de décider. Ce que tu veux. Ce qu'il te faut. Tu n'as qu'à dire les mots. Je t'en prie, dis-les.

Que je l'aime.

Ce sont ces mots-là qu'il attend. Je pose une main contre sa poitrine. Son cœur a toujours ce rythme régulier auquel je suis devenue accro. Isaiah est mon roc. Celui auquel je me raccroche quand je risque de tomber. Il est l'ancre qui m'empêche de dériver quand je me mets à flotter trop loin. Son cœur a été le seul rythme constant dans ma vie, et je n'ai pas envie de le perdre.

— Je t'aime, dis-je.

Isaiah baisse la tête vers sa poitrine, et je m'efforce d'apporter de l'air à mes poumons tandis qu'il s'éclaircit la voix.

— Il faut que tu le penses vraiment.

J'essaie de dissimuler les larmes qui me montent aux yeux, mais son regard fixé sur moi rend la chose impossible. Cela fait des semaines que nous ne nous sommes pas parlé, même si je savais, au fond de moi, que notre séparation n'était que temporaire. Maintenant, la situation me paraît trop réelle, ce qui veut dire que cet au revoir pourrait devenir concret. Je ne veux pas le perdre. Je ne peux pas.

— Je le pense vraiment. Je t'aime.

Comme un ami. Comme mon meilleur ami. Avant Groveton, je ne comprenais rien à l'amour, et maintenant… je ne comprends toujours pas. Mais au moins, je sais que ce n'est pas le vide, je sais que ce n'est pas laisser un type profiter de moi, je sais qu'il en existe des genres différents, et ce que j'éprouve pour Isaiah… n'est pas ce que j'éprouve quand je suis avec Ryan.

Isaiah appuie son front contre le mien.

— Comme tu l'aimes, lui ? Dis-moi que tu m'aimes plus que tu ne l'aimes, lui.

Ryan… Est-ce que je l'aime ? Cette idée me fait paniquer. Le simple son de ce prénom me fait bondir le cœur. J'adore ce que je ressens auprès de lui. J'adore ses mots. J'adore ses mains sur mon corps. J'adore la façon dont son regard me fait rougir.

Seulement, je vais vite devoir quitter Ryan pour protéger ma mère. Et si je prononce les paroles qu'il faut, Isaiah viendra avec moi.

— Isaiah, je…

Une fois, je me suis demandé si j'étais en train de tomber amoureuse d'Isaiah. Echo l'avait serré dans ses bras, et il lui avait joyeusement rendu son étreinte. La douleur et la jalousie que j'avais ressenties m'avaient surprise. Sauf que ce n'était pas par amour pour lui. Juste parce qu'Echo me faisait peur. J'avais peur des changements qu'elle apportait dans nos vies. Changements qui se seraient produits même si elle n'avait pas existé, d'ailleurs.

Je fixe ses yeux gris. Isaiah a tort ; il ne m'aime pas. Pas comme il le croit. La vérité est là, dans ses yeux. Il ne me regarde pas de la façon dont Noah et Echo se regardent, ou Chris et Lacy. Il ne me regarde pas comme Ryan le fait…

— Je t'aime…

J'aime son calme et son côté protecteur. J'aime sa voix et son rire. J'aime sa présence fiable, rassurante. Mais si la fin du monde était pour demain, ce n'est pas lui que je voudrais avoir à mes côtés. Je l'aime. Je l'aime tellement que je sais qu'il mérite une fille qui fondra à son contact. Il mérite d'être avec une fille dont le cœur s'arrêtera chaque fois qu'il la regardera. Il mérite quelqu'un qui l'aime d'amour.

— … comme un ami. De la même façon que toi, tu m'aimes.

Isaiah secoue la tête, comme si ce geste allait balayer mes paroles.

— Tu te trompes.

Il pose les lèvres sur mon front. Ma lèvre inférieure se met à trembler tandis que je malaxe le tissu de son T-shirt entre mes doigts. Je suis en train de le perdre. De perdre mon meilleur ami.

— Non, je déclare, obstinée. Un jour, tu t'en rendras compte.

— Si tu changes d'avis…

Sa voix est grave, et quelque chose meurt en moi en imaginant sa souffrance. Il pose une fois de plus les lèvres sur mon front, un peu plus longuement, plus intensément. Puis Isaiah s'éloigne de moi et disparaît dans l'obscurité.

— Ça ne changera pas, dis-je dans un murmure.

Je ferme alors les yeux en espérant qu'un jour, ce soit lui qui change d'avis.

Ryan

Beth m'a demandé de lui donner du temps. Combien lui en faut-il, exactement ? Une journée ? Une semaine ? Quelques heures ? N'importe quelle durée est trop longue quand la fille qui me fait craquer est partie les larmes aux yeux. Trop longue quand je me demande si je compte pour elle. Je ne la reverrai pas avant mardi. Demain, c'est la journée d'échange parents-professeurs. Aujourd'hui, nous sommes dimanche, et mes parents organisent un barbecue pour le maire, le conseil municipal et quelques autres amis de la famille. Je suis tout endimanché, et je joue mon rôle à la perfection.

Parfait.

C'est le mot que Lacy m'a lancé à la figure quand elle m'a expliqué pourquoi elle ne s'intégrerait jamais à Groveton.

Parfait.

C'est le mot que Beth m'a balancé quand elle a refusé de se laisser chuter dans les bras de l'équipe.

Parfait.

C'est le mot que Gwen a utilisé quand elle me disait comme elle souhaitait que nous fassions notre entrée ensemble sur le terrain, pour le *homecoming*.

Parfait.

Je me retourne vers le jardin, et n'y vois qu'une ennuyeuse perfection. La pelouse parfaitement tondue, à dix centimètres de hauteur. Les arbustes parfaitement taillés, en forme de boule. Les pots de chrysanthèmes alignés le long du patio, parfaitement disposés, chacun à trente centimètres d'écart de l'autre. Des gens parfaits qui ont grandi dans cette ville et ont parfaitement adhéré au modèle de leurs parents.

A l'autre bout de la table, ma mère penche la tête vers Gwen. J'observe tout ce qui est non verbal et me concentre sur ma « compagne de repas ». Gwen m'adresse un sourire qui ajoute une chose parfaite de plus à tout ce qui se trouve ici.

— Ce ne serait pas génial, Ryan ?

Non, entrer sur le terrain avec elle à mon bras pour le *homecoming* ne serait pas génial. Je veux partager ce moment avec Beth.

— Je ne pense pas que ce soit nous qui décidions de ça.

Gwen ignore mon commentaire.

— Tu veux bien me servir de l'eau ?

Je prends la carafe posée en face de moi et m'exécute. Telle est mon obligation envers mes parents. Ma mission est de remplir le verre de Gwen quand il est vide, d'enlever son assiette quand elle a terminé de manger, et de la distraire. Une désagréable impression de déjà-vu m'envahit. C'est exactement dans ces mêmes circonstances que Gwen et moi avons commencé à sortir ensemble.

La mère de Gwen sirote son vin. Son visage est plus tendu qu'à l'automne dernier.

— Nous devons prendre une décision au sujet d'Allison Risk et du comité événementiel à l'église.

Ma mère tripote son collier de perles. Elle déteste les décisions inconfortables.

— Allison est une jeune femme tout à fait charmante, dit-elle.

— Etes-vous favorable à ce qu'elle nous rejoigne, Miriam ? demande la mère de Gwen.

Etonnamment, ma mère remplit de vin son verre d'eau.

— Je ne sais pas. Les Risk étaient des gens effrayants. Vous souvenez-vous des parents de Scott ? Son père était un ivrogne fini, et sa mère ne valait guère mieux.

— Mais Scott n'est pas ses parents, dis-je.

Tous les yeux autour de la table se braquent sur moi. Ma mère me lance un regard d'avertissement, mais mon père pose une main sur son bras pour la contenir. Elle retire prestement son bras à ce contact. Je décide de continuer.

— Il est devenu le meilleur joueur de base-ball que les Yankees aient connu depuis vingt ans. Pourquoi sa femme devrait-elle être punie à cause des erreurs de ses parents à lui ?

Les yeux de mon père s'arrondissent sur cette dernière phrase. C'est sa façon de me signifier que je suis peut-être allé trop loin.

— Ecoutez, je vais être franche, dit alors la mère de Gwen. J'aime beaucoup Allison, mais c'est leur nièce qui me pose problème.

— Comment ça ? demande ma mère alors que je me raidis. Avez-vous entendu dire des choses à son sujet ?

— J'ai entendu dire qu'elle fume, qu'elle a manqué de respect à un enseignant, et qu'elle jure. Autant de faits sur lesquels nous ne pouvons pas fermer les yeux, et accepter Allison au sein de notre comité aura des répercussions sur l'image de notre église. C'est vraiment triste, car Allison est une crème, alors que la nièce est…

La mère de Gwen agite les doigts en l'air.

— … une sauvage. Il est évident que cette gamine n'est pas allée avec Scott comme nous l'espérions, après l'incident avec son père.

Révélation. Les personnes présentes autour de cette table savent ce qui est arrivé à Beth. Je me sens tiraillé. D'un côté, j'ai envie de défendre Beth. De l'autre, j'ai envie de savoir ce qui s'est passé quand elle était petite. Si je parle maintenant, je perdrai l'occasion d'apprendre la vérité.

— Liza, déclare le père de Gwen, j'aimerais mieux qu'on s'abstienne de colporter des ragots sur cette enfant.

Le rouge aux joues, la mère de Gwen affiche un sourire forcé.

— Ce ne sont pas des ragots, et elle n'est plus une enfant.

Le comité événementiel n'est qu'une des ramifications d'un plus gros problème. Pour tout dire, l'influence de cette fille m'inquiète. Je crains que tout le monde soit tellement impressionné par l'aura de son oncle qu'on ne se rende pas compte du danger. As-tu envie que ta fille se mette à jurer, à fumer et à répondre à ses professeurs ?

— Je ne pense pas que ça risque d'arriver, réplique M. Gardner.

— Et pourquoi pas ? insiste sa femme. La classe senior a déjà nominé Beth pour le *homecoming*, et Ryan sort bien avec elle.

Je me fige. Ce n'est pas du tout la façon dont je voulais que mes parents l'apprennent.

— Quoi ?

Le ton vif et irrité de ma mère réduit le groupe au silence. Mes yeux se braquent brièvement sur Gwen. Pâle, les yeux écarquillés, elle est assise sans bouger et fixe les restes de son cordon-bleu de poulet dans son assiette.

Derrière son verre de vin, sa mère dissimule mal sa satisfaction.

— Désolée, Miriam. Je pensais que Ryan vous l'avait dit.

Elle pose une main sur celle de Gwen.

— Désolée pour toi aussi, ma chérie. Je ne savais pas que ce que tu m'avais dit était un secret.

Ma mère pose sa serviette sur la table.

— Qui veut du dessert ?

Je me lève, incapable de rester un instant de plus dans cette ambiance détestable.

— Je vais le chercher, dis-je.

Ma mère retombe sur sa chaise avec un hochement de tête. Ce à quoi je ne m'attendais pas, c'est que Gwen se lève aussi pour me prêter main-forte.

— Je vais t'aider.

Préférant ne pas la regarder, je me dirige vers la cuisine. Le bruit rapide des pas de Gwen m'informe qu'elle est juste sur mes talons.

— Ryan, dit-elle en refermant la porte au cas où des oreilles indiscrètes traîneraient par là. Ecoute, je suis désolée. Je n'imaginais pas que ma mère allait t'humilier comme ça. Mais ce n'est pas ma faute. Comment pouvais-je savoir que ta relation avec Beth était un secret ?

— Ce n'est pas le cas, dis-je sèchement.

Là, dans cette cuisine, Gwen me semble être une parfaite étrangère. Peut-être parce que je ne suis pas encore habitué aux murs gris, aux plans de travail en granit ou aux placards de merisier. Ou peut-être parce que je n'ai jamais réellement connu cette fille, en fin de compte.

Elle croise les bras, et sa robe d'été rouge ondule sous ce mouvement.

— On ne me la fait pas. Enfin, voyons, Ryan, tes parents vont la détester… et pour de bonnes raisons.

— Tu ne connais pas Beth.

Je note au passage l'ironie de la situation. Lacy m'a dit la même chose, il y a quelque temps.

Gwen lâche soudain un peu de sa superbe et fait quelque chose de très inhabituel : elle s'avachit contre le comptoir.

— J'en sais plus que tu ne le crois. Je parierais même que j'en sais plus que toi.

Elle se tait et joue nerveusement avec ses mains. Quelqu'un peut me dire ce qui se passe ? Gwen n'est jamais nerveuse, habituellement.

C'est alors que je remarque l'emplacement vide sur son doigt. La bague de Mike n'est plus là.

— Je t'aime. En fait, je t'ai toujours aimé.

Gwen fixe le carrelage du sol.

— Et pour une raison incompréhensible, toi, tu t'intéresses à *elle*. Je crois que tu avais raison, dans l'abri des joueurs ; je n'ai pas été assez claire sur ce que j'attendais de toi. Peut-être que si on n'est plus ensemble, c'est parce que je n'ai pas fait ce qu'il fallait.

Mon front se plisse. Si elle m'avait dit ces mots six mois

plus tôt… Je secoue la tête. Non, ça n'aurait rien changé. Ce que je ressens pour Beth est cent fois plus fort que tout ce que j'ai pu ressentir pour Gwen.

— Non, ça n'aurait jamais marché, entre nous.

Gwen se redresse et hausse le menton.

— Tu vois tout de travers. Moi. Beth. Tout. Je crois que tu sais très bien que Beth et toi n'avez rien à faire ensemble, et que c'est pour ça que tu n'as rien dit à tes parents. Mais ne t'en fais pas, Ryan ; je sais sur quoi je me suis trompée, et je ne refais jamais deux fois les mêmes erreurs.

D'un geste gracieux, Gwen s'empare alors du gâteau posé sur le comptoir et l'emporte hors de la cuisine. J'inspire profondément et bascule la tête en arrière. Je n'ai pas tout compris à ce qui vient de se passer, mais mon corps entier me hurle que ce n'est pas bon, et que je ne vais pas en apprécier les conséquences.

Ma grand-mère a fait don à ma mère d'une horloge, qui est accrochée au mur. Un tic-tac accompagne chaque mouvement de balancier. Il est 21 heures. Le dernier invité est parti il y a une heure. Je devrais m'interroger sur la raison pour laquelle mes parents m'ont demandé de descendre, surtout considérant qu'ils se retrouvent volontairement dans la même pièce. Au lieu de quoi, je m'interroge sur les états d'âme de Beth.

Ma mère est assise en face de moi à la table de la cuisine, et mon père est appuyé dans l'encadrement de la porte qui s'ouvre sur la salle à manger. Comme à l'accoutumée, l'atmosphère est glaciale.

— Mme Rowe a l'impression que tu es toujours partant pour le concours d'écriture, lance mon père.

Je lève les yeux vers lui.

— J'y réfléchis.

— Tu n'as pas à réfléchir. Tu joues contre Eastwick ce week-end-là, et ce match est décisif pour le classement du printemps.

Eastwick est la seule équipe qui nous a battus pendant la saison officielle au printemps dernier.

— On joue contre Northside ce mardi, et ils n'ont pas été battus de toute l'année. L'entraîneur voudra peut-être que ce soit moi le lanceur, pour ce match.

— Peut-être, dit mon père. Mais ça ne t'empêchera pas de jouer quelques manches samedi. Ils auront besoin de toi pour la fin du match.

Ma mère enlève son collier de perles.

— J'ai parlé à Mme Rowe, la semaine dernière. Elle dit que Ryan possède un talent très rare.

— En effet, dit mon père. Le base-ball.

— Non, rétorque ma mère. L'écriture.

Mon père se passe une main sur les yeux.

— Ryan, explique à ta mère que l'écriture ne t'intéresse pas.

— Ryan, explique à ton père ce que Mme Rowe m'a dit. Dis-lui combien tu apprécies ses cours.

Je penche la tête, bouillant de colère. Je déteste leurs disputes incessantes. Je déteste être la cause d'une dispute de plus. Mais ce que je déteste plus encore, c'est l'impression que tout le monde choisit à ma place.

— J'adore le base-ball.

Mon père pousse un soupir de soulagement.

— Et j'adore écrire. Je veux participer à ce concours.

Papa jure dans sa barbe et se dirige vers le réfrigérateur. Je tourne ma chaise vers lui.

— Tu ne m'as jamais laissé renoncer à aucune sorte de compétition jusqu'ici, et je n'aime pas avoir le sentiment d'abandonner. Je raterai un match, c'est tout. En plus, ce n'est qu'une rencontre amicale. Ce serait différent si on était en pleine saison.

Il ouvre une bouteille de bière et prend une gorgée.

— Et si tu gagnes ce concours d'écriture, il se passera quoi ? Est-ce que tu vas renoncer à lancer contre la meilleure équipe de l'Etat juste pour un bout de papier qui te dit « félicitations » ?

— Je veux savoir ce que je vaux.

— Bon sang, Ryan, pourquoi ?

— On m'a offert la possibilité d'obtenir une bourse d'enseignement supérieur — en sport-études.

Mon père me toise tandis que le lave-vaisselle entame son cycle de rinçage.

— Tu as parlé à des recruteurs d'université derrière mon dos ?

Oui. Non.

— Le recruteur a dit des choses intéressantes. D'après lui, leur entraîneur peut m'aider à améliorer mes placements et m'apprendre à lancer sans me faire mal. Ils paieront ma scolarité et j'aurai droit à un entraînement personnalisé gratuit. Je pourrai m'entraîner avec eux pendant quatre ans, puis intégrer la ligue pro.

Mon père lance un bras devant lui, faisant déborder de la bière de sa bouteille.

— Et que se passera-t-il si tu te blesses ? Ou si tu perds ton niveau, au lieu de progresser ? Tu es un lanceur. C'est le meilleur moment pour toi d'atteindre tes rêves.

— Et si je…

Il avance à grands pas et pose brusquement sa bière devant moi.

— Dois-je te rappeler combien d'argent nous avons investi pour toi ? Tu crois que l'entraînement qu'on te paye est donné, peut-être ? Tu crois que l'équipement et la Jeep étaient gratuits ?

J'ai mal au ventre comme s'il venait de me lancer un coup de poing.

— Non. Je ne crois pas que tout ça était gratuit. Je vous ai même proposé de prendre un boulot pour ça.

— Je ne veux pas que tu prennes un petit boulot, Ryan. Je veux que tu fasses quelque chose de ton talent. Je veux que tu te fasses un nom, pour ta famille. Je veux que tu comprennes que les années de sacrifices financiers, émotionnels, que ta mère et moi avons consentis ne doivent pas avoir été vaines.

Calmement, ma mère croise les mains sur la table.

— Ecoute, il a du talent, Andrew. Tu es fâché qu'il ne veuille pas la même chose que toi. Tu es fâché qu'il choisisse quelque chose de différent.

— Le base-ball, voilà ce qu'il veut !

Mon père agrippe le dossier de la chaise, complètement excédé.

— Tu n'as aucune idée de ce que veut quiconque dans cette famille, déclare ma mère.

Il parle maintenant d'une voix tremblante.

— Qu'est-ce que tu veux, Miriam ? Qu'est-ce qui te rendra enfin heureuse, hein ? Tu as toujours voulu que je postule à la mairie, et j'ai accepté de le faire. Tu voulais que j'agrandisse mon affaire, je l'ai fait. J'ai tout fait pour te rendre heureuse. Maintenant, dis-moi ce que tu veux !

— Je veux retrouver ma famille ! s'écrie soudain ma mère.

Ces derniers mois, elle s'est souvent montrée dure et sarcastique envers papa. Mais en dix-sept ans, je ne l'ai jamais entendue crier.

Le choc se lit sur le visage de mon père.

— On ne peut pas tout avoir ! Tu veux que tes amis sachent que ton fils est homo ? Tu veux que ton église le sache aussi ?

— Mais nous pourrions en discuter avec Mark. Peut-être que s'il acceptait de garder ça secret…

— Non ! rugit mon père.

Je recule dans le fond de ma chaise, écœuré. Par eux. Par moi. Depuis que Mark est parti, j'ai été tellement obsédé par ce départ que je n'ai jamais vraiment écouté ce que mes parents disaient. Du coup, je prends conscience que je n'ai probablement jamais écouté Mark non plus. Pas étonnant qu'il se soit barré. Comment vivre au milieu de tant de haine ?

La nausée me prend, et la tête me tourne. Mark croit-il que je pense la même chose que mes parents ?

Mon père repousse brusquement la chaise sous la table et commence à s'éloigner.

— Mark a fait son choix. Tu voulais parler à Ryan ce soir, eh bien, parle-lui. Moi, je vais dans mon bureau.

Ma mère se lève.

— Il doit l'entendre de ta bouche.

Avant de franchir la porte, mon père s'arrête et se tourne pour me regarder.

— Très bien. Je serai le candidat de mon parti pour la prochaine élection municipale au printemps. Ta mère et moi ne voulons pas que tu sortes avec Beth Risk. Tu peux copiner avec elle au lycée, mais nous ne pouvons pas prendre le risque d'une mauvaise publicité si elle fait des siennes. C'est compris ?

Mon cerveau sature. Mon père se présente pour être maire. Ma mère veut que Mark revienne à la maison. J'ai laissé tomber mon frère. Ils veulent que je laisse tomber Beth.

— Tu avais dit que tu ne voulais pas être maire…

Mais maman voulait qu'il le soit. Son propre père était maire. Son grand-père l'était également. C'est une tradition qu'elle a toujours rêvé de perpétuer.

Aucun des deux ne va lever les yeux vers l'autre ou vers moi, et personne ne semble vouloir discuter de cette candidature.

— En ce qui concerne Beth…, dis-je.

— Je t'interdis de fréquenter cette fille, coupe mon père.

— Tu devrais te remettre avec Gwen, dit ma mère. Son père va soutenir la candidature de papa.

Je me redresse brusquement. Ma chaise tombe derrière moi, faisant sursauter ma mère. Je les dévisage tour à tour, attendant que l'un d'entre eux revienne sur ce qui vient d'être dit. Mais ils se murent dans le silence, et je comprends enfin pourquoi Mark est parti.

Beth

Je ne possède pas de veste. Je n'en ai jamais eu. J'ai toujours dit à Noah et à Isaiah que ma température corporelle augmentait quand il faisait froid. Dans le Kentucky, le temps peut être vicieux en automne. Chaud l'après-midi ; froid le soir. Ce matin, la rosée abondante qui recouvre le terrain de chez Ryan transperce mes vieilles chaussures et imbibe mes chaussettes. Je déteste avoir les pieds froids et mouillés.

Je m'arrête soudain dans mon élan. J'ai vraiment les boules d'avoir perdu mon meilleur ami. Je laisse la douleur m'envahir, puis reprends mon chemin. Un jour, Isaiah comprendra que nous sommes seulement amis. Un jour, il me retrouvera — même si je vis au bord de la mer. Une amitié aussi forte que la nôtre ne peut pas mourir.

Aujourd'hui ont lieu les échanges parents-professeurs, et je ne vois rien de mieux pour profiter de cette journée sans école que de la passer avec Ryan. En fait, je ne vois même aucune meilleure façon de passer toutes mes journées. Mon temps avec lui est compté, et je compte bien en profiter au maximum.

Boum. J'ai d'abord entendu ce bruit en sortant des bois. Le son se répète maintenant à quelques secondes d'intervalle. *Boum.* Au lieu de me diriger droit vers la maison de Ryan, je décide de suivre le bruit, et je me félicite de ce choix quand je distingue une belle peau lisse et bronzée devant moi. Vêtu seulement d'un pantalon de jogging, Ryan prend son élan et lance une balle vers une cible peinte sur un morceau de contreplaqué. *Boum.* La balle frappe le carré en plein milieu.

— Et tu te demandes pourquoi les gens pensent que les sportifs sont des abrutis ? je lance.

Il se retourne avec des yeux ronds, et je poursuis :

— Il fait dix degrés et tu ne portes même pas de T-shirt.

Un vent froid souffle sur le pré, me donnant la chair de poule. D'accord, ce n'est sûrement pas la meilleure entrée en matière que j'aie faite, surtout que je meurs d'envie de me frictionner les bras.

Ryan ramasse son vêtement sur le sol et marche vers moi. Les premiers rayons du soleil soulignent la courbe de ses abdominaux. Mon cœur frétille comme un oiseau qui s'ébrouerait pour chasser l'eau de ses ailes. Bon Dieu, il est vraiment canon. Trop sexy. Une apparition. Trop parfait pour une fille comme moi.

— Ça me calme, dit-il.

Surprise en pleine contemplation de son buste, je dois réfléchir un instant pour me souvenir de ce que j'ai dit. Ryan m'adresse un petit sourire entendu et, à ma grande honte, je rougis. Mais qu'est-ce que j'ai à rougir comme ça, tout le temps ?

Il caresse mes joues en feu, et mon cœur se remet à frémir.

— J'adore quand tu fais ça, dit-il.

Reprends-toi, Beth. Tu n'es pas venue ici pour ça. J'ai beau lui en avoir fait voir de toutes les couleurs depuis deux mois, pour une raison étrange, il ne cesse de me regarder comme si j'étais une princesse. Lui, c'est un prince. Je ne suis pas une princesse, mais je veux bien lui faire croire aux contes de fées avant de sortir de sa vie pour de bon.

Ryan retire sa main, tout en restant dangereusement près de moi — et toujours torse nu.

— Tu n'en as jamais marre du base-ball ? je demande.

— Non.

Il enfile enfin son T-shirt.

— Je me lève tous les matins à 6 heures, je cours trois kilomètres, puis je lance. Je ne m'en lasse pas.

Ce rituel lui va bien. Parfaitement bien. Je songe alors à lui devant son ordinateur. A ses doigts volant sur le clavier. A ses yeux voyant un monde au-delà de celui où se trouve son corps.

— Et tu écris tous les soirs ?

Il passe les doigts dans mes cheveux ; et soudain, je me décompose. Ce geste, qui m'envoie habituellement des frissons dans le dos, me remplit cette fois de terreur. Ses yeux se plissent en fixant mes racines, et je sais ce qu'il voit : deux centimètres de cheveux blonds.

Il détourne le regard et fait parfaitement semblant de n'avoir rien remarqué.

— Pour cette nouvelle à rendre ? Ouais, j'écris tous les soirs.

Il hausse les épaules et fixe le sol.

— Et je crois que je vais continuer quand celle-ci sera terminée. Je vais peut-être en commencer une autre.

Bien. C'est l'image de lui que j'emporterai lorsque je partirai : Ryan lançant des balles le matin, et perdu dans son travail d'écriture le soir. Je tape du pied par terre.

— Sinon, t'as des plans pour aujourd'hui ?

— Oui, si tu en fais partie.

J'essaie de contenir mon sourire, mais sans succès.

— Alors va te doucher et passe me prendre dans une heure.

Ryan frôle ma peau et vient effleurer le ruban rose toujours noué à mon poignet.

— A vos ordres, m'dame.

Ryan

— Tu es une mauviette.

Mon petit danger ambulant parcourt du doigt la liste des étudiants de l'université du Kentucky.

— Tu es capable de conduire à toute allure dans un champ, mais tu n'oses même pas voir ton frère.

— C'est différent, dis-je. Pour la voiture, c'était un défi.

Près du dortoir des garçons, je tente de me poster devant Beth tandis qu'elle cherche le numéro de chambre de mon frère. Elle porte un T-shirt en coton qui épouse sa jolie silhouette et se termine un peu plus haut que son jean taille basse. Avec toute cette peau douce qui m'attire vers certains endroits stratégiques, je parierais ma Jeep que sa tenue n'a pas reçu l'approbation de Scott. Ce qui ne me déplaît pas du tout, bien au contraire, et je suis sûr que tous les garçons qui entrent et sortent du dortoir pensent la même chose que moi. Mais c'est *ma* copine, et je préfère être le seul à la regarder.

Quand je dis « ma copine »... En fait, ce n'est pas officiel — pas encore —, mais Beth a prononcé quelques mots décisifs ce matin, en montant dans ma voiture : « J'ai lâché Isaiah. » Ce qui veut dire qu'elle est avec moi et non avec lui. Plus tard, tout à l'heure, je demanderai à Beth de me confirmer tout ça.

Son doigt s'arrête et tapote sur le répertoire.

— Bingo.

Elle griffonne le numéro de chambre sur la paume de sa main.

— Je te parie que t'es pas cap de parler à ton frangin.

— C'est toi qui me lances des défis, maintenant ? dis-je en jetant un regard noir à un type qui lorgne les hanches de Beth.

— Et pourquoi pas ?

Je mets une main sur sa hanche et la pousse doucement contre le mur.

Un sourire mutin se dessine sur ses lèvres et ses yeux se mettent à pétiller, mais au lieu de fondre pour moi comme je suis en train de le faire pour elle, Beth me repousse et se faufile sous mon bras. Un garçon sort du bâtiment, et elle retient la porte avant que celle-ci ne se referme derrière lui.

— Si tu crois que tu vas t'en sortir comme ça, c'est que tu es un idiot.

Elle m'invite d'un geste à entrer dans le hall, ce que je fais.

— Quoi ? Je voulais juste t'embrasser. Tu te rends compte depuis combien de temps on ne s'est pas embrassés ?

— Si tu parles à ton frère, on s'embrassera. Beaucoup.

— Si on brûlait cette étape et qu'on s'embrassait tout de suite ?

Elle m'ignore et examine le plan du dortoir affiché sur le mur.

— Je te mets officiellement au défi de parler à ton frère.

Je croise les bras et me redresse.

— Très bien. Je gagne quoi, si je le fais ?

Ses cheveux de jais tombent en cascade sur son épaule comme elle penche la tête vers moi. Une lueur coquine scintille dans son regard.

— Qu'est-ce que tu voudrais ?

Toi. Mais je ne m'autorise pas à formuler les choses de cette manière.

— Je veux que tu passes le reste de la journée avec moi. Pas de portable. Pas de copains. Juste toi et moi.

— Marché conclu.

***

Avec une habileté déconcertante, Beth convainc le vigile qui garde l'étage de nous laisser passer. Je serais tenté de le taxer d'imbécile, mais j'ai bien conscience que c'est avec le même talent de manipulation qu'elle a réussi à me convaincre de l'emmener à Lexington, il y a peu de temps encore. Quelques secondes plus tard, je constate avec horreur que Beth frappe à la porte de mon frère sans m'avoir demandé si j'étais prêt. L'espoir que Mark soit en cours s'évanouit lorsque je vois la poignée tourner, et la silhouette imposante de mon frère apparaître dans l'encadrement de la porte.

Beth me lance un sourire canaille.

— Salut, Mark. Alors, comment était le match contre la Floride ?

Il sourit d'un air hésitant tandis qu'il nous regarde tour à tour, elle et moi.

— J'ai eu la peau du quaterback, deux fois. Tu ne regardes pas les journaux ?

Elle hausse les épaules.

— Non. Je faisais juste semblant de m'intéresser au foot pour briser la glace. Je vais dans le hall, à plus !

Sur ce, Beth repart avec désinvolture par le chemin que nous venons d'emprunter. Mon regard reste braqué dans cette direction même une fois que la porte du couloir s'est refermée sur elle. Après m'avoir traîné ici, je ne pensais pas qu'elle me laisserait faire ça tout seul.

Mark s'écarte du passage et prend un air faussement enjoué.

— Tu veux entrer ?

— Ouais.

J'imite son intonation. Avant cet été, Mark et moi n'avons jamais fait semblant.

La chambre de Mark est telle qu'elle était l'an dernier. Au vu des posters de *Star Wars* accrochés au mur, près des lits superposés, je devine qu'il a toujours le même compagnon de chambrée.

— Greg n'est pas là ?

— Il est en cours. Tu veux boire quelque chose ?

Il ouvre un petit réfrigérateur.

— Gatorade, eau ?

Ma bouche est sèche comme le désert, mais je ne veux pas prolonger ce moment.

— Ecoute, je suis désolé.

Mark referme le frigo et s'assoit sur le lit du bas. Son sourire forcé disparaît ; j'enfouis les mains dans mes poches. Je voudrais que notre relation redevienne ce qu'elle était. Mon frère est la première personne à qui j'ai annoncé mes premières grandes victoires en base-ball, ou mon premier baiser avec une fille. Et maintenant, je ne sais même pas quels mots prononcer.

— Comment vont maman et papa ? demande-t-il.

Ça, je peux y répondre. Je m'assois sur le petit canapé près des lits.

— Ça va. Papa est très occupé. Il agrandit la boîte, et il compte se présenter aux élections municipales.

— Waouh.

— Ouais.

Waouh.

— Et maman ?

— Toujours dans ses clubs et ses événements, comme d'habitude. Déjeuners. Dîners. Thés.

Je m'interromps, hésitant à dire ce qui me vient.

— Tu lui manques.

Mark se penche en avant et joint les mains entre ses genoux.

— Est-ce que papa parle de moi ?

Dans son visage, je perçois un espoir douloureux. Si je réponds oui, je ne ferai que l'enfoncer dans l'illusion ; je peux aussi lui dire la vérité. Mais je ne veux faire ni l'un ni l'autre.

— Tu as déjà eu envie de faire autre chose que du football ? je demande.

Mark se frotte le menton puis attrape un livre sur son lit et me le lance. Je l'attrape au vol. *Comment préparer des cours d'éducation physique.*

— Je suis dans l'enseignement.

— Depuis quand ?

— Depuis…

Mark pianote des doigts.

— … toujours.

Je feuillette les pages en faisant semblant de m'y intéresser.

— Je croyais que tu faisais une prépa de médecine.

— C'est ce que papa voulait que je fasse. Pour lui, l'université n'était qu'un pas vers la N.F.L. La prépa de médecine, c'était juste au cas où je me blesserais. Maman voulait qu'un de nous deux devienne médecin. C'était la façon de papa de la satisfaire.

Le bureau de Mark est organisé de la même manière que l'an dernier : ordinateur portable, réceptacle pour iPod. Après son premier match de foot universitaire, ma mère a demandé à quelqu'un de prendre une photo de notre famille sur le terrain. Il a collé la photo sur le mur à côté de son emploi du temps. Certaines choses restent les mêmes. D'autres, non.

— Tu n'aimes plus le football ?

— Si. J'adore ça, et je veux jouer. En fait, mon objectif est de devenir entraîneur de foot dans l'enseignement supérieur. Papa le savait. Ça ne lui plaisait pas, mais il le savait. J'ai cru que si je me prêtais au jeu, si je faisais croire que…

Il s'interrompt.

Je suis venu ici. J'ai mis le sujet sur le tapis. Je peux finir sa phrase pour lui.

— Ils t'accepteraient tel que tu es ?

Mark hoche la tête.

— Oui.

Le silence s'installe entre nous. J'ai la nausée comme si je me trouvais sur un bateau en passe de chavirer. Mon existence était parfaite et j'en goûtais chaque seconde. Et puis les trois mots de « Je suis gay » ont tout fait basculer. Peut-être que je comprends les raisons du départ de Mark. Peut-être pas. Dans un cas comme dans l'autre, ma colère est toujours là, et je dois aller jusqu'au bout.

— Tu m'as abandonné, dis-je.

— Que voulais-tu que je fasse ?

Son ton est plein de ressentiment.

— Je ne peux pas changer ce que je suis, ajoute-t-il.

J'ai besoin de bouger. De frapper quelque chose. De lancer quelque chose. Je me lève.

— Tu n'étais pas obligé de partir. Tu as dit que tu faisais semblant, avant. Pourquoi n'as-tu pas continué ? Ou alors, tu aurais pu rester et te battre, et… je ne sais pas… convaincre papa et maman de te laisser rester.

Avec calme, Mark me regarde arpenter la petite pièce. Il s'éclaircit la voix.

— Un jour, tu comprendras à quel point papa et maman ont contrôlé et manipulé nos vies. Tu remarqueras la façon dont ils ont voulu nous faire croire que leurs rêves étaient les nôtres. Ils ont dirigé le moindre de nos pas. Réfléchis à ça : as-tu la moindre idée de la personne que tu es sans eux ?

Je réfléchis. Hier soir, ma mère m'a fait asseoir près de Gwen et m'a clairement demandé de répondre à tous ses besoins pendant la soirée. De la même façon qu'elle l'avait fait quand j'avais quinze ans. Après ce premier repas, ma mère m'avait incité à sortir avec Gwen, et je l'avais fait.

En revanche, le base-ball, c'est mon choix. Ça l'a toujours été. Papa comprend le base-ball. Pour cette raison, il a pris en main tous les aspects de ma carrière sportive : choix de l'entraîneur, ligues. Bon sang, il se permet même de s'opposer aux arbitres. Il fait tout ça pour moi.

Non ?

Les soucis de mes parents, tous ces encouragements, ils font ça parce qu'ils m'aiment.

Oui, mais ils sont allés trop loin en me demandant de ne pas fréquenter Beth, au mépris de mes sentiments pour elle, et ils s'attendent à ce que je leur obéisse au doigt et à l'œil.

Est-ce que Mark a raison ?

Non, Mark se trompe. Il faut qu'il se trompe.

— Tu vas finir par user ma moquette, ironise Mark.

— Je suis un bon joueur de base-ball, dis-je pour me défendre.

C'est vrai. Le meilleur, même.

— En effet. Pour ça, papa a bien fait les choses. Il ne nous a pas forcés à pratiquer un sport pour lequel nous n'avions aucun talent. Il a pris son temps et trouvé le sport où chacun de nous excellait. La question est : pour *qui* joues-tu, Ry ? Pour toi, ou pour papa ?

Je me fige entre la porte et les lits superposés.

— Qu'est-ce que tu veux dire par là ?

— Papa veut la perfection. C'est ça, le problème. Il veut que tout soit parfait de l'extérieur, pour que tout le monde puisse le voir. Maman aussi. Ils se fichent pas mal que nous soyons déchirés intérieurement, du moment que le reste du monde nous envie.

A Groveton, tout le monde se figure que mes parents vivent le mariage parfait. La reine du *homecoming* a épousé le quaterback star. Seulement, derrière les portes, mon père et ma mère se détestent. Au début, je pensais qu'ils allaient surmonter ça. Maintenant…

— J'ai appris beaucoup de choses en jouant à la fac, dit Mark. Ce qui ne veut pas dire que ce qu'on apprend au lycée soit nul. Tu peux être le meilleur joueur de ton lycée, le meilleur du comté ou de l'Etat, mais quand tu arrives à l'université, tu rencontres cinquante autres gars capables de faire la même chose. Tu rencontreras des types meilleurs que toi, plus forts, plus rapides, et tu affronteras de meilleures équipes. Le monde change quand on quitte Groveton.

Quand je quitterai Groveton… J'ai des décisions à prendre avant d'en arriver là : la ligue pro, l'université, les concours littéraires, les bourses d'études.

— Pourquoi me dis-tu tout ça ?

— Parce que j'aurais aimé que quelqu'un me le dise, mais j'ai dû m'en rendre compte par moi-même. Tu n'es pas seul, Ry.

— Si, je le suis.

Les yeux me piquent. Je les ferme vivement et inspire à fond. Il est parti. Le couple de mes parents est en train de se briser, et tout ce que j'ai connu et aimé est en train de se réduire en cendres.

— Je ne t'ai jamais abandonné, tu sais ? dit gravement mon frère.

— Mais tu n'es jamais revenu à la maison. Tu n'as jamais répondu à mes textos.

La voix avec laquelle je parle n'est pas la mienne. Elle est nouée. Tendue. Au bord de la rupture.

— Je suis désolé. Il faut que tu comprennes que tant que maman ou papa ne me tendront pas la main, je ne pourrai pas revenir. En revanche, c'est vrai, j'aurais dû faire des efforts pour toi. J'aurais dû appeler. J'aurais dû venir te voir. J'ai merdé, c'est sûr, mais je te jure qu'au fond de moi, je ne t'ai jamais abandonné.

J'enlève ma casquette et me passe une main dans les cheveux. Il ne m'a jamais abandonné. Beth a raison — c'est moi qui l'ai laissé tomber. Ma gorge se serre.

— Tu m'as manqué.

Je secoue la tête, essayant de trouver mes mots.

— Je n'ai jamais eu de problème avec le fait que tu sois gay, Mark. Mon problème, c'était juste… que tu sois parti.

— Ouais.

Il prend un ton un peu bourru.

— Je sais. C'est bon, Ry. Toi et moi, ça roule, maintenant.

Il se lève soudain, et son attitude me prend de court. Nous ne sommes pas habitués aux effusions, mais à l'instant où il pose la main sur mon bras, dans un geste d'invitation, je l'accepte et le laisse me serrer contre lui. Nous nous enlaçons avec force pendant un bref instant. Je cligne les yeux pour réprimer mes larmes et, lorsque nous nous écartons, nous reprenons chacun nos places à chaque bout de la chambre.

— Alors…

Mark s'éclaircit la gorge et frappe dans ses mains.

— Maintenant, parle-moi un peu de Beth.

Beth

J'ai fait une bonne action — moi, Beth Risk ! J'aurais pu faire une sacrée bonne petite girl-scout, et, le cas échéant, j'aurais décroché la médaille de la Réconciliation-entre-le-frangin-sportif-et-le-frangin-homo. Si elle n'existe pas encore, ils devraient l'inventer. Quand Ryan se repassera ses souvenirs, dans vingt ans, il ne se rappellera pas la fille qui s'est enfuie en pleine nuit. Non, il se rappellera celle qui lui a permis de retrouver son frère.

Je contemple les nuages gris qui se déplacent dans le ciel. Ryan et moi sommes allongés sur la rive d'un grand étang situé au fond de la propriété de son père. Comme tout ce qui concerne Ryan, cet endroit est parfait. Cette journée est parfaite.

Ryan se redresse sur un coude et repousse une mèche de cheveux derrière mon oreille, me chatouillant doucement le cou. Je compte bien profiter de cette journée. Je vais rire. Je vais sourire. Je vais me débarrasser des chaînes qui me tirent vers le bas. Ryan est un mec super et, pour je ne sais quelle raison, j'accroche carrément avec lui. Ou mieux, j'accroche carrément avec l'espèce de mirage qu'il a créé en moi.

— Tu es belle, dit-il.

— Toi aussi, tu es beau.

C'est vrai qu'il l'est. Je tends le bras et lui enlève sa casquette de base-ball de la tête. Il est mignon avec. Mais il est vraiment canon sans. Sa tignasse blonde s'agite sous la brise.

Je lâche la casquette, et Ryan prend ma main dans la

sienne, si forte. « Forte » est un euphémisme. Cette main peut faire voler une balle plus vite que la plupart des voitures ne rouleront jamais. Et posée sur ma peau, elle envoie des décharges de chaleur dans les zones les plus intimes de mon corps.

— Bon…, dit Ryan en détournant le regard, essayant de paraître désinvolte.

Je sais ce qui le ronge. En rentrant de Lexington, il m'a fait lire une nouvelle partie de son histoire de zombie. L'attente de mes commentaires le rend fou.

— Je crois que George et Oliva vont finir ensemble, dit-il.

Cinq minutes. Il n'a pas pu attendre que nous soyons descendus de sa Jeep depuis cinq minutes avant de me demander. J'essaie de m'empêcher de sourire, mais j'échoue lamentablement. Il le voit, et son front se plisse.

— Quoi ?

Je hausse les épaules.

— Tu es mignon quand tu es stressé.

— Je ne suis pas stressé.

— Ça me plaît, chez toi.

En fait, tout me plaît, chez lui.

— Ta nouvelle était géniale. Honnêtement. Elle m'absorbe complètement quand je la lis, mais je ne suis pas d'accord avec toi. George et Olivia ne finiront pas ensemble.

— Pourquoi ça ?

— Ils vivent dans deux mondes différents, et ce sont deux créatures très différentes. Je veux dire, lui, c'est un zombie, et elle, non.

— Mais il l'aime, insiste-t-il. Et elle l'aime aussi.

— George renoncerait à être le chef de ses potes zombies rien que pour elle ? je demande. Je te rappelle que tu lui as donné une telle ambition qu'il a doublé son meilleur ami pour décrocher le titre. Et tu crois vraiment qu'Olivia va quitter sa famille pour lui ?

— Sa famille craint.

Ryan sourit comme s'il venait de marquer un point.

J'ai l'impression que quelqu'un vient de me donner un coup de couteau dans le ventre.

— Peut-être, mais c'est quand même sa famille. Je ne crois pas que je pourrais l'apprécier si elle les abandonnait. Qu'est-ce que ça dit d'elle ?

— Pour moi, ça dit qu'elle veut vivre sa propre vie.

Au-dessus de nous, des oies sauvages du Canada volent en formant un V parfait ; elles migrent vers le sud avant l'hiver. Ce sera bientôt mon cas également, mais me sentirai-je aussi libre qu'elles doivent l'être ?

— Eh bien, moi, je pense que ça veut dire qu'elle est égoïste. Comment peut-elle laisser son père ? Il a besoin d'elle.

— Il se sert d'elle, objecte Ryan.

Je hausse les épaules, pas emballée par les conversations qui ne mènent nulle part. Ryan serre ma main un peu plus fort et commence à suivre du doigt le ruban noué à mon poignet. Il est nerveux, et quelque chose me dit que ce n'est pas à cause de son histoire.

— Qu'est-ce que tu as ?

Mon angoisse augmente tandis que Ryan continue de tripoter le ruban.

— Je veux qu'on soit un vrai couple, dit-il. Je n'aime pas l'idée que tu sortes avec d'autres garçons.

La panique me tombe brusquement dessus, oppressant ma poitrine, et je me sens soudain claustrophobe. Je pars. Bientôt. Dès que ma mère aura récupéré sa voiture à la fourrière. Mes mains s'engourdissent, et je roule sur le côté pour m'éloigner de Ryan. J'ai besoin d'air. De beaucoup, beaucoup d'air.

Je trébuche jusqu'au bord de l'étang et me retiens de justesse de tomber dans l'eau. Un poisson-chat nage tout près de la surface. Je n'arrive pas à me débarrasser de ces chaînes, quoi que je fasse. Moi qui croyais que cette journée allait être une des rares où je ne me sente pas au trente-sixième dessous.

— Qu'est-ce qui t'arrive ? demande Ryan derrière moi.
— Rien.
— Beth.
Il s'arrête, puis reprend :
— Tu comptes beaucoup pour moi, et j'espérais que tu éprouvais la même chose.
Une goutte de pluie esseulée tombe sur l'eau, et des vaguelettes viennent troubler sa surface. Il ne peut pas avoir de sentiments pour moi. C'est impossible. M'apprécier est une chose — m'aimer, une autre. Ça ne colle pas avec le plan. Non. Les choses n'étaient pas censées se passer comme ça.
Je presse les poings sur mes yeux. *Bon Dieu, Beth, que croyais-tu qui allait se passer ? Tu savais qu'il te faisait craquer, mais il n'était pas censé craquer pour toi.* Ses paroles ont rendu les choses concrètes. Trop concrètes. Je me retourne et lui crache les mots qui sont devenus mon mantra :
— Les mecs comme toi ne flashent pas sur des filles comme moi.
Il ne comprend pas.
— Je suis une traînée !
Sa tête recule comme si je venais de lui mettre une gifle. Je dresse le menton en faisant comme si je me fichais de ce qu'il pense de moi. Les contes de fées arrivent, mais pas à moi. Il est temps de dire au prince qu'il a sauvé la mauvaise fille.
— Il y a deux ans, le mec dont toutes les filles rêvaient a passé un été entier à me faire la cour. Une semaine avant la rentrée, il m'a dit qu'il m'aimait, et je lui ai offert ma virginité. Quand l'école a commencé, il a dit à tout le monde que j'étais une salope.
Ryan tend la main vers moi, je m'écarte. Certaines douleurs ne sont pas faites pour être partagées. J'ai été assez bête pour croire Luke. J'ai sincèrement cru que j'étais digne d'être aimée.
— Il a profité de toi.

Une colère sourde pointe dans la voix de Ryan.

— Ça ne fait pas de toi une traînée, ça fait juste de lui un salaud.

Il ne pige toujours pas.

— Je bois. Je fume de l'herbe. Avant de venir à Groveton, j'étais défoncée en permanence. Je ne suis pas une fille pour toi. Tu ne me vois pas telle que je suis.

— Je sais que tu as refusé de fumer un pétard samedi soir. Je suis au courant des rumeurs au lycée, selon lesquelles tu as laissé tomber les mecs qui fument cette merde tous les jours. Je sais que tu as beaucoup plus de principes que la plupart des élèves dans cette école. C'est une petite ville, Beth. Tu ne peux pas faire un pas sans que quelqu'un le sache. Alors je ne sais pas qui tu faisais semblant d'être à Louisville, mais je vois très bien la fille que tu es aujourd'hui.

Il me regarde d'une façon… comme si mon enveloppe extérieure n'existait même plus. Ses yeux me transpercent comme s'il pouvait lire mon âme, et cette idée me terrifie. Il ne peut pas m'aimer. C'est impossible.

— Tu crois peut-être que tu es le seul garçon avec qui je suis sortie parce que je voulais *ressentir* quelque chose ?

— Avec moi, c'était différent, dit-il, plein d'assurance.

Je déglutis, détourne le regard, et mens :

— Absolument pas.

Ryan avance vers moi ; je recule. Il ne réagit pas comme il le devrait. Il devrait être dégoûté. Il devrait s'éloigner, pas se rapprocher. L'espoir illumine son visage.

— Tu es la seule personne qui peut mener une conversation entière avec quelqu'un en le regardant fixement, sans cligner les yeux. Sauf quand tu mens. Maintenant, regarde-moi dans les yeux et dis-moi la vérité. Tu es tombée amoureuse de moi l'autre nuit, dans la grange.

Mes yeux se braquent vers les siens, et je jure intérieurement en le voyant sourire.

— C'est pour ça que tu t'es enfuie, ajoute-t-il.

Comment quelqu'un peut-il éprouver autant de joie alors que je suis en pleine torture ? Il ne comprend donc pas que lui et moi, ça ne peut pas marcher ?

— Tu as ressenti quelque chose pour moi et tu l'as refusé. Tu voulais juste une histoire sans suite, mais ça t'a pété à la figure.

Je vois dans ses yeux qu'il se repasse la scène, et l'oppression augmente dans ma poitrine. Il est sur le point de me percer à jour. Ses sourcils se relèvent brusquement.

— Tu as détalé quand j'ai murmuré ton prénom. Tu as éprouvé quelque chose de fort pour moi à ce moment-là, c'est ça ?

Je secoue la tête en tremblant.

— Non, dis-je dans un souffle.

Le soulagement se lit maintenant sur son visage, et ses lèvres esquissent un sourire plein d'espoir.

— Tu es amoureuse comme je le suis. C'est pour ça que tu me mènes la vie dure.

— Fous-moi la paix !

Je me détourne, submergée par le besoin de m'enfuir. Si je cours assez vite, je laisserai derrière moi les affreux souvenirs de mon passé et les belles paroles de Ryan n'auront pas le temps de s'incruster dans mon âme. Mes pieds pédalent dans les airs, et le cœur me monte au bord des lèvres. Je tombe. Dans l'étang. Terrorisée par l'eau, je hurle. Des bras puissants s'enroulent alors autour de ma taille et me tirent vers la terre ferme.

Le dos appuyé contre la poitrine de Ryan, je m'agrippe à ses bras. Mes ongles s'enfoncent dans sa chair comme des griffes. Si je tombe, je vais me noyer. Le poids qui m'oppresse est trop lourd pour me permettre de flotter. Je ne peux que couler.

Je reprends péniblement mon souffle et inspire profondément ; Ryan baisse la tête vers mon oreille.

— Ça va ?

— Oui.

— Tu trembles. On ne tremble pas quand on va bien.

— Je ne sais pas nager, mais ça va, maintenant.

— Tu ne sais pas nager, répète-t-il.

— Non.

Une goutte de pluie atterrit sur ma tête et glisse sur mon crâne.

— On devrait y aller.

La journée est gâchée.

— Il va pleuvoir, j'insiste.

Ryan relâche un peu son étreinte et, en quelques secondes, il me soulève du sol et me prend dans ses bras, contre sa poitrine. Mon visage est terriblement proche du sien. Je cligne des paupières.

— Qu'est-ce que tu fais ?

Au lieu de répondre, il saute dans l'étang.

Un vertige me prend tandis que mon cœur s'emballe. L'eau monte et éclabousse mon visage, mes cheveux, mes vêtements. Mes bras étranglent son cou. Je vais me noyer !

— Ryan !

— Je te tiens, dit-il d'une voix calme. Tout va bien.

Il continue d'avancer dans l'eau froide. La gravité veut me faire glisser de ses bras pour que l'eau m'engloutisse. Je suffoquerai les yeux grands ouverts. Je resserre mon étreinte sur son cou.

— Ramène-moi !

L'eau pénètre maintenant mes chaussures, mon jean, le dos de mon T-shirt. Elle monte jusqu'à mon ventre, et je me sens de plus en plus lourde. Le froid envahit ma peau, m'arrachant un gloussement ridicule. J'enfouis ma tête au creux de son épaule. Je ne veux pas mourir. Non !

Soudain, il s'arrête et murmure à mon oreille :

— Regarde-moi.

Je n'ai pas la force de relever la tête. Au lieu de quoi, je reste sur son épaule et me contente d'ouvrir les yeux.

— Je vais t'apprendre à flotter.

Je me cramponne à lui.

— Tu vas me tuer.

— Fais-moi confiance.

— Je ne peux pas, dis-je dans un murmure.

J'ai fait confiance à Scott, à ma mère, à mon père. J'ai fait confiance à Luke, à ma tante, à Isaiah. Tous m'ont laissée tomber. Tous se sont éclipsés. Mon cœur a été lacéré trop de fois, et chaque fois j'ai dû le raccommoder toute seule. Je connais mes limites et, si quelqu'un le met encore en pièces, je n'aurai jamais la force de recoller les morceaux.

Il serre affectueusement mon corps contre le sien, et un regard intense traverse alors ses yeux noisette.

— Si, tu le peux.

Je me fige. Ryan vient de le faire. Il me regarde de la même façon que Chris regarde Lacy. Que Noah regarde Echo. Peut-être que je peux. Mon cœur bat la chamade tandis que je m'accroche aux cheveux qui bouclent dans le cou de Ryan.

— Ne me lâche pas.

— Je ne te lâcherai pas.

Sa voix est si rassurante — si assurée — que je le crois presque. Peut-être que je peux le croire. Il ne me lâchera pas. Il me tiendra. Il l'a promis.

— Allons-y, maintenant, dit-il.

Un souffle. Un autre. Il ne me lâchera pas. Je desserre mon étreinte, et Ryan baisse immédiatement les bras. L'eau dépasse soudain mon corps et vient clapoter contre sa poitrine. Ma tête se redresse brusquement, et je gesticule des mains et des pieds pour garder la tête hors de l'eau. La panique s'empare de mes poumons. Il est plus grand que moi, ce qui veut dire que je n'ai plus pied.

— Ramène-moi !

Ryan baisse la tête vers moi. Son souffle chaud effleure mon visage.

— J'ai dit que je ne te lâcherai pas.

Il ne me lâchera pas. C'est sûr.

— D'accord.

Il frotte son nez contre ma joue, me donnant la chair de poule. Puis il retire sa tête. Je lutte de toutes mes forces contre l'envie de m'agripper à lui. Ryan a dit qu'il ne me lâcherait pas : il ne me lâchera pas.

L'eau vient soulever mes cheveux et lécher mes lèvres. Les bras forts de Ryan viennent confirmer la promesse qu'il m'a faite.

— Redresse ta tête vers l'arrière, dit-il.

J'inspire et exécute la consigne. L'eau entre dans mes oreilles, faisant frémir de peur tous mes muscles. Cependant, Ryan me maintient sans faillir.

— Maintenant, étends tes bras sur les côtés et cambre le dos. Laisse tes jambes flotter.

Alors que je suis lentement les instructions que Ryan me donne, il s'écarte de moi. Je m'affole.

— Ryan !

Il secoue la tête.

— Je ne te lâche pas. Je te laisse juste un peu de place. Garde la tête bien en arrière.

La tête en arrière. Les bras et les jambes dépliés. J'entends mon pouls battre dans mes oreilles. La voix de Ryan est lointaine, mais je lis sur ses lèvres.

— Détends-toi. Respire.

Détendue. La tête bien relevée. Bras et jambes dépliés. Respirer. Je fixe les nuages devant moi et les arbres qui bordent l'étang. Détendue. La tête bien relevée. Bras et jambes dépliés. Respirer.

Deux oiseaux tournent dans le ciel. C'est une danse paisible. Ils étendent leurs ailes et laissent le vent les porter doucement, vers le haut, vers le bas. Si seulement je pouvais être aussi libre. Si seulement je pouvais être un oiseau flottant dans les airs. Je ferme alors les yeux et m'imagine que je suis un oiseau. Mes muscles fondent. L'eau fait une petite musique rythmée dans mes oreilles. Proche et lointaine. Proche et lointaine.

Je suis un oiseau — flottant sur les courants d'air.

Quelque part dans un recoin de ma tête, quelque chose me murmure que je connais cette sensation. J'ai maîtrisé cette sensation pendant des années. Cette impression de dériver, de flotter, d'onduler. Je flotte. A travers l'eau, j'entends alors la voix douce et assourdie de Ryan :

— Ça y est, tu y arrives.

J'ouvre les yeux et découvre le sourire radieux que j'aime tant sur son visage. Ce sourire est pour moi. Rien que pour moi. Je m'apprête à lui sourire en retour quand je m'aperçois que je le fais déjà. Je souris. Mon ventre se serre alors et mes chaînes reviennent à leur place. Oh ! non. Je suis tombée amoureuse de lui. C'est fait. Je lui ai donné du pouvoir sur moi.

Ryan

La vision de Beth flottant sur l'eau est un enchantement. Ses cheveux noirs ondulent en surface, et le sourire serein que j'adore illumine ses lèvres. Ses yeux n'ont plus cette lueur inquiète. Ils sont aussi calmes et profonds qu'un océan. Pour la toute première fois, Beth me laisse voir son âme, et si le moindre doute subsistait encore, maintenant c'est clair : je suis amoureux de Beth Risk.

Soudain, elle cligne les yeux et son sourire s'évanouit. Plusieurs gouttes de pluie tombent sur l'étang ; le grondement d'un orage qui approche se fait entendre. Beth coule, et je la rattrape juste avant que sa tête ne disparaisse sous l'eau.

— Lâche-moi !

Elle ne me serre plus aussi fort que tout à l'heure quand je la ramène sur la berge. La pluie se fait plus dense et mouille rapidement mes cheveux. Je pose Beth à terre, le cœur battant. C'est fini : elle a refermé toutes les portes.

A peine debout, elle tourne les talons et se rue en direction des arbres de chez Scott. Je ne comprends pas. Beth me faisait confiance, dans l'eau. Je compte pour elle. Je le sais. La promesse que je lui ai faite est éternelle — je ne la lâcherai jamais. Je m'élance après elle et l'attrape par la taille juste avant qu'elle n'entre dans les bois.

— Bon sang, Beth ! Arrête de t'enfuir tout le temps !

Mon pouls vibre dans tout mon corps. Elle me fuit depuis le jour où je l'ai rencontrée. Quoi que je fasse pour la retenir, elle trouve toujours le moyen de m'échapper.

Pas aujourd'hui.

L'eau ruisselle sur ses joues et ses cheveux sont collés à sa tête. Elle tremble violemment sous l'orage qui commence. Je lui frictionne les bras et les épaules.

— Laisse-moi ! crie-t-elle sous la pluie.

— Non.

Ma main remonte vers sa joue. Ces yeux, si sereins il y a quelques minutes encore, sont maintenant fous de panique. Je veux qu'elle me fasse confiance. Je veux qu'elle sente ce que j'éprouve.

— Beth, je suis amoureux de toi.

— Non ! S'il te plaît, non !

Sa lèvre inférieure se met à trembler tandis qu'elle tente de se débarrasser — sans succès — de la main qui la retient par la taille.

— Dis-moi pourquoi tu m'en veux ? De quoi as-tu peur ?

Les ongles de Beth s'enfoncent dans la peau de mon bras.

— Je n'ai peur de rien.

— Je t'aime, dis-je de nouveau.

Sa panique monte encore d'un cran. Elle repousse mes bras. Ces mots l'effraient. Elle a peur de l'amour.

— Je t'aime, Beth.

Elle lève la tête, les yeux bouillants de rage.

— Arrête de dire ça !

— Pourquoi ?

Sans le vouloir, je la secoue un peu. Je veux qu'elle me réponde.

— Je t'aime ! Dis-moi pourquoi je n'ai pas le droit de te le dire.

— Parce que tu partiras ! hurle-t-elle.

Sa poitrine se soulève comme si elle courait un sprint. Ma poigne se durcit sur ses bras. La pluie s'abat sur l'étang et sur les arbres, enveloppant le monde autour de nous d'un étrange son cotonneux.

— Je ne le pourrai pas.

Jamais. Pour moi, la quitter serait comme de m'arracher un bras. Je n'ai jamais connu l'amour auparavant. Je l'ai cru, mais ce n'était pas le cas. Ce sentiment inconditionnel, irrésistible, ça, c'est de l'amour. Ce n'est pas parfait, et c'est même un sacré bouleversement. Et c'est exactement ce dont j'ai besoin.

Elle recule ; mes doigts glissent sur sa peau mouillée, mais je fais tout mon possible pour la retenir. Mon cœur se brise. Beth me refait son coup habituel. Elle s'enfuit. Le désespoir monte en moi. Si elle part, je la perdrai pour de bon. Ce n'est pas possible ; pas alors que je viens juste de la trouver !

— S'il te plaît, ne t'en va pas.

— J'ai une âme de gitane.

Beth libère ses mains de ma prise et recule en trébuchant.

— Toi et moi, ça ne marchera pas.

Pourquoi faut-il toujours qu'elle me file entre les doigts ?

— C'est toi qui me laisses tomber, je te signale. Pas l'inverse.

Elle replie les bras sur son ventre en continuant à marcher en arrière.

— Je suis désolée, gémit-elle.

La colère explose alors en moi et prend le dessus. Je n'ai pas l'habitude de perdre, et je ne veux pas la perdre. Beth se retourne et s'élance dans la forêt. Elle court vite, mais je cours plus vite encore. Je la rattrape bientôt par un bras, la tire pour qu'elle se retourne vers moi, pose une main sur sa tête et l'embrasse.

Elle a un goût de pluie et sent la rose écrasée. Je me moque qu'elle ne me rende pas mon baiser. Je fais bouger mes lèvres contre les siennes et serre son corps contre le mien. J'aime Beth et elle a besoin de le savoir. Dans sa tête. Mais surtout dans son cœur.

Ses doigts effleurent mon cou tandis que je goûte ses lèvres chaudes. Avec hésitation, elle embrasse bientôt ma lèvre inférieure. Puis Beth incline la tête et nous ouvrons tous deux la bouche. Sa langue rencontre la mienne, et le monde se désintègre autour de nous. Ses mains parcourent mes cheveux trempés et elle colle son corps contre le mien. Elle parcourt mon dos tandis que mes doigts affamés se repaissent du contour de ses hanches, avant de glisser plus bas, jusqu'à la courbe de ses cuisses. Je ne la lâcherai jamais. Parce que je l'aime.

Beth reprend son souffle et presse ma tête contre son corps. Mes lèvres déposent une guirlande de baisers dans son cou, et je savoure le goût délicieux de sa peau.

Quand soudain, ses mains se glissent sur ma poitrine, se transforment en poings serrés, et elle me repousse en faisant un pas en arrière.

— Je ne peux pas faire ça ! s'écrie-t-elle.

Et elle s'enfuit en courant sous la pluie.

Je fixe mon ordinateur depuis 22 heures. Il est 23 heures, et je le fixe toujours. Le curseur clignote patiemment. Les mots ne viennent pas. Il faut que je me décide. Est-ce que George le zombie et Olivia l'humaine tombent amoureux et restent ensemble, ou bien Beth a-t-elle raison ? Suis-je en train de pousser mes personnages dans une situation si irréaliste qu'elle ne convaincra aucun lecteur ?

Mon téléphone vibre de nouveau. Je le regarde, plein d'espoir. C'est peut-être Beth. Je m'enfonce plus profondément dans mon fauteuil. Non. C'est Gwen. Encore.

Gwen : *Pourquoi tu ne réponds pas ?*

Parce que je ne t'aime pas. Elle n'a pas l'habitude de se faire ignorer. Je n'ai pas l'habitude de l'ignorer, mais son harcèlement à coups de textos et d'appels pendant la soirée ne fait que remuer le couteau dans la plaie. Je suis amoureux d'une fille qui ne m'aime pas.

Une partie de moi voudrait répondre à Gwen et revenir à mon ancienne vie. Rien n'était compliqué, alors. Rien ne me faisait trop souffrir ou ne me déboussolait. Tout était bien lisse. Parfait.

De l'extérieur, en tout cas. Mais comment ai-je pu ne

pas voir qu'à l'intérieur, rien n'allait ? Mes parents. Mark. Gwen et moi. Lacy. Est-ce que Chris est mal, lui aussi ? Ou Logan ? Combien d'entre nous encore sauvent-ils les apparences ? Combien d'entre nous font-ils semblant d'être quelque chose qu'ils ne sont pas ? Mieux — ou pis —, combien d'entre nous auront-ils un jour le courage d'être eux-mêmes sans se soucier de l'opinion des autres ?

J'éteins mon ordinateur et la lampe de bureau, retire mon T-shirt et me mets au lit, même si je sais que le sommeil ne viendra pas. Le problème, quand je ressens trop de choses, c'est que la souffrance me consume entièrement. Une douleur lancinante me cogne dans la tête.

Dehors, la pluie continue de s'abattre sur le toit. Un front orageux qui était censé n'arriver que demain a débarqué aujourd'hui et s'est installé sur la ville. Quelque part, je n'ai pas envie que cet orage passe. C'était notre pluie, à Beth et à moi.

— Je peux entrer ?

Je sursaute en entendant le son de la voix de Beth par ma fenêtre ouverte. Les doigts tremblants, j'essaie tant bien que mal d'ôter la moustiquaire de l'encadrement et la fais tomber par terre avec fracas. Je tends alors la main à Beth et l'aide à passer une jambe, puis l'autre, par la fenêtre. Elle est trempée jusqu'aux os.

Sous la faible lueur bleutée de mon réveil, Beth reste près de la fenêtre, tremblante comme une feuille. Ses cheveux mouillés sont plaqués contre son visage, ses vêtements collés à son corps. Des gouttes de pluie coulent sur ses tempes et elle claque des dents.

— Il f-f-fallait que j-j-je te v-v-voie.

— Tiens, essuie-toi avec ça.

Je pose une couverture sur ses épaules, la regarde pour être sûr que je ne rêve pas, puis fouille dans ma commode. J'en sors un T-shirt et un pantalon de jogging en coton, que je lui tends. Je me retourne alors prestement.

— Vas-y, change-toi. Promis, je ne regarde pas.

Même si j'aimerais bien. Elle est ici, et je ferais n'importe quoi pour l'empêcher de repartir. Beth est un peu comme cet orage. Intense et persistant dans son ensemble, mais plus j'essaie de m'en approcher pour en saisir des gouttes, plus l'eau me file entre les mains.

J'entends le bruit des vêtements mouillés glisser sur sa peau puis celui du T-shirt sec qu'elle enfile.

— C'est bon, dit-elle d'une toute petite voix.

Je me retourne et réprime de justesse un grognement primaire. Elle est absolument sublime. Mon T-shirt lui arrive à mi-cuisses… et ses cuisses sont nues.

— Tu ne mets pas le pantalon ?

Beth hausse les épaules.

— Trop grand pour moi, il ne tiendrait pas.

Elle a raison. Je force mes yeux à revenir sur son visage.

— Je suis content que tu sois là. Je m'inquiétais pour toi.

Et pour nous.

Elle tripote l'ourlet de mon T-shirt.

— Je ne peux pas te dire la même chose, répond-elle.

Tout s'effondre.

— Mais je voudrais bien, ajoute-t-elle.

L'espoir revient. Ténu, infime, mais cela veut dire qu'il reste quelque chose entre Beth et moi.

— Parce que tu voudrais m'aimer, ou parce que tu m'aimes ? je demande.

Elle se raidit et passe une main dans ses cheveux mouillés.

— Et si c'était le cas ? répond-elle.

Je laisse ces mots s'imprimer en moi. Beth m'aime. Mon cœur s'apaise et j'avale ma salive en essayant de reprendre mes esprits.

— Parce que si c'est le cas…

Elle avance vers moi, et je commence à me demander si son tremblement est dû au froid ou à ses émotions.

— Et que tu…

Elle inspire puis lève la tête pour plonger son regard dans le mien.

— Je n'arrive pas à le dire, mais je… j'ai envie d'être ici… avec toi.

Le terrain est toujours glissant. Un mot, un geste de travers, et Beth détalera. La pluie s'intensifie et martèle le toit au-dessus de nous. Mon ruban est toujours noué à son poignet. Beth ne croit pas en l'invisible. Il lui faut quelque chose de concret pour lui rappeler que je pense vraiment ce que j'ai dit.

Je parcours la pièce du regard et trouve l'objet idéal sur ma commode. Je passe devant elle, m'empare d'un flacon de verre et vide le reste d'eau de toilette par la fenêtre.

— Qu'est-ce que tu fais ? demande-t-elle comme si j'avais perdu la tête.

Qui sait, peut-être a-t-elle raison.

Je tiens le flacon ouvert sous la pluie et regarde le niveau d'eau y monter lentement. Quand il y en a suffisamment, je referme la petite bouteille et la lui tends.

Elle hausse un sourcil sceptique mais accepte de la prendre.

— C'est notre pluie, Beth.

Elle bouge doucement la tête, un peu perplexe, pendant que je me frotte la nuque et prends mon courage à deux mains.

— Sous cette pluie, je t'ai dit que je t'aimais ; alors quand tu douteras, je veux que tu regardes ce flacon.

Son front se plisse en fixant le cadeau que je viens de lui faire.

— Je ne…, balbutie-t-elle. Je n'ai rien à te donner, moi.

— Tu es là, dis-je. C'est tout ce que je veux.

Ses doigts se resserrent sur le flacon.

— Je n'arrive toujours pas à le dire.

— Ça m'est égal.

Beth s'installe sur mon lit et je la rejoins pour m'étendre à ses côtés, comme le premier soir où elle était venue dans ma chambre. Si elle a besoin d'espace, je lui laisserai ce qu'il faut. Mais cette fois, elle vient immédiatement blottir sa tête contre moi. Ma peau s'insurge au contact de ses cheveux froids et mouillés. Je me concentre pour ne pas tressaillir ou reculer. Il n'est pas question de lui donner le moindre prétexte pour s'éloigner.

Son bras se pose sur mon ventre, tenant le flacon de pluie serré dans sa main.

— J'ai peur, dit-elle.

En a-t-elle fini avec ses frasques ? Suis-je en train d'offrir mon cœur à une fille qui va me le briser ? Je décide de ne pas y penser, et enlace Beth pour la serrer un peu plus contre moi.

— Moi aussi. Mais ça va bien se passer. Je te le promets.

— Tu pourrais vraiment me faire du mal, si tu le voulais.

— Ça n'arrivera pas.

— Dis-le encore, murmure-t-elle.

La sincérité bouleversante que je perçois dans sa voix me dit tout ce que je souhaitais entendre. Mon cœur explose, et une énorme vague de chaleur déferle alors dans mes veines. Elle m'aime. Je le sais maintenant.

— Je t'aime.

Je dépose un baiser sur le haut de sa tête. De toute ma vie, je n'ai jamais éprouvé un tel bonheur.

— Est-ce que je peux rester ? demande-t-elle.

— Oui.

Elle colle son corps contre le mien. Nous nous pelotonnons l'un contre l'autre et je ferme les yeux, prêt à accueillir le sommeil. Beth est là, elle est à moi. Jamais je ne la lâcherai.

Beth

Assis sur la plate-forme du pick-up de Logan, Ryan me tient entre ses jambes, les mains posées sur mes hanches. Son pull est enroulé autour de moi comme une minirobe, et la chaleur de son corps me préserve de la fraîcheur de cette soirée d'automne. Il m'enveloppe d'un petit cocon doux et chaud. Le bois du feu de camp crépite et dégage une odeur qui me détend. Je me blottis contre lui ; les vibrations profondes et rythmées de sa voix me bercent agréablement. Ryan a réussi à recréer en moi la sensation d'un édredon propre et chaud sortant juste du sèche-linge.

Il passe une main dans mes cheveux et murmure :

— Tu t'endors… Tu veux que je te ramène chez toi ?

— Je ne dors pas.

J'essaie de me faire croire que je resterai toujours dans ses bras. Aujourd'hui, j'ai appelé ma mère avant le sport. Comme toujours, les bonnes nouvelles arrivent en même temps que les mauvaises. Elle a récupéré sa voiture à la fourrière, mais elle a aussi fait sortir Trent de prison, et elle s'est étonnée de constater que la détention n'avait pas calmé ses tendances orageuses. Elle m'a demandé de venir la chercher dans dix jours — quand ses allocations seront tombées. Je n'ai donc plus que dix jours avec Ryan.

Il dépose un baiser sur mes cheveux et reprend l'éternelle conversation qu'il a avec ses amis tous les jours pendant le déjeuner — les matchs de base-ball. Lacy est assise à côté de moi avec Chris, exactement dans la même position que Ryan et moi. Elle boit à la bouteille.

— Je suis contente que vous soyez ensemble, avec Ryan.

C'est cool de voir quelqu'un qui ne prononce jamais le mot « base-ball ».

Lacy boit une autre gorgée et secoue la tête.

— Je retire ce que je viens de dire ; pas juste « quelqu'un ». Je suis contente que ce soit toi. Contente que tu sois revenue.

Elle picole. Pas moi. Ça me fait bizarre d'être à une fête sans être bourrée. Ces deux dernières semaines ont été bizarres, de toute façon. Maintenant que Ryan, avec toute sa popularité, a fait ce qu'il fallait pour rendre officielle notre relation, ses amis me traitent comme l'une des leurs, et je ne sais pas trop quoi en penser. Parce que, bon, ce sont des sportifs, quoi. Tous les gars assis dans ce pick-up ou qui traînent autour sont de grands costauds qui parlent tout le temps de base-ball. Pas un seul d'entre eux ne m'a traitée avec défiance ou mépris. Ils n'ont rien à voir avec Luke et ses amis, qui picolaient à la moindre occasion. Aucun de ces gars n'a touché une goutte d'alcool, ce soir. Ryan et ses amis ont un match de bonne heure, demain matin, et ils veulent être à fond pour gagner.

Lacy tend une main et l'agite jusqu'à ce que je la prenne.

— Je suis heureuse d'avoir retrouvé ma meilleure amie, dit-elle.

— D'ac-cord.

Chris balance Lacy entre ses bras.

— Elle se met à être sentimentale, ça veut dire qu'il est temps d'aller danser, dit-il.

Elle part d'un rire incontrôlé tandis que Chris l'entraîne vers le groupe qui danse près du feu.

Les lèvres de Ryan se referment sur le lobe de mon oreille, m'envoyant de délicieux frissons dans le corps.

— On va marcher un peu ?

Où tu voudras.

— O.K.

Ryan saute de la plate-forme du pick-up et m'aide à descendre en m'attrapant par les hanches. Je suis parfaitement capable de descendre de là toute seule, mais j'apprécie de sentir ses mains sur moi. Sa chaleur transperce mes vêtements jusqu'à ma peau.

Il me soulève, et mon corps glisse lentement contre le sien. J'ai une envie furieuse de l'embrasser et, d'après ce que je lis dans ses yeux, il ressent la même chose. Ryan prend ma main et m'entraîne à l'écart des autres, du feu de camp, pour aller dans les bois, dans un monde à nous.

La lueur argentée projetée par la lune ainsi que le murmure du ruisseau confèrent une sorte de magie à ce moment. Avec Ryan, l'obscurité est beaucoup moins effrayante. Avec lui, je peux me prendre pour une princesse couronnée de fleurs et de rubans, et croire qu'il est un prince venu me protéger des démons de la nuit.

Ryan lâche ma main et tourne sa casquette à l'envers, signe qu'il compte m'embrasser. Mon ventre frémit d'avance. Son assurance habituelle disparaît alors, et il enfouit les mains dans ses poches en se dandinant sur place.

— Je ne comptais pas participer au concours de nouvelles, mais j'ai changé d'avis. J'ai parlé à mon entraîneur aujourd'hui, et je lui ai dit que je ne jouerai pas le match de samedi prochain.

— Pourquoi tu ne comptais pas participer à ce concours ?

Je ne comprends pas. Ryan possède un vrai talent. Pourquoi ne pas s'en servir ?

— C'est mon père, il ne voulait pas…

Ryan secoue la tête.

— Ce n'est pas important. Tu m'as ouvert les yeux sur beaucoup de choses, et je voulais te dire que tu avais joué un rôle dans cette histoire. Un rôle énorme.

Il hausse les épaules et, pour la première fois, je vois un Ryan qui n'est pas sûr de lui. C'est un curieux spectacle de la part de quelqu'un qui est dans la perfection permanente.

— Tu vas assurer.

Certains ont une bonne étoile. Tel est son cas. Pas le mien. Je ne vois pas bien en quoi je l'ai aidé, mais au moins aura-t-il un autre bon souvenir de moi. J'ai dix jours pour engranger le maximum de bons souvenirs, pour lui comme pour moi. Je veux qu'il sourie quand il se remémorera les moments qu'on a passés ensemble.

Ryan prend une nouvelle inspiration. Pourquoi diable est-il encore si mal à l'aise ?

— Mes parents partent demain, pour toute la semaine prochaine. Ils reviendront dimanche prochain, annonce-t-il.

Génial.

— Je pourrai passer par la porte d'entrée ?

— Ouais… si tu veux. Enfin, pour être clair, je voudrais que tu viennes… Enfin, que tu dormes avec moi… Enfin…

Il jure dans sa barbe.

— Bref, je voudrais que tu restes chez moi, si ça te dit.

Je rirais en voyant n'importe qui d'autre se débattre avec une telle maladresse, mais c'est Ryan, alors je me retiens.

— Tu me proposes qu'on couche ensemble, c'est ça ?

Ses yeux s'écarquillent comme des soucoupes.

— Non ! Je ne te demanderais jamais ça. Enfin, si. Un jour. Maintenant, même, si c'était possible. Mais non. Non. On va attendre. Enfin, Beth, je ne tiens pas à faire foirer les choses une fois de plus.

Je souris en entendant ces mots, et Ryan le remarque. Voilà qu'il se met à prononcer certains termes qui ne sortent habituellement que de ma bouche. Ses joues deviennent écarlates, et je rougis de le voir rougir ainsi. J'hallucine, on dirait deux vierges effarouchées l'une en face de l'autre.

En fait, nous nous sommes comportés comme des vierges toute la semaine. Nous nous livrons à ce manège inconfortable dès que je me faufile dans sa chambre et que je vais dans son lit. Il attend des lustres avant de m'embrasser, quels que soient les signaux que je lui envoie. Mais dès que nous nous embrassons, c'est l'embrasement total. Puis nous atteignons un stade où ni l'un ni l'autre ne semble vouloir sauter le pas. Je suis habituée à ce que les garçons me mettent la pression. Je pourrais sûrement sauter le pas, mais bizarrement, cette idée m'effraie. Cette attitude de collégienne me donne envie de me donner des claques. Ce n'est pas comme si je n'avais jamais vu un sexe d'homme de ma vie.

Ryan ajuste sa casquette et j'incline doucement la tête en comprenant soudain la souffrance qui se lit sur ses traits.

— Tu n'as jamais couché avec quelqu'un, dis-je.

Je me maudis intérieurement en le voyant ramener sa casquette sur sa tête, dans le bon sens. *Bravo, Beth, vas-y, mets-le encore plus mal à l'aise ! Pourquoi ne pas lui demander s'il a une petite bite, tant que tu y es ?* Et c'est lui qui me parlait de tout gâcher ? Ce n'est pas le souvenir que je veux que Ryan garde de moi, mais ce que je viens d'apprendre me donne la possibilité de lui offrir quelque chose qu'il n'oubliera jamais : sa première fois.

Je me rapproche de lui. Je passe les bras autour de sa taille et pose la joue sur sa poitrine, sentant son corps tendu.

— Ça m'est bien égal. En fait, ça te rend encore plus parfait.

Ryan pousse un profond soupir, mais son corps se détend un peu à mon contact. Ses mains puissantes parcourent mon dos et se glissent dans mes cheveux.

— Je ne suis pas parfait, Beth.

— Si, tu l'es.

— Ryan !

Chris hurle depuis la clairière.

— Ramène-toi par ici ! Logan vient de prendre un défi.

— Sans blague, marmonne Ryan.

Il garde un bras autour de mon épaule et me ramène vers le pré.

Là, Logan se tient près de Chris, un sourire d'allumé sur les lèvres.

— Tu as toujours ces cordes élastiques dans ta Jeep ?

— Oui, répond Ryan d'un ton hésitant.

Les yeux de Logan s'allument d'une lueur de folie qui me fiche la frousse, même à moi.

— Super. Allons-y.

Chris et Logan se dirigent vers l'endroit où les voitures sont garées. Je pousse Ryan du coude, voyant qu'il ne bouge pas.

— Vas-y.

Il trace de petits cercles sur mon bras.

— Ça ne prendra que quelques minutes, dit-il.

— Tu sais, ça ne me dérange pas que tu traînes un peu avec tes potes.

Ses yeux s'emplissent de sincérité.

— Mais tu vas rester toute seule…

— Au cas où tu ne l'aurais pas remarqué, il m'arrive de préférer être seule.

Ryan retourne sa casquette, se penche, et son baiser réchauffe des zones qu'un pull ne peut réchauffer. Dès que ses lèvres se séparent des miennes, il retire sa casquette et la dépose sur ma tête. Il rit en voyant la visière me tomber sur le nez. Ne voulant pas qu'il la reprenne, je la tourne et la porte à l'envers.

— Tu as une grosse tête, dis donc.

— Non, dit-il. C'est toi qui es toute petite.

Pleine de fierté, je regarde Ryan partir dans le pré. Il a vraiment une silhouette d'athlète, avec ses larges épaules et ses bras musclés. Quand je pense qu'il est à moi pour les dix prochains jours…

— Ne me dis pas que tu as laissé Ryan te coller ça sur la tête. Cette casquette doit être pleine de sueur.

Gwen surgit soudain de l'obscurité, et je pense instantanément à ma peur des monstres tapis dans l'ombre, prêts à me mettre le grappin dessus.

— Ça ne me dérange pas.

— Remarque, à ta place, moi aussi je préférerais cacher mes cheveux, dit-elle en se tenant trop près de moi.

Si elle croit pouvoir me parler comme ça sans que je réagisse, elle se met le doigt dans l'œil. Allison adorerait cette fille. Elles ont le même goût pour les fringues hideuses.

— Je me souviens du jour où je t'ai poussée par terre

et où je t'ai fait pleurer, en primaire, parce que tu avais emmerdé Lacy, dis-je.

— Je me souviens que tu portais toujours la même robe pourrie pleine de trous, et ces affreux rubans, réplique-t-elle.

Elle fixe mon poignet, puis mon jean.

— A ce que je vois, tes goûts n'ont pas changé.

— Non, dis-je. Mais ceux de Ryan, oui.

Ses joues s'embrasent et je souris. Il y a vraiment des fois où je suis trop contente d'être moi. Je compte cependant sur elle pour ne pas s'arrêter là.

— Ecoute, j'essaie juste de t'aider. Au lycée, tout le monde dit que Ryan est avec toi uniquement à cause d'un défi. Avec sa bande, ils prennent ça très au sérieux, et il est capable de te faire croire n'importe quoi pour gagner. Comprends-moi bien, ce n'est pas un mauvais bougre, mais c'est un mec, c'est tout. Je n'aimerais pas te voir tomber de haut quand le défi sera atteint.

Tout mon corps se tend. C'est la vérité. Il m'a proposé de sortir avec lui pour un défi, mais cette période-là est finie. Bien finie.

— Waouh, merci de te soucier de moi comme ça, Gwen. Et maintenant, je te fais une tresse et on ricane en parlant de nos flirts, c'est ça ?

Gwen enroule ses cheveux dorés autour d'un doigt. Je devrais l'emmener direct chez Scott comme deuxième exemple de ma haine des blondes.

— J'essaie seulement d'être sympa avec toi, Beth.

— Si tu voulais être sympa avec moi, tu n'aurais pas essayé de fourrer ta langue dans la bouche de Ryan mardi dernier, quand tu l'as coincé dans un coin après son entraînement.

Elle blêmit ; je jubile. Elle ne pensait pas qu'il me le dirait.

— Alors, tu crois toujours que je suis un simple défi pour lui ?

— Pourquoi tu ne t'es pas encore désistée pour le *homecoming* ? Ils vont prendre les photos pour la plaquette annuelle la semaine prochaine, alors il serait temps de te retirer.

— Je ne me retirerai pas.

Je pars bientôt, mais je ne me désisterai pas. Ryan a réussi à me motiver, j'ai perdu le pari. Je dispose de dix jours pour tenir ma parole envers lui.

Gwen me lance un regard glacial.

— Je croyais que tu ne voulais pas être nominée.

Je hausse les épaules.

— J'ai changé d'avis.

— Tu ne gagneras pas, déclare-t-elle. Il y a des gens qui ne t'aiment pas.

Je me redresse.

— Est-ce que j'ai l'air d'en avoir quelque chose à battre que des gens m'aiment ou pas ?

— Tu devrais, réplique-t-elle. Parce que Ryan s'en soucie, lui. Si tu tenais à lui, tu te retirerais.

Gwen ne me laisse pas le temps de répondre. Elle balance ses affreux cheveux de blondasse par-derrière son épaule et s'en va comme une reine. Des démons reviennent envahir mon esprit, me narguant de ses mots. Je ne suis qu'un défi. Ryan ne m'aime pas. Je ne suis pas assez bien pour lui.

Peut-être a-t-elle raison. Peut-être a-t-elle tort. Peu importe. Je suis ici pour dix jours encore et, même si tel n'était pas le cas, j'ai un flacon d'eau de pluie pour me prouver qu'elle se trompe.

Ryan

Chris et moi passons devant une femme flanquée de trois gamins en train de hurler et d'un vieux type qui garde le chariot des courses. Nous sommes mardi soir, et Chris a insisté pour que je nous conduise à Louisville, afin que nous puissions faire des courses au supermarché Wal-Mart.

— Tu veux bien me dire ce qu'on fabrique ici ? je lui demande.

Il existe un Wal-Mart près de l'autoroute à Groveton, mais il est beaucoup plus petit et date d'une trentaine d'années.

— On connaît tous les gens qui bossent au Wal-Mart de chez nous. Et surtout, nos parents les connaissent aussi.

Chris bifurque vers la droite, s'éloignant des rayons alimentaires pour se diriger vers la parapharmacie.

— Et alors ?

— Tu veux cacher à tes parents ta relation avec Beth, pas vrai ?

Sa façon de formuler les choses me hérisse un peu, mais sur le fond, il a raison. Je veux que Beth et moi formions un vrai couple, seulement, je dois hiérarchiser mes batailles. Je vais participer à ce concours d'écriture, prendre une décision sur mon orientation professionnelle, puis me consacrer à Beth.

— Quel est le rapport avec Wal-Mart ?

Chris s'engage dans un rayon et me désigne d'une main les articles devant lui.

— Ça.

Des préservatifs. Partout. Je me gratte le cou et essaie de trouver quelque chose à dire, mais la phrase qui pourrait rendre ce moment moins embarrassant ne me vient pas.

— Il te faut des capotes, dit Chris.

Nous parcourons l'étroit rayon en face de la pharmacie. La femme aux trois gamins nous reluque d'un sale œil en nous dépassant.

— Tu sais, je prends mon temps avec Beth.

— Ce n'est pas la question. Je vous ai vus, hier. Je suis content pour vous, mais plus personne ne sera content si un mini-Ryan ou une mini-Beth se met à pousser dans son ventre.

Là, il marque un point. Le sexe n'est pas encore au programme, mais mieux vaut être préparé.

— Tu prends lesquels, toi ? je demande.

Il hausse les épaules avec désinvolture.

— Oh ! des normaux. Au fait, tu vas le faire, ce concours littéraire ?

— Ouais.

Des normaux. Me voilà bien avancé. J'observe l'assortiment exposé devant moi. Il y en a des colorés, des nervurés, des lubrifiés, et comme si ça n'était déjà pas assez compliqué, il y a aussi des tailles.

— On a besoin de toi contre Eastwick, dit Chris d'un ton neutre. On a un match de retard sur Northside, alors il nous faut deux victoires pour passer à la première place. Si on ne gagne pas samedi contre Eastwick, gagner ou perdre lundi contre Northside n'aura même plus d'importance.

— De toute façon, je ne peux pas jouer pendant l'intégralité des deux matchs. Il existe une loi qui stipule le nombre de manches où j'ai le droit de lancer, tu t'en souviens ?

Bon sang, comment suis-je censé savoir quelle taille je fais ? Je n'ai pas l'habitude de fixer les parties des mecs dans les vestiaires. Je ne pense pas en avoir une petite, et même si c'était le cas, il serait hors de question que je prenne la petite taille. On a sa fierté, tout de même.

— Mais tu pourrais nous assurer la victoire samedi contre Eastwick, puis jouer seulement les dernières manches contre Northside. Tu nous as souvent sortis de la mouise dans les dernières manches, alors si on flanche lundi, tu viendrais nous remonter. Prends donc les phosphorescents. Je parie que Beth adorera ce côté trash.

Mon ventre se serre.

— Beth n'est pas du genre trash.

— Arrête. J'ai vu son tatouage. Elle est trash. Ecoute, je comprends que tu n'aies pas envie de te retirer d'une compétition, même littéraire, mais je ne vais pas te mentir. Tu fais flipper l'équipe. Tu es le leader, mon pote, et qu'est-ce que ça signifie quand un leader se détourne d'un match ? Les gars commencent à se demander si tu n'es pas démotivé.

Là, il perd un point.

— Qu'est-ce que ça veut dire, exactement ?

Nos regards se croisent, et je comprends qu'il fait partie des « gars » en question.

— Je ne t'ai jamais vu refuser un défi de ta vie, et tu as flanché sur celui avec Beth. Tu as abandonné.

— Je n'ai pas abandonné. Je suis tombé amoureux d'elle.

— Précisément. Tu aurais quand même pu boucler le défi en l'emmenant à la fête suivante, mais tu as jeté l'éponge à partir du moment où tu as craqué pour elle. Elle t'a à ses pieds, et je voudrais être sûr qu'elle en vaut la peine.

Je croise les bras sur ma poitrine, n'appréciant pas la tournure que prend cette conversation.

— Qu'est-ce que tu essaies de me dire ?

Chris se rapproche de moi.

— Tu as changé depuis qu'elle est arrivée à Groveton, et ça ne me plaît pas trop. Avant, il y avait nous et le base-ball — c'était tout ce qui t'intéressait. Puis elle débarque, et maintenant, il y a moi, toi, Beth, l'écriture, et parfois le base-ball. Tu n'avais jamais parlé d'aller à l'université, et maintenant, voilà que tu te détournes de la ligue pro. T'es qui, à la fin ?

Qui je suis, à la fin ? Mais qui est ce mec, en face de moi ? Je me rapproche encore de lui et, pour la première fois de ma vie, l'envie me prend de frapper mon meilleur ami.

— Je suis toujours le même. Celui qui a mené cette équipe année après année, et celui qui t'a encouragé à sortir avec notre meilleure copine. Ce n'est pas ma faute si tu n'as jamais pris la peine de me regarder autrement que comme un type avec une balle et une batte à la main.

Nous nous dévisageons fixement. Sans ciller. Sans bouger. Jusqu'à ce que Chris tende la main vers une boîte de préservatifs texturés.

— Ceux-là aussi, ils sont trash.

Je tire sur la visière de ma casquette. Je rêve, ou quoi ? D'un côté, j'ai envie de lui coller mon poing dans la figure. D'un autre côté, j'ai envie de lui demander ce qui vient de se passer entre nous. Je choisis la facilité et embraye sur sa suggestion.

— Montre-moi lesquels tu prends, toi.

Et si elle aimait les trucs plus trash ? Si elle aimait les préservatifs texturés ? Quand a-t-on besoin de capotes lubrifiées ? Je n'ose même pas penser à celles qui prétendent stimuler la partenaire.

— Est-ce qu'elle est allergique au latex ? Ça peut craindre carrément quand ça arrive. J'ai entendu parler de nanas qui gonflaient comme des ballons de baudruche et devaient être emmenées direct aux urgences.

Mon cœur s'arrête.

— C'est vrai ?

— Non, je déconne, mais à ta place, je lui poserais quand même la question de l'allergie avant d'enfiler le truc.

Deux filles d'environ notre âge passent dans le rayon. L'une d'entre elles sirote un jus de fruits et se tripote les cheveux. Elles se regardent et se mettent à glousser. La chaleur me monte aux joues.

— Je ne suis pas toi, Ry, reprend Chris une fois qu'elles ont quitté le rayon. Je n'irai pas à la fac, et les pros ne me font pas de l'œil. Gagner la coupe fédérale cette année, voilà mon rêve, et j'ai besoin de toi pour y arriver. Promets-moi que tu ne laisseras rien se mettre en travers de ça.

Depuis l'âge de sept ans, quand je regarde sur ma droite, Chris est toujours là pour me couvrir en deuxième et troisième base. Il a sauvé des manches qui avaient foiré à cause de mon lancer. Mon ventre se serre comme je prends conscience de cette révélation : quel que soit le chemin que je choisisse, bientôt, Chris ne sera plus le joueur présent à ma droite.

— Vous pouvez très bien battre Eastwick sans moi, et vous le savez. Les gros frappeurs, c'est avec Northside. On fera la compète de la fédé au printemps. Je vais manquer un seul match ce samedi, et je ne le ferais pas si je n'étais pas persuadé que vous pouvez réussir sans moi.

Chris m'observe tandis que je l'implore intérieurement de m'approuver. C'est mon meilleur ami, il *faut* qu'on soit d'accord là-dessus. Il me tend soudain la main, et je retiens un soupir de soulagement.

— Jure-le, mon pote.

Je lui tape dans la main.

— C'est juré.

Un sourire se dessine alors sur son visage.

— Allez, choisis une boîte et barrons-nous d'ici.

Je tente une dernière fois.

— Dis-moi ce que tu prends.

Chris pose les mains sur ses hanches.

— Je n'ai jamais acheté de capotes. Lacy veut qu'on attende d'avoir passé notre bac.

Beth

Vendredi soir. Je respire profondément, puis frappe à la porte. Je n'ai plus que trois jours avant mon départ. Ryan mérite mieux que moi, mais ce soir, je vais faire comme si j'étais assez bien pour lui. Soudain, la porte s'ouvre ; mon cœur s'arrête, repart et fait un bond sur lui-même en voyant Ryan m'adresser son sourire qui tue, avec fossettes, chaleur et compagnie.

— Salut, dit-il.

Rien que d'entendre sa voix, la chair de poule me hérisse déjà les bras.

— Salut.

Ce soir, je couche avec toi.

La timidité me prend, me faisant détourner le regard ; si je pouvais, je me ficherais un bon coup de pied dans le train. Où est passée la fille capable d'affoler toute une équipe de foot d'une seule œillade ?

— Tu es en avance.

Ryan referme la porte, et je me dirige droit vers sa chambre. Deux fois déjà, Ryan a essayé de me convaincre de rester dans une autre pièce, mais à part sa chambre, tous les endroits de cette maison parfaite me rappellent que je n'y serai jamais à ma place.

— Scott et Allison sont allés se coucher de bonne heure.

Je m'appuie dans l'encadrement de sa porte de chambre et tente de calmer les centaines de papillons qui volettent dans mon ventre.

— Chris ne passe pas, ce soir, hein ?

— Non. Il sait que je suis avec toi et que je dois me lever tôt pour aller au concours d'écriture.

D'un bras, Ryan me prend par la taille. Son pouce se glisse sous mon T-shirt et trace de petits cercles sur ma peau.

Je remarque une pile de papiers reliés par deux rubans roses au milieu de son lit.

— Qu'est-ce que c'est que ça ?

Ryan s'écarte un peu de moi, mais entremêle ses doigts aux miens.

— Un exemplaire achevé de *George et Olivia*. Il est pour toi. Les rubans aussi.

— Super.

Ça l'est, vraiment. Ryan excellera dans tellement de choses après son bac.

— Jette un œil à la page de titre.

Il me lâche la main, et son contact me manque immédiatement.

Je grimpe sur le lit, dénoue le ruban et cligne les paupières en lisant : *A la fille que j'aime : Beth Risk*. Mes doigts effleurent la page, comme si le fait de caresser les mots allait les rendre plus réels. A l'origine, George était une simple rédaction de cours. Puis Olivia est arrivée parce que Ryan ne pouvait pas s'empêcher de penser à cette histoire. Et maintenant, il me la dédie parce que… parce qu'il m'aime vraiment.

Un élan douloureux me serre la poitrine. Finalement, je pourrais être heureuse ici. Scott n'est pas si terrible. A vrai dire, j'apprécie même de me lever le matin pour lui parler de ce qui se passe au lycée. J'aime bien la façon dont il hoche la tête pendant que je parle, et dont il me relance quand je m'arrête, pour me montrer qu'il m'a bien écoutée. J'adore être assise à côté de Lacy en cours, et l'écouter papoter de tout et n'importe quoi. J'adore les cours de physio, et malgré ce qu'Allison a pu dire, je commence à apprécier les sciences. J'aime regarder Logan, Chris et Ryan se charrier. J'aime… j'aime…

Je passe de nouveau la main sur le papier. J'aime Ryan. Je suis amoureuse de lui. J'aime sa façon de sourire. J'aime sa façon de bouger. J'aime ses mains sur mon corps et ses lèvres contre les miennes. J'aime sa capacité à me faire oublier mes barrières et à me donner l'impression que je suis digne d'être aimée.

— C'est parfait.

Ryan

Assise au milieu de mon lit, Beth touche la page de titre pour la troisième fois. Elle apprécie ce cadeau. La légère angoisse que j'ai éprouvée toute la journée disparaît. Je m'assois près d'elle, faisant s'affaisser le matelas sous mon poids. Le rouge lui monte aux joues comme j'effleure sa joue du bout des doigts. Difficile de croire que je me trouve en face de la même fille que celle rencontrée au Taco Bell. Beth était dure et fermée, ce soir-là. Celle qui est assise sur mon lit aujourd'hui est douce et ouverte.

Les différences physiques sont évidentes, elles aussi. Je passe une main dans ses cheveux soyeux, et elle s'écarte un peu. Elle déteste ce que je vois, mais pas moi : les deux centimètres et demi de racines blondes sur son crâne. Le blond fait ressortir le noir corbeau du reste de ses cheveux. J'adore le noir. J'adore le blond. Je n'aimerais pas qu'elle perde l'un ou l'autre. Quelque part, les deux lui vont bien.

Je lui prends le manuscrit des mains et le pose sur la table de chevet. Ses mains tremblent, et elle se mord la lèvre inférieure. Elle est nerveuse, sans que je sache pourquoi.

— Ça va ?

Elle approuve d'un hochement de tête, mais sans relever les yeux.

— J'aimerais être parfaite pour toi, dit-elle.

— Tu es parfaite pour moi.

Beth pose une main à l'intérieur de ma cuisse et ses doigts suivent lentement la couture de mon jean. Le feu s'allume en moi, et les flammes lèchent des endroits très proches de ses doigts. Elle recommence.

— Tu sais, j'aimerais…

Elle s'arrête.

J'ai beau avoir très envie qu'elle continue de me toucher, je me force à poser une main sur la sienne. Quand Beth cherche ses mots, cela signifie qu'elle est sur le point de dire quelque chose d'important. Que ses émotions la déstabilisent. Peut-être trouvera-t-elle enfin le courage de me dire les mots que j'attends, ce soir.

— J'aimerais…

Elle pousse un soupir.

— J'aimerais n'avoir jamais couché avec Luke. J'aimerais revenir en arrière et changer plein de choses, mais ce n'est pas possible. J'aimerais pouvoir être une personne digne de toi.

Beth est sur mon lit. Son corps est près du mien et ses doigts s'agrippent à moi, mais quelque chose dans sa voix me dit qu'elle est en train de m'échapper.

— Je ne suis pas parfait, tu sais ? lui dis-je. Et tu es exactement qui je veux que tu sois : toi.

— Je veux que tu sois heureux, ajoute-t-elle précipitamment.

Malgré notre proximité physique, son regard m'indique qu'une barrière invisible se dresse entre nous.

Beth soulève alors une jambe et s'installe à califourchon sur moi. Sa zone intime se trouve pile au-dessus de la mienne, et mon feu intérieur menace de se transformer en volcan. Elle passe les doigts dans mes cheveux, m'envoyant des frissons dans le cou et jusqu'en bas du dos. Ses lèvres effleurent mon lobe avant de le mordiller délicatement, tandis que son souffle chaud me chatouille l'oreille.

— Laisse-moi te rendre heureux.

Le chaos se répand dans ma tête, et une petite voix me hurle qu'elle va partir. Mais c'est impossible. Elle est là, devant moi, en train de me rendre fou à force de presser son corps contre le mien. Mes mains attrapent ses hanches pour la retenir physiquement. Elle attrape le bas de mon

T-shirt et je la laisse me le retirer. Ses ongles frôlent mes abdos, et je perds toute conscience quand elle descend explorer plus bas.

Nous tombons à la renverse sur le lit. Beth continue de bouger avec moi. Je gémis en sentant ses cheveux effleurer ma poitrine et ses lèvres déposer des baisers dans mon cou. Contre ma peau, je la sens sourire. Mes mains s'aventurent sous son haut. Son corps est brûlant sous mes doigts, je veux sentir sa peau se frotter contre la mienne. Je lui enlève son T-shirt et embrasse ce sillon doux et chaud, merveilleux, entre ses seins.

Beth gémit et je ne veux plus qu'elle se maîtrise. Je veux le faire. Je veux être celui qui la rendra heureuse. Je veux qu'elle se sente bien. Je passe les bras autour d'elle, pivote et la retourne pour la coucher sur le dos. J'adore la sentir sous moi.

Elle entrelace ses jambes aux miennes et ses doigts s'enfoncent dans mes cheveux, me donnant envie de descendre plus bas. Ma main glisse sur la courbe de sa taille, j'ai envie de toucher des endroits de son corps qui la feront bouger en rythme avec moi, je le sais. Mes doigts dérivent vers son ventre, et j'hésite soudain en touchant son bijou de nombril.

Notre première soirée ensemble, dans la grange, me revient brusquement à la mémoire. Je lui ai posé une question, ce soir-là, à laquelle elle n'a jamais répondu. Je m'écarte un peu d'elle malgré la pression de ses mains, m'invitant à rester.

— Que signifie ton tatouage ?

Beth

Que signifie mon tatouage ? Il y a cinq secondes de ça, mon corps était en feu, et voilà que quatre petits mots me refroidissent aussi efficacement qu'un vent polaire. Ryan repousse les cheveux de mon épaule et penche la tête comme s'il attendait une réponse.

Je soutiens son regard tandis que mon démon intérieur lutte contre mon désir de dire à Ryan ce que je n'ai jamais confié à personne auparavant.

— Il signifie « liberté ».

Le corps de Ryan revient au contact du mien. Ses abdos ondulent lors de ce mouvement. Mon Dieu, il est incroyablement beau, je suis torse nu sur son lit, et voilà qu'il veut discuter. Ce garçon peut être tellement frustrant, parfois.

— Pourquoi as-tu choisi ce tatouage ?

Je détourne le regard et pousse un soupir agacé. Certains secrets ne sont qu'à moi et doivent le rester. Pourquoi Ryan n'y arrive-t-il pas avec moi ? Pourquoi ne me laisse-t-il pas lui faire cadeau de cette nuit ? Je me redresse et dépose un baiser sur sa bouche. Il me le rend, mais brièvement. Je me laisse retomber sur le lit.

— Tu es hétéro, non ?

Il rit doucement.

— A fond.

Pour le prouver, il passe un doigt dans la petite vallée entre mes seins, descend vers mon ventre, et joue avec le bord de mon jean taille basse. Mes doigts de pied se tordent de délectation.

— Et je suis en pleine agonie, en ce moment même, ajoute-t-il.

Je refuse de lui donner la satisfaction de me voir fermer les yeux de plaisir. Il doit faire mieux pour ça.

— Dans ce cas, pourquoi parlons-nous ?

— Qu'est-ce que tu sais de moi ? demande-t-il.

Je hausse les épaules.

— Beaucoup de choses.

— Comme quoi ?

D'ac-cooord.

— Tu aimes le base-ball et l'écriture. Ton frère homo est capable de botter le cul de pas mal de mecs.

Ryan rit, et je souris. J'adore son rire. Il me fait penser à de la musique.

Quelque chose assombrit soudain son regard et sa main cesse de jouer avec l'élastique de mon sous-vêtement.

— Tu sais beaucoup plus de choses que ça, dit-il.

— C'est vrai.

Nos doigts s'entremêlent et je me surprends à souhaiter de pouvoir endosser sa souffrance. Je sais aussi que ses parents se haïssent et que ce voyage est une tentative de sauver leur mariage. Ils ne divorceront pas, mais c'est une tentative de rallumer la flamme. Je sais également que le spectacle de cette déchéance fait énormément souffrir Ryan.

Mais surtout, au-delà de la douleur qu'il endure, je sais que je suis capable de lui redonner le sourire et je sais qu'il m'aime.

— Je sais très peu de choses sur toi. Je voudrais tout savoir, dit-il.

Et voilà. Fin des opérations.

— Tu en sais déjà beaucoup.

Il en sait suffisamment. Je bascule sur le côté et attrape mon haut sur l'oreiller à côté de lui. Ryan l'attrape au passage et le jette dans la pièce.

— Oh ! non. Tu ne vas pas t'enfuir une fois de plus, Beth.

La colère me prend soudain.

— Je ne comptais pas fuir. Je croyais juste qu'on allait être ensemble, ce soir, mais apparemment, tu n'es pas prêt pour ça.

— Parle-moi de ton père.

Ryan s'étend confortablement sur le lit pendant que je cale les oreillers derrière mon dos. Comment peut-il avoir l'arrogance de croire que je lui dois ce genre de réponse ?

— Ça ne te regarde pas.

Ça ne regarde personne.

— Allez. Dis-moi quelque chose. Parle-moi de ta mère.

Sa voix devient railleuse ; je ramène mes genoux contre ma poitrine.

— Elle s'appelle Sky.

Voilà, je lui ai dit quelque chose.

— Tu peux faire mieux.

Il continue d'un ton faussement patient.

— Dis-moi pourquoi Scott ne veut pas que tu la voies. Dis-moi quelque chose. Ce que tu veux. Un jour, tu m'as dit que tu n'avais peur de rien. Eh bien, moi, je dis que tu es une menteuse, car en ce moment, tu es terrifiée.

Je tourne vivement la tête vers lui.

— Tu sais ce que je te dis ?

Ryan ne bronche pas.

— Dis-moi pourquoi tu es revenue à Groveton. Pourquoi n'es-tu plus à Louisville, avec ta mère ?

— J'ai été arrêtée, ça te va ?

Je sens mon pouls battre dans tout mon corps. Est-ce que ça va être le coup de grâce ? Le coup final qui le fera s'éloigner de moi ? Trois jours. J'ai trois jours avant de partir, et je ne pensais pas que la soirée allait se dérouler de cette manière.

Surpris par cette réponse, Ryan fronce les sourcils. La nausée me serre l'estomac. Il me juge. Je le sais. Il m'attrape par la cheville avant que j'aie le temps de mettre le pied par terre.

— Tu sais déjà ce que je pense de cette idée de fuir. Pour quelle raison as-tu été arrêtée ?

Je me mets à transpirer. J'imagine les pensées qui doivent lui traverser l'esprit, et son jugement imminent.

— Qu'est-ce que ça peut faire ?

Il relâche sa prise et sa main remonte lentement le long de ma jambe, me massant le mollet à travers mon jean.

— Je me fiche de qui tu étais à Louisville parce que je suis amoureux de celle que tu es maintenant.

Amoureux. Ce mot me chavire le cœur et me transperce la tête.

— Dans ce cas, pourquoi tu veux le savoir ?

— Parce que je veux que tu me fasses confiance.

N'importe quoi.

— Je te signale que je suis à moitié à poil sur ton lit. On pourrait faire des tas d'autres choses.

Le côté droit de sa bouche se relève.

— Si tu me le dis, peut-être qu'on pourra reprendre là où on en était…

Je me planque sous mes cheveux. Qu'est-ce que je lui dis ? La version officielle ou la vérité ? Il m'a confié son histoire avec son frère et ses parents. Je peux lui faire confiance sur ce sujet.

— Ma mère a pété le pare-brise de son mec après qu'il lui a tapé dessus. Il s'apprêtait à la frapper une nouvelle fois, alors j'ai pris la batte et j'étais en train de prendre mon élan pour le cogner quand les flics sont arrivés. Ma mère est en sursis, alors j'ai pris sur moi l'accusation de destruction de la propriété d'autrui. Ma tante a appelé Scott pour qu'il me fasse sortir de prison, et…

J'agite ma main en l'air.

— Maintenant, je suis là.

Silence. Je hais le silence. Il rime avec réflexion, qui rime avec jugement.

Ryan se rapproche de moi et écarte les cheveux de mon visage.

— Tu as laissé la police t'arrêter à la place de ta mère ?

Soudain gênée de ne plus avoir de T-shirt, je ramène mes genoux contre moi.

— Tu n'en aurais pas fait autant ?

— Beth.

Je sens une tension dans sa voix.

— Ce que tu as fait est admirable, mais ce n'est pas normal. Tu ne devrais pas endosser la responsabilité des actes de ta mère. Tu ne devrais pas avoir à prendre une batte de base-ball pour la défendre… elle, ou qui que ce soit.

Il se raidit, et j'imagine que notre escapade à Louisville repasse dans sa tête, prenant soudain tout son sens.

— En fait, tu ne devrais même pas t'occuper de ta mère. Tu savais qu'elle se trouverait dans ce bar, n'est-ce pas ? Tu savais ce qui t'attendait. C'est complètement anormal. C'est ta mère qui devrait prendre soin de toi, pas l'inverse.

Ma gorge se serre. Il ne peut évidemment pas comprendre.

— C'est pourtant ce que je fais. Elle a besoin de moi.

Ryan se passe une main sur le visage et descend du lit. Il se met à faire les cent pas dans sa chambre avec une nervosité qui m'inquiète.

— A propos de quoi t'es-tu disputée avec Isaiah ce soir-là, devant ma salle d'entraînement ?

— Rien.

Je réponds trop hâtivement, et le regard que Ryan me jette m'indique clairement qu'il a compris que je mens.

Il continue d'arpenter la pièce.

— Je l'ai entendu te dire que ta place était à Groveton, et c'est à ce moment-là que tu as fondu les plombs. Vous deviez partir ce soir-là, c'est ça ? Et c'est pour ça que tu étais en colère. Parce qu'il t'a empêchée de partir.

La panique me prend ; je saute du lit. Qu'est-ce qu'il a fait de mon T-shirt ? Je dois partir avant qu'il ne comprenne tout. Je vois un truc noir dans un coin, et fais deux pas dans cette direction quand des bras puissants m'attrapent brusquement par la taille.

— J'ai dit que tu ne partais pas.

Les yeux noisette de Ryan plongent dans les miens.

— Depuis l'instant où tu as commencé à compter pour moi, j'ai toujours eu l'impression que tu me filais entre les doigts. Parfois, quand tu m'embrasses, j'ai même l'impression que tu me dis adieu. J'ai essayé de me dire que je me faisais des idées, que tu avais peur de m'aimer et que tu préférais te renfermer. Mais c'est plus que ça, pas vrai ? Scott ne veut pas te laisser retrouver ta mère, alors tu comptes t'enfuir avec elle.

Dix minutes plus tôt, je ne voulais rien d'autre que son corps contre le mien. Maintenant, cette proximité est insupportable. J'ai besoin d'espace, et je ne peux pas bouger.

Ses doigts se resserrent sur ma peau.

— Quand ? m'interroge-t-il.

Ma bouche se dessèche ; je fixe le sol. Cette soirée n'était décidément pas censée se passer de cette manière. Ryan hausse soudain le ton et s'écrie :

— Quand ? !

Je ne veux pas lui mentir davantage.

— Bientôt.

Il retire alors ses mains de mes hanches et me serre vivement contre son corps — ce corps qui bouillonnait de colère quelques secondes auparavant. Mon cœur se brise en percevant son désespoir. Il appuie son front contre le mien et ses mains agrippent mes cheveux.

— Je t'en prie, Beth, reste.

Je ferme les yeux et l'enlace. Tout cela va me manquer : la force de Ryan, sa chaleur, son amour.

— Je t'aime, Ryan, dis-je dans un murmure, espérant presque qu'il ne l'entende pas.

Pourquoi faut-il que tout soit aussi douloureux ?

Son corps se fige et mon cœur s'arrête. Il a dû m'entendre. Ryan pose les mains sur mes épaules et s'écarte doucement de moi pour me regarder.

— Je n'ai pas l'habitude de perdre. Tu m'entends ? Je

n'ai pas l'habitude de perdre, et je ne compte pas non plus te perdre, toi. J'en ai marre de rester dans l'ombre. J'en ai marre de te sentir m'échapper. Tu ne me fais aucun adieu. Je t'aime, et tu m'aimes. Tu restes.

Ryan annonce ça comme si c'était une décision facile. Comme si je pouvais abandonner mes responsabilités. Comme si les chaînes qui m'entravent depuis des années pouvaient facilement être arrachées.

— Je ne peux pas.

La colère et l'agitation ont quitté son visage, cédant le champ au calme et à la maîtrise que je lui ai vus uniquement lorsqu'il se trouve sur le monticule du lanceur.

— Je ne te laisserai pas partir.

Je cligne les paupières. Il peut toujours rêver.

— Tu ne me laisseras pas partir ?

— Non, c'est hors de question. Tu es à moi, et je ne perds jamais.

Il met les mains sur ses hanches, et je retrouve en lui cette assurance folle qu'il avait au Taco Bell, comme si me demander de laisser ma mère mourir n'était pas bien différent que de me demander mon numéro de portable.

— Il ne s'agit pas de gagner ou de perdre un match. Certains éléments de ma vie ont été mis en branle avant même que je voie le jour. Je n'ai pas le choix, sur ce coup-là.

— Bien sûr que si ! Tout le monde a le choix, et j'ai fait le mien. Il n'est pas question que tu t'en ailles.

Il est tellement sûr de lui qu'une partie de moi le croit.

— Ah bon ?

— Non, insiste-t-il. Il y a trois mois, tu n'avais aucune attache ici, mais maintenant, tu en as.

— Des attaches ?

— Des attaches, répète-t-il. Tu fais partie du comité du *homecoming* et tu commences à assurer en cours. Mes copains t'adorent. Tu es devenue plus proche de Scott. Tu as une véritable amie, Lacy.

Mon esprit et mon souffle s'emballent. Je me suis construit

une petite vie ici, à Groveton. Une vie que je pourrais aimer. Une vie que je pourrais conserver. Ryan m'attire contre lui. Il baisse la tête et passe un doigt brûlant sur ma joue.

— Et tu m'as, moi, ajoute-t-il.

La sincérité de sa voix me fait frissonner. Je pourrais essayer d'ériger une barrière de plus, mais l'intensité de son regard me dit qu'il sera capable de voir au travers. Quelques secondes de silence. Ses lèvres s'approchent dangereusement des miennes, mais il s'arrête avant qu'elles ne se rencontrent. Sa main chaude est toujours posée sur ma joue, son nez frôle ma mâchoire ; j'essaie de respirer à fond pour apaiser les battements frénétiques de mon cœur.

Ryan tire doucement sur les passants de mon jean et m'attire vers le lit. Là, il me prend la main et m'invite à m'allonger près de lui.

Je l'aime. Ce soir, je voulais lui donner un souvenir de moi. J'avais trouvé la confiance nécessaire et me sentais en contrôle de la situation. Mais tout a basculé. J'ai perdu le contrôle. J'ai perdu ma confiance. J'effleure sa poitrine nue d'une main tremblante.

— Je veux que tu me fasses confiance, dit-il.

Ryan me caresse le bras, augmentant mon tremblement. Les signaux qu'il m'envoie sont clairs. Parfois, on s'apprête à vivre des moments si importants que l'on sait déjà qu'on s'en souviendra éternellement. Ce moment entre Ryan et moi est l'un d'entre eux. Je ne suis pas en train de le séduire, et lui non plus. Nous choisissons seulement d'être ensemble.

Je prends une inspiration et fais sortir les mots avant de perdre le courage de les prononcer :

— Je te fais confiance.

Et pitié, pitié, n'en abuse pas.

— Je t'aime, murmure-t-il.

— Est-ce que tu as peur ? je lui demande.

Parce que moi, j'ai peur. Terriblement. Tout à l'heure, j'étais stressée, mais pas terrifiée. Cette fois, ce n'est pas un souvenir que je m'apprête à lui donner. C'est mon cœur entier.

— Je ne veux surtout pas te faire mal. Dis-moi si c'est le cas, et on arrêtera.

Ryan passe son pouce sur ma lèvre inférieure. La chaleur qu'il engendre fait fondre mes craintes.

Incapable de parler, je me contente de hocher la tête. Alors, très lentement, Ryan s'approche et se place au-dessus de moi. Ses lèvres viennent se presser délicatement contre les miennes, et, tout en cherchant mon souffle, je lui murmure de nouveau ces mots :

— Je t'aime.

Ryan

Je n'ai jamais été aussi proche de qui que ce soit. Peau contre peau. Bras et jambes entremêlés. Allongée sur mon lit, Beth est blottie contre ma poitrine et fait lentement glisser son doigt le long de l'intérieur de mon bras.

Je dépose un baiser sur sa tête, humant son parfum de rose, et lutte contre l'envie de fermer les yeux. Tous les muscles de mon corps se sont endormis et mon esprit s'engourdit, mais je veux profiter encore un peu de cet instant.

— Tu es sûre que je ne t'ai pas fait mal ?

Elle a déjà répondu à cette question, mais elle me taraude toujours. Sous ses longs cils noirs, Beth me regarde avec douceur.

— Non, tout va bien.

Mon angoisse augmente. On est passés de « très bien » à « bien ».

— Je t'ai fait mal. Dis-moi la vérité.

— Ça brûlait un peu, mais ça va. Ce n'est pas comme si ça…

Elle s'interrompt.

Je me sens rougir brutalement. Ce n'est pas comme si ça avait duré très longtemps.

— Je vais m'améliorer. Je vais m'entraîner et, après, ce sera mieux pour tous les deux.

Beth se met à rire, et sa joie apaise mon angoisse.

— T'entraîner ? Eh, tu n'éteins jamais le mode sportif, toi ?

— On devrait se faire un emploi du temps. Avec peut-être quelques échauffements, pour commencer.

Elle éclate de rire, et je me délecte de ce bruit exquis. Il est très rare que Beth s'abandonne ainsi au bonheur ; un profond soupir de contentement s'échappe de sa poitrine. Son corps se fait plus lourd contre le mien, et je l'attire plus près de moi. Si elle croit qu'elle va pouvoir me quitter, Beth a tout faux.

— Je me disais…, dit-elle.

Ses doigts se remettent à effleurer mon bras, mais cette fois avec un soupçon de retenue.

— Peut-être que je pourrais parler de ma mère à Scott. Peut-être qu'il pourrait m'aider à l'aider.

J'embrasse de nouveau sa tête, ferme mes paupières brûlantes et m'éclaircit la voix. Je vais la garder. Ma petite Beth à moi.

— C'est une super idée.

— Il faut que tu dormes, marmonne-t-elle depuis le creux de mon bras. Tu as ton concours demain.

— Je t'aime, je lui murmure à l'oreille.

Elle se colle encore plus à moi, et je me rends soudain compte que je suis un minable. Je parlerai de Beth à mes parents dès leur retour, et j'entrerai sur le terrain du *homecoming* avec Beth à mon bras. Au diable ce que mon père et ma mère en penseront. Au diable ce que le reste de la ville en pensera. Au diable la perfection ! Cette fille est faite pour moi.

Beth

Je m'éveille avec le chant des oiseaux pépiant gaiement, et avec des rayons de soleil révélant mille et une poussières en suspension dans l'air. Un cardinal rouge est posé sur la branche d'un buisson devant la fenêtre de ma chambre. L'oiseau déploie ses ailes et s'envole vers le ciel — vers la liberté. Je me demande si l'oiseau de la grange est parvenu à en sortir.

L'odeur alléchante du bacon et des oignons flotte dans l'air. Scott a promis de faire des gâteaux de pommes de terre ce matin. Je bondis hors de mon lit et m'arrête devant le miroir, surprise par mon reflet. Je souris. C'est même plus que ça ; je suis différente. La nuit dernière m'a transformée. Mes yeux brillent comme ceux de Scott quand il est avec Allison. En fait, mon visage entier resplendit, et j'ai faim. Très faim. Pas seulement de nourriture. Je veux demander à Scott s'il peut aider ma mère. L'espoir irrigue mon corps et me donne des ailes. Je pourrais m'habituer à l'espoir.

J'attache mes cheveux en un chignon approximatif et me dirige vers la cuisine. Scott me lance un regard tout en restant penché au-dessus de la cuisinière.

— Bonjour, Elisabeth.

— Bonjour, Scott !

Je rigole presque en entendant mon ton joyeux. Moi, en train de rigoler au réveil. C'est déjà marrant en soi.

Il me regarde une deuxième fois tandis que je m'assois devant le comptoir, et son sourire énervant de M. Je-sais-tout se dessine sur ses lèvres.

— Je ne sais pas de quel pied tu t'es levée ce matin, mais tu devrais commencer par celui-là tous les jours.

— Très drôle.

De l'autre côté de l'îlot, Allison m'observe, avec un peu moins de mépris qu'à l'accoutumée. Elle semble être sur le point de dire quelque chose, puis se concentre de nouveau sur le journal posé devant elle.

Le portable de Scott se met à sonner. Il l'attrape dans sa poche arrière, puis le coince entre sa joue et son épaule tout en continuant à retourner les pommes de terre hachées dans la poêle.

— Allô.

Son visage s'assombrit. Il déplace la poêle sur une plaque de cuisson éteinte avant d'éteindre la cuisinière. Il se retourne alors, et ses yeux bleus se posent sur moi. Mon espoir s'évanouit.

— On arrive tout de suite, dit-il.

Ryan

Un brouhaha de conversations emplit peu à peu l'amphithéâtre. Cette journée a été à la fois exaltante et une vraie torture. J'ai rencontré des profs de fac qui m'ont fourni des retours incroyables sur *George et Olivia*. J'ai assisté à des conférences, appris de nouvelles techniques d'écriture, et passé la journée entière à flipper en attendant l'instant qui arrive.

A choisir, je préférerais encore passer une journée froide et pluvieuse sur le monticule, plutôt que d'attendre de savoir si ma nouvelle vaut quelque chose, endimanché comme un pingouin.

Je me penche en avant sur ma chaise pliante, les mains jointes. Mes jambes n'arrêtent pas de gigoter. La seule chose qui m'empêche de devenir dingue, c'est le souvenir de la nuit dernière. Dès que je serai sorti d'ici, j'irai acheter deux douzaines de roses et je filerai voir Beth. Je tiens à lui montrer que je ne suis pas comme ce salaud qui l'a quittée juste après avoir couché avec elle. Moi, je veux qu'on reste ensemble ; pour toujours.

Mme Rowe déplie la chaise à côté de la mienne et s'installe.

— Nerveux ?

Je me contente d'un regard en guise de réponse et me frotte les mains. C'est effrayant comme j'ai envie de gagner. C'est encore plus effrayant de songer à ce qui se passera si je gagne. Si je perds, je sais ce qui m'arrivera : j'irai en ligue pro. Mais si je gagne… cela m'ouvre d'autres possibilités. Cela prouvera que je ne suis pas juste bon à lancer une balle, mais à écrire, aussi. Et il faudra que je fasse des choix.

— Quel dommage que tes parents n'aient pas pu venir, dit-elle. Je suis sûre qu'ils sont navrés de ne pas être présents.

— Ouais.

Ils doivent plutôt être navrés d'être ensemble, à mon avis. Je suis loin d'être convaincu qu'une semaine de vacances ensemble aura pu arranger leurs problèmes de couple. Mais le divorce n'est pas une option envisageable, surtout maintenant que papa se présente aux élections municipales. Je ne sais pas combien de temps encore je vais être capable de supporter leurs silences réfrigérants.

— Je suis sûre qu'ils sont fiers de toi, poursuit Mme Rowe.

— Oui.

Sauf qu'ils ne savent même pas que je suis ici.

Bientôt, dans le brouhaha ambiant, une femme en tailleur noir hausse la voix et demande son attention à l'assemblée. Pendant qu'elle nous remercie pour notre participation, Mme Rowe se penche vers moi.

— Quel que soit le résultat, Ryan, c'est déjà un immense honneur que d'être allé en finale.

J'approuve d'un hochement de tête, mais ce qu'elle ignore, c'est que je déteste perdre.

— ... et, donc, nous allons maintenant procéder à l'annonce des vainqueurs.

J'inspire profondément pour me calmer les nerfs. Nous sommes cinquante à avoir participé à cette dernière étape. Sur ce nombre, il ne restera que trois gagnants et, pour être honnête, j'avoue que seule la première place m'intéresse.

— Le troisième prix est attribué à Lauren Lawrence.

La foule applaudit et je m'adosse à mon fauteuil, plus agité que jamais. La fille en question se déplace avec une lenteur incroyable, et il faut encore plus de temps aux personnes présentes sur scène pour lui remettre sa récompense.

La présentatrice s'éclaircit la voix et reprend :

— Le deuxième prix est attribué à…

Une partie de moi meurt d'envie d'entendre mon nom, et une autre, non. Premier, c'est mieux. Je veux la première place, mais pour la première fois de ma vie, je crois que je me contenterais de la deuxième.

— … Tonya Miles.

Nouveaux applaudissements. Au moins, cette fille-là est plus rapide. Je me penche de nouveau en avant, me demandant ce que j'éprouverais maintenant si je ne gagnais pas. J'aurais été content avec le deuxième prix. Peut-être même avec le troisième. Et soudain, je prends conscience que je ne veux pas de la voie la plus facile. Je veux choisir. Je veux avoir la possibilité d'aller à la fac.

Ou pas. Je ne sais pas. Mais ce que je sais, c'est que je veux cette victoire.

— … et notre grand vainqueur est…

Elle marque une pause pour soigner le suspense. Je baisse la tête, les tripes nouées. Et si je n'avais pas été à la hauteur ?

— Ryan Stone !

Je lève la tête vers la scène tandis qu'une montée d'adrénaline se répand dans mes veines. La foule applaudit à tout rompre et Mme Rowe me fait signe d'aller sur scène, en disant des mots que je ne comprends pas. J'avance en trébuchant, doutant d'avoir bien entendu. Tout ça est-il réel ? Est-ce que j'ai vraiment gagné ?

Sur scène, la dame me serre la main et me remet une plaque et un certificat encadré. Je sens leur poids entre mes mains — le poids de l'incroyable. J'ai réussi. J'ai remporté un concours d'écriture !

Mme Rowe est debout dans la salle, ainsi que plusieurs profs de fac qui ont lu ma nouvelle. Alors que je me repais de leurs applaudissements chaleureux, une boule se forme soudain dans ma gorge. Mes parents ne sont pas là. Et même s'ils avaient été au courant de ma participation, ils ne seraient pas venus.

Je m'incline devant la foule, puis me tourne vers les escaliers. Les applaudissements se tarissent, à l'exception d'une personne qui continue de taper dans ses mains dans le fond de la salle. Une voix retentissante attire soudain mon attention, et mon moral en berne remonte comme une flèche.

Je m'arrête sur scène, et souris. Il met les mains en porte-voix devant sa bouche et crie :

— Bravo, Ry !

Comment ai-je pu me tromper à ce point ? Il ne m'a jamais abandonné. Mon frère ne m'a jamais laissé tomber.

Beth

Certains souvenirs sont tellement précis dans ma tête que si je me concentre comme il faut, je pourrais pratiquement les revivre. Le ciel était d'un bleu de mer et deux colombes étaient posées sur le toit du mobil-home de grand-père quand Scott m'a appris à lancer une balle. Les mains calleuses du père de Lacy étaient froides le jour où il m'a emmenée à l'arrière de sa voiture de police. Maman m'a acheté un gâteau au chocolat fourré à la vanille pour le premier soir que nous avons passé seules à Louisville.

Ce qui a gravé ces moments dans ma tête, c'est qu'au moment de les vivre, je savais que je m'en souviendrais toujours. Quand Scott m'a appris à jouer au base-ball, j'ai perdu toute notion du temps. J'ai tenu la balle dans ma main bien plus longtemps que nécessaire, juste pour pouvoir me rappeler la sensation de sa surface. Si j'ai hésité lorsque le père de Lacy m'a dit de monter dans la voiture, c'était afin de photographier mentalement notre mobil-home. J'ai passé une demi-heure à chipoter avec le glaçage du gâteau au chocolat avant d'en prendre une bouchée, sachant que maman venait de donner tout notre argent à notre nouveau propriétaire.

Autour de moi, je vois la salle des urgences avec la même impression de ralenti, une fois franchies les portes coulissantes. Scott passe devant moi et s'adresse à une infirmière, à l'accueil. J'entends mon pouls battre dans mes oreilles. Une aide-soignante me regarde bizarrement. Je ne me suis pas coiffée ni préparée à sortir.

L'infirmière lève les yeux de son ordinateur et se dirige

vers les portes closes des urgences. De grosses lettres sur de grands panneaux m'ordonnent de ne pas entrer, mais si ma mère est là, personne ne pourra m'empêcher d'y aller. Je pousse brutalement les portes battantes et entends à peine quelqu'un m'appeler derrière moi. Les deux côtés du couloir sont délimités par des zones où des rideaux sont tirés. Là, des machines émettent de petits bips, et les gens parlent tout bas.

Soudain, je distingue dans le couloir la silhouette massive de l'homme qui hante mes cauchemars ; il tourne à un angle. Je m'élance après lui. C'est Trent. La colère monte en moi et me propulse en avant. Je cours devant les lits, devant les infirmières qui me demandent si j'ai besoin d'aide ; ignorant tout ce qui serait raisonnable ou rationnel.

Au bout d'un long couloir désolé, il entre dans une chambre. Les pièces qui l'entourent sont vides. Il n'y a ni infirmière ni médecin en vue. Trent est debout près du lit de ma mère. Il ne me voit pas, et ne voit pas non plus venir le coup qui part pour le frapper en pleine mâchoire.

— Salaud !

Mes jointures me font mal et la douleur irradie dans mon poignet, mais ça ne me retient pas. Je suis comme dans un brouillard. Mes poings frappent, encore et encore. Trent m'envoie alors une gifle monumentale, me tire par les cheveux, et je pousse un cri en recevant son genou dans l'estomac. Il me traîne comme une poupée de chiffons et m'envoie percuter le mur, me coupant le souffle.

J'essaie de recouvrer mes esprits et de revenir vers lui. Si je lui laisse trop de temps, il me cognera encore et je tomberai. Et mieux vaut ne pas tomber à terre devant Trent. Il adore les coups de pied. Soudain, j'entends un bruit de coup et vois Trent s'écrouler devant moi.

— Elisabeth, ça va ?

Scott reste le dos tourné à moi. Il a les bras légèrement écartés du corps, prêt à affronter la riposte.

— Elisabeth !

— Oui…

Je tente de me ressaisir.

— Ça va, dis-je.

Trent saigne du nez. Bien joué, Scott. Il le lui a cassé. Trent jette un regard furieux vers moi, et Scott fait un pas en avant.

— Touche encore un cheveu de ma nièce et je te tue, prévient-il.

Trent ignore Scott et continue de me fixer.

— Je sais très bien que tu essaies de m'enlever ce qui m'appartient. Mets-lui ces idées dans le crâne une fois de plus, et je te garantis que la prochaine fois, les docteurs ne pourront rien faire pour elle.

— Espèce de fils de pute !

Je m'élance vers lui, et Scott m'attrape par la taille, me soulevant littéralement du sol pour m'empêcher de sauter sur Trent.

— J'aurais dû te démolir avec cette batte quand j'en ai eu l'occasion !

Si seulement j'avais eu le temps de frapper cette ordure !

— Va donc crever !

— Sors d'ici avant que j'appelle la sécurité ! hurle Scott à Trent.

Trent détourne le regard et se dirige vers la porte avec un demi-sourire aux lèvres. Scott resserre son étreinte tandis que je me débats pour tenter de suivre Trent. Il ne me pardonnera jamais d'avoir essayé de m'enfuir avec ma mère. Il va chercher à se venger et, s'il ne peut pas m'atteindre, c'est ma mère qui en fera les frais.

Scott me lâche enfin et s'interpose devant la porte.

— Je peux savoir ce qui se passe ? demande-t-il.

Je tends la main vers le couloir où Trent s'en va.

— Il la bat. Il me bat. Ce mec est un putain de dealer qui manipule ma mère, et sans toi, sans tes règles et ton chantage débiles, elle ne serait pas là, parce que j'aurais pu la protéger !

Une infirmière apparaît soudain dans l'encadrement de la porte.

— Il y a un problème, ici ?

Elle pose sa question sèchement, avec calme, d'un ton qui indique clairement qu'elle a compris que oui, il y en a un.

— Tout va bien, répond Scott.

Il continue de lui parler, mais sa voix et celle de l'infirmière deviennent sourdes tandis que je contemple la créature pitoyable allongée sur le lit. Il y a quelques heures encore, tout allait bien. Ryan me tenait dans ses bras, et j'étais parvenue à me convaincre que tout allait pouvoir s'arranger. Voilà ce qui arrive quand on se donne trop d'espoir. Le karma ne tarde pas à vous rattraper.

Je m'assois sur le lit et touche les doigts de ma mère. Ils sont froids. Comme la mort.

— Est-ce qu'elle est morte ? je demande.

La discussion s'interrompt derrière moi.

— Elle a cessé de respirer, dit l'infirmière. Mais le personnel soignant lui a donné de la naloxone, qui a contré les effets de l'héroïne.

De l'héroïne… Mon cœur s'arrête de battre. De l'héroïne.

Mes doigts effleurent la ligne de son intraveineuse, mais évitent délibérément les marques de piqûres qui constellent son bras.

— Depuis combien de temps en prend-elle ?

— Nous ne le savons pas, répond l'infirmière.

— Quand pourra-t-elle rentrer à la maison ?

— Pour le moment, elle est endormie. Les médecins effectueront un bilan à son réveil, et si elle va bien, elle pourra rentrer.

Elle chuchote quelque chose à Scott, qui lui répond à voix basse.

— Elisabeth, dit-il, je vais remplir quelques papiers.

Ce qui signifie qu'il va payer la facture. Pour l'instant. Mais comment ai-je pu ne pas voir les marques sur les bras de ma mère ?

— D'accord.

La chambre devient soudain silencieuse, à l'exception du rythme régulier du moniteur de ma mère. Depuis l'instant où ma tante Shirley a appelé Scott, j'ai eu l'impression d'être prise dans une véritable centrifugeuse. Si je le pouvais, je voudrais oublier tout ce qui vient de se passer et disparaître. Je suis fatiguée, je voudrais que ce manège infernal s'arrête enfin.

— Lequel d'entre vous a frappé Trent ? demande soudain Shirley derrière moi.

— On l'a eu tous les deux. Bravo, tu as bien veillé sur ta sœur.

J'entrelace mes doigts dans ceux de maman. Sait-elle que je suis là ? Probablement pas. Même quand elle est à peu près sobre, elle ne remarque pas toujours ma présence.

— Tu étais où ? je demande.

— En pause-clope.

Une toux de fumeuse la prend, et maman tressaille dans son sommeil.

— A ton avis, qui l'a trouvée dans cet état et l'a tirée hors de chez elle avant d'appeler les urgences ? Si la police était entrée dans l'appartement de ta mère, on serait dans un merdier encore pire que celui-là.

Maman frémit ; je voudrais tant qu'elle se réveille et qu'elle me dise qu'elle regrette.

— Merci d'avoir appelé Scott, dis-je.

— Il a de l'argent. Assure-toi qu'il paye bien toutes les factures.

Le pas léger de Shirley se rapproche du lit et elle pose une main sur mon épaule. Je garde les yeux rivés sur ma mère, craignant qu'elle ne disparaisse si je regarde ailleurs.

— Il y a deux jours, ta mère m'a raconté une drôle d'histoire. Du genre qui pourrait commencer par « il était une fois », déclare Shirley. Elle m'a dit que tu allais bientôt venir la chercher. Ce qui est dommage, c'est qu'elle l'a aussi raconté à tout le bar, et que quelqu'un l'a répété à Trent. Il était un peu énervé.

Un peu énervé ? Des bleus récents couvrent le côté droit du visage de maman. La connaissant, j'imagine qu'elle a pris l'héroïne pour oublier le passage à tabac, pour atténuer la douleur.

— Tu sais que je ne crois pas aux contes de fées.

Je n'aurais jamais dû la quitter. Jamais. J'aurais dû trouver le moyen de partir des semaines plus tôt. C'est ma faute.

— C'est dommage, répond-elle. Parce que j'aurais payé cher pour voir ça.

Je tourne brusquement la tête vers elle.

— Ecoute, dit Shirley. Elle ne va pas tenir longtemps, à ce rythme. La décision t'appartient. C'est ta responsabilité.

Sur ce, ma tante sort de la chambre. J'essaie de respirer à fond, mais le poids qui m'oppresse la poitrine m'en empêche. Depuis mes huit ans, je veille sur ma mère. J'ai pris soin d'elle. Je l'ai fait déménager. Manger. Je me suis assurée qu'elle se rendait bien au travail, je l'ai aidée à trouver du boulot. Mais en cet instant, ce que je voudrais plus que tout, c'est que ma mère s'occupe de moi. J'en ai assez d'être l'adulte. Pour quelques minutes seulement, je voudrais être une enfant. Je veux ma maman. Juste ma maman.

Soudain, quelque chose m'effleure la main.

— Ne sois pas triste, Elisabeth, murmure ma mère.

Je renifle.

— Je ne suis pas triste.

— J'ai rêvé de toi. De toi et de ton père. Il me manque.

Ses doigts étreignent faiblement mon poignet.

— Tu me manques. Tu étais un beau bébé.

Un mélange de colère, de tristesse et de bonheur s'insinue en moi et vient faire taire le cri qui menace de sortir de ma gorge.

— Pourquoi faut-il toujours que tu rendes les choses si compliquées ?

— Viens là. Je préfère encore quand tu es triste. Je déteste te voir en colère.

Elle tire sur mon poignet et ignore ma question.

— Je veux serrer mon bébé contre moi.

Je rampe sur le lit et viens nicher ma tête au creux de son bras, avec l'impression d'avoir cinq ans. Ses doigts caressent mes cheveux.

— Tu es née un mardi.

Je ferme les yeux et prie pour que ma souffrance s'en aille, mais elle reste incrustée. Elle me tue littéralement. Je suis tellement fatiguée. Epuisée. Je ne veux même pas penser à Trent, à l'héroïne, à notre fuite ou à la responsabilité que je pourrais abandonner.

— Il faisait affreusement chaud, ce jour-là. Tu étais si belle, mais si petite. Le médecin m'a interdit de te prendre dans mes bras pendant trois semaines, parce que tu étais prématurée. Ton papa t'aimait, à ce moment-là. Il est venu deux fois à l'hôpital avant que ta grand-mère ne nous ramène à la maison. Scott était ravi de prendre un bébé pour la première fois.

Ses doigts osseux se détendent sur ma tête, et je me mets à souhaiter qu'elle me dise qu'elle m'aime, parce que moi, je l'aime. Elle est peut-être droguée, alcoolique, voire prostituée, mais c'est quand même ma maman. Ma maman.

— J'adorais t'emmener au centre commercial. Les gens s'arrêtaient pour me dire combien tu étais jolie. Je les laissais te prendre dans leurs bras, et ils s'amusaient à deviner ton prénom. Tu étais si mignonne, et tu ne pleurais jamais. Tu étais ma petite poupée chérie à moi.

Je passe un bras autour d'elle et frémis en sentant ses côtes saillantes. Elle soupire et reprend :

— Je t'ai donné le prénom de ma mère, en espérant que ça la ferait changer d'avis et qu'elle nous aimerait toutes les deux. Ma mère m'a abandonnée, Elisabeth, mais moi, je ne t'ai jamais abandonnée. Jamais.

Non, ma mère ne m'a jamais abandonnée, et c'est bien pour cette raison que je lui suis redevable. J'ai grandi en étant consciente des sacrifices qu'elle faisait pour moi. Je retiens mon souffle pour m'empêcher de sangloter. Ma maman a besoin de moi, je ne dois pas me laisser aller. C'est moi qui lui ai fait ça. Je l'ai négligée.

— Dis, tu viens toujours me chercher lundi, Elisabeth ?

Ryan

Vêtu d'un jean et d'un polo froissé, Scott est appuyé contre le mur du fond de la salle des urgences. Il hausse un sourcil en me voyant, puis le laisse retomber comme s'il était trop fatigué pour s'en soucier.

— Comment as-tu su qu'elle était ici ?

— C'est votre femme qui me l'a dit.

Dès la fin du concours, je me suis rué chez Scott pour annoncer la bonne nouvelle à Beth et lui offrir mes roses. Le monde s'est écroulé autour de moi quand Allison a prononcé ces mots : la mère de Beth a fait une overdose.

Je jette un coup d'œil dans la pièce et détourne immédiatement le regard. Beth est blottie contre sa mère, sur le lit, et la scène est trop intime pour que quiconque ait le droit de la regarder — même moi.

— Depuis combien de temps est-elle là ?

— Un moment.

Scott pose ses poings sur ses yeux, comme Beth le fait fréquemment quand elle est à bout de nerfs. Je remarque souvent qu'ils ont beaucoup de choses en commun.

— Comment s'est passé le concours d'écriture ?

Comme Beth, lui aussi est capable d'ignorer un truc énorme et de faire diversion.

— J'ai gagné.

S'il n'était pas dans un tel état, son sourire serait sûrement naturel.

— Félicitations. Qu'a fait ton équipe contre Eastwick ?

— Ils ont gagné aussi.

Conformément à mes attentes. C'est une super équipe, et je suis fier d'en faire partie.

— Bien.

La différence entre moi et les Risk ? Je n'ai pas de problèmes à parler des trucs énormes.

— Comment va la mère de Beth ?

— Elle est vivante.

Je me tais quelques instants.

— Et Beth ?

Scott secoue la tête. Le silence s'installe entre nous, mais nous tournons tous deux la tête vers la chambre en entendant un sanglot étouffé. Voir Beth ainsi me brise le cœur et, à en juger par l'expression de Scott, il en est de même pour lui. Le silence se prolonge. Un reniflement nous parvient depuis la chambre ; mes mains brûlent d'envie de serrer Beth contre moi pour la réconforter. Je ne la laisserai pas utiliser cet événement comme une excuse pour prendre la fuite. Je vais lui parler et lui faire comprendre qu'il est temps de mettre Scott à contribution dans cette histoire.

— Elisabeth m'a dit que tu hésitais entre l'université et la ligue pro, dit-il.

J'acquiesce. Le choix est encore plus dur maintenant que j'ai gagné ce concours.

— Je peux me permettre de te donner mon avis ? demande-t-il.

— Avec grand plaisir.

— Réfléchis à ce que le base-ball représente pour toi, parce que si tu joues pour gagner de l'argent, tu seras amèrement déçu. Seuls très peu de joueurs pro finissent par monter en majors, et tu finiras par passer plus de temps à bosser au McDo qu'à jouer en minors.

Une infirmière passe entre nous ; je laisse l'arrière de ma tête basculer contre le mur.

— Vous êtes entrés en ligue pro…

— Quand j'avais dix-huit ans, le base-ball était ma

seule option. D'après ce qu'Elisabeth m'a dit, toi, tu as le choix. Si le base-ball est vraiment ce que tu veux faire par-dessus tout, alors le sacrifice en vaut la peine. Mais si passer en pro est juste un moyen de parvenir à tes fins, je pense que c'est un mauvais calcul.

Une lueur passionnée s'illumine soudain dans son regard. Le genre de lueur que je comprends parfaitement.

— Si le base-ball est vraiment ta raison de vivre, de respirer, je peux te dire que le besoin de courir sur ce terrain sera plus fort que toi. Personnellement, je n'ai jamais rien ressenti de comparable à ça.

— Merci, lui dis-je.

Ses remarques sont reçues cinq sur cinq, mais elles ne m'aident pas beaucoup. Je ne me sens pas plus avancé. Du coin de l'œil, je regarde alors rapidement dans la chambre. Le regard de Beth croise le mien.

— Passe un peu de temps avec elle, dit Scott. Mais Elisabeth rentre avec moi.

Beth

Une main dans mon dos, Scott m'invite à avancer tandis que je regarde ma mère partir en voiture avec Shirley. Il doit être tard. Le soleil s'est couché. Les étoiles scintillent dans le ciel. Ryan est venu puis reparti, même si j'imagine qu'il n'avait pas envie de s'en aller. Il m'aime. Je le sais. Je me demande même si son amour n'est pas la seule chose qui m'a permis de tenir le coup aujourd'hui.

— Allez, viens, on rentre à la maison, dit Scott.

La maison. Ma chambre, avec mes fringues et ma boîte de Lucky Charms dans le placard. Ma maison. Ce pourrait être ma maison pour de bon si Scott accepte d'aider ma mère. Les feux arrière de la voiture de Shirley disparaissent dans un virage.

Je pousse un profond soupir et me tourne vers Scott.

— Il faut qu'on parle.

Il approuve d'un hochement de tête et pose un bras sur mon épaule. Trois mois plus tôt, j'aurais repoussé ce geste. Maintenant, je l'accueille volontiers. Les jambes coupées par la fatigue, je m'appuie contre mon oncle.

— On discutera demain, dit-il.

Scott m'emmène vers sa voiture.

— Tu es morte de fatigue.

A mi-chemin du véhicule, un sentiment de déjà-vu m'envahit. Comme si je voyais quelque chose que j'ai déjà vécu — un souvenir au ralenti. Je tourne la tête à droite et me rends alors compte que ce n'est pas un souvenir, mais la réalité.

Je fais brusquement halte, et Scott s'arrête avec moi.

— Qu'est-ce qu'il y a ?

— Isaiah, dis-je.

Je ne parle pas à Scott, mais à moi-même. Mon meilleur ami est là.

Appuyé sur le capot de sa Mustang noire, Isaiah nous regarde, à quelques mètres de là. Il penche la tête en voyant que je l'ai repéré. Je fais un pas vers lui, mais Scott me retient par le bras.

— Non, Elisabeth.

Je me retourne vers lui.

— Juste une minute. Rien qu'une minute. Je t'en prie.

Son étreinte se desserre à ces derniers mots. Je chancelle légèrement lorsqu'il me lâche. Je suis épuisée — physiquement, moralement —, mais je rassemble mes dernières forces. Il faut que je parle à Isaiah.

Isaiah reste là où il se trouve, ne se donnant pas la peine d'avancer vers moi, et parle avant que je sois près de lui.

— Shirley m'a dit, pour ta mère. Est-ce que ça va ?

Sa question m'arrête quelques mètres devant sa voiture. Ses yeux débordent de douleur, et je sens tous les muscles de mon ventre se crisper. Ma présence le fait souffrir ; je me le prends comme une claque en plein visage.

— Oui, je réponds, avant de réfléchir. Enfin, non. Elle est accro à l'héroïne.

Isaiah détourne le regard, et je comprends soudain.

— Tu le savais, dis-je.

Ses yeux reviennent sur moi.

— Elle aura tout le temps des problèmes, Beth. Tu ne la changeras pas.

Si, elle va changer. Scott va m'aider pour ça. Je le sais.

— Et toi, comment ça va ?

— Je survis, dit-il.

Il lève les yeux vers le ciel étoilé, puis s'écarte de sa voiture.

— Allez, bonne continuation.

— Isaiah…, dis-je, ne sachant trop que faire. Ce ne sont pas des adieux ?

— Si, c'est exactement ça.

Il glisse la clé dans sa portière.

— Si tu le croyais vraiment, tu ne serais pas ici en ce moment.

Je reprends du poil de la bête, encouragée par mes propres mots.

— Nous sommes amis. Pour la vie.

Il se passe une main sur le visage avant de monter dans sa voiture, fermer la portière et faire rugir son moteur. Mon bref accès d'énergie s'évapore aussi vite qu'il est venu. Ça me fait mal de savoir qu'Isaiah souffre à cause de moi, mais un jour il tombera vraiment amoureux, et il comprendra alors que nous n'avons jamais été que des amis.

J'ouvre les yeux et me mets à jurer. C'est la deuxième fois que je suis une vraie loque : je me suis endormie, et Scott a dû me porter jusqu'à mon lit. Comme lors de ma première nuit dans cette maison, la couverture est bordée sur moi et mes chaussures sont bien rangées au pied du lit. Il fait noir, mais je ne me préoccupe pas de regarder l'heure. Je repousse la couverture, saute du lit, et me dirige vers la cuisine.

Scott est assis devant l'îlot central, les yeux fixés sur sa surface. Je m'affale sur le canapé en cuir, non loin de lui. Voilà trois mois que j'habite dans cette maison, et je ne m'étais jamais assise ici.

— Chouette canapé.

— Il était temps que tu l'essaies, dit Scott.

Il porte un T-shirt des Yankees et un jean. Scott se comporte tellement comme un adulte que j'oublie parfois qu'il n'a pas encore trente ans. Il descend de son tabouret et me rejoint dans le salon.

— Tu veux me parler de Trent ?

— Non.

— Je reformule : parle-moi de Trent.

Scott a frappé ce fumier, je ne dois pas l'oublier. Je me frotte les yeux pour en chasser les dernières traces de sommeil et essaie de trouver un résumé bref et efficace.

— Cet enfoiré de connard est un suppôt de Satan, il faudrait que quelqu'un lui plante un pieu dans le cœur, le mette en lambeaux et jette ses morceaux dans le feu.

— Ou que quelqu'un lui défonce la tête avec une batte de base-ball ?

— Eventuellement.

Je souris légèrement, et Scott me rend ce petit sourire. J'ai dit à Ryan que j'allais rester. Je tripote le ruban rose toujours noué à mon poignet.

— Pourquoi nous as-tu quittées ? Tu ne m'as pas seulement, laissée, moi. Il y avait aussi maman.

— Tu es prête à discuter de ça tranquillement, ou bien se dirige-t-on vers un concours de hurlements ?

— Je veux discuter.

Enfin, je crois.

— Quand j'ai quitté Groveton, je pensais vraiment ce que j'ai dit. Je comptais réellement revenir pour toi. Je sais que j'étais jeune, mais je t'aimais comme ma propre fille.

Et moi, je l'aimais comme mon propre père. Je resserre mes genoux contre moi et les enveloppe de mes bras.

— Alors pourquoi n'es-tu pas revenu ?

— Parce que…

Il s'interrompt et hésite plusieurs fois avant de poursuivre.

— Parce que si je l'avais fait, j'aurais dû tirer un trait sur ma carrière. Je ne pouvais pas t'emmener sur les routes avec moi et, si je te choisissais, alors il aurait fallu que j'abandonne le base-ball.

« Si j'étais resté à Groveton, je suis sûr que je serais devenu comme mon père. Ton père m'avait juré qu'il ne serait jamais comme le nôtre, et après avoir eu son bac, il est devenu un salaud de la même espèce. Je ne voulais pas vivre dans les lotissements de mobil-home, je ne voulais pas des filles accro à la drogue et je ne voulais pas passer le reste de ma vie à faire du mal aux gens que je prétendais aimer. Si j'étais resté, je serais devenu mon père et, un jour ou l'autre, je t'aurais fait du mal.

Je secoue la tête. Scott ne s'en serait jamais pris à moi. Il en était incapable.

— J'ai eu une telle trouille quand j'ai commencé à m'éloigner que je n'ai pas pu m'arrêter. J'avais peur de me retrouver en face de toi. Peur qu'en te voyant, je me sente obligé de rester et que je devienne mon père.

Scott lâche un juron et joint les mains comme dans une prière. Je me mords les lèvres en entendant sa voix trembler.

— Quand tu as emménagé ici, chaque fois que je te regardais, je revoyais le vieux. Je voyais sa colère briller dans tes yeux. Je voyais l'amertume de ton père tapie au fond de toi. J'ai beau m'être détesté de t'avoir abandonnée à ton sort, je ne le regrette pas. Si j'étais resté, je n'aurais jamais pu prendre ma liberté, et toute la colère et l'amertume que je vois en toi auraient été mon propre lot quotidien.

Je connais la colère et l'amertume dont il parle. Ce sont ces fameuses chaînes qui me plombent et menacent chaque jour de me faire tomber — du moins jusqu'à ce que je rencontre Ryan. Mais il a suffi d'un seul coup de fil de Shirley pour que ces chaînes reviennent et se nouent autour de ma gorge, encore plus serrées.

— Super pour toi. Tu t'es libéré, et je me suis fait avoir.

Scott se penche en avant.

— Je comprends que tu dises ça, mais c'est aussi pour toi que je me suis libéré. Seulement, j'ai merdé. J'aurais dû revenir quand j'ai signé avec les Yankees, et t'emmener à New York avec moi. Je ne l'ai pas fait, j'en suis désolé, mais maintenant je suis là et…

Il tend un bras et fait un geste vers la maison autour de nous.

— Tout ça est à toi, ma belle. Tu n'as plus qu'à me faire confiance et à prendre ce que je t'offre. Tu peux me demander ce que tu veux, mais il faut que tu cesses de regarder derrière toi.

Scott me parle d'espoir, mais l'espoir n'est qu'un mythe. A l'entendre, on pourrait croire que quitter ma mère serait un jeu d'enfant. Comme si je pouvais balayer d'un revers de main les démons qui hantent mes cauchemars, et d'un coup de baguette magique, tout rentrerait dans l'ordre.

— Et maman, dans tout ça ?

Il ne répond pas tout de suite. Au lieu de quoi, il fixe une petite cicatrice sur le dos de sa main — cicatrice causée par un coup de couteau de son père quand il était petit, m'a-t-il dit.

— Je ne suis pas responsable d'elle, et toi non plus.

— Non. C'est là que tu te trompes. Je suis responsable de maman. C'est ma faute si elle est malheureuse.

— C'est faux.

— Peu importe. Je me disais que tu pourrais peut-être lui donner de l'argent. On pourrait la faire entrer dans un centre de désintoxication, et quand elle sera clean, on lui trouvera un meilleur endroit pour vivre. Elle travaillait, avant ; on pourrait lui trouver un nouveau job. Elle est mal depuis trop longtemps, et je sais qu'elle reste avec Trent uniquement parce qu'il a du fric. Si tu l'aides, je suis sûre qu'elle pourrait aller mieux.

— Je ne peux pas.

Ma tête bascule en arrière comme s'il venait de me gifler.

— Comment ça, tu ne peux pas ?

J'ai fait l'effort. Je suis venue lui demander son aide. Je lui fais confiance, et maintenant il me balance ça à la figure ?

— J'ai fait plusieurs promesses à Allison et à moi-même en revenant à Groveton, et surtout quand j'ai décidé de te faire revenir dans ma vie. Ta mère est une limite que je ne peux pas franchir.

Non, non, non. NON ! La discussion n'était pas censée prendre cette tournure.

— Mais il le faut !

La pièce me semble soudain étouffante et je me lève. Il faut que je sorte. Quand je me retourne, je ne vois que des baies vitrées ou des portes menant à d'autres pièces. Il n'y a pas une seule porte donnant sur l'extérieur !

— Elisabeth, dit Scott très lentement. Tu veux bien te rasseoir, s'il te plaît ?

— Tu dois l'aider !

Parce que moi, je ne le peux pas, et cette nouvelle perspective me rend folle.

— Envoie-la en cure de désintox. Qu'elle s'en sorte. Elle sera mieux, après. Tu ne comprends pas… Elle n'a jamais eu sa chance. On n'a jamais rien eu. Personne ne nous a jamais aidées.

— Je lui envoyais de l'argent, dit Scott à voix basse.

Je me fige littéralement sur place. Je suis dans la cuisine, et je ne me souviens même pas comment je suis arrivée ici.

— Qu'est-ce que tu as dit ?

Scott avance vers l'îlot central.

— J'envoyais de l'argent à ta mère tous les mois. Je lui ai ouvert un compte en banque, qu'elle vidait tous les mois. Je n'ai pas eu le courage de t'appeler, mais j'ai eu le courage d'assumer mes erreurs. Allison a trouvé les relevés de banque il y a quelques mois, et elle a cru que j'avais une liaison avec quelqu'un. Je l'ai amenée ici, à Groveton, pour lui prouver que je ne mentais pas à ton sujet ou à celui de ta mère. Et quand je suis arrivé, je n'ai pas du tout aimé ce que j'ai vu. On est restés quand même, mais j'ai promis à Allison de couper les ponts avec ta mère. De toute évidence, elle n'utilisait pas cet argent pour ton bien-être, ou même le sien.

— Tu mens.

Je frappe sur le comptoir.

— Tu te fous de ma gueule !

Ce n'est pas possible.

— Je peux te montrer les relevés bancaires, si tu veux.

Je n'arrive plus à respirer. Je ne… je ne respire plus.

— Elisabeth, dit Scott. Assieds-toi.

J'essaie d'inspirer, mais mes poumons sont trop petits. Je m'agrippe au bord du comptoir et me penche pour essayer de trouver un peu d'oxygène. Scott se trompe. Il faut qu'il se trompe. Ma mère ne m'aurait jamais fait ça. Jamais. Pourquoi est-ce que je n'arrive plus à respirer, nom de Dieu ?

— Elisabeth !

Scott renverse un tabouret et me rattrape au vol avant que je ne m'écroule par terre. Je prends ma tête entre mes mains.

— Respire, respire, souffle-t-il en s'asseyant près de moi.

Un râle sifflant sort de ma poitrine et j'ai l'impression qu'on vient de me trancher le cerveau en deux.

— Tout va bien, dit-il pour m'apaiser.

Mais non. Rien ne va bien.

Ryan

Beth n'est pas venue hier soir. Je ne suis pas étonné. Mes parents sont rentrés, et elle a passé son samedi entier à l'hôpital, jusque dans la soirée ; elle devait avoir besoin d'une journée de repos. Malgré tout, j'espérais qu'elle viendrait. Je n'ai pu la voir que quelques secondes samedi, et c'était devant Scott. Elle avait l'air tellement mal. J'ai besoin de la prendre dans mes bras, de lui dire que je l'aime, et de l'entendre me répondre la même chose.

J'essaierai de la voir avant que les cours commencent, et je ferai tout pour lui redonner le sourire. Lacy, Chris et Logan se joindront sûrement à moi. A nous quatre, on devrait parvenir à la distraire un peu.

J'ouvre le réfrigérateur, en sors un Gatorade, prends mes clés sur le comptoir et me dépêche d'éviter ma mère.

— Désolé. On se voit au match, tout à l'heure.

Là, je leur présenterai Beth comme étant officiellement ma copine. Je vais profiter de cette occasion, puisque ni l'un ni l'autre ne se permettrait jamais de faire une scène en public.

— Tu es en avance, dit-elle. Assieds-toi.

Ma mère passe à côté de moi. Elle est prête à sortir : pantalon chic, chemisier, collier de perles. Elle sera en représentation sociale pour le déjeuner. Mon père entre dans la cuisine et jette à peine un regard vers ma mère. Leurs vacances étaient censées sauver leur mariage ; résultat des courses, hier soir, ils ont fait chambre à part.

Je fais sauter mes clés dans ma main.

— J'ai des trucs à faire avant d'aller au lycée. On peut parler plus tard ?

Elle prend place devant la table et me fait signe de m'asseoir. Au lieu de quoi, je m'appuie contre l'encadrement de la porte.

— Bon.

Ma mère ouvre soudain la main droite et mes préservatifs se déplient et volent sur la table, tel un accordéon de plastique.

— Tu veux bien m'expliquer ? lance-t-elle.

Mes clés s'enfoncent dans ma paume tandis que je m'efforce de maîtriser ma colère.

— Tu es rentrée dans ma chambre ?

— Nous sommes tes parents. Nous avons le droit.

Je regarde mon père, qui me fixe depuis l'autre côté de la pièce. La panique monte en moi en même temps qu'une poussée d'adrénaline et de nausée, mais pour rien au monde je ne le laisserais paraître. Dans quelle mesure ont-ils fouillé ma chambre ? Ont-ils trouvé ma plaque de gagnant du concours d'écriture ? Ont-ils allumé mon ordinateur ? Ont-ils lu mes histoires ? C'est exactement ce qu'ils ont fait avec Mark la première fois qu'il est rentré de la fac, cet été. Juste avant qu'il ne leur dise qu'il était gay.

— Je les ai comptés, dit ma mère. Il en manque un.

Je n'avais jamais haï ma mère jusqu'à ce jour, mais maintenant, c'est fait.

— Qu'est-ce que tu cherches, là ?

— Qui est la fille ?

— Je ne te le dirai pas.

Parce que parti comme ça l'est, ma mère va immédiatement associer Beth à la fille avec qui j'ai utilisé un préservatif. Et je sais qu'elle va salir ce qui était beau.

— Est-ce que c'était une fille, au moins ? demande mon père.

Je serre ma bouteille de Gatorade.

— Non, mais ça ne va vraiment pas, là ! je m'insurge.

Mon père s'écarte du mur, tous ses muscles tendus. Ma mère bondit alors de sa chaise et s'interpose entre lui et moi.

— On a entendu des rumeurs, au déjeuner d'hier. Je sais que ça doit être faux, parce que tu n'es pas du genre à désobéir. Je voulais t'en parler hier, mais tu étais sorti. Alors j'ai fait ce qu'il fallait pour obtenir des réponses.

— Dans ce cas-là, tu attends que je revienne, maman. Tu ne fouilles pas dans mes affaires.

— Est-ce que tu sors avec Beth Risk ? demande-t-elle.

— Ou bien est-ce que tu te fais juste la main avec elle ? renchérit mon père.

Ma mère se retourne vivement.

— Andrew !

— Quoi ? Il y a les filles avec lesquelles on sort, et d'autres avec qui on couche. C'est normal pour un garçon.

— Je suis au courant de ton comportement au lycée, reprend ma mère. Mais il n'est pas question que mon fils couche avec une fille et sorte publiquement avec une autre. Gwen mérite mieux que ça. Moi aussi, je méritais mieux que ça !

— Arrêtez !

Je n'en peux plus de leurs disputes.

— C'était juste une nuit, Miriam ! crie mon père. Il y a vingt-cinq ans de ça !

Je balance ma bouteille de Gatorade à travers la pièce. Le verre se brise contre le vaisselier et ma mère lève les mains au-dessus de sa tête. C'en est trop.

— Non, mais vous vous entendez, ou quoi ? Est-ce que vous vous êtes seulement donné la peine d'écouter ? Est-ce que vous m'écoutez, moi ? Alors écoutez-moi bien : je ne sors pas avec Gwen, et laissez Beth en dehors de cette histoire !

— Ryan ! braille mon père.

Ma mère lève les mains en l'air pour le réduire au silence.

— Ryan, reprend-elle doucement.

Elle se remet à tripoter son collier de perles.

— Beth Risk n'est pas la personne que tu crois. Gwen s'est inquiétée du fait que tu continuais à fréquenter Beth au lycée, même après que nous t'avons interdit de le faire, alors elle en a de nouveau parlé à ses parents…

Je bous intérieurement. Gwen n'a pas conscience des conséquences de ses actes. Ma mère poursuit :

— Ne lui en veux pas. Gwen tient à toi, et elle a fait ce qu'il fallait. Vois-tu, son père connaît la vérité sur Beth. Elle n'a pas vécu à New York avec Scott pendant toutes ces années. Son père est allé en prison, et elle a déménagé à Louisville avec sa mère. La mère de Gwen connaît le conseiller d'éducation de l'ancienne école de Beth à Louisville.

« Je suis désolée, Ryan, mais parfois les enfants sont condamnés à ne pas valoir mieux que leurs parents. Beth est une droguée. Elle a été arrêtée, et quant à sa réputation avec les garçons dans son ancien lycée, je…

Je n'ai pas le temps d'en entendre davantage.

— Est-ce que Gwen sait tout ça ? je demande.

Parce que ce n'était pas le cas auparavant. Sans quoi, elle ne se serait pas privée de me le dire en espérant me faire rompre avec Beth.

— Oui. Elle était là quand ses parents nous en ont parlé, hier.

Je serre mes clés au creux de mes mains et tourne le dos à ma mère.

— Ryan ! s'écrie ma mère depuis la cuisine. Reviens !

Trop tard. Je fonce vers le garage, démarre ma Jeep et file sur la route. Si Gwen est au courant, alors tout le reste du lycée le sera bientôt.

Beth

Scott se gare sur une place près de l'entrée du lycée. Nous sommes en avance. Ni l'un ni l'autre n'avons beaucoup parlé pendant le petit déjeuner. D'ailleurs, je n'ai pas mangé. Et lui non plus.

— Tu es sûre que tu veux y aller aujourd'hui ? me demande-t-il pour la dixième fois. Je suis d'accord pour que tu restes à la maison, tu sais ? Allison et moi t'avons entendue marcher en bas, on sait bien que tu n'as pas dormi, ces dernières nuits. Elle s'inquiète pour toi, et moi aussi.

Je suis trop épuisée pour me donner la peine de lever les yeux au ciel face à ce mensonge — Allison s'inquiéterait pour moi ? Ma mère et moi étions censées partir aujourd'hui. Je devais sécher les cours et prendre un taxi pour Louisville. Puis on aurait mis les bouts. C'est le chaos total dans mon ventre. Un peu comme si Trent avait pris le contrôle de mes organes. Mais la pire sensation se situe au niveau de mes poumons, avec cette affreuse impression d'étouffer.

Je touche le ruban à mon poignet.

— Non. Je veux aller en cours.

J'ai besoin de voir Ryan. Il a dit que j'avais des attaches ici. J'ai besoin de l'entendre me le redire. J'ai besoin de rire avec Lacy. Je veux sourire en voyant Chris et Logan se charrier. Je veux réussir l'interro d'anatomie en biologie. Je veux être sûre que je ne commets pas la pire erreur de ma vie en laissant ma mère.

Mon sac à dos est posé sur le sol de la voiture et je tiens mon livre de sciences contre ma poitrine. Je suis bonne en sciences. Très bonne. Ma prof m'aime bien. La dernière fois, au lieu de m'engueuler quand j'ai dit un gros mot après m'être trompée dans une réponse, elle a ri et m'a fait un clin d'œil. Après le cours, elle m'a juste dit de surveiller mon langage. J'ai eu un B sur mon dernier bulletin, et la semaine dernière, la prof m'a dit que je m'approchais du A. Moi, Beth Risk, je pourrais avoir un A !

— Tu sais, je ne comptais pas te le dire, pour l'argent.

Je secoue la tête et Scott se tait. Je préfère ne pas y penser. Ça me fait trop mal. J'essaie d'oublier cette histoire d'argent et de ne pas penser à ce qui va se passer en laissant ma mère avec Trent. J'essaie plutôt de penser à Lacy. Elle m'a dit que j'étais sa meilleure amie et m'a proposé de dormir chez elle le week-end prochain. Depuis que j'ai quitté Groveton, quand j'avais huit ans, je n'ai jamais dormi chez une copine. Elle a parlé de manger des glaces et de regarder des films ensemble. Ma meilleure amie est maintenant une fille.

— Tu n'as pas l'air bien, ma belle.

J'ai frappé Trent samedi, ce qui signifie qu'il va frapper ma mère en représailles. Je respire avec difficulté. Comment puis-je faire ça ? Je ne peux pas l'abandonner à son sort.

— Maman m'avait juré qu'elle ne prendrait jamais d'héroïne.

— Je suis désolé, dit simplement Scott.

Un peu comme lorsqu'un enfant découvre que le Père Noël ou les cloches de Pâques n'existent pas. Il est désolé que l'illusion prenne fin, mais heureux d'entrer dans la réalité.

Ma mère ne réplique pas quand Trent la bat. Je devrais aller à Louisville.

— Papa prenait de l'héro. Il en vendait aussi.

Scott éteint le moteur.

— Je ne savais pas.

J'abandonne ma mère alors que je lui dois beaucoup. Elle ne m'a jamais quittée, elle.

— Il n'était pas méchant quand il se camait. Il dormait, la plupart du temps. Les seringues me faisaient peur. Maman était complètement flippée quand je jouais trop près d'elles.

— Qu'est-ce qui s'est passé ?

Pourquoi ma mère ne le lui a-t-elle pas dit ? Ou Shirley ? Pourquoi faut-il que ce soit à moi de le faire ?

— Papa ne voulait pas m'avoir.

— Il était jeune. Il ne savait pas ce qu'il voulait. Ça n'avait rien à voir avec toi.

Exact. Mon père avait dix-sept ans quand je suis née. Ma mère, quinze. Mon père voulait ma mère, par contre. Alors il l'a prise, et il m'a faite. Mais Scott ne comprend pas où je veux en venir.

— Il me l'a dit lui-même, un jour, parce que, euh… j'ai fait une erreur.

Je *suis* une erreur à moi toute seule.

Scott me fixe de ses yeux bleus, qui sont bien plus doux que ceux de mon père et bien plus vivants que ceux de ma mère. Je ne veux pas de leur colère et de leur amertume dans les miens.

— Quand j'étais en CE2, un type est venu au mobil-home. Au début, tout s'est bien passé, mais bientôt, papa et lui ont commencé à s'engueuler. Le type a fini par sortir un pistolet de sa poche.

Un frisson me parcourt le corps. Mes yeux se braquent devant moi. Je vois mon sac à dos, le tableau de bord, l'autoradio, mais mon corps réagit comme si je me trouvais de nouveau dans le mobil-home.

— Il l'a pointé vers papa, et quand papa lui a ri au nez, il l'a pointé sur moi. Il était tout près.

Très près. Si près que je sentais le froid du métal sur mon front. Maman a hurlé et l'urine a ruisselé sur mes jambes et jusque sur le sol.

— Elisabeth…, souffle Scott, bouleversé.

— Ils ont continué à se crier dessus, et le type a commencé à appuyer sur la détente.

L'arme a fait un bruit terrifiant — tic, clic. Je me frotte les bras, hérissés de chair de poule. Je me suis dit que j'allais mourir, et je me souviens d'avoir prié Dieu pour que ça ne fasse pas mal. Pendant ce temps, ma mère hurlait sans discontinuer.

— Papa lui a balancé un sac de fric. Il a relâché la détente et a baissé son arme.

J'ai couru. Devant ma mère, effondrée sur le sol en train de pleurer. Devant mon père, qui jurait tout ce qu'il savait. Je suis passée devant la salle de bains et me suis réfugiée dans la chambre de mes parents.

— Je me suis cachée sous le lit et j'ai appelé la police.

Scott secoue la tête et fixe l'entrée du lycée à travers le pare-brise.

— Il y avait beaucoup d'héroïne à la maison ?

— Je ne sais pas, je murmure. Maman m'a surprise au téléphone et a compris ce que je venais de faire. Papa essayait encore de faire passer la drogue par la chasse d'eau quand le père de Lacy lui a mis les menottes aux poignets.

Ils ont menotté ma mère également ; elle criait si fort que tout son corps tremblait. Pendant la fouille du mobil-home, maman et papa étaient agenouillés dans le salon.

— Elisabeth.

C'est un appel de la part de Scott, mais je ne comprends pas bien ce qu'il attend de moi.

— Elisabeth est morte, Scott, alors arrête de m'appeler comme ça, s'il te plaît.

Je me souviens du regard de mon père quand le père de Lacy m'a emmenée devant eux. Je suis morte pour lui à cet instant.

— Maman a été mise en liberté surveillée. Papa a pris six mois de prison. Quand il est sorti, il est venu à Louisville pour me voir. Là, il s'est mis à genoux, m'a regardée droit dans les yeux et m'a dit que j'étais la pire chose qui lui soit jamais arrivée.

Il s'est levé. Il a fixé ma mère et lui a demandé si elle venait avec lui. Elle a décidé de rester avec moi.

— Et il est parti.

Maman, elle, n'est pas partie, parce qu'elle m'a choisie. Elle avait beau aimer mon père, elle est restée. J'ai une dette envers elle pour ça.

Scott rallume le moteur.

— Je te ramène à la maison.

— Non !

Il faut que j'aie un A en sciences. Je veux voir Ryan, aller à son match, et m'assurer que je prends la bonne décision. J'ai une vie désormais, ici, à Groveton, et je dois accepter l'idée de lâcher ma mère.

— J'ai une interro aujourd'hui, puis le match de Ryan après les cours. S'il te plaît, laisse-moi y aller.

— Si c'est vraiment ce que tu veux, d'accord. Mais on reparlera de tout ça quand tu rentreras à la maison.

La maison. Je ne sais même pas ce que signifie vraiment ce mot.

J'entre dans le bâtiment au moment où la sonnerie retentit, et je me faufile dans les couloirs remplis d'élèves. Ma peau me fait une impression bizarre. Comme si elle était trop petite pour moi, et que je devais en changer. Pendant des années, j'ai tout fait pour sauter des cours, et voilà que je me bats pour aller en classe. Décidément, rien ne va plus.

Une fille me percute soudain l'épaule et rit en voyant qui elle vient de bousculer.

— C'est elle ! chuchote sa copine sans aucune discrétion.

Mes poils se dressent. C'est moi... Qu'est-ce que ça veut dire ? Je poursuis mon chemin dans le couloir, et un groupe de garçons arrêtent de parler en me regardant passer. Je m'agrippe à mon livre des sciences comme à un bouclier. Même lors de mon premier jour ici, je n'avais pas attiré autant l'attention.

Qu'ils aillent se faire voir. Ce que je veux, c'est trouver Ryan et aller en cours. Il a gagné son concours littéraire et joue son dernier match cet après-midi. Je ne l'ai même pas félicité comme il le méritait. Je tourne à un angle et m'arrête en voyant un petit groupe près de mon casier.

Une élève de seconde tourne la tête vers moi.

— La voilà.

Les murmures et les ricanements cessent ; tout le monde s'écarte de moi et de mon casier. Le peu de forces qu'il me reste quitte soudain mon corps, tétanisé. Sur mon casier est écrit en grosses lettres le mot que je redoute le plus : *salope.*

Salope.

J'ai couché avec Ryan vendredi soir.

Salope.

Il est venu à l'hôpital samedi. Il m'a appelée et m'a envoyé des textos dimanche, mais j'étais trop épuisée pour y répondre. Ryan tient à moi.

Salope.

Je pivote sur mes talons et tente de m'enfuir de ce couloir — loin de mon casier, des rires et des chuchotements. A un angle, je tombe alors nez à nez avec une copine de Gwen.

— Tiens, qui voilà ? Beth Risk. C'est vrai que tu as été arrêtée à Louisville ?

Ryan est la seule personne à qui j'en ai parlé.

— Mêle-toi de ce qui te regarde.

Sa copine rit, elle sourit.

— Gwen a pourtant essayé de te prévenir. Ryan et ses copains prennent les défis très au sérieux. Comment as-tu pu croire que tu étais autre chose que ça ?

Ryan m'a donné un flacon de pluie. Il m'a dit qu'il m'aimait. Il ne dirait pas à tout le monde qu'on a couché ensemble ou que j'ai été arrêtée à Louisville. Il ne me traiterait pas de salope.

— Je ne suis pas un défi.

— Ah bon ? Dans ce cas, comment se fait-il que les parents de Ryan ne sachent pas que vous sortiez ensemble ? Sa mère a même dit à la mienne qu'ils lui avaient interdit de sortir avec toi, il y a deux semaines.

Je me sens frappée en plein cœur et recule d'un pas, interdite, mais ma retraite ne lui suffit pas. Elle coule un regard satisfait à ses copines puis revient vers moi en plissant les yeux.

— Non seulement tu n'étais qu'un défi, mais tu étais aussi le petit secret honteux de Ryan.

Ryan

Je gare ma Jeep derrière la voiture de Chris et me dépêche d'en sortir. Il faut que je trouve Beth et Gwen, rapidement. Mon plan, c'est de laisser le *homecoming* à Gwen. Je vais lui dire que Beth et moi nous retirons, si Gwen accepte de ne rien révéler des secrets de Beth. Appuyés contre la grille du lycée, Chris et Logan sourient en me voyant arriver. Cette journée pourrait être un véritable cauchemar pour Beth, je vais avoir besoin de leur aide.

— Vous avez vu Beth ?

Ils secouent la tête négativement.

— Tu as vu Lacy ? me demande Chris. On devait se retrouver ici.

Je balaye le parking du regard et vois soudain Lacy se précipiter vers nous.

— La voilà.

Chris se raidit en la voyant courir dans notre direction.

— Oh, oh. Il y a quelque chose qui cloche, dit-il.

Elle passe alors devant Chris et vient me gifler en pleine face. La douleur est vive, mais ce qui me contrarie le plus, ce sont les larmes qui inondent le visage de Lacy.

— Comment as-tu pu faire ça ? dit-elle en s'étranglant.

Lacy ne m'a jamais frappé avant. Ni moi ni personne, d'ailleurs.

Chris s'interpose entre elle et moi tandis que Logan insulte les gens qui s'attardent pour regarder la scène.

— Lace, qu'est-ce qui te prend ? demande Chris.

Lacy repousse Chris d'un geste violent, qui risque de s'envenimer de nouveau.

— Ce qui me prend ? s'écrie-t-elle. Je dirais plutôt, qu'est-ce qui te prend, toi ! Tu étais censé être son ami !

Derrière elle, Logan lui prend les mains et les maintient le long de son corps.

— Du calme, Lace. Dis-nous ce qui se passe.

Les larmes débordent de ses yeux fixés sur moi.

— Tu m'avais promis de ne pas lui faire de mal. Tu avais juré qu'elle n'était plus un simple pari.

Beth. Elle parle de Beth.

— Mais non. Je veux dire, c'était le cas au début, mais tu sais bien que j'ai laissé tomber ça.

Elle dégage ses bras de la prise de Logan, lequel reste prêt à intervenir si elle décidait d'attaquer une nouvelle fois.

— Tout le monde raconte que Chris et Logan t'ont mis au défi de coucher avec elle. Ils disent que tu as gagné quand tu as emmené Beth dans les bois après la dernière soirée en plein air. Ils disent que tu as couché avec elle, et qu'elle t'a parlé de son passé. Tout le monde est au courant de ce qui lui est arrivé à Louisville. Tout le monde !

Gwen. Je frappe du poing sur l'aile de la voiture de Chris.

— Est-ce que tu as vu Beth ?

Lacy secoue la tête.

— Dis-moi que tu n'as pas fait ça. Je t'en prie.

D'une main hésitante, Chris lui effleure la joue.

— Non, ma puce. Le défi a été annulé le soir où Ryan est sorti avec elle, dit-il.

Elle essuie les larmes de son visage.

— Quelqu'un a écrit « salope » sur son casier.

Logan pose ses deux mains sur son visage et Chris lâche un juron. Le cauchemar a déjà commencé.

Je cherche Beth dans tous les couloirs, en vain. La première sonnerie retentit et, à l'autre bout du corridor, Lacy secoue la tête avec dépit. Bon sang. Ils ne l'ont pas trouvée, eux non plus. Logan vient alors me taper sur l'épaule.

— Elle est déjà dans la classe.

Ouf. Je quitte le couloir et entre dans la salle de classe au moment où la dernière sonnerie se fait entendre. Lacy, Chris et Logan m'emboîtent le pas. Chris me tape dans le dos et chacun se dirige vers sa place. Quelqu'un essaie de faire taire les rires et les chuchotements qui suivent mon entrée. Je regarde Beth. Elle a repris la place dans le fond de la salle au lieu de celle qu'elle occupait depuis des semaines, près de la mienne.

Comme le jour de la rentrée, Beth se cache derrière ses cheveux et gribouille dans son cahier. Mon ruban n'est plus accroché à son poignet.

Une adulte que je ne connais pas se racle la gorge. Il doit y avoir une interro, aujourd'hui.

— Jeune homme, vous voulez bien vous asseoir ?

Beth lève les yeux vers moi, puis les baisse aussitôt. Je me sens crucifié. Elle a entendu les rumeurs, et elle les croit.

La perfection ; c'est ce que tout le monde attend de moi. Que je prenne ma place. Que je fasse mon boulot. Que j'aille à l'entraînement. Que je joue au base-ball. Que je garde tout sous contrôle, quitte à pourrir de l'intérieur, du moment que les apparences sont sauves. Parfaites.

— Beth.

Elle garde la tête baissée et la surveillante avance dans mon champ de vision.

— Prenez tout de suite une place, ou vous irez en retenue cet après-midi.

— Ryan, intervient Chris. Le match.

Le match contre Northside. J'ai promis à Chris de ne pas manquer un autre match, et une retenue m'empêcherait de tenir cette promesse. A contrecœur, je m'assois à ma place et me retourne vers Beth, espérant qu'elle me regarde.

— On la topera après les cours, me chuchote Chris depuis l'autre côté de l'allée.

*
* *

La sonnerie retentit, et c'est à qui s'éjectera de sa chaise le plus vite. Beth sort en premier ; sa petite taille lui permet de se faufiler rapidement dans la foule encombrant le couloir. Mon cours suivant se trouve dans la direction opposée à celle où elle se dirige, mais ça m'est égal.

Elle parcourt tout le couloir d'Histoire, et je saisis son bras juste avant qu'elle ne pénètre dans l'enceinte sécurisée de la classe. Je me penche sur elle et la regarde droit dans les yeux.

— Tu sais que je t'aime.

Ses yeux parcourent mon visage. Elle semble aussi dévastée qu'elle l'était deux jours plus tôt, à l'hôpital.

— Tu as couché avec moi pour gagner un défi, hein ?

Je me retiens de la secouer.

— Je n'ai pas juste couché avec toi : j'ai fait l'amour avec toi. Beth, ne transforme pas tout ce qu'il y a eu de beau entre nous en quelque chose de moche.

Les larmes lui montent aux yeux, brisant mon cœur en mille morceaux. Beth n'est pas une pleurnicharde, et pourtant je la fais pleurer. Je croyais que faire l'amour ensemble lui prouverait combien je l'aimais, que cela lui prouverait qu'elle pouvait me faire confiance. Je ne supporte pas l'idée que cela puisse être ce qui nous déchire maintenant.

— Je t'ai donné ma parole que le défi était fini. Est-ce que je t'ai déjà menti ?

— Oui, sur le perron de chez Scott, quand tu m'as promis que je ne serais pas un secret.

Je reste planté là, la tenant près de moi au mépris du règlement intérieur. Comment peut-elle croire que ce soit un mensonge ?

— Je l'ai dit à tout le monde au lycée. Je t'ai amenée aux matchs. Je t'ai amenée à toutes les fêtes.

— Et tes parents ? Dis-moi ce qu'ils t'ont répondu quand tu leur as dit qu'on était ensemble.

Mon étreinte se desserre sur son bras, qu'elle écarte vivement. Comment peut-elle savoir ça ? Par-dessus l'épaule de Beth, je repère soudain Gwen en train de s'en aller en douce au bout du couloir. Elle me lance un bref regard, puis le détourne immédiatement. Bon Dieu !

Beth pose les poings sur ses yeux.

— J'ai encore craqué pour un salaud. Et le pire, c'est que c'est moi qui t'ai dit comment m'avoir : convaincs-moi que tu m'aimes, et je tomberai dans ton lit. Qu'est-ce que je peux être stupide !

La sonnerie retentit. Beth se détourne sous mes yeux stupéfaits. Elle ne peut pas croire cela !

— Je t'aime vraiment, dis-je avec toute la sincérité possible.

Elle reste silencieuse quelques instants tandis que je prie pour qu'elle me croie enfin.

— Non, ce n'est pas vrai. La vérité, c'est juste que tu as mauvaise conscience de gagner ce défi.

Elle entre en classe au moment de la dernière sonnerie.

La prof de Beth me toise.

— Allez en cours, dit-elle avant de me refermer la porte au nez.

Abasourdi, je pars en direction de mon cours suivant. J'ai fait l'amour avec Beth et je l'ai perdue. Je déglutis avec peine, les yeux piquants. C'était prématuré. Elle ne me faisait pas suffisamment confiance. Nous l'avons fait trop tôt, trop vite. Je me passe une main sur la tête et essaie de comprendre comment tout a pu m'échapper de la sorte.

— Ryan ! lance soudain Gwen derrière moi. Ryan ! Attends, s'il te plaît !

La colère m'envahit brusquement, et je m'approche pour la regarder de haut.

— Ça y est, tu es contente de toi, Gwen ? Félicitations, tu as récupéré la tête de liste pour le *homecoming*. J'espère que ça en valait la peine.

Elle recule d'un pas, les yeux écarquillés.

— Je ne l'ai pas fait pour le *homecoming*.

— Alors pourquoi ? Pourquoi me faire autant de mal ?

Elle cligne les yeux.

— Te faire du mal ? Mais je n'ai rien dit sur toi.

— Si tu lui fais du mal à elle, tu me fais du mal à moi. Je l'aime.

Gwen pâlit.

— Non, tu crois seulement l'aimer. Je n'ai… je n'en ai parlé qu'à quelques personnes. Juste ce qu'il fallait pour que l'info remonte à tes oreilles, parce que je savais que tu ne m'écouterais pas. Je ne savais pas qu'ils allaient la traiter de salope. Je n'étais pas au courant, pour le casier. Je le jure, Ryan. Vraiment, je ne sais pas où me mettre. Je n'aurais jamais cru que ça prendrait des proportions pareilles.

Je m'apprête à m'en aller quand elle pose la main sur mon bras.

— Je t'en prie, il faut que tu me croies. Ryan…

Je m'écarte d'un geste, et ses doigts restent figés en l'air quelques instants avant de redescendre le long de son corps.

— Elle n'est pas bonne pour toi. Je pensais que si tu l'entendais de la bouche d'autres personnes, tu comprendrais qui elle est vraiment, et alors tu…

La nausée me prend à la gorge.

— Et alors quoi ? Qu'est-ce que tu croyais que j'allais faire ?

Les larmes lui montent aux yeux.

— Tu reviendrais avec moi.

Je fais pivoter ma tête, espérant évacuer un peu de la tension dans mon cou, mais rien n'y fait.

— Nous avions cassé bien avant que Beth n'arrive dans ce lycée. Si tu ne parviens pas à te le mettre dans le crâne, Gwen, essaie ça : je l'aime. Je l'aime, *elle* !

Je lui tourne alors le dos et file vers mon prochain cours. Ce lycée n'est pas immense ; Beth ne pourra pas se cacher et m'éviter indéfiniment.

Beth

Je connaissais ce sujet la semaine dernière. Je le connais. J'ai bossé tous les soirs, et Scott m'a posé des questions presque tous les matins. Mais là, je sèche. Les mots s'embrouillent quand je les lis, et ma copie reste blanche. La sonnerie retentit.

— Rendez-moi vos copies, dit Mme Hayes.

Ma main transpire sur mon stylo. J'ai écrit mon nom. Point final. Ma tête tombe en avant. Je me suis plantée. Une fois de plus. Parce que je suis faite pour l'échec.

— Beth, appelle Mme Hayes.

Elle marche jusqu'à ma chaise après que tous les autres ont rendu leur copie et sont sortis.

— Est-ce que ça va ?

— Non.

Je suis une salope et une abrutie. Je prends mon sac à dos et laisse ma copie blanche sur mon bureau.

— Ça ne va pas.

Je détale de la salle. Groveton est une erreur. Je suis une erreur. Ryan m'a menti. Il s'est servi de moi. J'étais un défi. Je ne suis qu'une imbécile de traînée qui fait connerie sur connerie. Comme ma mère.

Les élèves rient à mon passage. Ils me jugent, et leur jugement est en plein dans le mille. Je ne fais pas partie de ce monde. Ça n'a jamais été le cas. Je ne peux pas aller déjeuner et je ne peux pas imaginer me rendre en cours de sport. Je ne veux plus écouter Ryan me mentir pour soulager sa conscience ; je ne veux plus entendre Gwen rire de moi parce que je suis la pauvre fille qu'elle veut que je sois, ni même Lacy prendre ma défense face à elle.

Ryan déboule à un angle. Je m'engage dans le couloir au bout duquel j'avais vu Isaiah le jour de la rentrée. Bon Dieu, j'ai tout foutu en l'air. J'ai perdu mon meilleur ami en tombant amoureuse d'un abruti de sportif qui ne m'aime pas en retour. Mes doigts se glissent dans mes cheveux, et je tire, je tire pour me faire mal. Quelle idiote, quelle idiote je suis !

Pourquoi est-ce que je n'arrive à rien, dans la vie ? Si j'étais partie avec ma mère, des semaines auparavant, rien de tout ça ne se serait produit.

Je retiens soudain mon souffle. Je peux encore partir. J'ai fait mon sac avec ce qu'il me reste d'argent et des vêtements de rechange, la semaine dernière. Mon sac à dos est trop lourd. Je peux laisser mes livres dans le casier. Je peux aussi laisser d'autres objets que je gardais en souvenir, mais pas ici. Je sais exactement où les déposer, avant de quitter la ville.

Ryan

Vlan. La balle percute mon gant. Fin de la sixième manche, score à égalité. J'agite les doigts de la main qui me sert à lancer pour les empêcher de s'engourdir sous le froid. Nous sommes fin octobre, et c'est la journée la plus froide de la saison. Les matchs par temps froid me procurent toujours des sensations bizarres. Le vent me glace les joues et les doigts, alors que la transpiration reste piégée dans la chaleur de ma tenue.

— Allez, Ryan ! crie mon père depuis les tribunes.

A fond dans son rôle d'épouse et de mère parfaite, maman est assise près de lui, une couverture en polaire sur les genoux. Mes yeux parcourent une nouvelle fois les gradins. Beth n'est pas là, et elle ne viendra plus.

Un sifflet aigu me parvient depuis le marbre. Le nouveau frappeur prend son temps pour le troisième lancer, ce que je présume être une tentative visant à me déstabiliser. Logan fait un pas vers la droite de la boîte du frappeur et me fait signe de lancer. Il veut que je continue de bouger pour que mes muscles ne se refroidissent pas. Je suis distrait aujourd'hui, et je viens de faire le match le plus merdique de toute ma vie. Mon bras s'étire en arrière, se relâche, et je jure en voyant la balle filer à presque un mètre à gauche du gant de Logan.

Il ramène son casque sur le haut de sa tête et avance vers le monticule.

— On va la retrouver, dit Chris en arrivant sur ma droite. Lacy est en train de la chercher, et après le match, avec Logan, on fera ce qu'il faut pour qu'elle écoute ce que tu as à lui dire.

Beth a séché les cours. J'aurais dû partir à sa recherche à ce moment-là, mais alors notre entraîneur m'aurait empêché de jouer le match.

— Je n'arrive pas à me concentrer.

— Mais si, tu vas y arriver, répond Chris. Tu as du sang-froid plein les veines quand tu lances. Puise là-dedans, et tout ira bien.

Comment lui dire que je n'ai jamais eu le moindre sang-froid au moment de lancer ? Qu'une pression constante et brûlante menace toujours de gâcher mon coup, même quand je ne suis pas distrait comme aujourd'hui ?

— Ta force est en toi, dit Logan en atteignant le monticule. Rassemble-la, et tu retrouveras Beth plus rapidement.

Il a raison. Soudain, Chris lâche un juron dans sa barbe, et je suis son regard vers la clôture au niveau de la première base. Lacy est là, avec le sac à dos de Beth accroché à l'épaule.

Logan se poste devant moi.

— Un lancer. Un dernier lancer.

— On a encore une manche à jouer, proteste Chris.

Logan lui coule un regard entendu.

— Un dernier lancer.

Chacun retourne à son poste, et le batteur frappe le sol des pieds. Ce coup-là est pour Beth. Logan m'adresse deux signaux en croisant les doigts. J'acquiesce, jette un œil par-dessus mon épaule et repère un mouvement fugace. Croisant mon bras droit sur le gauche, je lance alors la balle au joueur de première base, et entends l'arbitre prononcer le mot que j'espérais : « *Out !* »

La foule applaudit et je cours sur le terrain, passe par l'abri des joueurs et rejoins l'autre côté. Là, le regard paniqué, Lacy me tend le sac de Beth.

— Je ne sais pas ce que ça veut dire.

J'ouvre le sac précipitamment pendant que Lacy continue de parler.

— Je suis allée chez elle, mais il n'y avait personne. J'ai fait le tour de la ville en voiture, mais ça n'a rien donné de plus. Alors je suis rentrée chez moi en espérant qu'elle soit passée ou qu'elle ait appelé sur le fixe, et j'ai trouvé ça.

La pression qui menace toujours en moi explose soudain. Je jette le sac par terre. Dans ma main, je tiens le flacon d'eau de pluie entouré du ruban rose. J'essaie de respirer à fond avant de déplier le petit mot glissé sous le ruban : *Je croyais que j'y arriverais, mais non.*

Bon sang. Sa mère. Beth a dû partir la chercher et, à l'heure qu'il est, elle a déjà dû trouver un moyen de se rendre à Louisville. Je fonce vers l'abri des joueurs et attrape mon sac de sport.

— Ryan ? me lance l'entraîneur depuis l'autre bout de l'abri.

— Désolé. J'ai une urgence. Faites entrer Will à ma place.

Je glisse le flacon d'eau de pluie dans mon sac et le balance sur mon épaule. La main puissante de Chris vient alors arrêter mon bras.

— Tu vas où, comme ça ? On a encore une manche à jouer, et le match n'est pas gagné. Will ne pourra pas tenir ces frappeurs comme toi.

— Beth est en train de se barrer. Si je ne l'arrête pas, je vais la perdre pour de bon.

Chris resserre son étreinte.

— Tu m'avais promis de ne pas te désister d'un autre match.

Le sang-froid que Chris avait évoqué irrigue enfin mes veines.

— Laisse-moi partir avant que je n'enlève ta main de mon bras ; de force, s'il le faut.

— Tu la fais passer avant nous ?

Logan s'approche et tente de s'interposer.

— Laisse-le partir, Chris. Il ne te ferait jamais de reproche si tu faisais passer Lacy avant un match.

— C'est différent, beugle Chris. Moi, j'aime Lacy.

— Mais regarde-le un peu, insiste Logan avec un geste vers moi. Tu vois bien qu'il aime Beth. Lacy et toi n'avez pas le monopole des sentiments.

Chris me dévisage, et je distingue clairement le dilemme dans ses yeux. Il retire alors brusquement son casque et tourne les talons. Je le laisse tomber, c'est vrai, mais j'ai laissé tomber Beth avant lui. Logan me fait un bref signe de tête, que je lui rends en signe de remerciement.

Je sors de l'abri des joueurs sous les murmures de la foule. Je garde la tête froide et ignore la façon dont les gens me regardent ou m'interpellent. Stone le parfait est en train de faire une chose très imparfaite, mais je me fiche totalement de ce que les autres peuvent en penser. Des bruits de pas précipités résonnent sur le métal des tribunes. Avec un peu de chance, je pourrai atteindre ma Jeep avant que mon père ne débarque sur le parking.

Seulement, depuis ce matin, la chance n'est pas avec moi.

— Ryan !

Je n'ai pas de temps à perdre avec lui. J'ouvre la portière de ma voiture et balance mon sac à l'arrière. Mon père retient la portière.

— Qu'est-ce que tu fabriques ? Tu as une autre manche à jouer, et vous êtes à égalité !

— Beth a des ennuis, je dois aller la chercher.

— Certainement pas. Tu vas revenir finir ce match.

Son visage devient écarlate et il pose les poings sur ses hanches. Si je continue comme ça, dans vingt-cinq ans, je serai devenu son clone. Toute ma vie, j'ai rêvé de lui ressembler. C'est drôle comme les choses peuvent brusquement changer.

— Si je n'y vais pas, elle va partir.

— Laisse-la partir. Qu'elle s'en aille ! Depuis qu'elle est entrée dans ta vie, tu t'es détourné de tout ce qui était important. Tu laisses tomber ton équipe, Ryan. Tu es en train de détruire ta carrière de base-ball tout seul. Avec tout le mal que je me suis donné !

Un curieux mélange de sang-froid et de sang chaud se répand dans mes veines alors que j'approche de mon père pour m'arrêter à quelques centimètres seulement de son visage.

— Ce n'est pas toi qui t'es donné tout ce mal. C'est moi ! C'est ma vie, pas la tienne. Si je veux jouer au base-ball, je jouerai. Si je veux aller à la fac, j'irai à la fac. Si je veux parler avec mon frère, je le ferai. Et si je veux aller chercher Beth, j'y vais. Tu ne prendras plus de décisions à ma place.

Il se met à me hurler dessus en postillonnant comme un diable :

— Tu comptes vraiment bousiller ta vie pour une petite toxicomane ?

La rage m'envahit et mon poing fonce sur son visage. Le corps tremblant, je regarde mon père reculer en titubant.

— Ne t'avise plus jamais de l'appeler comme ça.

Sur ce, je saute dans ma Jeep, j'allume le contact et appuie sur l'accélérateur. Je ne perds jamais, et je ne perdrai pas Beth.

Beth

Je me frictionne les mains et souffle dessus, pour la trentième fois peut-être. Cachée dans la ruelle derrière le bar, j'observe l'appartement de ma mère. Trent est entré juste après que je suis arrivée, et il est là depuis trois heures, maintenant. Je n'ai pas d'autre choix que d'attendre. S'il me voit, il va me tuer.

La porte s'ouvre soudain et le connard chauve finit par sortir. Excellent. Il est plein de tics, ce qui signifie qu'il est d'une humeur exécrable. En manque d'héroïne, certainement.

Trent s'appuie lourdement contre la portière de sa voiture, manipule ses clés, les fait tomber et se penche pour les ramasser. C'est ça, connard, ta place est par ici : sous les roues d'une bagnole. Je te souhaite de te prendre un mur et de crever derrière ton volant.

La voiture ne démarre pas du premier coup. Le moteur gémit à deux reprises. Allez ! A la troisième tentative, la machine se réveille enfin. Dans un tremblement, le véhicule fait marche arrière puis s'engage sur la route.

Je me rue alors sur le parking et cogne à la porte tout en actionnant la poignée. Elle ne cède pas, mais j'entends maman retirer la chaîne de l'autre côté. Ma mère ouvre enfin la porte et chancelle en me voyant.

— Elisabeth.

Je force le passage.

— Tes bagages sont prêts ?

— Non, dit-elle. Ecoute, je ne suis pas sûre qu'on devrait faire ça.

Bon sang, ce mec est vraiment un porc. Ses fringues sont étalées partout, ainsi que les petits sachets qui contiennent sa dope. J'attrape un sac-poubelle et me dirige vers la salle de bains.

— De quoi as-tu besoin ?

Elle me suit en frottant ses bras nus. Je me souviens que mon père faisait ça. Ça veut dire qu'elle est en manque. M'enfuir avec elle ne va pas être facile.

— Trent s'est occupé de moi quand je suis rentrée de l'hôpital. Il s'est excusé de son comportement et veut repartir de zéro.

— Trent est un enculé.

Je balance sa brosse à cheveux et sa brosse à dents dans le sac, puis m'arrête en remarquant un petit sac marron derrière ses tampons hygiéniques.

— Qu'est-ce que c'est que ça ? je demande.

— Je ne sais pas.

Ses mains montent et redescendent encore le long de ses bras.

— C'est Shirley qui a mis ça là quand elle m'a ramenée à la maison.

Je m'empare du sac.

— Je croyais que c'était Trent qui avait pris soin de toi quand tu es rentrée.

— Je voulais juste dire qu'il est venu ce matin.

Dans le sac, je trouve un rouleau de billets de cinquante dollars et un flacon du médicament dont maman a besoin pour se sevrer de l'héroïne. *Merci, Shirley.* Je préfère ne pas penser à ce qu'elle dû vendre ou faire pour avoir tout cet argent. Il est là, j'en ai besoin et ça me suffit pour le moment. Je balance le tout dans le sac-poubelle et file dans la chambre de ma mère. Il n'y a pas grand-chose à prendre dans la penderie ; je m'empare des vêtements les moins tachés et les fourre dans le sac plastique.

— Elisabeth, gémit ma mère. On devrait peut-être remettre ça à plus tard… d'ici à un jour ou deux.

— On ne remet pas ça à plus tard, on s'en va. Où sont les clés de la voiture ?

— Je… euh… je ne sais pas.

Autrement dit, elle le sait très bien.

Je balance le sac au bout de mon bras et renverse les bouteilles d'alcool posées sur sa table de nuit. Le verre se fracasse contre le mur.

— Voilà ce que Trent fera avec ta tête, un de ces quatre, dis-je. Allez, on se barre d'ici !

Frustrée, je sors de la chambre et jette un œil dans la pièce voisine ; pour une fois, cette porte est ouverte.

— Non mais j'hallucine, là !

J'appuie ma tête contre l'encadrement — trop déçue pour encaisser le choc sans me tenir à quelque chose. Plusieurs sacs de poudre blanche sont posés sur une vieille table basse que j'avais trouvée dans une benne à ordures il y a des années. Des sacs plus petits et des sachets ronds sont posés sur le sol. Je parviens à peine à murmurer :

— Tu vends de l'héroïne…

Ma mère me pousse et referme brusquement la porte.

— Non, c'est Trent. Avant, je le laissais apporter son stock ici pour un jour ou deux, mais après le soir où tu as cassé son pare-brise, la police l'a eu dans le collimateur, alors il a tout rapatrié ici. C'était la moindre des choses que je puisse faire pour lui.

Je serre les poings.

— Je te signale que c'est *toi* qui as pété les vitres de la voiture de Trent. J'en ai endossé la responsabilité pour t'éviter d'aller en prison.

— Fais comme si tu n'avais rien vu, Elisabeth. Trent serait furieux s'il apprenait que tu sais ça. Il croit déjà que tu l'as dénoncé à la police.

— Mais qu'est-ce que tu as dans le crâne ? je lui crie à la figure. Tu ne te rappelles pas comment ça s'est fini pour nous, la dernière expérience avec l'héroïne ?

Je plie mes doigts en forme de pistolet et en pointe l'extrémité sur mon front.

— Il était sur le point de me tuer, maman. J'avais huit ans ! Il a collé son flingue sur ma tête et a libéré la gâchette.

Ma mère secoue frénétiquement la tête.

— Non, non, il ne l'aurait pas fait. Ton père a dit qu'il faisait ça uniquement pour nous effrayer. Ton père a dit que tu n'avais jamais été en danger. Il l'a juré.

Comment peut-elle se mentir à ce point ? Comment peut-elle continuer à fuir la vérité, encore et encore ? Elle se met soudain à se frotter un bras. Je recule et heurte le mur. Bon sang, je ne vaux pas mieux qu'elle. Depuis des semaines, voire plus, elle avait tous les signes de l'addiction à l'héroïne, et je les ai tous ignorés.

La différence, c'est que moi, je ne veux plus ignorer la vérité. Je file dans la pièce principale et commence à déblayer le comptoir de la cuisine pour essayer de trouver ces satanées clés. Je la tirerai de là en la traînant par les cheveux, s'il le faut. Soudain, la poignée de la porte d'entrée tourne, et mon sang ne fait qu'un tour. Je n'ai pas été assez rapide. Trent va me tuer.

Ryan

Beth cligne les paupières en me voyant entrer. Debout dans une minuscule cuisine, elle tient un sac-poubelle à la main. Jamais de ma vie je n'ai été aussi soulagé de voir quelqu'un. Et jamais je n'ai eu une telle envie de secouer quelqu'un.

— On est sur le départ ?

Je veille à rester calme. Beth réagit mal face à la colère, à la menace ou à quiconque essaie de se mettre en travers de son chemin.

Elle me tourne le dos et balance des papiers et des déchets par terre.

— Sors d'ici, m'ordonne-t-elle.

— Pas de problème. Allons-y. On est déjà venus deux fois à Louisville pour manger, mais on ne s'est toujours pas fait ce restau.

Beth sort de la cuisine et farfouille sur une table. Ses mains tremblent et son visage est bien trop pâle sous ses cheveux noirs.

— Je ne plaisante pas, Ryan. Je pars tout à l'heure avec ma mère. C'est mon plan depuis le début, tu t'en souviens ?

— C'était.

Je balaye la pièce du regard, essayant de repérer ce qui terrorise Beth de la sorte. Je sens l'adrénaline monter dans mon sang, me préparant à une attaque éventuelle.

— Mais tu as changé d'avis samedi, dis-je.

Une femme entre soudain dans le salon. Maigre. Cheveux blonds filasses. C'est la première fois que je vois de près la mère de Beth.

— Qui êtes-vous ? demande-t-elle.

Je me force à soutenir son regard vide. Ses yeux ont la même couleur que ceux de Beth, mais sans la moindre étincelle de vie.

— Je suis Ryan, le petit ami de Beth.

Un faible sourire se dessine sur ses lèvres.

— Tu as un petit ami, Elisabeth ?

Beth jette une bouteille en plastique par terre.

— Ex-petit ami. Il m'a sautée, puis il a dit à ses parents qu'il me détestait. Merde, où sont ces clés, maman ?

Je perds un peu de mon calme.

— Je n'ai jamais fait ça. Si seulement tu voulais bien m'écouter, je t'expliquerais ce qu'il en est, pour mes parents.

— Maman !

Beth se met à hurler, et sa mère tressaille.

— Les clés ! Maintenant !

— D'accord, d'accord, fait sa mère en s'éloignant dans le couloir.

Beth se retourne, les narines frémissantes.

— Dégage, Ryan.

— Pas sans toi.

Ses poings se serrent, et elle martèle chacun de ses mots en frappant contre sa cuisse.

— Ma-mère-est-une-alcoolique. Et accro à l'héroïne. Le passe-temps favori de son mec est de me taper dessus, et quand je ne suis pas là, il se rabat volontiers sur ma mère. Il doit me rester quelques minutes avant qu'il ne revienne et qu'il nous tue toutes les deux.

Un calme surnaturel m'envahit alors. Personne ne fera de mal à la fille que j'aime.

— Il te frappe ?

— Oui, Ryan. Il me frappe, à coups de poing, à coups de pied, ou de grandes claques. Je suis un peu son jeu vidéo de baston préféré, tu vois ? Si je ne tire pas ma mère d'ici, il va la tuer, et s'il ne le fait pas, c'est l'héroïne qui s'en chargera.

Tout ce que vient de dire Beth est probablement vrai, mais je me fiche de sa mère. Beth est ma seule préoccupation.

— Et que va-t-il t'arriver si je te laisse sortir d'ici avec ta mère ? Tu crois vraiment que c'est en montant dans une voiture pour te rendre dans une autre ville que les choses vont s'arranger ?

— Oui, je réponds automatiquement.

Pourtant, une petite voix intérieure me crie que non.

— Il le faut.

Ryan semble complètement déplacé dans ce décor, avec sa tenue de base-ball. Sa carrure donne l'impression de remplir presque tout le salon.

— Tu sais ce que je pense ? demande-t-il.

— Moi, je pense que tu m'as menti.

C'est la vérité, et je m'y accroche avec l'énergie du désespoir.

— J'ai déconné, c'est vrai. Je ne suis pas parfait. J'ai menti à mes parents au sujet de nous deux, mais j'ai avoué qu'on sortait ensemble. Ils savent que je t'aime.

C'est bien beau, tout ça, mais…

— C'est trop tard.

— N'importe quoi ! s'écrie Ryan.

Ses yeux sont fous de colère.

— Pendant des mois, j'ai cru que tu étais la personne la plus courageuse que je connaissais. Tu as toujours assumé ce que tu étais ; mais quand je te vois, là, maintenant, je me rends compte que tu n'es qu'une lâche. Tu as tellement peur d'éprouver quoi que ce soit que tu préfères abandonner tout ce que tu as de valable à Groveton pour te retrouver en sécurité.

Je tourne vivement la tête et plisse les yeux.

— En sécurité ? Je me retrouve dans un repaire de drogue, à essayer de sauver ma mère d'un mec qui serait trop content de me tuer, puis de la torturer. Je ne vois pas où est la sécurité, là-dedans.

— C'est ta vision de la sécurité. Tu préfères te battre dans cette vie plutôt que de vivre celle de Groveton.

Il contemple la déchéance de l'appartement autour de nous.

— A Groveton, tu *éprouves* des choses. Dans cette vie-là, tu n'as rien à éprouver, c'est en ça que tu es lâche.

Je laisse tomber le sac-poubelle et porte une main tremblante à mon front. Il se trompe. Il le faut. Ce n'est pas pour cette raison que je m'enfuis. Je dois sauver ma mère, car qui le fera, si je ne m'en charge pas ?

Ryan s'approche de moi. Mon cœur frémit comme il pose une main sur ma taille.

— J'aimerais me dire que je suis celui qui t'a fait changer, mais ce n'est pas le cas. Je ne possède pas ce pouvoir. Tu n'as fait que fuir depuis l'instant où je t'ai vue, et je parie que tu fuyais déjà avant.

« Finalement, tu es comme l'oiseau qui se trouvait dans la grange. Tu as tellement peur que tu vas passer le reste de ta vie en cage, parce que tu ne vois pas la sortie. Tu te cognes contre les murs, encore et encore. Mais la porte est ouverte, Beth. Arrête de tourner en rond et sors de là.

Son autre main écarte une mèche de cheveux de mon visage, et ma lèvre inférieure se met à trembloter.

— Mais si je la laisse, elle mourra.

Mon ventre se noue, les yeux me piquent.

Ryan prend alors ma tête entre ses deux mains et je me laisse aller contre lui. Il arrive toujours à faire ça — me donner un sentiment de sécurité. Il poursuit :

— Si tu restes, ça te tuera. Peut-être pas physiquement, mais tu mourras de l'intérieur. Si tu ne veux pas de moi, je te laisserai tranquille, mais tu as accompli tellement de choses à Groveton, à mes côtés. Renonce à nous si tu veux, mais ne renonce pas à être toi-même.

Mon instinct me commande de m'enfuir. Au lieu de

quoi, je m'agrippe à ses bras. La peur me dévore et me donne le sentiment détestable d'être toute nue.

— J'ai peur.

Ryan baisse la tête et pose son front contre le mien.

— Moi aussi, mais ça ira déjà mieux quand on sera partis d'ici.

Soudain, la porte d'entrée s'ouvre. Le soleil s'engouffre dans l'ouverture tandis qu'un courant d'air froid annonce l'arrivée du diable. La silhouette menaçante de Trent entre dans le salon. Mes forces me quittent, et mes bras retombent ballants le long de mon corps tandis que le cœur me remonte au bord des lèvres. Ryan fait barrage de son corps devant moi.

Trent claque la porte derrière lui et ricane en me voyant. Ses yeux repèrent le sac à mes pieds.

— Tu n'aurais pas dû revenir, dit-il.

Derrière moi, j'entends le pas traînant de ma mère.

— Elisabeth s'apprêtait justement à s'en aller, dit-elle.

Une main dans mon dos, Ryan m'invite à avancer vers la porte. Mon esprit me commande de détaler. Mais mes pieds sont rivés au sol. De toute façon, que je bouge ou non, Trent ne me laissera pas ressortir d'ici.

— Laisse sortir Ryan, dis-je d'un ton implorant qui fait sourire Trent.

C'est la première fois que je demande quelque chose à ce fumier, et ça le fait jubiler.

Trent ouvre un paquet de cigarettes, s'en colle une à la bouche et l'allume. Il prend une longue bouffée et recrache la fumée sans me quitter des yeux. Je frémis en regardant les cendres incandescentes. La dernière fois, Trent s'est régalé en m'entendant hurler tandis qu'il me brûlait les bras avec sa clope.

— Vas-y, mon gars, dit-il. Sors. Tu ne fais pas partie du problème.

— Je ne partirai pas sans Beth, répond Ryan d'une voix tremblante de colère.

Malgré tout ce qui s'est passé, j'aime Ryan, et c'est ma faute s'il se trouve ici. Je pose les mains sur sa poitrine et le pousse.

— Va-t'en !

Ryan jauge Trent du regard, et l'autre en fait autant.

— Sors, Beth, dit Ryan. Il ne te touchera pas.

Trent éclate de rire. Ryan est robuste, jeune et fort. Mais Trent est plus costaud, plus vieux, et c'est un salopard. L'année dernière, Isaiah et Noah s'en sont pris à lui, et ils s'en sont sortis uniquement parce que mon oncle a menacé Trent avec un fusil. Sauf que maintenant, mon oncle n'est pas là, et je n'ai pas la chance d'avoir une arme.

Ryan se rapproche de moi et de la porte. Ses yeux ne quittent pas Trent un seul instant.

— Allons-y.

Mon pouls résonne dans mes oreilles. Peut-être qu'il va nous laisser sortir, finalement.

— Maman ?

— Ne t'avise pas de bouger, Sky, ordonne Trent.

Je tends une main vers elle.

— Viens avec nous.

Soudain, Ryan crie mon nom et ses bras s'élancent devant moi. La douleur me fend instantanément le crâne. Le sol se précipite vers mon visage. Un mélange de noir et de lumières vacille derrière mes yeux fermés. Les bruits se noient dans un bourdonnement aigu tandis qu'un liquide chaud coule de mon arcade sourcilière et goutte sur l'arête de mon nez. Le goût salé du sang s'insinue entre mes lèvres.

Je lutte pour ouvrir les paupières et garder les yeux ouverts. Autour de moi, la pièce tournoie. Je m'efforce d'y voir clair et distingue bientôt les restes brisés de la lampe de ma mère sur le sol, près de moi.

Le bourdonnement disparaît ; je tourne la tête en entendant des grognements et des bruits de coups. Ryan plaque Trent contre la porte d'entrée en le bloquant par la taille. Trent riposte rapidement en lui décochant un coup dans l'estomac.

Je rampe vers eux, me coupant une main sur un éclat de céramique.

— Arrêtez.

Ma voix est faible et rauque. Ryan chancelle mais parvient à bloquer un coup, ce qui lui donne quelques secondes pour frapper Trent à la mâchoire. Je rassemble mes forces pour essayer de me relever, mais je retombe.

Assise en position fœtale à l'autre bout de la pièce, ma mère se balance d'avant en arrière sur le sol. Je déglutis et force ma voix pour parler :

— Maman, va aider Ryan.

— Je ne peux pas.

— Il va nous tuer !

Elle enfouit la tête entre ses genoux et continue de se balancer.

— Maman ! je hurle. Aide-nous !

Elle se met à geindre très fort, et mon cœur se brise en deux. Elle ne changera jamais. Quoi que je fasse. Ma mère sera toujours une pauvre femme incapable de quoi que ce soit. Je ne serai pas comme elle. Ce n'est pas possible. Je m'agrippe alors à un fauteuil renversé et me force à me redresser. Trent harponne Ryan et tous deux tombent à la renverse sur le sol.

— Lâche-le, lâche-le !

Trent se redresse sur les genoux, frappe Ryan au visage, et Ryan retombe à terre. La panique me prend. Il va le tuer sous mes yeux ! Ce fumier va m'enlever tous ceux que j'aime.

Je me jette alors sur lui, frappant et griffant comme une furie. Il me tord le bras à un angle totalement impossible ; mes os craquent et sautent. Je pousse un cri perçant, aveuglée par la douleur.

Il me lâche et je tombe à genoux, anéantie par la souffrance. Mon cri devient silencieux quand Trent serre les mains autour de mon cou. J'ouvre la bouche, cherchant de l'air. Rien ne peut passer. Des images défilent dans ma tête à toute vitesse. J'ai besoin d'air. Il va me tuer. Mes mains s'agrippent aux doigts qui m'enserrent la gorge, mais je ne parviens pas à les desserrer.

Il est plus fort que moi, il va gagner la partie.

Soudain, Trent sursaute et ses doigts se desserrent. Ryan tient Trent par le cou tandis que je m'écroule par terre en inspirant douloureusement. Mes mains se posent sur mon cou, à l'endroit où ses doigts ont marqué ma peau.

— Mon bébé !

Les mains de ma mère rejoignent les miennes sur ma gorge.

— Tu n'as rien ?

Je hoche vaguement la tête, encore sonnée.

— Allons-nous-en, dit-elle.

Ryan jure alors que j'essaie vainement de me relever.

— Aide-le, maman !

Ryan bloque son autre bras autour du cou de Trent et crie :

— Va-t'en, Beth !

Trent se débat comme un diable sous l'étreinte de Ryan, qui a le visage déformé par l'effort.

Ma mère secoue la tête.

— Partons, maintenant. Sinon, il va me faire du mal.

Trent décoche alors un violent coup de coude dans le ventre de Ryan et parvient à le frapper au visage. Ryan s'écroule.

— Non !

Je me mets à hurler comme une possédée. Ryan a le visage en sang. Trent se lève et lui balance des coups de pied dans l'estomac. Un cri de douleur m'échappe comme j'essaie de me relever sur mon bras droit.

— Aide-le, maman !

— Nous devons partir, maintenant, Eliiiisabeth.

Elle prononce mon prénom bizarrement.

— Je veux partir, reprend-elle. Je vais partir avec toi, maintenant.

Je tourne la tête et contemple l'image surréaliste de ma mère. Ses yeux fatigués aux pupilles dilatées me regardent comme si j'étais une ombre et non sa fille. Elle me presse de nouveau la main. Pour la première fois depuis aujourd'hui, elle ne se frotte plus les bras.

Je ramène mon bras droit contre mon corps, m'agrippe à la table et me remets sur pied.

— Non, je rêve… Tu t'es fait un shoot ?

Ma mère baisse les yeux. De honte ? d'épuisement ? dans son délire ? Je ne sais pas.

Refusant de regarder mourir Ryan, refusant de croiser mon regard, elle se couvre la tête avec ses bras et recommence son mouvement de balancier.

Du sang me coule sur un œil et trouble ma vue, me faisant vaciller. Soudain, mes doigts touchent le téléphone sans fil de ma mère posé au coin de la table.

L'héroïne.

Elle m'a détruite il y a neuf ans quand un simple appel m'a fait perdre mon père.

L'héroïne.

Si je téléphone, ma mère ira en prison.

L'héroïne.

Mon doigt effleure les touches et, comme neuf ans auparavant, j'écoute la sonnerie retentir à l'autre bout du fil. Une fois. Deux fois. Trois fois. Le décor devient flou autour de moi, puis réapparaît vaguement au bout d'un tunnel. Mes genoux fléchissent, et je rassemble mes dernières forces pendant quelques secondes encore.

— Services d'urgence, quel est l'objet de votre appel ?

Ryan

Je règle mon téléphone sur le plus haut volume de sonnerie et le pose sur ma poitrine avant de laisser ma tête retomber sur l'oreiller. Beth doit rentrer de l'hôpital, raison pour laquelle j'ai refusé de prendre des antidouleurs qui m'assommeraient. Je veux entendre sa voix au bout du fil et savoir qu'elle n'est plus qu'à un kilomètre de moi, et non à Louisville, à une demi-heure de route.

Alors seulement, pour la première fois depuis plus d'une semaine, je pourrai dormir profondément.

J'ai mal partout. Le moindre point de pression sur mon corps me lance au rythme de mon pouls. J'ai des côtes cassées, des coupures et des bleus un peu partout. Mais chacune de ces blessures valait le coup de sauver Beth.

— Tu peux m'expliquer ?

La voix de mon père rompt le silence de ma chambre.

J'ouvre les yeux et tourne la tête : il est appuyé contre l'encadrement de la porte, les yeux rivés au sol. Ce sont les premiers mots qu'il m'adresse depuis que je l'ai frappé. Il était là, pourtant. Présent, mais muet. Cela m'est égal, car je ne lui ai pas parlé non plus depuis.

— T'expliquer quoi ?

— Pourquoi tu as pris tous ces risques pour cette fille ?

— Parce que je l'aime. Et elle s'appelle Beth.

Pas de réponse. Parfois, je me demande si mon père sait ce qu'est l'amour.

— Scott a appelé, fit-il. Il voulait te rappeler qu'il y a de nouvelles règles en vigueur. Il est en colère contre vous deux et n'est pas près de la laisser sortir de nouveau.

Je détourne le regard vers le plafond. Je m'accommoderai de ces règles, du moment que Beth et moi sommes ensemble. Scott est tiraillé entre la gratitude et la colère. Avec le recul, je me dis que j'aurais peut-être dû l'appeler quand j'ai découvert le mot de Beth, mais je ne pense pas que Beth l'aurait écouté. C'est de moi qu'elle avait besoin.

— Je crois que tu devrais cesser de la voir, dit mon père.

— Je ne t'ai pas demandé ton avis.

Un silence s'ensuit et, du coin de l'œil, je m'aperçois bientôt que mon père n'est plus là. J'ignore si nous pourrons un jour recoller ce qui a été cassé entre nous.

Soudain, mon portable vibre, annonçant un texto, et mon cœur s'accélère en voyant le nom de Beth apparaître sur l'écran. Elle avait promis de me joindre.

Toujours potes, hein ?

Je souris. C'est le premier texto qu'elle m'envoie.

Toujours.

La sonnerie de la porte d'entrée retentit ; je me frotte les yeux. Je suis trop fatigué pour des visites, mais c'est un vrai défilé : mes amis, l'équipe de base-ball, mes entraîneurs, mes profs, les amis de mes parents.

Le ton légèrement vif de mes parents m'indique qu'ils sont en désaccord sur quelque chose ; peu m'importe de quoi ils parlent. Je m'attends à ce que la dispute se poursuive, mais ce à quoi je ne m'attendais pas, c'est d'entendre soudain la voix de ma mère près de ma porte.

— C'est comme ça et pas autrement, dit-elle.

Elle regarde dans le couloir avant de s'adresser à moi :

— Ryan, tu as de la visite.

Avant que je puisse demander de qui il s'agit, Beth entre alors dans ma chambre, le bras droit en écharpe. J'en ai le souffle coupé. Elle est là. Oubliant mes blessures, je me redresse pour m'asseoir — en grimaçant. Le parfum de rose m'envahit, et je lève les yeux vers Beth, qui reste debout à côté de moi.

— Tu as une mine affreuse. Tu ne t'es pas reposé ? dit-elle.

Un demi-sourire me vient aux lèvres.

— Content de te voir, moi aussi.

— Je ne plaisante pas.

L'inquiétude ne va pas bien à Beth, et la douleur que je lis sur son visage me perturbe.

Je prends la main avec laquelle elle tente de me forcer à rester assis, la porte à mes lèvres et embrasse sa paume. Bon sang, qu'est-ce qu'elle m'a manqué !

J'entends quelqu'un se racler la gorge et remarque alors Scott près de ma mère, à la porte.

— Tu as cinq minutes, Beth, puis on rentre, dit-il.

Beth acquiesce tandis que j'observe la réaction de ma mère en voyant une fille dans ma chambre. Elle nous examine, presque à la façon de quelqu'un face à un tableau qu'il ne comprendrait pas vraiment. Il n'y a aucune malice dans son expression, juste de la curiosité.

— Je laisse la porte ouverte, annonce-t-elle.

— Merci, dis-je avec sincérité.

Maman fait des efforts en ce moment — pas seulement avec moi, mais avec Mark aussi, et je dois remercier Chris pour ça. Il a téléphoné à Mark quand les secours m'ont emmené aux urgences. Maman et Mark ont discuté pour la première fois depuis, quand j'étais en train de passer des radios. Aucun des deux ne m'a fait part de ce qu'ils se sont dit, mais au moins, ils se parlent de nouveau. C'est un début.

Scott passe la tête par la porte lorsque ma mère s'éloigne et regarde Beth dans les yeux.

— Pas de bêtise, hein, dit-il.

Elle lève les yeux au ciel.

— C'est sûr, parce que dès que tu auras le dos tourné, on va se mettre à copuler comme des bêtes. Arrête un peu.

Elle montre son bras en écharpe.

— Les bleus et les os cassés sont tellement sexy.

Scott secoue la tête et suit ma mère en direction du salon

tandis que Beth imite immédiatement son geste. Ont-ils seulement idée qu'ils se ressemblent autant ?

Beth s'assoit sur le lit et tourne la tête vers moi. Elle a mauvaise mine. Outre les bleus et les coupures à son visage, elle est trop pâle, et ses yeux sont cernés. Me demandant encore si je rêve, je tends la main et prends une mèche de ses cheveux entre mes doigts. Ils sont soyeux et réels. Je laisse tomber la mèche et croise son regard.

— Comment tu vas ?

Son front se plisse et la douleur envahit ses traits. Elle ferme brièvement les yeux.

— Je suis vraiment désolée. C'est ma faute s'il t'a blessé.

— Laisse tomber, je ne veux pas entendre ça.

Je prends la main de Beth et la pousse gentiment à s'allonger avec moi sur le lit.

Elle résiste.

— Mais, ta mère…

— Que veux-tu qu'elle dise ? Je suis blessé. Tu es blessée. On est fatigués, on s'allonge, c'est tout. J'ai envie de te tenir dans mes bras, tu veux bien me laisser faire, pour une fois ?

— Ouh là. Il y en a un qui est remonté, on dirait.

— On peut dire ça.

La tension qui me serre le ventre commence à se relâcher lorsque je m'allonge et que Beth emboîte prudemment son corps contre le mien. Avec des gestes hésitants, elle teste d'abord les zones où elle peut me toucher sans me faire mal ; à mon tour, je passe délicatement un bras autour d'elle en faisant attention à sa blessure.

Quand nous sommes bien installés, je pousse un soupir et ferme les yeux. J'ai rêvé de ce moment pendant sept jours. Qui sait, peut-être même que je rêve encore en cet instant. Si tel est le cas, peut-être Beth fera-t-elle enfin ce qui est si dur pour elle ; peut-être me donnera-t-elle des réponses. Je me lance :

— Pourquoi as-tu cru Gwen plutôt que moi ?

Beth

Je me blottis un peu plus étroitement contre Ryan, guettant tout signe de sa part au cas où je lui ferais mal. J'entends son cœur battre et son souffle entrer et sortir de ses poumons. Si je n'étais pas aussi exténuée, il ne serait pas impossible que je pleure. J'ai bien cru le perdre dans l'appartement de ma mère.

Ryan caresse mes cheveux et je passe la langue sur mes lèvres, rassemblant mon courage. Il mérite une réponse. Non seulement parce qu'il a risqué sa vie pour me sauver, mais aussi parce que je l'aime.

— Je ne te faisais pas confiance.

Son cœur bat plusieurs fois avant qu'il ne reprenne la parole.

— Pourquoi ?

Parce que j'ai été bête.

— Je ne sais pas…

Je n'ai pas la même facilité que Ryan avec les mots. Ils me viennent difficilement. Du moins ceux qui parlent d'émotion.

— Je suppose que c'était plus simple de croire que tu te servais de moi, et non que tu m'aimais. Franchement… je ne pige toujours pas. Pourquoi quelqu'un comme toi voudrait-il être avec une fille comme moi ?

Ryan me relève le menton pour que nos yeux se croisent.

— Parce que je t'aime, Beth. Tu es tout ce que je voudrais être. Tu es vivante et sans compromis. Je n'aurais jamais couché avec toi si j'avais cru que tu ne me faisais pas confiance… ou que tu ne m'aimais pas. Et je ne l'aurais jamais fait non plus si je ne te faisais pas confiance ou si je ne t'aimais pas.

Je me redresse sur un coude. L'émotion que je lis dans ses yeux m'arrache littéralement le cœur.

— Moi aussi je t'aime, et je veux te faire confiance, mais… J'essaie, tu sais, et…

Bon Dieu. Je frappe le lit de ma main valide. Pourquoi est-ce que je n'arrive pas à lui expliquer ? Pourquoi est-ce que je suis aussi handicapée avec les mots ?

— Hé, cool, dit-il.

Mes yeux reviennent vers lui devant la fermeté de son intonation. Ryan m'effleure la joue du bout des doigts, me faisant fondre le cœur et rosir les joues. Ça m'avait manqué. Il m'avait manqué. Peut-être que tout n'est pas fichu, finalement.

— Respire, m'ordonne-t-il. Tout va bien. Prends ton temps, mais continue de parler.

Continuer de parler… Je tire la langue dans une grimace de dégoût et Ryan réprime un sourire. S'il n'était pas déjà aussi amoché, je le bousculerais un peu. J'inspire profondément et essaie de nouveau.

— Je ne sais pas… C'est juste que je… je n'ai pas confiance… en moi.

Je cligne les paupières en même temps que Ryan ; ça me fait bizarre, presque peur, d'avoir dit quelque chose d'aussi franc. Il me frotte le bras pour m'encourager à continuer, mais je ne sais pas comment faire. A vrai dire, je n'ai aucune envie de continuer. Sauf qu'il ne s'agit pas d'en avoir envie ou non. Il s'agit de moi et de Ryan.

— Je ne veux plus faire les mauvais choix, me planter tout le temps.

Je le regarde, espérant être claire — et doutant fort de l'être.

— Et j'ai l'impression que je fais toujours les mauvais choix, et puis un jour je te rencontre et tu es trop génial et tu m'aimes et je t'aime, et du coup j'ai vraiment les boules de tout faire foirer…

Je ferme les yeux, les lèvres tremblantes.

— Et c'est ce que j'ai fait. J'ai tout foutu en l'air.

Ryan pose une main sur ma joue. Je m'y abandonne et rouvre les yeux.

— Je suis heureux que tu l'aies fait, dit-il.

— Je croyais qu'on t'avait fait un scanner de la tête.

Ses yeux rient.

— C'est vrai. Réponds juste à cette question : avant que Trent ne débarque, étais-tu prête à partir avec moi ?

Je déglutis et hoche la tête avant de répondre.

— Oui.

— Pourquoi ?

Je plisse les yeux, déroutée par cette question.

— Non, Beth, dit Ryan, ne réfléchis pas. Dis-moi la première réponse qui te passe par la tête. Pourquoi étais-tu prête à partir avec moi ?

Je lève les yeux vers les siens, bouche bée comme une carpe. Non, ce n'est pas possible, parce que si c'est ça, c'est une grande première pour moi.

L'espoir que j'ai déjà vu un million de fois chez lui envahit les traits de Ryan. Est-il possible qu'il le sache depuis le début ?

— Dis-le, Beth.

— Je t'aime.

Ces mots étaient auparavant les plus difficiles à prononcer pour moi, mais ils me viennent maintenant assez facilement. J'expire profondément.

— Bien tenté, dit-il. Mais l'autre truc. Dis-le.

— Ryan…

Ma gorge se sèche et je sens la sueur perler dans ma nuque.

— J'ai peur.

— Je sais, dit-il en repoussant une mèche derrière mon oreille. Ce n'est pas grave.

Ses doigts descendent sur mon bras, sur mon attelle, et s'arrêtent sur les miens. Soudain, une chaleur éclôt en moi ; elle part du cœur et se répand dans toutes mes veines, créant l'étrange impression que des chaînes se brisent et me libèrent. Et j'ai presque l'impression de flotter.

— Parce que je te fais confiance, dis-je. J'étais prête à partir avec toi parce que je te fais confiance.

Ryan reste muet, mais le petit sourire serein qui se dessine sur ses lèvres me fait sourire en retour. Je me demande si mon sourire ressemble au sien. Je lui fais confiance. A lui, Ryan. C'est un peu effrayant, mais moins que je ne l'aurais cru. Peut-être que nous y sommes ; peut-être que c'est le début de ce dont Scott me parle depuis des mois — effacer l'ardoise et repartir de zéro.

— C'était si dur que ça ? demande Ryan.

— Oui.

Il caresse de nouveau mes cheveux. On dirait qu'il a besoin de ce contact pour se convaincre que je ne suis pas un fantôme.

— Tu dois apprendre à te faire confiance, maintenant.

Je laisse ma tête retomber sur l'oreiller, près de la sienne. Ryan bouge tout doucement. Nos visages sont si proches que nos nez se touchent quasiment. Mon bras commence à me faire mal et je sens que Scott ne va pas tarder à débarquer, parce qu'il a enregistré les heures auxquelles je dois prendre mes antidouleurs dans son téléphone.

— Tu me laisses le temps de guérir avant qu'on aborde d'autres sujets sensibles bien enfouis ? dit-il.

Ryan incline la tête, et je jure intérieurement. Apparemment, on n'en a pas encore fini avec tout ça.

— Tu plaisantes, là ?

— Scott m'a dit qu'Isaiah était venu à l'hôpital, dit-il.

J'opine du chef, préférant ne pas me lancer sur ce sujet maintenant… ni jamais, de préférence. Noah est venu me voir plusieurs fois à l'hôpital — une fois avec Echo, deux fois tout seul. Il m'a dit qu'Isaiah avait fait les cent pas dans la salle d'attente jusqu'à ce qu'il sache que j'étais hors de danger, après quoi, il était parti. Mon meilleur ami était parti.

— Je crois qu'on devrait en parler.

Les doigts de ma main gauche essaient de se serrer, mais la douleur m'empêche d'aller au bout du geste. Je grimace sous l'effort et Ryan se rapproche.

— Ça va ?

— Oui, dis-je sèchement. C'est juste que… Je t'ai déjà dit que lui et moi, ça n'était pas ce que tu penses.

— Je te crois.

Mes sourcils se lèvent et s'arrêtent en sentant les points de suture tirer la peau de mon front. Bon Dieu, si ça se trouve, je ne pourrai plus jamais les bouger normalement.

— Dans ce cas, pourquoi remettre ça sur le tapis ?

Ryan inspire nerveusement ; je vois bien que cette discussion le stresse autant que moi.

— Est-ce que tu vas le revoir ? demande-t-il.

Non. Enfin, oui.

— S'il est d'accord. Mais il est parti de l'hôpital sans me parler, et je ne sais pas trop ce que ça veut dire.

Rentrons dans le vif du sujet.

— Oui, bien sûr que je vais le revoir. Isaiah et moi sommes amis, il faudra bien qu'il finisse par en prendre conscience, par la porte ou par la fenêtre.

Ryan hésite entre un sourire et un soupir.

— Et tu te demandes pourquoi je m'inquiète, dit-il.

— Comment ça ?

— Tu dois bien admettre que la vie que tu menais à Louisville est différente de celle que tu as ici. J'ai peur qu'à la moindre difficulté, si tu as un endroit et une personne vers qui te diriger, tu t'enfuies encore.

Il déplie les doigts de ma main gauche, qui commençaient à se contracter de nouveau.

— Il y aura toujours quelqu'un pour nous remettre en

question, Beth, et je n'y arriverai pas si tu continues de prendre la fuite.

— Non, je ne m'enfuirai plus. Promis.

Je mets ma fierté de côté et fais un gros effort pour poursuivre :

— Tu avais raison… pour Louisville… pour la nouvelle vie que j'ai à Groveton. Je t'ai, toi… mais j'ai aussi Scott, Lacy et le lycée. J'aime bien qui je suis, ici.

— Moi aussi, dit-il comme pour achever de me convaincre.

— Mais Isaiah et moi, ça remonte à trop loin pour que je puisse l'abandonner comme ça. Je suis là. Physiquement et moralement. Je suis chez moi à Groveton, mais je n'abandonnerai jamais un ami, surtout pas mon meilleur ami.

Je fixe la couette entre nous.

— J'ai besoin que tu sois à l'aise avec ça, parce que je ne lâcherai rien sur ce sujet-là.

Après quelques instants de silence, je lève les yeux vers lui. Ryan finit par capituler.

— D'accord. C'est ton ami. Si tu dois me faire confiance, je dois te faire confiance aussi.

J'enlève mes chaussures et viens frotter mes orteils contre les pieds de Ryan. C'est le mieux que je puisse faire, avec un bras en écharpe.

— Ça marche. Je t'aime et…

Je ravale ma peur et me lance.

— Et je te fais confiance.

— Super.

Les muscles de Ryan se détendent visiblement et il cligne lentement les paupières.

— Super, je répète en m'autorisant à me détendre avec lui. Tu sais, je voudrais bien l'entendre encore.

Ryan se rapproche et passe un bras protecteur autour de ma taille avant de fermer les yeux.

— Je te fais confiance, dit-il.

— Bien tenté.

Je lui donne un petit coup de coude avec mon bras plâtré pendant qu'il rit doucement.

— Non, l'autre truc. Dis-le.

— Je t'aime.

Savourant sa force et sa chaleur, je me laisse aller contre lui et ferme les yeux à mon tour.

— Encore.

— Je t'aime, murmure-t-il.

— Encore.

Cette fois, mon esprit s'embrume tandis qu'il chuchote ces mots si doux. Je voudrais qu'il les redise encore et encore, mais ma tête se colle contre sa poitrine ; là, le battement régulier de son cœur m'apporte ma réponse. Ryan et moi nous abandonnons l'un à l'autre et glissons dans le sommeil.

Ryan

Il y a un an de ça, ma vie était tracée dans une tout autre direction. Comme quoi, personne ne peut prédire l'avenir. J'enfile la veste de mon costume et ajuste mes épaules sous les épaulettes. Les bleus et les coupures ont disparu, mais je souffre encore au niveau des côtes en fin de journée. Surtout si j'ai fait un peu trop d'efforts.

— Ta cravate est de travers.

Appuyée contre l'encadrement de la porte, ma mère fait un signe de tête désapprobateur en regardant mon cou.

— Viens par là.

Je m'éloigne de la penderie et m'approche d'elle. Elle défait le nœud.

— Tu es beau, comme ça, dit-elle.

— Sauf avec cette cravate.

Les coins de sa bouche se relèvent tandis qu'elle évalue les deux longueurs de tissu contre ma poitrine.

— Sauf avec cette cravate. Comment tu te sens ?

— Bien.

Son regard se fait un peu inquiet et son sourire plus forcé.

— Je sais que le médecin t'a donné son accord pour reprendre l'entraînement, mais je pense que tu devrais attendre encore une semaine ou deux. Histoire d'être sûr que tout est bien remis en place.

D'un geste expert, elle noue ma cravate et ajuste le nœud bien serré contre ma gorge. Elle le considère pendant une seconde avant d'effleurer ma joue de la main — un geste rare entre nous.

— Je suis contente que tu ailles mieux.

Elle recule légèrement.

— J'ai parlé à ton frère ce matin. Il a demandé de tes nouvelles.

Mark sait comment je vais. Depuis ma sortie de l'hôpital, nous nous sommes parlé tous les jours au téléphone. J'imagine qu'il est encore un peu mal à l'aise au téléphone avec ma mère, et qu'il doit chercher des sujets de conversation. Je m'occupe maintenant de mes boutons de manchettes.

— Qu'est-ce que tu lui as dit ?

— Que tu étais aussi têtu que ton père et que je ne savais pas si tu avais mal ou pas.

— Je vais bien, maman, je t'assure.

Elle tripote ses perles.

— Si nous t'avions écouté ce matin-là... Si nous t'avions écouté deux semaines auparavant... Si je m'étais opposée à ton père quand Mark nous a dit que... Bref, rien de tout cela ne se serait produit.

— C'est bon.

En effet, j'aurais aimé qu'ils m'écoutent le matin où Beth s'est enfuie. J'aurais aimé qu'ils m'écoutent deux semaines plus tôt quand je leur ai dit qu'elle comptait pour moi. J'aurais aimé que maman tienne tête à papa et fasse en sorte que Mark reste à la maison, mais rien de tout ça n'est arrivé. Et même dans ce cas, qui peut dire si cela aurait suffi à arrêter les événements tragiques qui s'étaient mis en marche ? Beth s'est enfuie parce que vivre à Groveton la terrifiait. Elle serait partie quoi qu'il ait pu se passer entre nous, et comme je l'aime, je l'aurais suivie de toute façon.

Ma mère soupire et passe en mode relations sociales.

— Mark vient déjeuner dimanche. Je me suis dit qu'on ferait ça à la bonne franquette. Juste, toi, moi, Mark... et peut-être ton père — j'espère.

— Cool.

Nous savons tous les deux très bien que mon père sortira en ville pendant que Mark sera à la maison. Il refuse toujours de reconnaître la simple existence de son fils. Peu de choses ont changé dans leur couple. Certes, maman a choisi le camp de ses deux fils, et papa a laissé tomber l'idée de devenir maire. Mais il est toujours à la maison, et ils continuent d'aller voir une conseillère conjugale. Comme je le disais, personne ne peut prédire l'avenir.

— N'oublie pas le petit bouquet de fleurs.

Sur ce, ma mère sort de ma chambre.

J'attrape mes clés, le bouquet miniature de roses rouges et me dirige vers le garage. Du coin de l'œil, j'aperçois mon père assis à son bureau. Nous n'avons pas parlé depuis le bref échange de l'autre jour, dans ma chambre, et je suppose que ce n'est pas aujourd'hui qu'il risque de rompre ce silence.

Alors que j'ouvre la portière de ma Jeep, j'entends soudain le bruit de sa chaise et de ses pas sur le sol de ciment. Mon père avance jusqu'à son établi et farfouille dans ses boîtes de vis et de boulons.

— Ta mère m'a dit que tu avais officiellement déposé ta candidature pour jouer à l'université de Louisville.

Je me tends, me préparant à une dispute. Il me fallait la signature d'un de mes deux parents pour la lettre de candidature, et j'ai sollicité ma mère.

— C'est exact.

— D'après ce qu'elle m'a dit, tu comptes jouer pendant un an avec leur équipe, puis tu verras si tu te sens prêt ou pas à passer en pro ?

Je me frotte l'arrière de la tête, me sentant tout nu sans ma casquette. Je pourrais choisir la solution de facilité et lui fournir un simple « oui », mais j'en ai marre de dire ou de faire ce qu'il faut pour ne pas l'énerver.

— Oui, j'aviserai à la fin de ma première année. Je compte aussi me spécialiser en atelier d'écriture. J'adore écrire, j'adore le base-ball, et je veux tenter ma chance dans ces deux domaines.

Mon père fait coulisser une boîte remplie de clous et hoche la tête.

— Tu lui as pris un bouquet ? Les filles aiment les fleurs, tu sais ?

Je brandis le petit bouquet devant moi pour qu'il puisse le voir.

— Oui, je sais, dis-je. Tu m'as appris ça.

Beth

La chambre de Scott et Allison est bien trop chichiteuse à mon goût. Les rideaux sont de soie bleue, et des fleurs décorent aussi bien le papier peint que le mobilier. Le lit est énorme. Scott et Allison n'ont pas besoin de chambres séparées s'ils s'engueulent : ils n'ont qu'à rouler sur eux-mêmes deux ou trois fois, et hop, ils seront dans des régions différentes.

Assise dans le fauteuil ultrarembourré devant la coiffeuse d'Allison, je la regarde fixer des épingles sur ma tête. Je déteste me faire coiffer, mais je n'ai pas le droit de me plaindre. Il y a une heure, elle m'a fait six mèches de teinture noire temporaire. Maintenant, mes cheveux ont trois bons centimètres de racines blondes, les longueurs sont noires, et les quelques mèches brunes viennent harmoniser un peu l'ensemble.

— Scott ne va pas être content.

— Je sais, dit Allison. Mais j'en fais mon affaire.

Je souris, et elle en fait autant en captant mon reflet dans le miroir. Nous sommes dans une sorte de trêve fragile depuis mon retour de l'hôpital, et j'ai parfois peur de dire un mot de travers qui ferait tout basculer.

— Pourquoi t'es sympa avec moi, comme ça ?

Allison relève le fer à friser et me regarde de travers parce que je bouge trop. Elle s'échine sur quelques mèches qui refusent visiblement de coopérer.

— Parce que Scott t'aime.

Il m'aimait déjà avant, ce qui ne l'a pourtant pas empêchée de me haïr. Bon, j'avoue que je ne l'ai pas spécialement aidée.

— Je n'aurais pas dû t'accuser de lui avoir tendu un piège. Excuse-moi, dis-je.

La tige de métal tire sur les racines de mes cheveux ; je me mords la lèvre. Elle relâche la mèche et de petites anglaises rebondissent dans mon cou. O.K., j'ai bien mérité de me faire tirer les cheveux — et de porter des anglaises. On doit être quittes, maintenant.

Allison pose le fer à friser sur la coiffeuse.

— Je suis désolée… Vraiment. En fait, je ne voulais pas que tu viennes chez nous.

Waouh. C'est direct, mais ç'a l'avantage d'être honnête.

— Scott m'avait parlé de son passé, poursuit-elle, mais il était facile de prendre ça juste comme une histoire avant que tu ne fasses partie du tableau. Je préfère quand les choses sont simples et nettes. Tu as rendu Scott plus compliqué.

— Scott a toujours été quelqu'un de compliqué.

Allison me vaporise de la laque sur les cheveux.

— Oui, je m'en rends compte, maintenant.

Quelqu'un toussote soudain derrière nous. Allison et moi nous retournons au moment où Scott entre dans la chambre. Je me lève, et Scott sourit en me voyant dans ma robe bustier noire qui s'arrête au niveau des genoux. Il fronce les sourcils en regardant mes cheveux.

— C'est moi qui lui ai fait, annonce Allison sans l'ombre d'un remords.

Les yeux de Scott s'écarquillent.

— Tu as fait ça ?

— Le week-end dernier, tu lui as dit qu'elle n'avait qu'à porter ses affreuses chaussures avec sa robe, et je t'ai prévenu que tu le regretterais.

Je me tortille dans mes Converse — authentiques.

— J'ai des collants, je précise.

Concession qui mérite d'être soulignée.

— Tu devrais mettre un gilet, dit Scott.

— Elle ne mettra aucun gilet, rétorque Allison. Ça gâcherait tout.

— Peu m'importe. Je ne veux pas qu'il y ait trop de peau visible.

Allison se penche vers Scott et l'embrasse sur les lèvres. Je détourne le regard. Ils le font plus souvent depuis que je suis rentrée de l'hôpital. Pas juste s'embrasser, mais s'embrasser avec conviction. S'embrasser parce qu'ils s'aiment vraiment. Elle sort de la chambre et Scott enfonce les mains dans ses poches.

Je me retiens de gratter la cicatrice sur ma tempe.

— Elle a masqué mes marques avec du maquillage.

— J'ai remarqué.

Il fait un geste vers ma main droite.

— Et là, ça va ?

Je hausse les épaules.

— Oui, ça va.

Mon attelle noire est temporaire. Trent m'a cassé beaucoup d'os au niveau de la main, du poignet et du bras. Je devrai subir une nouvelle opération dans quinze jours. Mes doigts encore valides pianotent contre ma jambe. Je pensais pouvoir partir sans poser la question, mais non.

— Comment s'est passée l'audience de maman au tribunal ?

Ma mère et Trent ont eu des audiences préliminaires hier. J'ai dit à Scott que je ne voulais pas savoir ce qui s'était passé, mais la curiosité me ronge littéralement.

— Tu as tout à fait le droit de le savoir.

Il croise mon regard tandis que je me débats avec le million d'émotions qui me tiraillent dans tous les sens.

Je hoche la tête, et il reprend :

— Elle a approuvé le réquisitoire de l'avocat principal et purgera une peine de six ans. Trent a plaidé non coupable, contre toutes les recommandations de son avocat. Le procureur pense qu'il écopera de quinze ans de prison.

Une boule d'angoisse se forme dans mon ventre et je me laisse retomber dans le fauteuil.

— Ensuite, il y aura un jugement.

Scott baisse la tête. Nous avions tous espéré éviter cela. Ryan et moi allons être obligés de revoir Trent pour témoigner. Je prends une grande inspiration pour me calmer.

— As-tu parlé à maman ? je demande.

Il secoue la tête. Je ne sais plus trop quoi penser de tout ça. Je ne sais même plus ce que j'éprouve pour ma mère. Six ans. Ma mère va passer six ans en prison, et tout ça à cause de moi.

— Tu as fait ce qu'il fallait, tu sais ? dit Scott.

— Je sais, dis-je d'une voix éteinte.

J'ai beau le savoir, ça ne me chamboule pas moins pour autant. On sonne soudain à la porte, et l'angoisse commence à s'atténuer. Ryan est arrivé.

Un sourire bienveillant illumine le visage de Scott.

— Ton prince charmant t'attend !

— Attends, Scott…

Il me fait signe de continuer.

— Comment as-tu pu garder cette histoire d'héroïne pour toi ? C'est quand même superlourd, comme secret. Je sais que tu avais besoin de quelque chose pour me faire du chantage, mais il s'agissait quand même d'héroïne.

— Je m'apprêtais à engager un détective privé pour te retrouver quand ta tante a appelé. Quand je suis allé au poste de police, il était parfaitement clair que tu ne repartirais avec personne d'autre que moi. Il m'a suffi de voir ta mère pour comprendre que la situation était grave.

Il soupire.

— Elle était tellement nerveuse, au milieu des policiers, que j'ai compris qu'elle cachait quelque chose. J'aurais pu dire n'importe quoi afin d'obtenir ta garde. Mais je n'ai jamais utilisé le mot *héroïne* devant toi ni ta mère, et je ne suis jamais allé chez elle. J'ai deviné qu'elle avait un secret de ce genre, et j'ai bluffé.

Et moi, je me sens comme une idiote. Une idiote heureuse, mais une idiote tout de même.

— Bien joué, dis-je.

Il sourit, l'air satisfait.

— Oui, je crois.

La sonnerie retentit, signalant qu'il ne nous reste que deux minutes ; mes mains deviennent subitement moites, y compris celle prise dans l'attelle. L'été indien du Kentucky peut parfois vous faire prendre le mois de novembre pour juillet. Nous nous dirigeons vers le terrain, derrière le tableau d'affichage, main dans la main, et Ryan ne semble pas se soucier que la mienne soit moite et froide. Dans les tribunes, les gens poussent des cris d'excitation, et le présentateur informe le public que notre équipe est en première et en dixième — qu'on ne me demande pas ce que ça veut dire.

Les autres couples nominés pour la cérémonie du *homecoming* se tiennent plus près du lampadaire, mais je préfère rester un peu en retrait. Ryan ne me force pas.

— Gwen ne t'embêtera pas, dit-il.

— Je sais.

Il a raison. Elle ne le fera pas. Depuis que Ryan et moi sommes revenus au lycée, elle a été quasiment l'ombre d'elle-même, se montrant discrète au possible. Elle nous a même présenté ses excuses. Je les ai acceptées, ce qui ne signifie pas pour autant que je doive l'apprécier ou la fréquenter. Parfaitement apprêtée, Gwen se tient au bord du groupe. Je me sens presque mal pour elle. La culpabilité est un truc horrible. Je suis bien placée pour le savoir.

— On pourrait aller discuter avec Carly et Brent, me taquine Ryan. Elle fait partie de tes fans.

Je lève les yeux au ciel.

— J'étais juste en binôme avec Carly en biologie, ce matin.

— Tu vois, vous êtes déjà copines. Lacy va faire la tête si quelqu'un empiète sur son territoire.

— Exactement, et ce sera ta faute, dis-je avec un sourire.

— Carly est sympa.

— Elle est gentille.

— C'est pareil.

— Non, sympa, c'est sympa. Gentille, c'est ennuyeuse.

— On devrait se faire une sortie à quatre avec eux.

Les bras m'en tombent.

— Tu rigoles ? Je m'apprête à entrer sur ce terrain de foot et à me ridiculiser devant tout le monde, et tu voudrais qu'en plus on se fasse une sortie à quatre avec M. et Mme Gentil ? Tu as perdu la tête, ou quoi ?

Ryan glousse, puis me fait un clin d'œil.

— Je voulais juste te voir t'énerver un petit coup.

Je fronce le nez.

— Tu es trop bête.

Il lâche ma main, passe les bras autour de ma taille et m'attire contre lui.

— Et toi, tu es trop belle.

Un sourire me vient aux lèvres et je passe mon bras valide autour de son cou.

— Il me tarde de pouvoir te toucher de nouveau avec mes deux mains.

— Ça fait bizarre de voir le ruban à ton autre poignet, dit-il.

Je frissonne en sentant Ryan frôler la peau sensible en haut de mon attelle, et me caresser le bas du dos. Une chaleur réjouissante et grisante se répand dans mon corps.

— Je ne l'enlève jamais.

— Tu me manques, quand je suis dans mon lit, murmure-t-il tout bas.

Mon sourire s'élargit, et Ryan rougit.

— Non, ce n'est pas ce que je voulais dire. Je voulais dire que dormir près de toi me manque.

Je comprends très bien ça.

— C'est un peu dur de faire le mur avec un bras cassé, tu sais ?

Il baisse la tête vers moi et me serre un peu plus fort.

— Je suis désolé de n'avoir pas pu te protéger mieux que ça.

— Ryan, ne dis pas ça. Je serais morte si tu n'avais pas été là.

— Tout ça, c'est fini, maintenant, murmure-t-il contre ma bouche.

J'écarte doucement les lèvres, attendant son baiser.

— Oui.

— Monsieur Stone, mademoiselle Risk, lance soudain le conseiller d'éducation. Un peu plus d'espace entre vous et beaucoup plus d'attention, s'il vous plaît. Ça va être le moment de faire votre entrée sur le terrain.

Je me dégonfle et, frustrée, pose la main sur le bras de Ryan afin qu'il m'escorte sous les projecteurs. Je voulais qu'il m'embrasse, moi ! J'avais besoin d'un baiser. Bon, tant pis.

Nos noms sont annoncés dans les haut-parleurs et Ryan me guide sur le terrain. Des cris hystériques s'élèvent des gradins, tout particulièrement de l'endroit où sont rassemblés Lacy, Chris et Logan.

— Quand tu auras gagné, dit Ryan, n'oublie pas que tu m'as dit que tu garderais la tiare sur ta jolie petite tête toute la nuit.

Brusquement, je me rends compte que je tiens le moyen d'obtenir exactement ce que je voulais. Nous nous arrêtons en plein milieu du terrain et je me tourne vers lui.

— Embrasse-moi, dis-je. Pas juste un petit bisou. Un vrai baiser.

Ryan balaie du regard les tribunes pleines à craquer autour de nous.

— Pardon ?

— Moi, Beth Risk, je te mets au défi de m'embrasser devant tous ces gens.

Les yeux de Ryan pétillent tandis que le sourire plein d'assurance qui me fait chavirer le cœur se dessine sur ses lèvres.

— Attends, attends. Il faut m'offrir quelque chose en contrepartie, si je gagne.

Je lève les yeux au ciel.

— Bon, d'accord. Alors, si je remporte le titre de reine du *homecoming*, ce qui n'arrivera pas, je m'engage à porter cette satanée tiare pendant toute une semaine.

Il prend délicatement ma tête entre ses mains. Ses lèvres murmurent quelque chose contre les miennes, me mettant au supplice. Quelque part, je prie pour qu'il ne le fasse pas, mais il se met à me mordiller la lèvre inférieure. Sa bouche s'ouvre bientôt, et nos lèvres s'animent pleines de flamme.

Entre deux respirations, nous entendons alors nos noms ; nous sommes proclamés vainqueurs. Je sens les lèvres de Ryan sourire :

— Mission : Possible. J'ai gagné.

Remerciements

A Dieu — Isaïe 61 : 1

Pour Dave — parce que j'ai toujours la première casquette de base-ball que je t'ai vu porter.

Merci à…

Kevan Lyon ; tout le monde devrait avoir quelqu'un comme toi dans son entourage. Tes conseils m'ont été extrêmement précieux. Merci. Je n'oublierai jamais que tout a commencé grâce à toi.

Margo Lipschultz ; merci de t'être préoccupée de mes personnages autant que moi. Tu es vraiment formidable et tu m'as fait beaucoup progresser.

Tous ceux qui ont participé à la création de mes livres chez Harlequin Teen, en particulier Natashya Wilson. Vous avez fait de cette expérience un souvenir inoubliable !

Matt Baldwin et Mike Baldwin, ainsi que les Future Pro : merci de m'avoir accueillie dans vos centres d'entraînement et d'avoir pris le temps de répondre à mes questions sur le base-ball.

Angela Annalaro — Murphy ; merci d'avoir aimé Beth dès le début. Ton enthousiasme et ton amitié m'ont permis de continuer à écrire.

Shannon Michael ; combien de fois me suis-je retrouvée chez toi, la tête entre les mains, à me demander si mon histoire prenait la tournure adéquate ? Merci pour les rires et pour ton amitié.

Kristen Simmons ; je n'y serais jamais arrivée sans toi. Je n'en reviens pas quand je pense à tous les rires et à toutes les larmes que nous avons partagés depuis que nous nous connaissons. Ce livre est pour toi.

Colette Ballard, Kelly Creagh, Bethany Griffin, Kurt Hampe et Bill Wolfe ; vous êtes bien plus qu'un groupe de critiques. Vous êtes désormais de la famille. Kelly et Bethany, merci de m'avoir tenu la main depuis que je me suis lancée. Kurt et Bill, merci de m'avoir indiqué quand « un garçon ne ferait pas ça ». Colette, merci pour les longues heures de rire, de soutien et de relecture.

Louisville Romance Writers ; vous avez été les premiers à me pousser sur le chemin de l'édition. Merci de continuer à éclairer ce chemin comme vous le faites. Encore merci à mes parents, à ma sœur, à ma famille de Mt. Washington, à ma belle-famille… Je vous aime.

Enfin, mes plus vifs remerciements aux fabuleux auteurs que j'ai rencontrés, aux libraires, aux bibliothécaires, aux enseignants, aux blogueurs, et à mes lecteurs. Merci d'avoir pris le temps de m'adresser vos lettres, tweets ou e-mails. Vous me rappelez sans cesse pourquoi j'écris.

A A., N. et P. Vous vous reconnaîtrez, et vous savez que je vous aime plus que tout au monde.

Déjà parus dans la collection DARKISS
par ordre alphabétique d'auteurs

Aimée Carter	Le Manoir des Immortels La reine des Immortels La vengeance des Immortels
P.C. Cast	La prophétie maudite Chamane
Kady Cross	L'étrange secret de Finley Jayne L'étrange pouvoir de Finley Jayne Dangereux secret**
Melissa Darnell	Le baiser interdit Mortelle attirance Ultime sacrifice
Laura Anne Gilman	Noire magie
Paige Harbison	Moi et Becca Bridget, le jour qui a changé ma vie…
Julie Kagawa	La princesse maudite Le passage interdit* La captive de l'Hiver Le serment d'une reine Dangereuse Faerie* Le prince exilé Je suis une Immortelle L'héritier oublié La gardienne d'éternité Ténébreuse Faérie
Caren Lissner	La vie (pas) très cool de Carrie Pilby
Katie McGarry	Hors limites Prêts à tout
Michelle Rowen	Rencontre avec un ange**
Louise Rozett	Confidences d'une fille en colère

…/…

Déjà parus dans la collection DARKISS
par ordre alphabétique d'auteurs

Gena Showalter	Dark attirance Les fiancés de l'ombre Le pacte de sang Alice au pays des Zombies Alice et le miroir des Maléfices
Cara Lynn Shultz	Envoûtement L'élixir magique
Rachel Vincent	Mon âme en sursis* De toute mon âme La voleuse d'âmes Sauve mon âme ! La rose et l'ombre Le Faucheur d'âmes* Survivante N'ouvre pas les yeux La reine des âmes Echappe-toi, mon âme*
Allison van Diepen	Les secrets d'une blogueuse amoureuse La blogueuse amoureuse se reconnecte !
Maria V. Snyder	Le poison écarlate Le souffle d'émeraude Les secrets d'opale Inside Out : Enfermée Inside Out : Menacée** Précieuse Magique

* *en e-book et maintenant dans* DARKISS poche

** *exclusivement en e-book*

14,50 €

Ultime sacrifice de Melissa Darnell

384 pages

La situation va vous paraître idéale : Tristan et moi, enfin seuls, protégés de tout par la forêt et l'hiver, loin du Clan et du Conseil des Vampires. Plus d'interdits, plus de secrets entre nous… Maintenant, imaginez : soudain, en quelques secondes, le garçon que vous aimez devient plus féroce qu'un animal, la forêt s'embrase autour de vous, il a oublié qui il est vraiment, il a oublié qui vous êtes. A ma place, vous faites quoi ?…

Tome 3 de la série « The Clann »

14,50 €

Bridget, le jour qui a changé ma vie de Paige Harbison

320 pages

« Je suis la star locale. Toutes les filles m'envient et tous les garçons veulent sortir avec moi » – ça, c'est ce que je me racontais… Jusqu'à ce qu'un accident de voiture m'envoie droit au ciel ou quelque chose comme ça. De là-haut, pour la première fois, je me suis vue telle que les autres me voient : une peste, une vraie, le genre irrécupérable. Quelle idiote ! Comment j'ai pu me tromper autant ? Le choc de ma vie. Mais tout n'est pas perdu ! J'ai douze heures – pas une de plus, mais pas une de moins non plus – pour me rattraper. Douze heures pour gagner mon retour sur Terre. Douze heures, surtout, pour reconquérir le cœur de Liam. Dites-moi que je vais réussir…

Composé et édité par les

éditions HARLEQUIN

Achevé d'imprimer en Allemagne
par GGP Media GmbH, Pößneck
en mai 2014

Dépôt légal en juin 2014